文春文庫

リーシーの物語

上

スティーヴン・キング
白石　朗訳

文藝春秋

タビーに

寂しい気分のときはどこへ行く?
ブルーな気分のときはどこへ行く?
寂しい気分のときはどこへ行く?
ぼくはきみを追いかけよう、
星がブルーになるそのときは。
――ライアン・アダムス

目次

リーシーの物語

主な登場人物

リーシー・ランドン……………本篇の主人公
スコット・ランドン……………リーシーの夫　有名作家　二年前に病死
アマンダ・デバッシャー………リーシーの長姉
ダーラ……………………………リーシーの姉
カンタータ（キャンティ）………同右
ジョドーサ（ジョディ）…………同右
ダンディ・デイヴ………………リーシーの父
ポール・ランドン………………スコットの兄
スパーキー・ランドン…………スコットの父
ジム・ドゥーリー………………スコットの原稿を狙う男　別名ザック・マックール
ジョゼフ・ウッドボディ………ピッツバーグ大学文学部教授
ノリス・リッジウィック………キャッスルロック郡保安官
アンディ・クラッターバック……キャッスルロック郡保安官助手
ダン・ボークマン………………同右

ベイビー

ベイビィラーヴ

第一部　ブール狩り

もしもこの身が月ならば、沈みゆく先を心得ていよう。

——D・H・ロレンス『虹』

I　リーシーとアマンダ（すべて変わりなく）

1

世間一般からすれば有名作家の配偶者は目に見えない透明人間にほかならず、それをだれよりもよく知っているのがリーシー・ランドンだった。夫はピュリッツァー賞と全米図書賞を受賞していたが、リーシーは生まれてこのかた一回しかインタビューされていなかった。インタビューをしたのは、《わたしは彼の妻！》なるコーナーがある女性誌だった。この五百語ほどのコラムのざっと半分をつかって、リーシーは自分の名前が〝シー・シー〟と韻を踏んで〝リーシー〟となることを説明した。残り半分は、時間をかけてじっくりと焼き上げるローストビーフの料理法（レシピ）の説明にほぼ費やされた。姉のアマンダからは、インタビューに添えてあった写真ではリーシーが太って見えたといわれた。

リーシーの姉妹には、〝鳩の群れに猫をはなって〟（あるいは姉妹の父親の口癖を借りるなら〝悪臭をかきまわして〟）騒ぎを起こす楽しさに抵抗できる者はひとりもいなかったし、それをいうなら他人の恥を肴にして長々とおしゃべりをする誘惑に抵抗できる者もいなかったが、リーシーがどうにも好きになれなかったのは、昔と変わらないこのアマンダだった。アマンダは、かつてリスボンフォールズの街に住んでいたデバッシャー家の娘たちの長姉で、現在はひとり住まい。住んでいるのはリーシーが用立てた風雪にも耐えるつくりの小さな家で、キャッスルヴューからも近いところなので、リーシーとダーラとカンタータの三人は長姉のようすを見まもることができた。リーシーがアマンダのためにその家を買ったのは七年前、スコットが死ぬ五年前だ。スコットは若くして死んだ。〝天寿をまっとうせずに死んだ〟という言いまわしのとおり。スコットが死んでから二年もたったことが、いまなおリーシーには信じられなかった。もっと長い歳月が流れたようでもあり、まばたきするほどの時間しかたっていないようにも思えた。

リーシーがようやく一念発起して、スコットが仕事場にしていたつづき部屋の片づけにとりかかると——ちなみに、美しい照明のほどこされた何部屋もあるこのつづき部屋も、かつては田舎の納屋の屋根裏部屋にすぎなかった——三日めにアマンダが姿をあらわした。リーシーはそれまでに外国語版すべての目録をつくりおえていたが（数百冊はあった）、家具調度のリストを作成して、今後とも保存しておこうと思う品の名前の横に小さな星印をつけていくという作業にはまだ手をつけたばかりだった。てっきりアマンダから、いったい全体どうしてもっと早く体を動かさないのかと詰問されるものと身がまえたが、アマンダはいっさい質問をしなかった。リーシーが家具の問題から離れて、メインのクロゼットに積みあげられている連絡文書や手紙類をおさめた段ボール箱について、気乗り薄なまま（そして一日はかかる）考えごとをしはじめたころには、アマンダの関心は書斎の南側の壁の幅いっぱい積みあげられた目をみはるほどの記念の品の山に、しっかりとむけられたままになっていたようだ。アマンダは蛇のような形で壁にへばりついたこの堆積物の前を行きつもどりつして歩き、そのあいだほとんど口をきかなかったが、片時も手から離さずにかまえている小さなメモ帳にしきりになにかを書きつけていた。

　ただしリーシーは、《いったいなにを探しているの?》とか《いったい、なにを書きとめているの?》などと問いつめたりはしなかった。生前スコットが一再ならず指摘していたように、リーシーは人間の特質のうちでももっとも稀有(けう)なことまちがいなしの特質、つまり他人から関心をむけられないかぎり、自分からは他人に関心をむけず、自分のことに専念するタイプなのだ。むろん、その他人がだれかに爆弾を投げようとしていないかぎり、という条件つきだし、アマンダの場合、つねに爆弾投げをたくらんでいる可能性は否定できなかった。アマンダは穿鑿(せんさく)せずにはいられない性格の女、遅かれ早かれその口をひらくことになる女だった。

　アマンダの夫は一九八五年に、当時一家が住んでいたラムフォードの街から(「排水管に詰まって身動きがとれなくなった二匹のクズリのような暮らしぶりだね」とは、ある日の午後アマンダ一家を訪ねたのち、二度と訪問しないと誓ったスコットの弁)南にむかって出奔していた。ひとり娘のインターメッツォ——略してメッツィと呼ばれていた——は一九八九年に北のカナダへと逃げていった(長距離トラックの運転手をエスコート役として)。「ひとりは北へ飛んでった、ひとりは南へ飛んでった、ひとりはだらだらしゃべりづめ」というのは、父親が昔好んで口にしていた地口であり、ダンディ・デイヴ・デバッシャーの娘たちのなかで、口を閉じられずに〝だらだらしゃべりづめ〟だったのはだれかといえば、まちがいなくアマンダ、まず夫から愛想をつかされ、つづいて血をわけた娘に捨てられたアマンダだった。

　長姉のアマンダをときおりどうしても好きになれないことこそあれ、アマンダがひとりきりでラムフォードに暮らしていることを思うと、リーシーは胸騒ぎに駆られた。それをいうなら、おたがい口に出したことはいちどもないが、ダーラとカンタータもおなじ思いであるにちがいないとも思っていた。そこでリーシーはスコットに相談、九万七千ドルで買えるケープコッド・コテージを見つけ、即金で購入した。アマンダはまもなくそこへ引っ越し、リーシーが簡単にようすを確かめられる距離で暮らしはじめた。

　そしていまスコットが世を去って、リーシーはようやく亡き夫が執筆につかっていた空間の片づけに手をつけるまでにいたった。片づけはじめて四日めもなかば、外国語版をすべて箱に詰めて、連絡文書や手紙のたぐいにはすべて目印をつけ、ある程度は秩序立てて整理もすませ、さらにはどの家具を運びだしてどの家具を残すかについても目途（めど）がついてきた。それなのに、どうしてほとんど仕事をしていない気分になるのだろう？　手をつけはじめたときから、これが急ぐ必要のない仕事であることはわかっていた。スコットが死んで以来寄せられている、しつこい要請の手紙や電話を気にかけていたわけではない（電話や手紙だけでなく、家に押しかけられたことさえ数回ある）。どうせさいごには、あの連中は目あてのもの、すなわちスコットの未発表作品を手に入れることになるのだろうが、それはあくまでも、引きわたす気がまえが自分にできてからの話だ。最初あの連中には、そのことが理解できていなかった。いいかえるなら、話が〝見えていなかった〟のだ。しかしいまでは、あの連中のほとんどにも〝見えるようになった〟のではあるまいか。
スコットが残した文章は厖大（ぼうだい）な量になる。そのなかでリーシーにも完璧に理解できるのは遺稿（メモラビリア）という単語だけだったが、それ以外にも奇妙な単語、リーシーの耳には〝インカンカビラ〟ときこえる単語があった。あの連中、痺れを切らせている連中、こちらを口車に乗せることしか考えていない、やたらに怒っている連中が欲しがっているものだ——スコットの〝インカンカビラ〟。文学研究者のいう初期草稿（インキュナーブラ）がそうきこえたのかもしれないが、そんな連中のことをリーシーは〈インカン族〉と考えるようになっていた。

2

リーシーがいちばん強く——アマンダが姿を見せてからはひときわ強く——感じていたのは、挫折感だった。たとえるなら、この仕事そのものを過小評価していたか、あるいはその反対に、避けられない結末を見とおす自分の能力を過大評価していたかのような気分。避けられない結末とは……手もとに残すと決めた家具も結局は下の納屋にしまいこまれたまま、ラグマットは丸めてガムテープで留められ、黄色いライダーのヴァンはドライブウェイにとめっぱなしのまま、自宅の庭と隣家のギャロウェイ家との境界にある板塀に影を投げかけているばかり……という状態だ。

いや、もちろん、この仕事場の寂しき心臓を忘れてはいけない。三台のデスクトップ・コンピュータのことだ（以前は四台あったが、〝思い出コーナー〟にあった一台はリーシーその人の尽力で廃棄ずみだった）。買い替えるたびに新型になり、本体も軽くなってはいたが、最新のコンピュータでさえ大型デスクトップ・モデルであり、しかも三台ともまだ動いた。同時に三台ともパスワードで保護されており、リーシーはパスワードを知らなかった。夫にたずねたこともなく、それゆえハードディスクにどんな電子の藻屑（もくず）が隠されているのかは見当もつかなかった。食料品の買物リスト？　詩？　それとも好色小説（エロティカ）？　スコットがインターネットに接続していたことは確かだったが、生前にどんなサイトを見ていたのかは知らなかった。通販のアマゾン？　政治ゴシップのドラッジレポート？　それとも、〝ハンク・ウィリアムズは生きている〟と主張するサイト？　あるいは、〈マダム・クルエーラの黄金シャワーと絶倫タワー〉といった有料アダルトサイトのたぐい？　このさいごの可能性については考えないようにしていた。事実だとしたら請求書が自分の目にとまったはずだと（それがなくても月々の家計口座の中身に、ちょっとした穴があることに気づいたはずだと）、そう考えるようにしていたのだ。しかしこれは、いうまでもなく自分をごまかす嘘だ。妻に隠れて月々千ドルをどこぞに払いたいとなれば、スコットには苦もなくできたはずだ。ならば、パスワードについては？　こんなに笑える話はない――というのも、スコットから教わっていた可能性もあるからだ。リーシーがその手の情報を忘れてしまった、それだけのことだ。あとで自分の名前がパスワードとして通るかどうかを試してみよう、とリーシーは頭のメモに書きつけた。きょう、アマンダが自宅に引きあげたあとにでも。とはいえ、アマンダには引きあげる気配はまったくなかった。

リーシーは椅子の背に体をあずけ、ひたいにかかった髪を払いのけながら、こんなことを思った。《こんなペースだと、原稿にたどりつくのは七月になっちゃいそう。のろのろとしか仕事を進められないわたしを見たら、〈インカン族〉連中は怒り狂うわ。なかでも、さいごに来たあの男あたりが》

さいごに来た男――あれは五カ月前のこと――は癇癪（かんしゃく）を爆発させるようなこともせず、おまけに礼儀正しい口調を貫いていたので、リーシーもこの男ばかりはほかの連中とちがうかもしれないと思いはじめた。リーシーは男に、スコットの仕事場はその時点でかれこれ一年半もだれも立ち入らないままになっているが、ようやく二階にあがっていって部屋を掃除したり整理したりする勇気と決意が、あと一歩で奮い起こせそうな状態にまで漕ぎつけた、と話した。

そのときの訪問者は、ピッツバーグ大学文学部のジョゼフ・ウッドボディ教授という男だった。ピッツバーグ大はスコットの母校だし、ウッドボディの〈スコット・ランドンとアメリカ神話〉という講義は人気が高く、受講者も大勢いるということだった。さらにスコット・ランドンをテーマにした卒論にとりくむ学生を四人も指導中だというから、リーシーが《近々、まあそれなりに早い機会に》とか《今年の夏のあいだにはまず確実だと思う》とか、その手の曖昧な言葉で口を濁したとなれば、〈インカン族〉の戦士としての顔が前面に出てくるのは不可避だったのかもしれない。しかしリーシーが、〝いずれ身辺が落ち着いたら〟そのときこちらから電話をかける、という約束の言葉を口にすると、いよいよウッドボディが本格的に表舞台からしりぞいた。

教授は、偉大なるアメリカ作家とベッドをともにしていたからといって、文学上の遺産管理人という資格が自動的に与えられることはない、といいはじめた。遺産管理の仕事は専門家にまかせるべきだし、自分はランドン夫人が大学の学位をひとつも所持していないことを知っている。ついで教授は、スコットが死んでからどれだけの月日がたっているか、そのあいだ世間の噂がどんなに膨れあがりつづけているかを改めてリーシーに指摘した。ランドンの未発表作品が山のようにあるにちがいないという噂。いくつもの短篇はもちろんのこと、長篇が何冊も残されているらしい。ついては、ほんの短時間でもいいから、ランドンの書斎に入れてもらえないだろうか？　ファイリングキャビネットなりデスクの抽斗(ひきだし)なりを、ちょっとだけ改めさせてもらえないか？　野放図きわまりない噂を鎮めるためだけにでも？　もちろん、そのあいだずっと付き添っていてもらってかまわない——あえていうまでもない、当然のことだ。

「お断わりします」リーシーはいいながら、ウッドボディ教授を玄関まで案内していった。

「まだ心の準備ができていません」相手の男の下劣な攻撃を無視しながら——少なくとも無視しようとしながら。というのも、ウッドボディもほかの面々とおなじく正気ではなかったからだ。この男の場合は、ほかの連中よりも巧みに長いあいだ隠しおおせていただけのこと。「いざ心の準備ができたら、すべてをお見せするつもりです——原稿だけではなく」

「しかし——」

リーシーは真剣な面もちでウッドボディにうなずいた。「すべて変わりなく」

「失礼だが、どうにもその言葉の意味がわかりかねますな」

もちろん、理解できないに決まっている。これは、夫婦のあいだでのみ通じる秘密の言葉のひとつだったのだから。スコットが威勢のいい足どりで家にはいりながら、「おおい、リーシー、いま帰ったぞ――すべて変わりないか？」という言葉を口にしたことが、いったいいくたびあったことか。〝なにも変わりはないか？　すべてクールな状態か？〟という意味。しかし、力を秘めたフレーズの例に洩れず（以前にいちどスコットから説明されたことがあったが、リーシーはすでに知っていた）、この言葉にも秘められた意味があった。ウッドボディのような男は、たとえ逆立ちしたところで《すべて変わりなく》の秘められた意味を理解することはあるまい。たとえリーシーが丸一日かけて説明したとしても、やはり理解できないに決まっている。なぜか？　この男が〈インカン族〉だからだ。そしてスコット・ランドンにまつわる〈インカン族〉の興味は、ただ一点にしかないからだ。

「お気になさらず」というのが、いまから五カ月前、リーシーがウッドボディ教授にかけた返事だった。「スコットなら、わかってくれたはずですから」

3

もしアマンダから、スコットの〝思い出コーナー〟にあった品々を――賞状や銘板といったたぐいの品々を――どこにしまったのかとたずねられたら、リーシーは嘘をついて（めったに嘘をつかない人間にしては、まずまず通用する嘘をつくことができた）、「メカニックフォールズにあるトランクルームの〈ユース・ア・ノット〉だ」と答えたはずだ。しかし、アマンダがその質問を口にすることはなかった。姉はこれまで以上にこれ見よがしな態度で、ひたすらメモ帳のページを繰っているばかりだった。適切な質問を口にしてその話題をもちだすように餌を撒いていたにちがいないが、リーシーは食いつかなかった。あれだけたくさんあったスコットの思い出の品々が消え去ったいま、このコーナーがどれほど空虚になってしまったか……どれほど空虚で興味のもてない場所になりはてたかを思っていた。そういった品々は破壊されたか（たとえばコンピュータのモニター）、そうでなければ見る影もなく傷つけられたり歪にされたりして、とても人に見せられる状態ではなくなっている。他人に見せたとしても、相手の疑問に答えが出るどころか、かえってさらなる疑問をかきたてるだけだろう。

ようやくアマンダが根負けしてメモ帳のページをひらき、こういった。「これを見て。いいから見てちょうだい」

アマンダは最初のページを掲げていた。青い罫線のあいだに、ページの左端にある針金の小さなループからページ右端までにわたって、ぎっしりと詰めこむように書きつけられていたのは（《ニューヨークの街角でいつも出くわす、いかれたホームレスの人の発する謎のメッセージそのもの……ああいう人がいるのも、いまでは公共の精神科施設に充分な予算がまわらなくなったからだけど》リーシーはうんざりした気持ちでそう思った）……数字だった。ほとんどの数字が丸で囲ってあった。わずかながら四角く囲ってある数字もある。アマンダがページをめくると、今度は左右二ページに同様の数字がさらにぎっしりと書きこまれていた。つぎのページの半分ほどで、数字はおわっていた。さいごに書かれているのは《846》らしい。

頬を赤く染め、横目でリーシーを見やるアマンダの顔には、傲慢な人間がなにかを愉快に思っているかのような表情がのぞいていた。かつてアマンダが十二歳、リーシーがまだわずか二歳だった当時、それは〝マンダはお出かけして、ひとり、いいものを手にいれた〟という意味の表情だった――たとえるなら、だれかに自分を追わせるよう仕向けるための涙。アマンダ自身はめったに泣かなかった。気がつくとリーシーは多少の興味（と多少の不安と）を感じながら、待っていた――今回、姉のこの表情が秘めた意味が明かされるのを。姿を見せてからずっと、アマンダはいかれたふるまいをしどおしだった。どんよりと曇った蒸し暑い天気のせいだけかもしれない。いや、長年つきあっていた恋人が突然姿を消してしまったせいというべきか。チャーリー・コリヴォーに捨てられたせいで、アマンダがこれから突発的な感情暴風雨に見舞われるのであれば、荒れ模様にそなえてしっかり備えをかためておくべきだ、とリーシーは思った。コリヴォーという男には――銀行家だろうとなかろうと――好意や信頼を感じたためしはなかった。春に図書館主催で開催された手づくりパン菓子の即売会の席上、コリヴォーが居酒屋〈メロウ・タイガー〉の常連客のあいだで〈豆撃ち男〉と呼ばれている話を小耳にはさんだが、そんな綽名（あだな）で呼ばれる男をどうすれば信頼できる？　だいたい、この綽名はどんな意味なのか？　もちろんコリヴォーにしたところで、アマンダが過去に心の病を患っていることは百も承知のはずで――

「リーシー？」アマンダがたずねた。ひたいに、深い皺が刻まれている。

「ごめんなさい」リーシーは答えた。「いまちょっとだけ……その……ぼんやりしてて」

「いつものことでしょ」アマンダはいった。「スコットに感染（うつ）された癖よ。ちゃんと集中して、リーシー。あたしはね、スコットが溜めこんだ雑誌や機関誌や学術誌だの、その手のあれやこれいやの数をちょっと数えてみたわけ。そう、あっちの壁にそって積みあげてあるのをね」

リーシーは、話の進む方向を心得ているような顔でうなずいた。

「ほら、ここに鉛筆でこうやって数字を書きつけて数えたの」アマンダは話をつづけた。「あんたが背中をむけてるときか、どこかへ行ってるあいだを盗んでね。だってほら、見とがめられたら、どうせあんたのことだから、やめろといっただろうし」

「いうものですか」リーシーは小さなメモ帳を自分の手にとった。メモ帳はもちぬしの汗を吸いこんで、若干しんなりしていた。「八百四十六冊！　そんなにあったの！」

しかもリーシーは壁ぞいに積まれている定期刊行物が、ふだん自分が読んだり家に置いたりしている雑誌——たとえばオプラー・ウィンフリーのO誌や家庭雑誌のグッドハウスキーピング誌、女性総合誌のミズ誌——ではなく、リトル・シーウォーニー・レビュー誌とかグリマー・トレイン誌、オープン・シティ誌、はては意味さえわからないピスクヤという単語を誌名に冠した文芸誌であることは知っていた。

「全体の数はそんなものじゃないわ」アマンダはいい、書籍や雑誌の山にむけて親指を突きだした。その方向に目をむけると、姉のいうとおりであることが見てとれた。八百四十六冊ではとてもきかない。そんな数でおさまるはずはない。「ざっと見積もっても三千冊以上ね。あれをあんたがどこにしまうか、あるいはだれに引きわたすのか、そんなことはわからない、でも、とにかく八百四十六というのは、あんたの写真が載ってる雑誌類にかぎった数字よ」

その口調があまりにもぎこちなかったせいで、最初リーシーにはさっぱり意味が飲みこめなかった。やっと意味がわかったときには、喜ばしい気持ちになった。思いもかけなかった写真の宝庫がここにあるかもしれないとは――スコットと過ごした歳月の隠された記録があるかもしれないとは――これまで考えもしなかった。しかし改めて考えれば、完璧に筋の通った話ではあった。スコットが死んだ時点で、ふたりは結婚して二十五年以上になっていたし、その期間のスコットはたゆみない常習的な旅行者だった――一冊の本と本の仕事の合間にも片時も休まず、朗読や講演で全国を飛びまわり、年間で最低でも九十は大学のキャンパスを訪問、そのあいだも尽きることのないように思える短篇の執筆が途切れることは一瞬もなかった。リーシーはその旅行の大半に同行していた。ふたりで泊まったモーテルは、いったい何軒になるだろう？　つづき部屋（スイート）のスコットがつかうほうの部屋にスウェーデン製の小型加湿器をもちこみ、リーシーがいる側ではテレビが低い音でトーク番組の賛美歌をぶつぶつとつぶやく……対するスコットの側ではポータブル・タイプライターのキーのかちかちという音（これは結婚生活の初期）や、あるいはノートパソコンのキーの静かな音（後期）がきこえており、スコットがコンマの形の髪をひたいに垂らしたまま、タイプなりパソコンなりを見おろしていた……そんなモーテルは何軒になるだろうか？

アマンダは渋い顔でリーシーを見つめていた。いまの話への妹の反応が明らかに気にくわない顔だった。「このうち六百以上が丸で囲んであるけど、これは写真の説明文（キャプション）であんたが軽い扱いを受けているものよ」

「そうなの？」リーシーは狐につままれた気分だった。

「百聞は一見にしかず」アマンダはしばしば手帳を見つめたのち、壁ぞいで休眠中の雑誌の山にむきなおって、ふたたびメモ帳を参照したのちに二冊を引っぱりだした。片方は、ボウリンググリーンにあるケンタッキー大学が二年に一回発行している、いかにも高価そうな見た目のハードカバー本。もう一冊は、いかにも学生の労作とおぼしきダイジェスト判の雑誌で、プッシュ－ペルトという誌名だった。英文学専攻の学生が魅力的だと考えて誌名に冠するものの、まったく意味のない単語である。

「ほら、早く見て。早く見てったら！」そう命令しながらアマンダが二冊を手に押しつけてくると、リーシーの鼻は姉の汗のつんと鼻を刺すきつい臭気をとらえた。「そのページに、小さな紙っぺらを栞（しおり）代わりにはさんでおいたから」

紙っぺら。これは紙切れを意味する姉妹の母親の言い方だった。リーシーは、二年に一回の大学刊行物のページを先にひらいた。スコットとふたりで写っている写真は上出来で、印刷も美麗だった。写真のスコットは歩いて演壇の発言台に近づいているところ、リーシー自身はその背後に立って拍手をしていた。聴衆はその下に立って、やはり拍手をしている。プッシュ－ペルト誌の写真は美麗という表現からはほど遠かった。ドットマトリックスの点のひとつひとつは、先の丸まった鉛筆で描いたような大きさで、粗悪な紙にはパルプ材の小片がまざりこんでいたが、それでも写真を見るうちにリーシーは泣きたい気持ちにさせられた。スコットは薄暗く騒がしい地下室めいた場所にはいっていこうとするところ。顔には昔ながらのスコットの笑顔、〝ああ、なるほど、ここが会場だね〟と語っているような愛想のいい笑み。リーシー自身はスコットの一歩か二歩うしろを歩いており、強烈なフラッシュの照り返しとおぼしき光を浴びながらも笑顔ははっきりと見えていた。そればかりか、そのときに着ていたブラウスも見わけられた――左側におかしな赤いラインが一本だけはいっている、〈アン・クライン〉の品だ。下に着ている服は黒い影に隠れてしまっていたし、写真が撮影された夜になにを着ていたかも正確には思い出せなかったが、ジーンズだということはわかっていた。夜遅い時間の外出には、決まって色褪(いろあ)せたジーンズを着用していたからだ。キャプションにはこうあった――《生ける伝説のスコット・ランドン（女性パートナー同伴）は、先月ヴァーモント大学のクラブ〈スタラグ17〉を訪問した。ランドンは閉店まで店にとどまり、自作の朗読をして、ダンスに興じ、人々との歓談に花を咲かせた。まさに楽しむすべを心得た男である》

　しかり。楽しむすべを心得た男だった。リーシーならそう証言できる。

　それ以外の定期刊行物に目をやったとたん、そこでどれだけ豊かな鉱脈を見つけることになりそうかがわかり、リーシーはふいに押しつぶされそうな気分になった。同時に自分がアマンダに傷つけられたこと、姉にこれからも出血がしばらくはとまりそうもない生傷を抉(えぐ)られたことにも気づかされた。暗い場所のことを知っていたのはスコットだけだというのか？　あの不潔な暗い場所、ひしひしと孤独を感じさせられ、みじめにも声をうしなってしまうあの場所のことを？　スコットがそこを知っていたことさえ自分は知らなかったかもしれないが、それでも充分な知識はあった。スコットがなにかにとり憑かれていることは確実に知っていたし、日没後は決して鏡を見ないことも――さらに可能であれば、鏡とおなじように自分の顔が映りこむものをも見ないことも――知っていた。そして、それでもなおリーシーはスコットを愛していた。なぜなら、楽しむすべを心得ている男だったからだ。

　しかし、もうそれは望めない。スコットは死んだ。よくある言いまわしを借りれば、〝この世を去った〟。それをきっかけにリーシーの人生は新たなステージに、独演のステージに変化し、もはや引き返すには遅すぎる。

　このフレーズが全身をふるわせ、ついついリーシーは考えてはいけないこと（紫のもの、斑模様の横腹をもつもの）について考えてしまい、あわててそこから考えをそらした。

「姉さんがこの写真を見つけてくれてよかった」リーシーは真心のこもった声でアマンダにいった。「ほんと、頼りになるすてきな姉さんね」

　そしてリーシーが思っていたとおり（といっても心から期待していたわけではない）、アマンダはよほどびっくりしたのだろう、傲慢で用心ぶかい自分という演技から一瞬にして飛びだしてくると、おどおどした目つきでリーシーのようすをうかがいはじめた――どうやら嘘を見やぶろうとして、そもそも嘘を見つけられなかったらしい。しだいに姉は、従順で御しやすいアマンダの顔をとりもどしていた。リーシーの手からメモ帳をとりかえし、これがいったいどこから来たのかもわからないというように顔をしかめてページに目を落とす。リーシーは、メモ帳に書きこまれた数字に強迫観念じみたものが感じられたことを考えあわせ、いい方向にむけての一歩なのだろうと思った。

　ついでアマンダは、そもそも忘れてはならない事実をいま思い出した、という感じでうなずいた。「丸で囲んでいないものでは、あんたのことが少なくとも名前で掲載されてるの――リーサ・ランドンというひとりの人間として。さいごになったけど、決してちっちゃくない話がひとつ――あたしたちがあんたをいつもどう呼んでたかを思うと、これはまるで洒落ね――見ればわかるけど、四角で囲ってある数字がいくつかあるでしょう？　あんたがひとりで写ってる写真よ！」そういってアマンダはひと目見たら忘れられない、凄味さえたたえた顔をリーシーにむけた。「あんたも自分でちゃんとその写真を見るべきよ」

「ええ、もちろん」身も世もあらぬほど大喜びしている声を出す一方で、自分が単身で写っている写真に多少なりとも興味をもてる理由が、リーシーにはひとつも思いつけなかった。なんといっても、昼の時間も夜の時間もともに過ごす男が――それもとびきりのいい男、セックスのテクニックも知っている非〈インカン族〉の男が――いつも身近にいた、あまりにも短かったあの歳月のあいだに撮影された写真ではないか。リーシーは目をあげて、サイズも形もさまざまな定期刊行物がつくっている乱雑な山や丘陵に目をむけながら、こんな想像に耽った。〝思い出コーナー〟（ほかにどこがあると？）の床に胡坐をかいてすわりこみ、あれをひと山ずつ切り崩しては、一冊一冊ひらいて、自分とスコットの写真を探すというのはどんな体験になることか。しかもアマンダをあれほど怒らせた写真のなかでは、どうせ自分はつねにスコットのわずかにうしろを歩いて、スコットを見あげているのだろう。ほかの面々が拍手をしていれば、自分も拍手をしているだろう。顔にはそつのない表情がのぞいているはず。内心をほとんど明かさない表情、礼儀正しく関心をむけているだけの表情。その顔は、〝スコットには退屈させられない〟と語っていた。その顔は、〝スコットにのぼせあがってるわけじゃない〟と語っていた。その顔は、《スコットのために自分の体に火をかけたりはしないし、スコットだってわたしのために自分の体を燃やすようなことはしない》と語っていた（嘘、嘘、まっかな嘘）。その顔は、《すべて変わりなく》と語っていた。

アマンダはそうした写真を憎んでいた。そのアマンダに目をむけると、姉はステーキ肉に塩をふって石で叩きそうな形相を見せていた。アマンダは妹リーシーが、ときには〝ランドン夫人〟と形容され、ときには〝スコット・ランドン夫人〟と形容され、ときには――もっともっと腹立たしいことに――なんの説明も付されていない場面を目にしてきた。さらには〝女性パートナー〟とまで貶められたところまでも。アマンダには、それが殺人行為にさえ思えていたにちがいなかった。

「マンディ姉さん？」

アマンダがリーシーに目をむけた。光は残酷だった――リーシーはまぎれもない完全なショックとともに姉アマンダが秋には六十歳の大台に乗ることを思い出した。六十歳！　その一瞬、リーシーは夫スコットにとり憑いて眠れぬ幾多の夜を過ごさせたものについて考えていた――リーシーが我流を押しとおせば、世界じゅうのウッドボディの同類たちが知らぬままになるもののことを。横腹に斑模様があって、どこまでもつづく長いあれ……鎮痛薬の容器をのぞきこんだら、すべてが空になっているばかりか、朝になるまで薬が補充されないと知ったときの癌患者がいちばんよく目にするあれのことを。

《すぐそこまで来ているよ、ハニー。姿は見えないけど……でも、あいつが餌を食ってる音がきこえるんだ》

《黙って、スコット。あなたの話はさっぱりわけがわからない》

「リーシー？」アマンダがいった。「いまなにかいった？」

「ちょっとひとりごとをいっただけ」リーシーは笑みを見せようとした。

「スコットに話しかけてたの？」

リーシーは笑みの努力をあっさり放棄した。「ええ、そんなところ。いまでもたまに話しかけてしまうの。いかれてるでしょ？」

「そうは思わないけど。ちゃんと効き目があるかぎりはね。効き目がないことをする人が、いかれてるっていわれるんじゃない？　わたしなら知ってて当然。それなりの経験者だもの。そうでしょ？」

「マンダ姉さん――」

しかしアマンダはもう向きを変えて、機関誌だの年刊出版物だの学生雑誌だのの山に目をむけていた。ふたたび視線をリーシーにもどしたとき、姉は心もとなげな笑みを浮かべていた。

「わたし、ちゃんと仕事をした？　ただ、自分の役目をきちんとすませたかっただけ……」

リーシーはアマンダの片手をとって、軽く握りしめた。「助かったわ。さてと、ここを出たら最初になにをしたらいい？　とりあえず、姉さんに先にシャワーをつかわせてあげる」

4

《ぼくは暗闇で迷っていて、きみに見つけてもらった。暑かった――すごく暑かった――そんなぼくに、きみは氷をくれたんだ》
スコットの声。

リーシーは目をあけた。いま自分は昼間の仕事をしている最中、ふっと一瞬だけまどろんでしまったところ……そのあいだ、一瞬ではあれ真に迫った夢を見た……夢のなかでは、スコットの仕事場を片づけるという際限のない仕事をさせられていた。そんな思いが頭をかすめたものの、目をあけるとすぐ、スコットがじっさいに死んでいることが理解できた――アマンダを車で家まで送っていったあとで、自分のベッドで寝こんでいた、いまのは自分が見ていた夢だ、と。

月明かりのなかで、体が浮かびただよっているような気分だ。珍しい異国の花の香りが鼻をつく。肌理こまかな夏の風、こめかみにかかる髪をうしろへ吹き流していく風は、たとえるならわが家から遠く遠く離れた秘密の場所で、とうに夜半を過ぎてのち吹く風か。けれども、そここそがわが家、わが家であるにちがいなく、というのも前方に目をむけると、そこにスコットの仕事場を擁する納屋が、〈インカン族〉が興味津々の品々をおさめた納屋があるからだ。アマンダのおかげもあって、いまでは自分と亡き夫の写真のありったけがしまわれていることも知っている。埋められた財宝のありったけ、心騒がせる掠奪品のありったけが。

《あそこにあるたくさんの写真は、やはり見ないほうがいいのかも……》風が耳もとでささやいた。

いや、そんなことはわかりきっている。それでもなお、自分が見てしまうことも。ひとたびそこにあると知ったら、もう見ずにはいられない。

いま自分が月明かりというめっきをほどこされた大きな一枚の布に乗って、空中を浮かびただよっていることがわかると、うれしさがこみあげた。布には**《ピルズベリーの最高級小麦**

粉》の文字がくりかえしのパターンでプリントされている。四隅はハンカチのように結び目になっていた。そのちょっとした仕掛けがうれしかった。まるで雲に乗って浮かんでいるように思えるからだ。

《スコット》そう名前を声に出そうとしたが、声は出なかった。夢が声を出させまいとしている。納屋に通じるドライブウェイが消えているのが見えた。納屋と母屋のあいだにあった庭もおなじく消えている。庭があった場所にあるのは紫の花が咲き乱れる広大なお花畑――花は、なにかに憑かれたような月の光を浴びて夢見ている。《スコット、あなたを愛してた、あなたを救った、あなたに

5

つぎの瞬間に目が覚めると、闇のなかで呪文のごとくおなじ言葉をくりかえす自分の声がきこえた。「あなたを愛してた、あなたを救った、あなたに氷をあげた、あなたを愛してた、あなたを救った、あなたに氷をあげた、あなたを愛してた、あなたを救った、あなたに氷をあげた」

リーシーは闇のなかで長いこと横たわったまま、ナッシュヴィルのあの暑い八月の日のことを思い出し――これが初めてではないが――長年ふたりで暮らしていたあとでひとりになるの

は、じつに奇妙なものだ、という思いを嚙みしめていた。二年もあればこの奇妙な違和感もすり切れて消えるはずだといいたかったが、現実はちがった。時間は悲しみという刃をなまくらにしただけ、だから刃は心を薄切りにしなくなった代わりに、心を荒々しくぶった切るようになった。なぜなら、すべて変わりないわけではないから。外側も、内側も、そしてリーシーにとっても。かつてはふたりを抱きとめていたベッドに横たわったリーシーは、目が覚めて、あいかわらず家に自分しかいないとわかったときほど痛切に孤独を感じることはない、とひとり考えていた。家にいるのは自分ひとり、自分と壁のなかの鼠だけだとわかったときほど。

II　リーシーと狂人

(闇に愛された男)

1

翌朝、リーシーはスコットの〝思い出コーナー〟の床に胡坐(あぐら)をかいてすわりこみ、部屋の反対側、仕事部屋の南壁にそって積みあげてある雑誌や校友会誌や文学部刊行物や、そのほか大学関係の〝機関誌〟類に目をむけた。いまだ目にしていない写真がひとまとまりになってこっそり忍び寄り、いまではリーシーを支配しているかに思えたが、じっさいに見てみれば、その支配の力を多少なりとも追い払えるのではないか――そんな思いが頭をかすめた。しかし、じっさいにここに足を運ぶと、それがむなしい希望だったとわかった。また、数字のすべてが書きとめられたアマンダの小さなメモ帳も必要ではなかった。メモ帳はすぐ近くの床に置き去りにされたままで、リーシーはそれを拾いあげてジーンズの尻ポケットにおさめた。目の届く場所に置いておきたくはなかった――完全に正気とはいえない精神が丹精こめてつくった作品を。

以前、南壁にそって延々と積まれている本や雑誌の長さを計ったことがある。埃をかぶった本がつくる蛇は、高さが一・二メートルほどで、長さは九メートルを軽く越えていた。アマンダがいなかったら、中身を確かめたり、スコットがなんの意図でこれほど多くの本や雑誌をここに溜めこんでいたのかと考えをめぐらしたりすることもないまま、酒屋でもらってきた段ボール箱に一冊残らず詰めこんでいたことだろう。

《わたしの頭はそんなふうには働かないから》リーシーはひとりごちた。《やっぱりわたしは、頭でものを考える人間じゃないのね》

《そうかもしれない。でも、きみはいつだって記憶する力ではだれにも負けてないじゃないか》

これは揶揄気分がいちばん高まったときのスコット、魅力にあふれ、抗いがたい雰囲気をまとったときのスコットの言葉だが、あけすけな真実をいうなら、リーシーが得意なのはむしろ忘れることだった。それはスコットもおなじで、ふたりのそれぞれに理由があった。それでもなお、スコットの先の言葉の正しさを証明するかのように、リーシーの耳にかつての会話の亡霊じみた断片がきこえてきた。話者の片方の声にはなじみがあった――スコットだ。もう一方の声には、わずかな南部訛があった。いや、わざとらしくつくったわずかな南部訛というべきか。

――ここにいるトニーが〈なんとかかんとか、なんじゃもんじゃ〉のために書きあげることになってましてね。ごらんになっていただけますか、ミスター・ランドン?

――ほう、それはそれは。ええ、ぜひとも。

周囲のいたるところから、低く抑えた話し声がきこえていた。だからスコットには、トニーなる人物が書きあげるはずのものについての話も、ろくにきこえてはいなかったが、こうして自分が人前に出てきたときに話しかけてくる相手には、どんなふうに対応すればいいかという点について、政治家はだしの勘のよさを発揮した。膨れあがる一方の群衆のざわめきに耳を傾けながらも、ひと足先に〝コンセント差込ポイント〟を見つけていたのだ——〝コンセント差込ポイント〟とは、スコットがまわりの人々に電流を流し、それが二倍や三倍になってスコット自身に返ってくる、あの喜ばしいタイミングのこと。スコットはその電気ショックを楽しんでいたが、それ以上にコンセントを差しこむその瞬間を楽しみにしていたにちがいない、とリーシーはにらんでいた。それでもなお、スコットはちゃんと時間をとって相手に返答していた。

——写真や大学新聞の記事とか書評、それに学部関係の出版物とか、そのたぐいを送ってほしいな。すべてを見てみたいからね。送り先は、メイン州キャッスルロックのシュガートップ・ヒル・ロード、RFD二番の〈仕事場〉。郵便番号はリーシーが知ってる。ぼくは覚えられたためしがなくてね。

リーシーの話はそれだけ。《郵便番号はリーシーが知ってる》、ただそれだけ。アマンダがきいていたら、どれほど吠え狂ったことか！　しかしその種の旅では、リーシーはその場であろうとなかろうと、自分の存在を忘れてもらうことを望んでいた。むしろ見る側にまわっていたかった。

《ポルノ映画の脇役みたいにか？》前にいちどスコットからそう質問されたときには、リーシーは三日月形の笑みを——あと一歩であなたは一線を越えることになる、と教える笑みを——のぞかせてから、《ええ、あなたがそういうのなら》と答えた。

スコットは目的地に着いたときにはかならずほかの人にリーシーを紹介したし、必要とあればそのあともそこかしこで紹介したが、そういう場面はめったになかった。大学の学者連中は、自分たちの専門分野以外のことへの好奇心が異常なほど欠如している。大多数は、『コースターの娘』（全米図書賞）と『遺物』（ピュリッツァー賞）の作者を自分たちのもとに迎えたことだけで大喜びしていた。さらに約十年ばかり、スコットが実物以上に大きな存在になっていた時期があった――ほかの人々からそう思われたばかりか、スコット自身にとっても（リーシーにとっては、そんなことはなかった。トイレでペーパーをつかいきったスコットに、新しいペーパーをわたしていた当人だからだ）。ステージに立っているスコットに、マイクを手にした者が突進していくようなことこそなかったが、スコットが聴衆とのあいだにつくりあげる絆は、リーシーにも感じとれた。電流。絆にはびりびりと電気が流れ、しかもそれは作家としてのスコットの仕事にはほとんど関係がなかった。いや、まったく関係なかったのかもしれない。あえていうなら、スコットをスコットたらしめているものに関係していた。他人にはいかれた話にきこえるだろうが、事実は事実だった。しかも、それがスコットを大きく変えることはなかったし、傷つけることもなかったが、それが一変したのは、あのとき――

リーシーの目が動きをとめ、一冊のハードカバーの背表紙をぴたりと見すえた。背には金文字で、《テネシー大学ナッシュヴィル校一九八八年回顧》という書名があった。

一九八八年、ロカビリー小説の年。スコットが書きあげることのなかった長篇。

一九八八年、狂人の年。

――ここにいるトニーが書きあげることになってまして。

「ちがう」リーシーは声に出していった。「そうじゃない、あの男はトニーとは発音しなかった。あの男は――」

――トネエ。

そう、そういう発音だった。あの男はトネエ、トネエと発音したのだ。

――ここにいーるトネエが書きあげっことになってまして。

「――『テネシー大学ナッシュヴィル校一九八八年回顧』のために書きあげることになってまして」リーシーはいった。「あの男はそう話してた……」

――それなら、翌日配達郵便（エクスプレスメール）で送ってもかまわない。

ただしリーシーには、あの第二のテネシー・ウィリアムズ志願の小男が単語の最初の部分をぼかして、〝スプレス・メール〟と発音したことに確信があった。とにかく、そんな訛の口調だったし、それが南部風フライドチキンな側面だ。ダッシュモア？　ダッシュマン？　たしかにあの男は、カスったれな花形陸上選手そこのけに全力疾走（ダッシュ）したが、いや、そういうことじゃない。たしかあの男は――

「ダッシュミール！」リーシーは無人の部屋にむけてつぶやき、拳を握りしめた。金箔押しのある背表紙を見つめるその目つきは、一瞬でも目を離した瞬間に本が消えうせてしまうと思いこんでいるかのよう。「あのちびの下衆（げす）な南部男の名前はダッシュミール、**あの男は脱兎のごとく逃げてったんだ！**」

スコットのことだから、エクスプレスメールなりフェデラルエクスプレスなりで送るという申し出は断わったはずだ。その手の方法をつかうのは金の無駄だというのが信念だった。手紙による通信について、決して急ぐことはなかった——ただし、下流にむけて流れるものとなるとスコットは正反対になった。ものが自作長篇の書評だと、〝筏（いかだ）にもどってこいよ、ハック・ハニー〟的な気楽な態度は影をひそめ、〝なにがスコッティを走らせるのか〟的な態度が強くなったが、自分が講演などで人前に出たことを報じる記事のたぐいは、普通郵便で充分だという考えだった。スコットの仕事場には母屋とは別個の住居表示があったので、この手の本や雑誌が配達されてきたときにリーシーが目にしなかったのも、いわば当然のことのとわかる。ひとたびここに配達されたのちは……そう、この広々として、ふんだんな照明のあるスペースは、あくまでもスコットの創作上の遊園地であって、リーシーの場所ではなかった。おおむね陽気なひとりの少年のためだけのクラブハウス、そこでスコットは小説を書き、壁がクッションになった独房になぞらえて〈わがクッション部屋〉と呼んでいた防音設備のととのった場所で、好きなだけボリュームをあげて音楽をきいていた。ドアに《**立入禁止**》のプレートが出ていたことはいちどもなかったし、リーシーはなんどもここに足を運び、リーシーが顔を出せばスコットはいつも喜んでいたが、それでも南の壁にへばりついて眠っている本の蛇の腹の中身は、アマンダがそこを調べて初めて判明したのだった。怒りんぼのアマンダ、猜疑心（さいぎしん）の強いアマンダ、強迫性障害のアマンダ、自宅キッチンの煖炉に一回にくべる楓（かえで）の薪はきっかり三本にしなくてはいけない、そうでなくては家が焼け落ちてしまうと理由もなく信じこんでしまったアマンダ。忘れ物をとりに家のなかに引き返す羽目になったときには、かならず玄関ポーチで三回まわるという習慣を頑として変えないアマンダ。そういったふるまいを見ていれば（あるいは歯を磨くときにブラッシングの回数を数える声をきいていれば）、人はアマンダを心の病をわずらった中高年女だと考え、ゾロフトなりプロザックなりの抗鬱剤を医者から処方してもらうべきだと考えるだけであっさり片づけてしまうだろう。しかし、そのアマンダがいなかったら、妹リーシーはここに亡き夫の写真が数百枚は眠っていて、リーシーに見てもらうその日をじっと待っていたことに気がついただろうか？　数百もの思い出が呼び覚まされる瞬間を待っていたことに？　しかもその思い出の大多数は、ダッシュミールの思い出、腰ぬけの南部風フライドチキン野郎の思い出などよりもずっとずっと楽しい思い出のはず……。

「おしまい」リーシーはひとりつぶやいた。「そこでおしまいにしなさい。リーサ・デバッシャー・ランドン、手から力を抜いて、つかまえていたものを放しなさい」

しかし、結局のところリーシーは明らかにその言葉を実行に移す気分にはなれなかったらしい。というのも立ちあがって部屋を横切り、積まれた本の前に膝をついたのだ。右手がまるでマジシャンの演じる手品のようにふらふらと浮かびあがっていき、背に『テネシー大学ナッシュヴィル校一九八八年回顧』と書名のはいった本をつかんだ。心臓が早鐘のように搏っていた――昂奮のゆえではなく恐怖のせいで。頭が心に、すべて十八年も昔のことだと説くのは勝手だが、こと感情の分野では、心は独自のすばらしい語彙をそなえている。狂人の髪は、ほぼまっ白に近いほどの淡いブロンドだった。大学院生の狂人、その口から迸りでていたのは無意味な囈言ばかりではなかった。銃撃事件の翌日――すなわちスコットの容体が〝危機的〟から〝安定〟に変わったときに――リーシーはスコットにむかって、あの狂人大学院生は手綱をかけていたのかと質問した。スコットは、およそなんであれ正気をなくした人間がなにかに手綱をかけることができるかどうかは知らない、とささやき声で答えた。手綱をかけるのは英雄的な行為、意思のおこないであり、正気をなくした人間は意思の点ではかなり心もとないものがある……もしや、そうではないとでも考えているのか？

――わからないわ、スコット。考えてみる。

本気でいった言葉ではなかった。できることなら、もう二度と考えたくなかった。リーシーにいわせれば、小型の銃を手にしたカスったれ乱心野郎など、スコットと出会ってからこっち首尾よく忘れ去ったほかのあれこれと、ひとまとめにしてもかまわなかったからだ。

――暑かったね？

ベッドに横たわったまま。顔色が青白いまま……あまりにも青白い……とはいえ、わずかながら血色がもどっていなくもない。これといって特別なところのない、なにげないままの表情、ただ会話をつづけているだけの顔つき。そしていまのリーシーは、孤独のリーシー、未亡人ランドンは……ぞくりと身をふるわせた。

「あの人は覚えてなかった」リーシーは低い声でつぶやいた。

覚えていなかったことは断言してもいいくらいの気分だった。スコットが歩道に倒れこんだあのとき、スコットが二度と立ちあがる日は来ないだろうと、自分もスコット本人もそうとしか信じられなかったあのときのことは、なにひとつ覚えていないのだ、と。スコットが死にかけていたこと、そしてふたりのあいだに交わされた言葉のすべてが今後も残ること、おたがいにかけるべき言葉が数多くあるとわかったふたりのこと、そのすべてを。リーシーがようやく勇気を奮い起こして話しかけた神経科医は、心的外傷を残すような出来ごと前後のことを忘れるのは当たり前のことであり、その種の経験を越えて恢復を目ざす人にとって、記憶というフィルムのその部分が焼け焦げていると気づかされるのは決して珍しいことではない、と語った。焼け焦げた箇所が五分以上になったり、五時間以上、あるいは五日以上に延びたりしてもおかしくはない。何年もたってから、ことによったら何十年もたってから、相互に無関係な記憶の断片や映像が、ふっと意識の表面に浮かんでくることもある。神経科医はそれを防衛機構と呼んでいた。

リーシーにはうなずける話だった。

病院をあとにしたリーシーは、滞在していたモーテルへ引き返した。あまりいい部屋ではなかった——部屋はモーテルの奥にあり、窓から外を見ても目にはいるのは板塀ばかり、きこえてくるのは百頭ほどの犬の吠え声ばかり。しかし、そんなことをいちいち気にする状態ではなかった。むろん、夫が撃たれた現場になった大学キャンパスとは、もういっさいかかわりをもちたくなかった。リーシーは靴を蹴って脱ぐと、弾力のないマットレスに横たわって、こんなことを思った。《闇があの人を愛したんだ》

事実だろうか？

わかるわけがない。なぜなら、いまの言葉の意味さえわからないのだから。

《わかってるはず。父さんのご褒美はキスだった》

リーシーは、見えない手に平手打ちを食らったかのように、枕の上で頭を一気に横にめぐらせた。《その話はしないで！》

答えはなかった……答えはなかった……それから……控えめな調子で。《闇があの男を愛してる。あの男は恋人みたいに闇と踊り、月が紫の丘の上に昇り、そして甘い香りが酸っぱい悪

臭に変わる。毒のようなにおいに》

リーシーは反対側に頭をむけた。モーテルの外では太陽がオレンジ色の八月の煙のなかで沈んでいき、夜のために穴を穿ちつつあるところで、犬たちがやかましく吠えたてていた——ナッシュヴィルのカスったれな犬すべてが吠えているかのようだった。子どものころ母親には、暗闇に恐れることはなにもないと教わってきたし、それが事実にほかならないと信じてもきた。昔から暗闇でも、たとえ稲妻の閃光が走って雷鳴が轟くようなときでさえ、まったく臆せずにはしゃいでもいた。何歳も年上の姉のアマンダが上がけを頭からかぶっていても、小さなリーシーはベッドでちょこんとすわって親指をしゃぶりながら、だれか懐中電灯をもってきてお話を読んでほしいとせがんでいたものだ。前にこのことを話すと、スコットはリーシーの両手をとってこういった。「だったら、きみがぼくの光になってくれ。ぼくの光にね、リーシー」だから、そう努めた、努めはしたが——

「ぼくは暗いところにいた」リーシーは『テネシー大学ナッシュヴィル校一九八八年回顧』を両手にもったまま、ほかにだれもいない仕事部屋でつぶやいた。「あのときそういってたんでしょう、スコット？　そういってたのね？」

——ぼくは暗闇で迷っていて、きみに見つけてもらった。きみがぼくを救ったんだ。

ナッシュヴィルでは、それが事実だったのかもしれない。しかし、最終的にはちがった。

——きみは昔から、いつでもぼくを救ってくれたんだよ、リーシー。覚えてるかい、ぼくが最初にきみのアパートメントに泊まったときのこと？

いまここで膝に本を置いてすわりながら、リーシーは顔をほころばせた。もちろん覚えていた。ひときわはっきりと覚えているのは、ペパーミントシュナップスを飲みすぎて口が酸っぱくなるような胃の痛みに襲われたことだ。スコットはといえば、最初はなかなか勃起せず、勃起したあともその維持にひと苦労させられた……しかし、最終的にはすばらしいひとときになった。最初リーシーは、アルコールの影響だとばかり思っていた。しかしあとになってスコットは、これまでいちども首尾よくできたためしはなかったと打ち明けた——自分にとってはリーシーが初めてで唯一の相手だ、これまでは思春期に同性愛も異性愛もひっくるめて性の大冒険をしたと話していたが、あれはすべて嘘だった、と。リーシーは？　リーシーはスコットを未完成の仕事、いうなれば就眠前にすませておくべき仕事だと見ていた。食洗機をだましだまし動かして騒がしい仕事をおわらせる……パイレックス製のキャセロールをシンクの水に浸けておく……そして、新進気鋭の若手作家にフェラチオをして、まずまず固い状態にまで導く。

——ことがおわって、きみが眠りこんだあとも、寝つけぬまま横になっていて、ナイトスタンドの時計の音や外を吹いていく風の音をきいていたそのとき、ぼくは自分がわが家にいることを実感したんだよ。きみといっしょのベッドにいること、それこそがわが家だし、それまで暗闇で忍び寄ってきたものが急にいなくなったこともわかった。あれはもう、ぼくの近くにいられなくなったんだな。追いはらわれたんだ。いずれは帰ってくる、またやってくるにちがいないとわかってはいたよ。でも、とどまっていることはできなくなったし、これでぼくもほんとうに眠れるとね。感謝の念で胸が張り裂けそうだった。ぼくが真の意味での感謝の念をいだいたのは、あれが初めてだったんじゃないかな。きみの隣で横たわりながら、涙がつぎつぎに目からあふれて顔をつたい、枕に流れ落ちていったっけ。あのときのぼくはきみを愛していたし、いまのぼくはきみを愛してるし、そのあいだ一時（いっとき）も愛していなかったことはない。きみに理解されていなくたって、そんなことはかまわない。理解なんて、大幅に過大評価されているものだからね。でも、これでもう安心といえる境遇を手に入れられる人なんかいないんだ。暗闇からあれがいなくなって、自分がどれほど安心したかを忘れることはなかったよ。

「父さんのご褒美（ほうび）はキスだった」

　今回リーシーは大きな声ではっきりといい、自分しかいない仕事場が暖かかったにもかかわらず、ぞくりと身をふるわせた。いまもその言葉の意味はわからないが、スコットが父さんのご褒美はキスだといい、これまでだれといても安心できなかった、安心できた相手はリーシーが初めてだ、と話したのがいつだったかは、はっきり覚えていた——結婚の直前だ。リーシーは知るかぎりの方法を尽くして、スコットに安心を与えようとはしたが、それだけでは不足だった。それでもなおさいごには、スコットのもとにあれが帰ってきた——スコットがときおり鏡や水のグラスにその姿をかいま見たあれ、巨大な斑模様の横腹をもつあれが。ロングボーイが。

　リーシーはつかのま、仕事場をおそるおそる見まわした——あれはいま、自分を監視しているのだろうかと考えながら。

2

リーシーは『テネシー大学ナッシュヴィル校一九八八年回顧』をひらいた。本の背が折れて、まるで銃声のような音をたてた。リーシーは驚きの悲鳴をあげて、本をとり落とし……ついで笑いだした（笑い声がいささかふるえていたことは否定できない）。「リーシーのお馬鹿さん」

今回は、折りたたまれた新聞の切り抜きがページのあいだから落ちてきた。用紙は黄ばんで、かさついていた。ひらいてみると、そこにあったのは、キャプションが添えられた粒子の粗い写真で、写っているのは二十三歳ぐらいの若い男だった。ショックで茫然としているせいだろう、実年齢よりもずっと若く写っている。右手には、ブレードが銀色の短いシャベルをもっている。ブレードには文字が刻印されているという話だったが、写真では読みとれない。しかしリーシーは、その文字を覚えていた。**起工式　シップマン図書館**だ。

若い男は……なんといえばいいのか……シャベルをこっそり盗み見ている。男の顔の表情だけではなく、痩せた体のあちこちを不器用に突きださせている姿勢からも、男が自分の見ている品がなんだかわかっていないことが見てとれた。砲弾を見ているとしても、あるいは盆栽（ボンサイ・ツリー）、あるいはガイガーカウンターでも、硬貨を投入する細い隙間が背中にある陶器の豚の貯金箱を見ていたとしてもおかしくなかった。なんじゃもんじゃというしかない正体不明の品物を見ていても、〝愛のポンパトゥス〟を解明する聖句箱を見ていても、コヨーテ革でつくられたクローシュ帽を見ていてもおかしくなかった。それどころか、古代ギリシアの詩人ピンダロスの男根だとしてもおかしくない。どのみち、この男はなにもわからないほど肝をつぶしていた。それだけではなく——リーシーは断言してもいいと思っていたが——この男は自分の左手、写真の黒い粒子の群れのなかで永遠に凍りついている左手をつかんでいる男のことも、まったく気がついていなかった。左手をつかんでいる男が着ているのは、仮装舞踏会用のハイウェイパトロール隊員風コスチュームのような制服だった。銃はもっていなかったが、装備品用のサムブラウンベルトを胸にかけていたうえに、そこにはスコットが見たらきっと大笑いしながら目をまん丸にして、「かーんぺっきにどでかでっかいお口」とでも表現したような大きな汗染みがあった。しかもこの男は、かーんぺきにどでかでっかい笑みを顔にたたえてもいた。ああ・神さま・ありがとう的な安堵の笑み、《おれがいっしょだったら、あんたはもう二度とバーで自分の酒代を出す気づかいはないぜ——まあ、おれが一ドルをふたつ手にしているかぎりはな》と語っているような笑み。そして背景にはダッシュミールが、現場から走って逃げていったちび下衆南部男（チキンシット）の姿が見えた。ロジャー・C・ダッシュミール……いま思いついたが、ミドルネームのCは腰ぬけ野郎の頭文字だ。

　はたして自分は、ちっちゃなリーシー・ランドンは、気だてのいいキャンパス警官が茫然としている若い男の手を握っている場面を目にしただろうか？　いや、見ていない。しかし……ちょっと待った……。

　ちょおおおおっと待った、タイム……ほら、これ見て……ええと、おとぎ話に出てくるような突拍子もないシーンが現実に展開された現場を見たい？　たとえば、兎の穴にアリスが落ちていくようなシーン、あるいはトップハットをかぶったひきがえるが車を運転しているような？　そう、だったらぜひともこれを見るべき、この写真のここ、右側を。

　上体をかがめると、ナッシュヴィル・アメリカン紙の黄ばんだ写真に鼻の頭がふれそうになった。スコットがメインでつかっていたデスクの広い中央抽斗（ひきだし）に拡大鏡があった。見かけたことはなんどとなくある。世界でいちばん古い未開封のハーバート・タレイトンの箱と、世界でいちばん古い未換金のS＆Sグリーンスタンプのあいだに。その拡大鏡をもってきてもよかったが、リーシーはその手間をかけなかった。いま自分の見ているものを確認するのに、拡大する必要はなかった――茶色のローファーの片足の半分。コルドバ革のローファーの半分。さらにいうなら、わずかにヒールが高くなっている。リーシーはこのローファーのことをよく覚えていた。なんとも履きやすかったことを。そう、たしかにあの日はこのローファーを履いていたのでは？　チーズがおろし金に激突したような騒動がもちあがったのちは、気だてのいい警官の姿も、茫然としている若い男（トニー、《ここにいーるトネエが書きあげっことになって》で有名なトニー）の姿も目にしなかったし、南部風フライドチキン野郎のダッシュミールにもまったく気づかなかった。その全員、カスったれ連中の全員がリーシーにとっては一瞬で消失したのだ。あのとき念頭にあったのはたったひとつ、スコットのこと、それだけ。たしかにあのときスコットとは三メートルも離れていなかったはずだが、すぐにでも駆けつけなくては、ほかの人に阻まれて近づけなくなることはわかっていたし……もし自分がその場から締めだされたら、あの群衆がスコットを殺すかもしれない、ともわかっていた。剣呑（けんのん）きわまる愛と飽くことを知らぬ懸念という武器で殺すかもしれない。だいたい、どっちみちあの人は死にかけているのかもしれない。もしそうなら、せめて息絶えるときにはそばにいたかった。せめてスコットが——母親や父親の世代の人の表現を借りるなら——〝旅立つ〟ときには。

「スコットは死ぬにちがいない、わたしはそう思ってた」リーシーは、日ざしのよくはいる静かな部屋にむかって、うねうねとした体に埃をかぶった本の蛇の巨体にむかっていった。

それでリーシーは倒れた夫のもとに駆けよった。ニュース・カメラマンは——そもそも最初は、大学のお偉方やキャンパスを訪問した有名作家が起工式のためにあつまって、いずれ新図書館が建つその場で〝最初にシャベルで土をすくう〟儀式をおこなう場面をとりあえず記録するためだけに呼ばれたのだが——結果としては、それをはるかに上まわるダイナミックな写真を撮影することになったのではないか？　これは新聞のトップにふさわしい写真、名誉の殿堂クラスの写真だ。朝食のシリアルのスプーンをもちあげた手をボウルと口の中間でぴたりと停止させ、個人広告にぽたぽたとしずくを落とさせてしまう写真、腹部を押さえて断末魔の叫びに大きく口をあけているオズワルドの写真のように、ひとたび見たら忘れられない、ある瞬間を冷凍保存したイメージだ。そして作家の妻がおなじ写真におさまっていることに気づくのは、ひとりリーシーだけだろう。いや、正確にいうなら、写っているのはリーシーが履いていたヒールを高くした靴の片方だけだが。

写真の下に添えてあるキャプションにはこうあった。


テネシー大キャンパス警察のS・ヘファーナン警部は、この写真が撮影される数秒前に有名作家のスコット・ランドンの命を救ったトニー・エディントンを表彰した。「彼こそ真の英雄です」とヘファーナン警部は語る。「手をつかめるほど近くには、ほかにだれもいませんでした」（関連記事は四面と九面に）

切り抜きの左側には、見覚えのない筆跡でかなり長いメッセージが書きこまれていた。右側にはスコットの無造作な筆跡で二行の文章がある。二行めにくらべて一行めの文字のほうがわずかに大きい……加えて、驚いたことに靴をさし示す小さな矢印が描かれているではないか！　矢印の意味はすぐにわかった。スコットは、これがなんなのかを見ぬいていたのだ。スコットは妻からきいた話と考えあわせて――お望みならそれを〝リーシーと狂人〟と呼ぼう、血沸き肉躍る冒険実話だ――すべてを理解していたのだ。スコットは怒っていたのだろうか？　いいや。なぜならスコットは、妻が怒らないことを知っていた。スコットは、これを見たリーシーが愉快に思うと、カスったれなほど笑うはずだと、そう見ぬいていた。それならどうして、いま涙があふれそうになっているのか？　これまでの全人生をふりかえっても、ここ数日間ほど自分の感情に驚かされ、不意を打たれ、足をすくわれたことはいちどもなかった。

リーシーは新聞の切り抜きを本の上に載せた。口に入れた綿菓子が唾にふれると一瞬にして溶けるように、突然あふれた涙に濡れたら切り抜きが瞬時に溶けてしまうのではないかと思ったのだ。リーシーは両手のひらで目もとを覆って、しばらく待った。やがてもう涙があふれてこないと安心できるまでになると、もういちど切り抜きを手にとって、スコットが書きつけた文章に目を通した。

ぜひともリーシーに見せないと。きっと**大笑い**するはず。

でも、わかってくれるかな？（わが社の調査結果はイエス）

スコットは、きょうはいい日だねとリーシーに語りかけているかのように、感嘆符の点を七〇年代風の陽気な笑顔（スマイリー）マークにつくりかえていた。しかもリーシーには、ちゃんとわかった。十八年後にはなったが……それがどうした？　記憶は相対的だ。

《禅（ゼン）そのものだね、青書生（グラスホッパ）》スコットならそういいそうだった。

「禅なんてものじゃないわ。最近トニーはどうしてるんだろう？　わたしが考えてるのはそのこと。有名作家スコット・ランドンの命の恩人のこと」リーシーが声をあげて笑うと、目のへりに溜まったままだった涙が頬を転がり落ちていった。

つづいてリーシーは写真を左まわりに逆転させて、反対側に書きつけられたもっと長いメモに目を通した。

88／8／18

親愛なるスコット（と呼ばせていただきます）。あなたの命を救った若き大学院生であるC・アンソニー（通称〝トニー〟）・エディントン三世の写真をお送りします。いうまでもなく大学当局から表彰する予定ですが、先生も連絡をおとりになりたい場合もあるでしょう。住所は以下のとおり：郵便番号三七二三五、テネシー州ナッシュヴィル、ナッシュヴィルノース、コールドヴュー・アヴェニュー七四八番地。エディントン氏はテネシー州南部の〝貧しいけれども誇り高い〟名家の出身であり、またすばらしき学生詩人でもあります。むろん先生もエディントン氏に独自に謝意を（あるいは謝礼を）捧げられる意向であると拝察いたします。草々。ロジャー・C・ダッシュミール。テネシー州立大学ナッシュヴィル校・文学部准教授。

　リーシーはメモにくりかえし目を通した――一回(ワンス)、二回(トワイス)（「三倍(スリー・タイムズ)もレエエエイディ」スコットならここですかさず有名な歌で合いの手を入れたはず）。顔にはあいかわらず笑みが浮かんでいたが、このときには驚きと窮極の理解があいなかばする酸っぱい気分になっていた。ロジャー・ダッシュミールもじっさいの顛末を知らないことでは、キャンパス警官と五十歩百歩だろう。となると、あの日の午後の真実を知っているのは、この大きな丸い地球上にわずかふたりしかいないことになる――リーシー・ランドンと、年度回顧本のために書きあげたことになっていたトニー・エディントンだ。いや、その〝トネエ〟にしてからが、起工式でのシャベルの最初のひとすくいの儀式のあとになにがあったのかを認識していないかもしれない。もしかしたら、恐怖を注射されて意識喪失状態にあったのかも。もっと具体的にいえば――当人は本気で、自分がスコット・ランドンを死から救ったと思いこんでいるかもしれない。

　いや。そうは思えなかった。いまリーシーが思っていたのは、この記事の切り抜きと慇懃無礼(いんぎんぶれい)な短いメモが、ダッシュミールからスコットへのささやかな復讐だったのではないかという思いだった……しかし、なにへの復讐か？

礼儀正しく接したことへの？

あるいは、文学紳士（ムッシュ・ド・リテラチュール）ダッシュミールを見ていながら、本人の人間性にまで目をむけなかったことへの？

形ばかりの元気づけのスピーチをし、シャベルで土をひとかきするだけで千五百ドルの臨時収入を稼ぐ、鼻もちならない金持ち作家であることへの復讐？　シャベルの儀式のため、土を事前に柔らかくしておいたことへの？

そのすべてだろう。あるいはそれ以外にもあるのかも。ダッシュミールは内心、もっと真実に近い世界、もっと公平な世界であれば自分とスコットの立場が逆転していたはずだと信じていたのだろう、とリーシーは思った。その世界ではおのれこそ、ロジャー・ダッシュミールこそが知的関心と学生の尊敬を一身にあつめており、対するスコット・ランドンは――〝命がかかっていなければ屁も垂れないほどけち〟で臆病な妻はいうにおよばず――キャンパスという葡萄園（ぶどうえん）をうろついてはご機嫌とりに汲々（きゅうきゅう）とし、学部内政治の風向きティスティングにおこたりなく、その点を次回給与査定に反映させてもらうために、ちょこまか走りまわっていたはずだ。

「なんにしたって、あの男はスコットがきらいで、これはあの男なりの復讐だわ」リーシーは、細長い納屋の屋根裏、日ざしの射しこむがらんとした部屋にむけてそう述べた。「この……ペンに毒をこめた切り抜きは」

リーシーはつかのまそのことに思いをめぐらせてみてから、いきなりけたたましく陽気な笑いの発作を起こし、乳房の上の平坦な部分をとんとんと両の拳で叩きはじめた。

多少なりとも笑いがおさまると、リーシーは『回顧』のページをめくって目ざす記事を探しあてた——「アメリカのもっとも有名な作家、長年の夢である新図書館の落成式に出席」という記事だ。筆者は、トネエの名前でも知られるアンソニー・エディントン。ざっと目を通したリーシーには、自分にも怒りの能力があることを知らされた。激怒といってもいい。記事には、この日の式典がどんなふうに幕をおろしたのかが書かれていなかったばかりか、それをいうなら、この『回顧』の筆者の英雄的とされている行為についても言及がいっさいなかった。ただしめくくりの一句にだけは、とんでもない番狂わせが起こったことがほのめかされていた。「起工式のあとのランドン氏によるスピーチと、そのあと予定されていた学生ラウンジでの朗読会は不測の事態が起こったために中止になったが、われわれはこのアメリカ文学の巨人がふたたびわが大学のキャンパスを訪問することを願ってやまない。たとえば、そう、一九九一年に予定されているシップマン図書館の開館式のおりには！」

これが大学の『回顧』なのだと——裕福であると推定される卒業生に郵送される高価な豪華版ハードカバーなのだと——改めて自分にいいきかせると、怒りを鎮静化させる方向にいくらか歩み寄ることもできなくはなかった。もしや自分は、雇われ三文ライターがあの日の血まみれスラップスティック騒動の一端をふりかえるのを、『テネシー大学回顧』が許すとでも考えていたのだろうか？　そんな記事で、大学の金庫に流れこむ金がどれだけ増えるというのか？　スコットならこれを愉快に思うはずだと、そう思いなおすと多少は気分が落ち着いたが……それもわずかでしかなかった。なんといっても、スコットがここにいて体に腕を回してくれるわけではないから……頬にキスをして、それから片方の乳房の先端を優しくつまみつつ、気をそらしてくれるわけではないからだ。スコットなら話しかけてくれる……なにごとにもふさわしい時節がある——種子を蒔(ま)くとき、収穫のとき、手綱をかけるとき……そして、手綱をゆるめるべきときがある、と。

腹立たしいことに、そのスコットはもういない。そして——

「スコットはあんたたちのために血を流したのよ」リーシーは、不気味なほどアマンダの声に似た怒りのこもった声でつぶやいた。「あんたたちのために、危うく死ぬところだった。あのとき死ななかったのは、おったまげ級の奇跡だわ」

そしてまた、話しかけるすべを知っているスコットが話しかけてきた。リーシーとても、自分が内面の腹話術でスコットの声を——あの声をリーシー以上に愛して、リーシー以上によく記憶している者がいるだろうか？——演じているだけだと重々知ってはいたが、なぜかそうは感じられなかった。ほんとうにスコットのように感じられた。

《きみはぼくの奇跡だったよ》スコットはいった。《そう、きみはぼくのおったまげ級の奇跡。あの日だけじゃない、いつもいつもそうだった。きみこそが、暗闇を遠ざけてくれた人なんだよ、リーシー。きみの輝きで》

「ええ、そんなふうに思ったこともあったでしょうね」リーシーはぼんやりと答えた。

——暑かったね？

そのとおり。暑かった。いや、暑いだけではなかった。あの日は——

「じめじめしてた」リーシーはいった。「蒸していたわ。そのことでは、最初からわるい予感がしていたっけ」

本の蛇の前にすわりこみ、膝に『テネシー大学ナッシュヴィル校一九八八年回顧』をひらいたままのリーシーの瞼の裏に、Dばあちゃんの姿が一瞬だけ、鮮やかに見えてきた。昔、まだ実家にいたころに見た、鶏に餌をやっている姿。「そう、あの日わたしが不吉な予感を感じはじめたのはバスルームでのことだった。どうしてかといえばグラスを割ったからで

3

グラス、カスったれなグラスが頭から離れてくれない。といっても、それはこんな暑い日に外に出ることを自分がどれだけ憎んでいるかを考えていないときだけだ。

リーシーはお上品に体の前で両手を組み、スコットの背後のわずか右に立って、スコットが片足で立ち、この機会のために運ばれてきたのが一目瞭然の柔らかい土に突き立ててある馬鹿げた小さなシャベルのブレードの肩に、反対の足を載せるさまを見まもっている。頭がおかしくなるほど暑く、頭がおかしくなるほどじめつき、頭がおかしくなるほど蒸しているし、かなりの群衆があつまっていることもそれに拍車をかけている。お偉方の面々とは異なり、見物人たちはそれぞれの最上の服にはほど遠いラフな服装だ。もちろん空気が濡れた毛布になっているいま、ジーンズやハーフパンツやペダルプッシャーなら快適に過ごせるとは望むべくもないが、それでも人々の前に立ってテネシー州の午後の吸いこみオーブンなみの熱気で殴られているような気分のリーシーには、彼らが羨ましくてならない。暑い日用の最上の服に身をつつみ、

もうすぐにも青いレーヨンのノースリーブブラウスの上に羽織っている薄茶の麻のトップに汗染みができそうだと心配しつつ、じっと動かずに立っているだけでもかなりのストレスだ。暑い日用の上等なブラを着けてきたのに、そのブラが乳房の下側にやたら食いこんできている。ごきげんうるわしゅう、ベイビィラーヴ。

一方スコットはといえば、あいかわらず片足で立っていて、長すぎるうしろ髪が――切実に散髪が必要だし、たしかに鏡を見たスコットがそこにロックスターを見ているのはリーシーもわかっているが、夫に目をむけたリーシーが見てとるのは、ウディ・ガスリーの歌に出てくる放浪者（ホーボー）だ――ときおり吹いてくる熱い風に吹かれて揺れている。カメラマンがまわりをまわっているあいだ、スコットは気だてのいい男を演じている。腹が立つほど気だてのいい男。左側に立っているのはトニー・エディントンという、大学の機関誌だかなんだかに幸せいっぱいの提灯記事を書くことになっている男で、右側に立っているのがふたりの招待主代理をつとめている文学部の信念の男、ロジャー・ダッシュミール。ダッシュミールは年齢以上に老けて見える男のひとり、それも髪があまりにも薄くなりすぎて腹まわりに肉がつきすぎたせいばかりではなく、自分のまわりに息苦しいほどの重力を引き寄せることを主張してやまないがゆえに年齢以上に老けこんでいるタイプの男だ。この連中が口にすると、機知に富んだ警句でさえ、リーシーには保険契約条項の音読にしかきこえない。そのうえわるいことに、ダッシュミールはリーシーの夫を好いてはいない。リーシーにはそれがすぐ察しとれたし（簡単なことだった――たいていの男はスコットに好意をいだくからだ）、それで自分が感じている不安な気持ちの焦点をあわせる対象がひとつ増えもした。なぜならいまリーシーは、とんでもなく不安だからだ。これまでにも不安は湿気のせいにすぎない、西にあつまりつつある雲、夕方の激しい雷雨かあるいは竜巻を予感させる雲のせいにすぎないと自分にいいきかせようとはした――低気圧感知計のようなものだと。けれどもきょうの朝、七時十五分に起きたときのメイン州では気圧は低くなどなかった。そのときにはもうあたりは美しい朝、地平線から顔を出したばかりの太陽が母屋とスコットの仕事場のあいだの芝生に落ちた一兆もの小さな朝露をきらきら輝かせていた。空には雲ひとつなく、ダンディ・デイヴ・デバッシャーなら〝本物のハムエッグ晴れだ〟とでもいいそうな好天だった。しかし寝室の樫材の床板に足をつけた瞬間、ナッシュヴィルへの旅行に思いがおよんだとたん――八時にポートランド・ジェットポートへむけて出発、九時四十分のデルタ航空機に搭乗――心臓が不安にがくんと沈みこみ、いつもは不調など訴えない朝の空っぽの胃に、いわれなき恐怖のあぶくが立ってきたのである。こうした感情をリーシーは驚きと狼狽のまじった気持ちで出迎えた――ふだんは旅行が好き、スコットとの旅行ならなおさら好きだからだ。ふたりは仲よく隣同士にすわった――スコットは自分の本をひらき、リーシーは自分の本をひらく。スコットが読んでいる本の一節をリーシーに読みあげることもあれば、リーシーがその反対のことをする場合もあった。スコットの存在を肌で感じて目をあげると、視線があうこともあった。真剣なスコットの視線。いまもってリーシーが謎であるかのような目つき。そう、ときには乱気流に巻きこまれることもあり、それもリーシーは好きだった。自分や姉たちが幼いころに行ったトップシャム共進会のカーニバルにあった乗り物、〈クレイジーカップス〉とか〈ワイルドマウス〉といった乗り物にも似ていた。スコットもまた、乱気流がもたらす幕間狂言をきらってなどいなかった。いまでもデンヴァーへの大荒れだったアプローチは覚えている——カスったれな空一面に強風に積乱雲、そして〝死の頭領のエアライン〟が運航するコミューター便のプロペラ機。あのときもスコットは、トイレを我慢している子どものようにシートでぴょんぴょんと身をはずませ、そのあいだずっと、いかれた笑みをのぞかせていた。スコットを怯えさせたのは、真夜中になることもあった、いたって穏やかな南行きの飛行機の旅だった。そんなときスコットは——明晰な口調で、さらにはほほ笑みさえのぞかせながら——電源のはいっていないテレビに映るもののことを語った。あるいは、ちょうどぴったりの角度にかたむけたショットグラスに見えるもののことを。そんなことを話すスコットに、リーシーは心底からの恐怖を感じた。なぜなら、正気の沙汰ではないから。そしてなぜなら、たとえ自身では避けたくても、スコットのいいたいことがリーシーには理解できたからだ。

だからいまリーシーの心を騒がせているのは低気圧ではないし、このあとまた飛行機に乗る予定になっていることではない。しかし、シュガートップ・ヒルのこの家に暮らしていた八年間毎日していたように——ちなみに旅に出ていた日を勘定に入れなければ、ほぼ三千日間という計算になる——バスルームでシンクの上にある照明のスイッチに手を伸ばしたそのとき、歯ブラシを立てていたグラスにうっかり手の甲が当たってしまい、グラスはそのままタイルの床に転がり落ちて砕け散り、ざっと三千ものくだらない破片になりはてたのである。

「クソったれの火がぼうぼう、カスなマッチの無駄づかい！」リーシーは思わず大声をあげた。恐怖と苛立ちを同時に感じながら……というのも、リーシーは縁起をかつぐ人間ではなかったからだ。作家の妻であるリーシー・ランドンであれ、リスボンフォールズのサバタス・ロードの家に住んでいたちっちゃなリーシー・デバッシャーであれ、縁起をかつぐことはなかった。縁起をかつぐのは、掘ったて小屋に住むようなアイリッシュと決まっている。

　ちょうどそのとき、コーヒーのカップをふたつとバタートーストの皿をもって寝室に引き返してきたスコットが、その場でぴたりと足をとめた。「なにを割ったんだい、ベイビィラーヴ？」

「犬のお尻からはぜったいに出てこないもの」リーシーは辛辣な口調でいいかえし……ちょっとした驚きをおぼえた。これがデバッシャーのお祖母（ばあ）ちゃんの口癖だったからだ。D（ディー）ばあちゃんは、たしかに縁起をかつぐ人だった。しかしあの老女は、リーシーがわずか四歳のときに埋葬準備のための冷やし板（クーリングボード）に寝かされた。祖母を覚えているだけだとしても……そんなことがあるのだろうか？　しかし、どうやら記憶は残っていたようだ。その場に立ちすくんだまま、歯磨き用のグラスの破片を見おろしていたそのとき、縁起をかつぐときの声が明瞭な発音できこえてきたのだから……それも、Dばあちゃんのタバコでしゃがれた声のまま。そしていまの時点に立ちかえれば、リーシーは、いちばん軽い夏のスポーツジャケットを着ているスコット（とはいえ、ほどなくジャケットのわきの下に汗染みができることになる）を見ながら立っている。

　――朝にグラスを割れば、夜には心が砕け散る、ってね。

　そう、それがDばあちゃんの聖句。記憶していた小さな女の子がひとりはいたということ。覚えたのは、Dばあちゃんが養鶏場でうめき声をのどから洩らして死んでしまうよりも前のことだ。あのときDばあちゃんはブルーバード印の鶏の餌をつめたエプロンを腰にしっかり巻きつけ、めくりあげた袖を固定するのにビーチナット印のベビーフードの袋を再利用していた。

そういうこと。

だから暑さのせいでも飛行機旅行のせいでもないし、前日に文学部長が胆嚢除去の緊急手術を受けていまだ入院中だったため、歓迎ともてなしの役目を急遽おおせつかったダッシュミールという男のせいでもない。すべては落ちて割れた……カスったれな……歯磨き用グラスと、とうの昔に死んだアイリッシュの老女の口癖が組みあわさったせいだ。しかもこれが皮肉なのは（と、のちのちスコットは指摘する）、それだけでもリーシーを不安にさせるには充分だったことだ。少なくともリーシーが半分手綱をかけるのに、ちょうど充分だったことである。《ときにはね》このちまもなく、スコットはそうリーシーに話しかけることになる。病院のベッドに横たわって（ああ、しかしスコット自身が冷やし板に寝かされることになっても、なんの不思議もなかったのだ、眠れぬままに考えをめぐらせたいくたびもの夜には）、それまで出したことのない、いかにも苦しげな小さなささやき声でこう語りかけてきた。《ときには、ちょうど充分が、ほんとうにちょうど充分だということがあるんだよ。昔からよくいうとおりにね》

そしてリーシーは、夫の言葉の意味を正確に理解することになる。

4

ロジャー・ダッシュミールにもそれなりに頭痛の種があることはわかっていたが、それでリーシーがこの男に好意をいだくようになったかといえば、そんなことはまったくない。式典の式次第を書きとめた書類がどこかにあったのかもしれないが、ヘグストロム教授（胆嚢除去の緊急手術を受けた当人）は手術の影響で意識朦朧、ダッシュミールであれだれであれ、式次第の内容やその所在を伝えられる状態ではなかったらしい。つまりダッシュミールは、主役となる作家を出迎えるのに一日の余裕もないまま、ひとそろいのスタッフを引きわたされたあげく、当の作家に即座に反感をいだいたというわけ。小人数のお偉方グループともどもインマン・ホールをあとにして、シップマン図書館建設予定地まで、短距離ではあるが暑さがつのるばかりの道のりを歩きながら、ダッシュミールはスコットに、式典はある程度ぶっつけ本番、臨機応変にやることになる、と告げていた。スコットは愛想よく肩をすくめた。いっこうにかまわない。ぶっつけ本番の臨機応変こそ、スコット・ランドンの生き方だ。

「まあず、わたしたちがあなたを紹介しますよ」後年リーシーが南部風フライドチキン野郎と考えることになる男がいった。一行が、いずれ新しい図書館がそびえることになる（ただしダッシュミール語では〝図書館〟が〝どぉーしょっかん〟になった）、日ざしに焼かれて陽炎のゆらめく場所にむかって歩いていく途中のこと。きょうのすべてを永遠にとどめる役目を負ったカメラマンは羽虫のようにせわしなく動き、一行の前かと思えばまたうしろと、シャッターを押して押して押しまくっていた。それほど遠くない前方に、真新しい茶色い土が四角形に整えられているのがリーシーの目に見えた。横四メートル、縦は一メートル半ほど、つい先ほどから乾きはじめたばかりといったたたずまいから、けさがたトラックで運びこまれたのだろうとリーシーは察した。日よけをかけておこうと思いついた者がひとりもいなかったせいで、土は表面が早くも乾燥して灰色っぽい膜のようになっていた。

「ええ、だれかが紹介してくれたほうがいいですね」スコットはいった。

スコットの口調はあくまでも朗らかだったが、ダッシュミールは自分にふさわしくない無根拠な流言に傷ついたといいたげに渋面をのぞかせた。ついで大げさなため息を洩らして、ダッシュミールはつづけた。「紹介のあとには拍手がつづきまして——」

「あたかも夜のあとには朝が来るごとく」スコットがつぶやいた。

「——そのあと先生より、ひとことおと・ふたこおとのご挨拶をいただきまあす」ダッシュミールがしめくくった。日ざしに焼かれる荒野のさらに先には図書館があり、日ざしにゆらゆら陽炎を立ち昇らせている舗装したばかりの駐車場があった。一面なめらかなアスファルトに鮮やかな黄色いラインが引いてある。そのずっと先に、現実には存在しない逃げ水の華麗な波紋が広がっているのが、リーシーの目に見えた。

「それはもう喜んで」スコットは答えた。

一貫して愛想のいい反応に、ダッシュミールは心配になったらしかった。「できましたら、起工式の場ではあんまり長くお話しになりませんようお願いしまあす」ロープで囲われたところに近づきながらそういった。ロープ内は立入禁止になっていたが、その先にはほとんど駐車場にまで届くほどの数の人々が待っていた。それ以上の人数の人々が、インマン・ホールからダッシュミールとランドン夫妻についてきていた。まもなくこのふたつの集団はひとつに融合するはずであり、リーシーにはこれも——ふだんなら高度二千フィートでの乱気流を気にしないのと同様、群衆のことも気にならないのだが——気にくわなかった。ふっと、こんな暑い日にこれだけ大勢の人が一堂に会したら空気をぜんぶ吸われてしまうのではないか、という思いが頭をかすめた。そんな馬鹿なことがあるわけがない。しかし——

「めちゃくちゃな暑さですよ、いくら八月のナッシュヴィルだっていっても。そうだろ、トネエ？」

トニー・エディントンはいかにもお義理でうなずいただけで、なにもいわなかった。これまでその口から唯一発せられたのは、疲れを見せずにぴょんぴょん踊っているカメラマンが、ナッシュヴィル・アメリカン紙のステファン・クイーンズランドといい、やはりこのテネシー大学ナッシュヴィル校の八五年の卒業生だ、と紹介した言葉だけだ。ここへむかって歩きはじめるとき、トニー・エディントンはスコットにいった。「できたら、みなさん、この人が写真を撮るのに協力してやってください」

「先生のスピーチがおわりましたら」ダッシュミールがいった。「また盛大な拍手があるでしょうな。そのあとですがね、ミスタア・ランドン——」

「スコットと」

ダッシュミールは口をあけたまま驚きの苦笑めいた表情を、つかのまその顔にのぞかせた。

「でしたら、スコット、あなたは前に進みでえて、さいしょおのシャベルのひとかきで、だあじな土をほろおーこしてください」

《さいしょお？　だあじ？　ほろおーこ？》リーシーは内心首をかしげ、そこで合点がいった。あの男は《最初のシャベルのひとかきで、大事な土を掘り起こしてください》と、そういったのだ。どうにも信じられないルイジアナ流の母音を引き延ばす発音で。

「ええ、ぼくはまったくかまいません」スコットはそう答えた。その言葉を口にするだけの時間しかなかった——というのも、一同がその場に到着したからだ。

5

もしかしたら、歯磨き用のグラスが割れたことの影響——縁起がわるいという気分の影響——だったのかもしれない。しかしトラックで運びこまれた土が敷かれた区画が、リーシーの目には墓場に見える。それも巨人用のXLサイズの墓に。ふたつの集団は土のある区画のまわりでひとつに融合し、その中央に吸いこみオーブン的な雰囲気をつくりだす。儀式の場にふさわしい天鵞絨（びろうど）のロープの四隅にはキャンパス警官が立っており、ダッシュミールとスコットと〝トネエ〟・エディントンの三人はそのロープの下をくぐる。カメラマンのクイーンズランドは、大きなニコンを顔の前にかまえたまま、飽くことなく周囲で踊りまわっている。《ウィージーの真似(まね)っこだ》リーシーは、殺人現場や事故現場の写真で有名なカメラマンのことを連想しつつ、自分がクイーンズランドを羨(うらや)んでいることに気づく。この暑さのなか、クイーンズランドは自由気ままに羽虫のように飛びまわっているからだ——まだ二十五歳、元気も自信もいっぱいだ。しかしながらクイーンズランドを見つめているダッシュミールは、苛立ちを深めつつある。クイーンズランド本人は、まったくこたえていない。自分が望むとおりの写真を撮るまであきらめるつもりはないのだ。おそらくスコットひとりが写っている写真だろう、とリーシーは思う。片足をあの馬鹿馬鹿しい銀のシャベルにかけたスコット、風で髪がうしろに吹き流されているスコットの写真だ。どのみちウィージー・ジュニアはようやくカメラを降ろして、群衆のへりにまで引きさがる。そのクイーンズランドの動きを、いくぶん羨望(せんぼう)のこもった目つきで追っているあいだ、リーシーは初めて狂人の姿を目にとめる。のちに地元の新聞記者が書いた記事を引用すれば、その顔つきは「ヘロインとのロマンスのさいごの日々にあったジョン・レノンそっくり——落ちくぼんだ鋭い目は、それ以外の子どもっぽい憧れに満ちた顔全体とはまったく不似合だ」。

この瞬間のリーシーは、男のくしゃくしゃに乱れたブロンドの髪以外はほとんど気にとめない。昨今では、人間観察にもめっきり興味をなくしてしまった。とにかくいまは、早く式典がおわってほしいだけ。これがおわれば駐車場をはさんで反対側にある文学部の建物で洗面所を見つけ、いうことをきかずに、やたら尻の割れ目に食いこんでくる下着を引っぱれるからだ。もちろん小用を足したくもあるが、目下のところその欲求は二の次三の次である。

「おあつまりのみなさん！」ダッシュミールがよく通る声でいう。「ミスター・スコット・ランドンをご紹介するのは、わたしの欣快（きんかい）とするところであります。ランドン氏は『遺物』でピュリッツァー賞を、『コスターの娘』で全米図書賞を受賞されました。そのランドン氏がうるわしい奥方のリーサさんともども、はるばる遠くメイン州から起工式に足をお運びくださいました——そうです、まさに起工式が現実になるのです。われらが夢のシップマン図書館（としょかん）が！いよいよスコット・ランドン氏の登場です。みなさま、どうかナッシュヴィル流のあたたかな歓迎でお迎えくださあい！」

群衆はいっせいに、音楽用語でいう〝はつらつと（コン・ブリオ）〟した拍手をする。うるわしい奥方もほかの面々ともども両手のひらを打ちあわせながらダッシュミールを見つめて、こう思う。《スコットが全米図書賞をとった作品は『コースターの娘』。〝コースター〟であって〝コスター〟じゃない。でも、どうせ知っているんでしょう？　知っていて、わざとまちがえたのはお見とおしよ。なんでそんなにスコットをきらうの、ちんけ野郎さん？》

ついでリーシーはたまたまダッシュミールの先に視線をむけ、このときにはほんとうに、ガード・アレン・コールの姿に目をとめる。すばらしいブロンドの髪が乱れに乱れて目もとにまでかかり、大きすぎるサイズの白いシャツの両袖をめくりあげて、標準以下の二頭筋をのぞかせた姿で立っている。シャツの裾は外に出て、白くなったジーンズの膝にまで届きそうなほど長く垂れている。足に履いているのは、サイドにバックルのあるエンジニアブーツ。それがリーシーには、耐えがたいほど暑苦しく見える。このブロンド男は拍手をしない代わりに、両手をお行儀よさそうに握りあわせ、唇には不気味なほど甘い笑みをたたえている。唇は、お祈りでもとなえているかのようにかすかに動いている。両目はひたとスコットを見すえて片時も揺らがない。リーシーは即座にブロンド男にラベルを貼る。このたぐいの男たち――ほぼ例外なく男たちだ――をリーシーは、スコットの〈深宇宙カウボーイ〉と名づけている。〈深宇宙カウボーイ〉には、いいたいことがたくさんある。彼らはスコットの腕をつかんで、あなたの著作の秘密のメッセージを読みとった、といいたがる。あなたの本は神や悪魔への道案内、あるいはグノーシス福音書への道案内かもしれないし、そのことを理解している、と。〈深宇宙カウボーイは〉サイエントロジーや数秘学に心酔していることもあれば、（あるひとりの場合には）〝ブリガム・ヤングの宇宙規模の嘘〟に熱をあげていることもある。別世界の話をしたがる者もいる。二年前、ひとりの〈深宇宙カウボーイ〉がはるばるテキサスからヒッチハイクでメイン州まで来たことがあった。それも〝遺留物〟なるものについて話しあいたいという一心で。遺留物がいちばんよく見つかるのは――その男は語った――南半球の無人島だ。スコットが『遺物』で描いたのはそれだと、自分は知っている。そういって男はこれがその証拠だと、アンダーラインを引いた語を見せた。この男にリーシーは不安を感じた――男の目つきが異様で、いってみれば不在の気配をのぞかせていたからだ。しかしスコットはこの男と話し、ビールを飲ませ、イースター島のモノリスについてしばし語りあい、真新しい『遺物』にサインをしてから、楽しげに男を家路に送りだした。楽しげ？　しかり、その場の雰囲気にあわせて踊りながら。しっかりと手綱をかけたときのスコットには、驚くほかはなかった。これ以外の形容ではいいつくせない。

現実の暴力行為があるかもしれないとは――ブロンド野郎が夫にマーク・デイヴィッド・チ

ャップマン的行為をおこなうとは――リーシーは考えもしない。《わたしの精神はそんなふうには働かないからだ》リーシーはそんな言葉を口にしたかもしれない。《わたしはただ、あの男の唇の動き方が気にいらなかっただけ……》

スコットは人々の拍手に――および数人から寄せられたブーイングの声に――累計数百万冊の本のカバーに刷りこまれている著者写真どおりの〝スコット・ランドン笑顔〟で応じる。そのあいだも片足はあの馬鹿げた小さなシャベルのブレードの肩においたまま。シャベルそのものは、他所から運びこまれた土にじわじわと沈みこみつつある。スコットはおのれの勘にしたがって（そしてその勘はめったにまちがえない）、拍手を十秒から十五秒はつづくにまかせてから、手をふって鎮める。拍手はやむ。即座に。水際立った手ぎわ――わずかに不気味に思えるという意味で。

スコットが口をひらいて出てくる声は、声量の点ではダッシュミールの足もとにもおよばないが、それでもマイクや乾電池式のメガホンがなくても（この日の午後、そうした機材が用意されていなかったのは、だれやらの不注意だろう）群衆の最後列にまでやすやすと届く。しかも群衆は、一語もきき洩らすまいと神経を集中させている。〈有名人〉が彼らのもとにやってきた。〈思索者〉にして〈作家〉が。これからその男は、叡知という真珠を撒くのだろう。《豚に真珠》リーシーは思う。《それをいうなら、汗かき豚に真珠ね》しかし、昔父親から、豚は汗などかかないと教わったのではなかったか？

リーシーの正面では例のブロンド野郎が乱れた髪を丹念な手つきでかきあげて、皺ひとつない白いひたいをあらわにしている。その両手もまた、ひたいに負けず劣らず白く、それを見てリーシーは思う。《あそこにいるのは、ほとんど家から外に出ない豚。引きこもり豚。でも、それも当然。だってありとあらゆる奇妙奇天烈な妄念を追いかけなくちゃいけないんだから》

　体重を片足から反対の足に移しかえると、下着のシルク生地が尻の割れ目で〝きいいいっ〟とかん高い音をたてんばかりになる。ええい、癪にさわる！　リーシーはふたたびブロンド野郎のことを忘れ、頭のなかで計算をはじめた……スコットが話しているあいだに……こっそりと人目につかないことを心がければ……気をつければ……。

　母さんが発言する。むっつりと。わずか三語で。いっさいの議論の余地を残さずに。《だめよ、リーシー。我慢なさい》

「説教を垂れるつもりはありません、わたしには」スコットが話す。その話しぶりが、アルフレッド・ベスターの『虎よ、虎よ！』の主人公、ガリー・フォイルの口癖であることにリーシーはすぐ気づく。スコットの最愛の一冊だ。「説教には暑すぎますからね」

「ビーム転送してくれ、スコッティ！」駐車場側にあつまった群衆の五列めか六列めのあたりから、〈スター・トレック〉の有名な科白にひっかけた大声があがった。暑さから瞬時に救いだしてくれというのか。群衆がどっと爆笑し、歓声があがった。

「それは無理だね、兄弟」スコットはいう。「転送機が故障中、おまけにリチウムクリスタルが在庫切れだ」

　この当意即妙の切りかえしや警句を初めてきく聴衆は（リーシー自身はどちらの文句も、もう最低五十回はきいている）大喜びで拍手喝采する。正面に立っているブロンド野郎は汗もかかずにうっすらとほほ笑みをのぞかせ、右手のほっそりした指で左の細い手首をつかむ。スコットはシャベルのブレードから足をおろす――といってもシャベルへの苛立ちをこらえきれなくなったわけではなく、むしろ（一時的ではあれ）ほかの利用法を思いついたからか。いや、じっさいそのようだ。リーシーはそのようすをうっとりと見まもる。なぜならこれはスコットの本領発揮、ひたすら飛んでいく状態だからだ。

「今年は一九八八年、世界はますます暗くなるばかりです」スコットはいう。ついで式典用のシャベルの短い木の柄を軽く握りしめる。ブレードに反射した陽光が一回だけリーシーの目にウインクを送り、ついでブレードはスコットが着ている軽いジャケットの袖に隠れる。シャベルの先のブレードが隠れると、スコットはほっそりした木の柄をポインター代わりにつかいつつ、自分のすぐ前の空中で問題や悲劇を数えあげはじめる。

「三月には、オリヴァー・ノースとジョン・ポインデクスターが共同謀議罪で起訴されました――イラン・コントラ事件のすばらしき世界へようこそ。この世界では銃器が政治を動かし、金が世界を支配しています。

ジブラルタル海峡では、イギリスの陸軍特殊部隊（SAS）が、武装していない三人のアイルランド共和軍（IRA）メンバーを殺害しました。もしかするとSASは〝挑みし者のみ勝つ〟というそのモットーを、〝質問はあとまわしにして、とりあえず撃て〟に変えたほうがいいかもしれません」

群衆のあいだに笑いのさざなみが広がる。ロジャー・ダッシュミールはいかにも暑そうで、この予期せざる時事問題レッスンに耐えている顔を見せているが、トニー・エディントンはようやくメモをとりはじめる。

「いや、わが国とても同様です。七月に、アメリカ軍はイランの民間航空機を誤射、乗員乗客の計二百九十人の民間人を殺しました。そのうち六十六人は子どもでした。

ＡＩＤＳの猛威により、すでに死者は数千人になっています。感染者となると……いや、正確に知るすべがあるでしょうか？　数十万単位？　いや、数百万単位でしょうか？

世界はますます暗くなってきています。ウィリアム・バトラー・イェーツ氏のいう〝血の潮〟が氾濫しているのです。潮が満ちてきています。ひたすら満ちているのです」

スコットは、どんどん灰色に変わりつつある土以外になにもない下を見おろす。ふいにリーシーは、スコットがあれを見たのではないか……際限もなく長く、横腹に斑模様のあるあれを見たのではないか……それで絶句してしまうのではないか、さらにはスコット本人が恐れているることを知っている（ばかりかリーシー本人も恐れている）中断といった事態を招くのではないか、という恐怖に襲われた。そしてリーシーの心臓が鼓動を速めること以上なにもできないうちに、スコットはさっと顔をあげて、巡回カーニバルにやってきた少年のような笑みをのぞかせると、シャベルの柄をすばやく滑らせ、ちょうど半分ぐらいのところで握りなおす。腕自慢のハスラーさながらのこれ見よがしな仕草に、前列の聴衆から、〝おおっ〟という感嘆の声があがる。しかし、スコットの演技はまだおわりではない。シャベルを前に突きだしたまま、スコットは指先で器用に柄をあやつって回転させはじめ、ありえないほど回転速度をぐんぐんと速めていく。バトントワラーの妙技以上に目くるめくパフォーマンス――というのも明るい日ざしのなかで銀のシャベルが回転しているからだ。しかも予想外というおまけつき。一九七九年の結婚以来、スコットの才能の倉庫にこれほど鮮やかなテクニックがあるとはまったく知らなかった（それから二日後の夜、平均以下のモーテルのベッドにひとり横たわり、熱いオンンジ色の月のもとで吠えている犬の声をききながら、リーシーはこう自問することになる——夫婦関係から〝わーお〟という驚きの要素がすっかり尽きるまでには、単純で無意味な重みをいったい何日分積み重ねなくてはならないのだろうか？　自分のもち時間よりも愛情が長生きをするために、人はどれほどの幸運に恵まれなくてはならないのか？）。すばやく回転している銀のシャベルがつくるボウル形は、暑さに朦朧として汗で体がべとついている群衆の海の水面に、《目覚めよ！　目覚めよ！》というように太陽の反射をつぎつぎに投げかけていく。リーシーの夫は突如として〈行商人スコット〉に変貌、顔に浮かんでいる《ほらね、ぼくも捨てたもんじゃないだろ？》といいたげな行商人さながらの笑みを見て、リーシーはこれまで感じたためしもないほどの安堵をおぼえる。すでにスコットはすっかり客を手玉にとった。これからいよいよ、万病に効くというふれこみの怪しげな薬の売りこみにかかるところ——願わくは彼らがそれを買って、家に帰ればいいと思いつつ。客はきっと買うだろうとリーシーは思う。暑い八月の午後だろうとそうでなかろうと。こんな調子になったスコットなら、アラスカのイヌイット相手に冷蔵庫を売りつけることも不可能ではない……というのは、よくある言いまわしだが、スコットならさらに、われわれだれもが水を飲みにいく言語の池（プール）にも神の祝福を、という言葉をいいたすだろう（し、現実に口にした）。

「しかし、もしも書物のそれぞれが暗闇にともる小さな灯（ともしび）だとしたら——ええ、わたしはそう信じていますし、なにより本を書いている立場ですから、信じるしかないのですが——あらゆる図書館は永遠に炎がつきることなく燃えさかる、歴史ある大きな篝火（かがりび）だといえます。そのまわりには夜となく昼となく一万の人々がつどって、暖をとるのです。そのなかは、華氏四五一度とは無縁です。いっそ、華氏四千度というのはどうでしょう？　なぜなら、ここで話題になっているのはキッチンオーブンではないからです。いま話題にしているのは、古くからある巨大な頭脳の熔鉱炉であり、知性が赤熱の輝きを発している精錬所です。きょうの午後、わたしたちはそうした巨大な炎をまたひとつつくることを祝うため、こうしてつどいました。その一員となれたことを、わたしは心から光栄に思います。わたしはここで、忘れっぽさに軽蔑の唾を吐きかけ、老いて萎(しな)びた無知蒙昧(もうまい)の睾丸を蹴り飛ばしてやるのです。さあ、そこのカメラマン！」

　ステファン・クイーンズランドが、すかさず笑顔をスコットにむける。

スコットもまた笑みをたたえて、こうつづける。「これをちゃんと撮影しておいてくれたまえよ。上に立つお偉いさんたちは紙面に出したがらないかもしれない。しかし、きみが作品アルバムにおさめたくなる写真になることは保証しよう」

　スコットは式典用シャベルを、ふたたび回すかのように前に突きだす。群衆は期待に小さなあえぎを洩らす。しかし、今回は人々を焦(じ)らすだけだ。スコットは左手を下にすべらせて、柄とブレードが接する部分を握ると、ぐいっと下の地面に突き立て、シャベルのブレードを深々と押しこめていき、熱く輝く部分を土に埋めこんでいく。ついでスコットはすくった土を投げて、大声で叫ぶ。「ここに宣言する——**シップマン図書館の建設がいままさに本格的に開始されることを！**」

　この宣言を迎えた拍手喝采からすれば、それまでの拍手は、いわばプレップスクールのテニスの試合で耳にするようなお義理の軽い拍手としか思えない。記念すべき最初のシャベルの場面をミスター・クイーンズランドが撮影できたのかどうか、リーシーにはわからないが、スコットがオリンピックの英雄よろしく、馬鹿げた小さなシャベルを空にむかって突きあげたその瞬間には、クイーンズランドは笑い声をあげながらカメラを顔の前にかまえて、確実にそのシーンを撮影する。スコットはしばしそのポーズをたもつ（たまたまダッシュミールに視線をちらりとむけたリーシーは、この紳士が〝トネエ〟ことミスター・エディントンにむけて、あきれたように目をぎょろりとむいている瞬間を目撃する）。ついでスコットは、シャベルを〝控え銃〟にして、笑顔を崩さぬままその姿勢をたもつ。その両頰とひたいに、小さな汗の粒が噴きだしている。しだいに拍手がおさまりはじめる。群衆はスコットの話がおわったと思いこんでいるのだ。しかしリーシーは知っている——スコットはようやくギアをセカンドに入れただけだ、と。

ふたたび群衆に自分の声が届くようになったとわかると、スコットはシャベルで土を大きくひとかきする。「これはワイルド・ビル・イェーツのため！」そう大声で叫ぶ。「最高にいかれたクレイジー野郎だ！　もうひとつ、こいつはポー、またの名ボルティモア・エディのため！そしてこれはアルフィー・ベスターのためだ！　ここにまだベスターを読んでいない者がいたなら……恥を知れ！」

スコットが息切れのような声を出しているので、リーシーはわずかに不安になりはじめる。なんといっても、とんでもなく暑い。そういえばスコットは昼食になにを食べたのだったか？しっかりしたもの？　それとも軽いものだった？

「そしてこれは……」いいながらスコットはシャベルを、ゴルフコースにクラブが残した小さな抉れ程度になった土に突き立てて、さいごに残った土をもちあげた。シャツの前が汗で黒っぽくなっていた。「では、こうしましょう。みなさんのそれぞれが、最初に読んだすばらしい傑作の作者をそれぞれ思い浮かべては？　つまり、読んでいると魔法の絨緞に乗って、ふわりと地面から浮かんだ気分にさせてくれる本のことです。どんな本のことか、みなさんにはおわかりですね？」

もちろん聴衆にはわかっている。そのことは、スコットにむけている彼らの顔からはっきりと読みとれる。

「そう、完璧なる世界でこのシップマン図書館がいずれ開館したあかつきには、みなさんがまっさきに確かめる、そんな本のことです。このシャベルのひとかきは、その本の作者に捧げましょう」そういってスコットは別れの挨拶代わりにシャベルをふってから、ダッシュミールにむきなおる。本来ならスコットの芸達者ぶりを喜んでしかるべきであるにもかかわらず――ぶっつけ本番で臨機応変を乞われて、それに見事に応えたのだから――ダッシュミールは暑さに苦しみ、苦虫を嚙みつぶしたような顔を見せているばかり。「これでしめくくりにしてもかまいませんか？」スコットはそういって、ダッシュミールにシャベルを手わたそうとする。

「いえいえ、それはおもちくださあい」ダッシュミールはいう。「記念品として、わあたしどもの感謝のしるしとして――もちろん小切手は小切手でおわあたししますが」大きく口をあけて驚いたようなあの笑みが、筋肉の痙攣のようにあらわれては消えていく。「ではそろそろここを引きあげて、冷房のあるところに行きませんか？」

「ええ、それはもう喜んで」スコットは上気した顔で答え、シャベルをリーシーに手わたす

——スコットが有名人になってからの過去二十年間、数えきれないほどの不要な記念品を手わたしてきたように。式典用のオールからはじまり、ボストン・レッドソックスの帽子が封じこめられたルーサイトキューブ、悲劇と喜劇の仮面セットにいたるまでのあらゆる品……しかし、いちばん多かったのは万年筆とシャープペンのセットだ。それはもう山ほどの万年筆とシャープペンのセット。ウォーターマン、スクリプト、シェーファー、モンブランなどなんでもあり。

リーシーは、愛する人（いまなおスコットは愛する人だ）とおなじく上気した顔でシャベルの銀色に光るブレードを見つめる。**起工式　シップマン図書館**という刻印にわずかながら土汚れがついており、リーシーはその土を吹き払う。この手の半端な品をどこにしまえばいいのだろう？　この一九八八年の夏には、スコットの仕事場はまだ建造中だったが、すでに住所は有効であり、スコットは納屋の一階の小部屋や物置にいろいろな品物を運びこんでいた。段ボール箱の多くには、黒のフェルトペンで《**スコット!!　新人時代！**》と大きな文字で書きつけてあった。この銀のシャベルも、つまるところそこに落ち着き、暗闇のなかで輝きをうしなっていきそうだ。リーシーが自分でそこにしまいこみ、《**スコット!!　中年時代！**》というタグをつけておいてもいいかもしれない——一種のジョークとして……あるいは賞品として。予想もしなかったような笑える贈り物、その手の品をスコットがどう呼んでいたかといえば——

しかし、ダッシュミールは歩きはじめている。ひとことも口をきかずに——この式典すべてにうんざりしており、一刻も早く忘れたいとでもいうように——四角形にととのえられている新しい土の部分を横切るように歩いていく。途中、スコットがシャベルでさいごにたっぷりと土をかきだしたために、あとわずかで立派な穴になるところだった窪みを迂回して。重たげに足を一歩進めるたびに、ダッシュミールのぴかぴかに輝いた黒い靴、〝わたしは・出世・途上の・准教授・その点を・忘れるな〟的な靴が深々と土に埋まる。それゆえダッシュミールは体のバランスをたもつのにひと苦労させられており、それが不機嫌に拍車をかけているのだろうとリーシーは察する。トニー・エディントンは、なにやら考えこんでいる顔つきでダッシュミールについていく。スコットは一瞬この先どうすればいいかがわからない顔で立ちすくむが、すぐに歩きはじめ、もてなし役と一時的な伝記作者のあいだに滑りこむ。リーシーはいつもどおり、そのあとから歩いていく。スコットに楽しい思いをさせられたため、つかのまのこととはいえあの縁起がわるい気分を

(朝にグラスを割れば)

忘れていることができたが、それがいままた復活してくる――

(夜には心が砕け散る)

それも猛烈な勢いで。だから枝葉末節の部分が、やたらに大きく見えてしまうのだろう、とリーシーは思う。ひとたび冷房のあるところにたどりつけさえすれば、それで世界は正常にもどるだろう。癪にさわる小さな布っきれを尻から引き剝がしさえすれば。

《あとちょっとの辛抱よ》リーシーは自分にそういいきかせるが、人生はなんと皮肉なものか、まさしくその瞬間、一日の予定が軌道をはずれはじめる。

今回の任務をともにしている仲間たちよりも年かさのキャンパス警官（十八年後、リーシーはクイーンズランドが撮影した写真のキャプションで、この警官がS・ヘファーナン警部だと知ることになる）が、式典のために四角く区切られた区画の正面とは反対側のロープをもちあ

げる。リーシーがこの警官で気づいたのは、着ているカーキ色のシャツに夫ならば〝かーんぺっきにどでかでっかいお口〟とでも表現するような大きな汗染みがあることだけだった。その夫と前後をかためる二名のエスコートは、あらかじめ振付がついていたかのような一糸乱れぬ動きでロープの下をくぐっていく。

群衆もまた、主役たちと足並みをそろえて駐車場のほうへ移動しつつある……だが、ひとりだけは例外だ。例のブロンド野郎だけは駐車場の方向へは歩いていない。ブロンド野郎は起工式会場の駐車場側に突っ立ったままだ。何人かがその体にぶつかり、それで体が力ずくでうしろへ、一九九一年にはシップマン図書館が建っているはずの（あくまでも建設業者が約束を守ればの話だが）日ざしに焼かれた死んだ大地のほうへ押しもどされている。ついでブロンド野郎は、人の流れに逆らって前進しはじめる。組んでいた手を離したのは、片手で若い女を左に押しのけ、片手で若い男を右に押しのけるためだ。あいかわらず口が動いている。最初リーシーは先ほどとおなじく、男が祈りの文句でもとなえているのかと思うが、ついで意味不明のめちゃくちゃな囈言（たわごと）がきこえて——たとえるならジェイムズ・ジョイスの三流模倣者が書いた文章のよう——ここで初めてリーシーは本格的に不安をおぼえはじめる。ブロンド野郎のどことなく不気味な青い目はひたとリーシーの夫を、ほかのどこでもなくスコットただひとりを見すえたままだが、リーシーにはわかる。あの男は〝遺留物〟やスコットの作品に隠された宗教的サブテキストについて話しあいたがっているわけではない、と。ここにいるのは、ただの〈深宇宙カウボーイ〉ではない、と。

「教会の鐘がエンジェル・ストリートをやってきた」ブロンド野郎はいう——ガード・アレ

ン・コールはいう。のちのち明らかになることだが、この男はその十七年の生涯の大半をヴァージニア州の高級な精神科施設で過ごしたのち、完治したとして退院を許可されたのだ。リーシーには一語残らずききとれる。男の言葉は、高まりつつある群衆のざわめきや会話の織りなすハム音を切り裂いている——柔らかくて甘いケーキを切り裂くナイフのように。「あのがんがらな音、ブリキ屋根を叩く雨音そっくりだ！　汚い花、汚くてきれいな花、おれの地下室には教会の鐘がそんなふうに鳴り響いてる、まったくだれも知らないみたいに！」

細長く青白い指だけでできているかのような手が白いシャツの裾にむかうのを見て、リーシーはこれからここでなにが起こるのかを悟る。それも子どものころに見たテレビの映像を

（ジョージ・ウォレス　アーサー・ブレマー）

簡略化したバージョンで。スコットに目をむけるが、スコットはダッシュミールに話しかけている。ダッシュミールはステファン・クイーンズランドを見ている。苛立ちもあらわなダッシュミールの顔は、《一日で！　これだけ！　たくさん！　写真を撮れば！　もう充分だ！　お引きとり願おう！》と語っている。クイーンズランドはカメラに目を落として、なにやら調整中だ。そしてアンソニー・〝トネエ〟・エディントンは手帳になにやらメモを書きつけている。リーシーはこっそりと、年かさの警官に目をむける——カーキ色のシャツとかーんぺきにどでかでっかい口めいた染みのある警官だ。警官は群衆に目をむけている。しかし、その目はカスったれなほど見当ちがいの方向をむいている。リーシーがこれだけの全員をいちどきに目におさめつつ、同時にブロンド野郎も見ているというのはありえない話だが、それでも見えているし、じっさいに見てもいるばかりか、スコットの唇が動いて《上首尾だったと思います》とい

う言葉をつくっているのまで見えていて、これはこの種のイベント終了後に反応を探るためにスコットがかならず口にする言葉で、リーシーはスコットの名前を大声で叫ぼうとするが、しかしのどが押さえこまれたよう、唾のない乾ききったソケットのようになって、言葉をひとつも押しだせず、そのあいだにもブロンド野郎はかなりサイズの大きな白いシャツの裾をつかんでめくりあげており、その下から出てきたのはベルトの通っていないベルト通しと体毛のまったくない平らな腹部、鱒の下腹そっくりの腹、その白い皮膚を背景にしているのは拳銃のグリップで、男がグリップをつかんで右側からスコットに近づきながら口にしている言葉がリーシーの耳に届く。「これで鐘の唇をふさぐことができるのなら、仕事をすませずにはいられない。ごめんよ、教皇」

リーシーは前に走ろうとする。いや、走ろうとしてはいるのだが、両足がかーんぺきにどでかでっかい足もと貼りつき症を発症しており、おまけに前に割りこんでくる人がいる。大柄な若い女、髪の毛を幅広の白いシルクのリボンで束ねている——リボンには赤い縁どりのある青い文字で《**ナッシュヴィル**》とプリントされている(ほらね、リーシーはほんとうにすべてを同時に見ている)。リーシーはシャベルをもった手で女を押しのけようとする。女は鴉じみた声で、「ちょっと!」と叫ぶが、じっさいにはその声はもっとのろくさく濁った声にしかきこえない。たとえるなら45回転で録音された《ちょっと》という声のレコードを33⅓回転で再生しているかのような、いや、さらには16回転で再生しているかのようだ。いまや全世界は熱く溶けたアスファルトに変わり、《**ナッシュヴィル**》リボンで髪を束ねた若い女が永遠とも思える長いあいだ視界をふさいで、リーシーにはスコットが見えなくなる。見えるのはダッシュミールの肩だけ。それと、忌まいましい手帳のページをぺらぺらめくっているトニー・エディントンだけだ。

ついで若い女がようやく視界からいなくなって、ダッシュミールと夫の姿がふたたび完全に見えてくると同時に、リーシーにはこの文学部准教授が頭をぐいっともちあげ、全身が警戒に最大限の緊張をみなぎらせるところを目撃する。一瞬の出来ごとだ。ダッシュミールが見ているものをリーシーも目にする。見えるのは銃（のちに韓国製の女性用小型護身銃、俗にいう〝レディスミス〟の二二口径、サウス・ナッシュヴィルのガレージセールで三十七ドルで購入したものと判明）をかまえたブロンド野郎で、銃はリーシーの夫に狙いを定めている。スコットはようやく危険を見てとったと見え、体の動きをとめている。リーシー時間の支配する世界では、このすべては超スローモーションの展開だ。二二口径の銃口から弾丸が飛びだすところを——はっきりとは——見ているわけではないが、スコットが静かに、とんでもなくのろのろとした口調で——それこそ十秒か、さらには十五秒もの時間をかけて——「とりあえず話しあおうじゃないか、きみ」と話しかけているのはきこえる。ついで銃のニッケルめっきをほどこされた銃口から、黄色がかった白いコサージュめいた不規則な形で炎が噴出するのが見える。同時に〝ぽん〟という音がきこえる——馬鹿馬鹿しくて、たわいのない音。膨らませた紙袋を平手で叩き潰すときのような音だ。ダッシュミール、あの南部風フライドチキン野郎がたちまち脱兎のごとく走って逃げだすのが見える。スコットが踵（かかと）を軸にして仰向けに倒れこんでいくのも見える。しかもスコットは倒れこみながら、あごを前方へ突きだしてもいる。この動きの組みあわせは不気味だし、同時にダンスフロアにふさわしい優美そのものの動きでもある。スコットの夏用ジャケットの右側に黒い穴が穿たれる。「きみ、ほんとにそんなことをしてはいけないよ」スコットが、長く引き延ばされたようなリーシー時間の声でそう話し、リーシー時間のなかにいるリーシーにも、その声が一語ごとにかぼそくなっていき、やがて高高度訓練室にいるテストパイロットの声にそっくりになるのがわかる。それでもあの人は自分が撃たれたとはわかっていないようだ、とリーシーは思う。断言してもいい。スコットが《やめろ》と命じるかのように両手を前に突きだすと、スポーツジャケットの前がゲートの要領で左右にひらき、リーシーは同時にふたつのことに気づかされる。まず、ジャケットの内側のシャツが赤く染まりつつあること。ふたつめは自分がやっと呪縛をふり払い、走っているといえなくもない状態で走りはじめたことだ。

「この〝きんこん・かんこん〟の音をなんとしても黙らせないではいられないね」ガード・アレン・コールが、怒りに満ちた完璧に明瞭な発音でそう口にする。「フリージアのために、この〝きんこん・かんこん〟の音をなんとしても黙らせないではいられない」突然リーシーは悟る。スコットが死んで、とりかえしのつかぬ事態になったなら、ブロンド野郎は自殺するか、あるいは自殺を試みるにちがいない。しかし、さしあたりこの男には片づけなくてはならない仕事がある。作家を片づけるという仕事が。ブロンド野郎がわずかに手首をひねると、硝煙をあげている二二口径の銃口がスコットの左胸に狙いをつける。リーシー時間の世界では、その動きはなめらかで、しかも緩慢だ。肺は片づけた——つぎは心臓を片づけるつもりである。そんな事態を許すわけにいかないことは、リーシーにもわかっている。夫に生きのびるチャンスがあるのなら、死をもたらすこの頭のいかれた男が夫の体にこれ以上の鉛を撃ちこむことを許してなるものか。

そんな思いのリーシーを否定するかのように、ガード・アレン・コールはいう。「おまえが死ぬまで、これはおわらない。延々とこれがいつまでもおわらないのは、おまえの責任なんだよ、おっさん。おまえは地獄、おまえは猿、そしてついにおれの猿になるのさ！」

このスピーチは、ブロンド野郎の口から出たうちではいちばん筋が通っているといえなくもない。そしてこの言葉のおかげで、リーシーには銀のシャベルをふりあげて——肉体はなすべき動きを知っており、リーシーの両手はすでにシャベルの一メートル二十センチの柄の適切なポジションを見つけている——バットのようにふりまわすだけの時間の余裕が生まれる。とはいえ、狙いは惜しくもそれる。競馬なら、電光掲示板に《写真判定終了まで馬券はお手もとにおもちください》のメッセージが流れるところ。しかし銃をもった男とシャベルをもった女の一騎打ちに写真判定は不要だ。リーシー時間のスローモーション世界でリーシーのシャベルが銃をとらえ、ふたたび炎のコサージュが銃口から噴きだすと同時に（とはいえ今回は銃身がシャベルのブレードに完全に隠れたため、炎は一部しか見えない）、銃そのものを上へ跳ねあげている。式典用シャベルのブレードがなおも上へ進んでいくと同時に、二発めの弾丸はだれを傷つけることもないまま八月の青空に吸いこまれていく。銃がすっ飛んでいくのが見え、リーシーがかろうじて《やった！　なんとか阻止した！》と思ったつぎの瞬間、シャベルがまともにブロンド野郎の顔面を直撃する。男の両手はまだ顔の前にあるが（ほっそりした長い指のうち三本の骨が折れることになる）、それでもなおシャベルの銀色のブレードは確かな手ごたえとともに顔に命中してコールの鼻をへし折り、右の頬骨こ、かっと見ひらいた右目をとりかこむ眼窩の骨を打ち砕いていったばかりか、九本の歯を砕くことになる。メリケンサックをはめたマフィアの殺し屋でも、これだけのダメージを相手に与えることはあるまい。

そしてつぎには——あいかわらずリーシー時間のスローモーション世界では——ステファン・クイーンズランドが受賞することになる写真の構成要素がひとりでに集結しつつある。リーシーに遅れることわずか一、二秒で事態を見てとっていたS・ヘファーナン警部は、しかし、通行人問題への対処を迫られる——この場合は、ぶかぶかのバミューダショーツを穿いて、スコット・ランドンの笑顔がプリントされたTシャツを着たにきび面の太った男だ。ヘファーナン警部は、筋肉の盛りあがった逞しい肩でこの男を押しのける。

このころにはブロンド野郎は片目に意識朦朧とした光をのぞかせ、反対の目からは血を撒き散らし、地面にむかって倒れこみつつある（と同時に、完成時の写真のフレームから外に出つつある）。血はさらに、将来ふたたび口として機能することもないとはいえない顔の穴からも噴きだしている。シャベルが命中した現場を、ヘファーナンはまったく目にしていない。

またロジャー・ダッシュミールは、自分が逃げ足の速い兎ではなくて式典進行役であることを思い出したのだろうか、子分であるエディントンと手間ばかりかかる主賓のランドンのほうへ引き返してくるところなので、ちょうど完成時の写真の背景に大きく目を見ひらき、わずかにぼやけた顔がはいる位置を確保することになる。

その一方でスコット・ランドンは、受賞作品の写真のフレームからショック状態で去りつつある。暑さにもまったく気づいていない雰囲気のまま、大股の足どりで駐車場とその先のネルスン・ホールにむかって歩いている。ネルスン・ホールは文学部を擁しているほか、ありがたくも冷房がはいっている。すくなくとも最初のうち、スコットは驚くほどきびきびした足どりだし、スコットといっしょに歩いている群衆の大部分は、なにが起こったのかに気がついていないも同然だ。リーシーは怒りに駆られはするが、驚きは感じない。だいたい、ブロンド野郎がちんけな小さい拳銃をかまえたところを何人が見ていた？　膨らませた紙袋を破裂させたような音が銃声だとわかった者が何人いた？　スコットの上着にあいている穴はシャベル仕事でついた土汚れに見えないこともないし、その下のシャツを赤く染めている血はまだ外界の目に触れてはいない。いまではスコットは息を吸いこむたびに奇妙な口笛めいた音を洩らしているが、それを耳にしている者が何人いるのか？　ちがう、人々が——すくなくとも群衆の一部が——目をむけているのはリーシーだ。不可解にも唐突に走りだし、式典用の銀のシャベルでいきなり若い男の顔面を殴りつけた頭のおかしな女。見ている者の多くは信じられないことに、にやにやと笑っている。これもみんな、観客に見せる芝居の一部、〈旅芸人スコット・ランドン一座〉の演し（だし）ものだと思っているのか。そんな連中のことなど知ったことか。ダッシュミールなど知ったことか。〝一日遅れの一ドル足らず（ア・デイ・レイト・ア・ダラー・ショート）〟を絵に描いたような、かーんぺきにどでかでっかいお口のような汗染みのあるキャンパス警官も知ったことか。いま気がかりなのはスコットの具合だけ。リーシーはシャベルを右に突きだすが、まったくその方向を見ていないわけでもない。お抱え伝記作家ボズウェル氏ことエディントンがシャベルを受けとる。いや、手で受けとったのか、鼻で受けとめたのかは定かではない。ついで、あいかわらずの恐るべきスローモーション世界のまま、リーシーは夫を追って走りだす。夫のきびきびした足どりは、しかし駐車場の吸いこみオーブン的熱気にたどりついたところで一気に勢いをなくす。背後ではトニー・エディントンが、砲弾か放射能探知機を見る目つきで、あるいはすでに滅びた偉大なる種族が地球に残した〝遺留物〟あたりを見ている目つきでシャベルを見つめている。そこに駆けよってくるS・ヘファーナン警部は、だれが本日の英雄なのかについて、まったく見当ちがいの推測をいだいている。しかしリーシーはそのあたりには気づかない。気づくのは十八年後、クイーンズランドの写真を見たときになるが、たとえいまこのとき気づいたとしても、気にもかけなかったはずだ。リーシーの関心は、すべて夫にだけ絞りこまれた状態であり、当の夫は駐車場でいままさに倒れこみ、地面に両手と両膝をついた姿勢になっている。リーシーは、リーシー時間を拒絶して、もっと速く走ろうともがく。クイーンズランドが例の写真を撮影したのはこの瞬間、写真のフレームの右側にリーシーの靴の片方だけが写っているのはそんな理由だ。クイーンズランド本人は、これがなにかに気づかないし、その先も気づくことはない。

6

ピュリッツァー賞受賞者にして、受賞作『遺物』を弱冠二十二歳で発表し、恐るべき子ども（アンファン・テリブル）と評された作家は地面に倒れこむ。昔からの言いまわしを借りれば、〝デッキに倒れ伏す〟というところ。

　時間糊に囚われて身動きできずに頭がおかしくなりそうな思いをさせられているリーシーは、

がむしゃらにその呪縛から逃れようとする。なんとしても自由の身にならなくては。というのも、群衆がスコットをとりまいて自分が締めだされれば、群衆がその心配でスコットを殺してしまいそうだからだ。窒息愛で。

――こおのおお人おお、怪我ああしてるうう。だれかが叫ぶ。

リーシーは頭のなかで自分にむかって叫び、

（手綱をかけるの　**いますぐ手綱をかけなさい**）

ようやくそれに成功する。リーシーを閉じこめていたあの糊が消える。いきなりリーシーは、ナイフの勢いで前に突き進んでいる――世界はいま、暑さと汗と押しあいへしあいする人々の体だけだ。左手を伸ばして左の臀部（でんぶ）をつかんで引っぱり、忌まいましい下着を忌まいましい尻の谷間から引きだすあいだでさえ、リーシーはこのめまぐるしい現実世界に感謝する。徹頭徹尾めちゃくちゃになった一日の厄介ごとを、ひとつは解決できたからだ。

　シェルトップの一種を着て、ストラップを肩のところで大きなひらひらとする蝶結びにしている女が、スコットに通じている通路、狭まりつつある通路をふさごうとしていて、リーシーは女の下をくぐりぬけようとするが、地面に転んでしまう。膝をかなり擦りむくが、それに気づくのはずっとあとのこと――あとになって病院でひとりの親切な救急隊員が傷に気づいて、水薬を塗ってくれるのだ。傷の痛みをやわらげるひんやりした薬の感触に、リーシーは泣きだしそうなほどの安堵を感じる。しかし、それはあとの話だ。いまこの瞬間は、暑い駐車場のへりの部分にいるのは自分とスコットのふたりだけに思える。駐車場は舞踏会場の恐ろしい黒と黄色の床、その温度ときたら最低でも摂氏（せっし）五十五度はありそうだし、ところによったら六十五度を越えているかもしれない。精神は、母さんが古い鉄のフライパンで目玉焼きをつくっている場面を脳裡に見せようとしてくるが、リーシーはその映像をシャットアウトする。

　スコットがリーシーを見つめている。

　スコットが視線をあげる。顔は蠟のように青白く、例外ははしばみ色の目の下に浮かびかけている煤汚れめいた隈と、右の口角からあふれだし、あごの線に沿って流れ落ちていく太い鮮血の筋だけ。

「リーシー！」先ほどとおなじ、風の音がまじったようなかぼそい声、高高度訓練室の声だ。

「あいつはほんとにぼくを撃ったんだね？」

「話をしちゃだめ」リーシーはスコットの胸に手をおく。なんということ、シャツは血にぐっしょりと濡れているし、その下からは夫の心臓のせわしなく弱々しい鼓動が感じられる——人間の鼓動ではなく鳥の鼓動だ。《鳩鼓動》とリーシーが考えたそのとき、肩のところでひらひらの蝶結びをつくっている女がリーシーに倒れかかってくる。女がそのままではスコットの上に落ちていきそうだったので、リーシーはとっさにスコットにおおいかぶさるようにして女の体重をもろに受けとめる（「ちょっと！　よして！　いやっ！」びっくりした女が悲鳴をあげる）。リーシーには、女がすかさず両手を突きだして完璧に転ぶのを防ごうとしているさまが見える——《ああ、すばらしき若者の反射神経》リーシーとてまだ三十一歳だが、とんでもない年寄りになった気分でそう思う——女は突きだした手で首尾よく体を支えるが、熱いアスファルトに手を焼かれ、かん高く叫びはじめる。「熱っ、熱っ、**うわっ**」

「リーシー」スコットがささやき、なんということ、空気を吸いこむときには息がかん高い悲鳴をあげている。煙突に風が吹きこんだときのよう。「だれが押したの？」肩に蝶結びの女がそう周囲にたずねている。いまは地べたにへたりこみ、ほどけかけたポニーテールの髪が目にかかったまま、ショックと痛みときまりのわるさに泣いている。

リーシーは顔をスコットに近づける。夫の体の熱に恐怖を感じると同時に、スコットへの憐れみがこみあげる。これほど強烈な憐れみを自分が感じられるとは思わなかったほど。しかもスコットは、この暑さのなかでがたがた震えている。リーシーは片腕だけで不器用にジャケットを脱ぐ。「そう。撃たれたの。だからあとは静かにして、無理に話そうとしちゃ――」

「すごく暑いんだ」スコットはそういい、一段と激しく震えはじめる。このつぎはどうなる？痙攣？　スコットの榛(はしばみ)色の目が、リーシーの青い目を見あげている。口の端からは血が流れている。血のにおいが鼻をつく。シャツのカラーまでもが赤く濡れている。《スコットの紅茶療法もこれじゃ役に立たない》リーシーは自分がなにを考えているのかもおぼつかないまま、そう思う。《こんどばかりは出血が多すぎる。カスったれなくらい多いから》「すごく暑いんだよ、リーシー。頼む、氷をくれ」

「ええ、あげる」リーシーはそういい、自分のジャケットを丸めてスコットの枕にする。「もってきてあげるわ、スコット」《この人がスポーツジャケットを着ていて、ほんとうによかった》リーシーはそう思い、ひとつの名案を思いついて、しゃがみこんだまま泣いている女の腕をつかんで話しかける。「あなたの名前は？」

若い女はいかれた人間を見る目つきでリーシーを見つめるが、質問には答える。「リーサ・

レムキー」

《この子もリーサ。世間は狭いわ》リーシーはそう思いつつ、思いを口には出さない。口に出したのはこういう言葉だ。「夫が銃で撃たれたのよ、リーサ。ちょっとあっちの建物……」肝心の建物の名前が思い出せず、思い出せたのはその建物の役割だけ。「……文学部まで行って救急車を呼んでちょうだい。九一一に電話をかけて」

「マダム？　ミセス・ランドン？」と声をかけてきたのは、かーんぺきにどでかでっかいお口じみた汗染みのあるシャツのキャンパス警官。すぐうしろに多くの援軍を引き連れて、人垣をかきわけて進んできたのだ。警官がすぐ横でしゃがみこみ、膝の骨が鳴る音が響く。《ブロンド野郎の銃の音よりも大きなくらい》リーシーは思う。警官の片手にはトランシーバー。警官は、悲しみに沈んだ子どもに話しかけるように、ゆっくりと慎重な口ぶりで話す。「学内診療所にはすでに連絡をとってあります、ミセス・ランドン。いまこちらに診療所の救急車がむかっています。ご主人はその救急車で、ナッシュヴィル記念病院にお運びします。わかりましたか？」

理解できたし、胸にこみあげる感謝の念は（この警官はそれまでの〝一ドルの借り〟を完済したばかりか、リーシーの意見ではそれ以上のことをしてくれていた）、先ほど夫に——熱くなった舗装の地べたに横たわり、ジステンパーにかかった犬のように震えている夫に——感じた憐れみの念にまさるとも劣らないほど大きい。うなずきながら、リーシーは嗚咽しはじめる。このあとスコットをメイン州に連れ帰るその日まで、なんどとなく流す涙のうちの最初の一回だ——ただし帰途はデルタ航空の飛行機ではなく、専任看護師の乗ったチャーター機になるし、ポートランド・ジェットポートの一般民間航空用ターミナルでは、やはり専任看護師の乗っている救急車が待機することになる。いまリーシーはレムキーという若い女に顔をむけて、こう話しかける。「夫が燃えるように暑い思いをしてるの——どこかに氷はない？　氷がありそうな場所に心あたりは？　どこでもいいわ」

こう話したからといって、リーシーにさしたる希望があるわけではない。だから、リーサ・レムキーの返答の言葉には驚かされる。「あそこに行けば、コークの自動販売機のあるスナックコーナーがあるわ」いいながらレムキーはネルスン・ホールの方角を指さすが、建物自体はリーシーには見えない。見えているのは、剝きだしの何本もの足がつくる森だけ。毛むくじゃらの足もあれば、すべすべの足も、褐色の足も、日焼けした足もある。気がつけば、自分たちは完全に包囲されているではないか。いま自分は、大きなビタミン錠剤や風邪薬のカプセルの形の空間で、倒れた夫の世話をしている……そう思うと、群衆パニックの兆しを感じる。この気持ちをあらわす単語は……アゴラフォビアだったか？　スコットなら知っているはずだ。

「この人に氷をもってきてもらえるなら、ええ、お願い」リーシーはいう。「急いでちょうだい」ついでリーシーはキャンパス警官にむきなおる。警官はどうやらスコットの脈をとっていたようだが——そんな行為は、リーシーの意見ではまったくの無駄だ。いまこの瞬間大事なのは、スコットが生きているのか死んでいるのか、それだけだ。

「この人たちをさがらせてもらえませんか？」リーシーは頼みこむ。いや、拝みこむといったほうがいい口調で。「とっても暑くて、それに——」

リーシーが話をまださいごまですませないうちに、ヘファーナンはびっくり箱の人形よろしく、ぴょこんと立ちあがって叫びだす。「さがって！　さあ、この女の人を通してあげて！　うしろにさがって、この人を通してあげてください！　この人たちに息をする余裕を与えてあげるんです、いいですね？」

見物人たちはもぞもぞとうしろへさがっていくが、リーシーにはその動きが不承不承のものに見えてならない。この人たちは血を見のがしたくないのだろう。

舗装面から熱気が立ち昇ってくる。熱いシャワーにもやがては肌が慣れるように、この熱気にも慣れるだろうとリーシーはなんとなく考えていたが、それが現実になることはない。近づく救急車のサイレンの音がきこえないかと耳をすますが、なにもきこえない。ついで、なにかがきこえてくる。スコットの声がきこえる。名前で呼びかけている声。いや、名前をのどから搾りだしている声。同時にスコットは、リーシーが着ている汗ばんだシェルトップのわき腹部分を引っぱる（いまやブラジャーは、腫れあがった刺青のようにシルクの生地にくっきりと浮かんでしまっている）。下にむけた目にはいってきた光景が、リーシーには気にいらない。スコットがほほ笑んでいる。唇が血で上下とも、右から左まですっかりキャンディのような鮮やかな赤い色に覆われており、その口がつくる笑みはむしろピエロの笑みにそっくりだからだ。《真夜中にピエロを愛せる者はいない》と、リーシーは思い、これがどこからきた言葉だろうかと思った。この疑問への答えがわかるのは、この先リーシーを待つ、ろくに眠らずに過ごした長い夜、暑い八月の月にむけてナッシュヴィルじゅうの犬が残らず吠えているかのような声をきいている夜のさなかのこと、そのときやっとこれがスコットの第三長篇――リーシーと批評家がともにきらった唯一の作品、ふたりを裕福にした作品――『空っぽの悪魔』の巻頭におかれたエピグラムであることを思い出すことになる。

スコットはあいかわらず、リーシーの青いシルクのシェルトップを引っぱりつづける。色濃くなりつつある隈の奥では、両目がなおもぎらぎらと熱っぽい光を発している。なにか話したいことがあるのだ。リーシーは――しぶしぶながら――顔を近づけて話をきこうとする。スコットは一回にわずかな空気しか吸いこまず、小さなあえぎを洩らしている。耳ざわりな音をともなう、恐怖をかきたてるプロセス。顔を近づけると、血のにおいがさらに強まる。胸のわるくなるにおい。金属的な臭気。

《死だ。これは死のにおいなんだ……》

この思いを是認するかのように、スコットがいう。「すぐそこまで来ているよ、ハニー。姿は見えないけど……でも……」ここでまたも、悲鳴じみた音とともにのろのろと息を吸いこむ。「あいつが餌を食っている音がきこえるんだ。うなり声もね」いいながら、血に染まった唇でまたあの笑みをのぞかせる。

「スコット、あなたの話はさっぱりわけがわからない――」

それでも、リーシーのシェルトップをつかんでいる手にはまだ力が残っている。指先がわき腹をつかむ、それもかなりの力で――もっとずっとあとになって、モーテルの客室でトップを脱いだリーシーは、そこに痣（あざ）ができているのを目にすることになる。これこそほんとうの恋結び（ラブノット）だ。

「わかってる……」悲鳴じみた呼吸。「……はずだ……」またしても悲鳴じみた呼吸音。前よりも深い。例の笑顔はまだそこにある。なにやら恐るべき秘密をわかちあっているかのような

笑顔。紫の秘密。紫は痣の色。ある種の花の色、その花が咲いているのは

（黙って　リーシー　お願いだから　黙って）

そう、あの丘の斜面だ。「わかってる……はずだぞ……だから、ぼくの……知性を……馬鹿にするんじゃない」ここでまた口笛めいた、悲鳴じみた呼吸。「自分の知性もだぞ」

なるほど、リーシーも多少は知っているようだ。スコットはそれを、ロングボーイと呼んでいた。あるいは、際限もなく長くて横腹に斑模様があるもの、と。前にリーシーは、この〝パイボールド〟という単語を辞書で調べてみようとして、結局忘れてしまった。スコットとともに暮らした歳月のあいだ、忘却はリーシーが磨きあげてきた技術だった。しかし……そう、たしかにいまスコットが話している意味はわかる。

スコットはその話をやめる。あるいは、話しつづけるだけの体力がなくなったのか。リーシーは顔をわずかに遠ざける――といっても、ほんのわずかだ。隈を濃くしつつある窪んだ眼窩の底から、スコットがじっとリーシーの目を見つめている。両の瞳は前と変わらぬ光をはなっているものの、リーシーには両目が恐怖に満たされていることが見てとれるし、そればかりか（これがリーシーに最大の恐怖を味わわせるのだが）説明のつかない奇妙な楽しい気持ちの光をうかがわせてもいる。スコットはあいかわらず小さな声で――リーシーにだけきこえるように声を低くしているのかもしれないし、あるいはこれが精いっぱいの声なのかもしれない――こういう。「きいてくれ、ちっちゃなリーシー。あれがあたりを見まわすときの音を真似するからね」

「スコット、だめ――そんなことをしちゃだめ」

スコットはきく耳をもたない。またしても悲鳴まじりの息を吸いこみ、唇をすぼめて小さなOの形をつくると、低く、また信じられないほど忌まわしい〝しゅっ〟という音をたてる。同時に絞めあげられたようになったのどから、うだるような外の熱気にむけて鮮血が微粒子のスプレーになって噴きあがる。ひとりの若い女がそれを目にして悲鳴をあげる。今回見物人たちは、キャンパス警官からさがれといわれずとも、勝手に後退していく。それでリーシーとスコットとヘファーナン警部の周囲には少なくとも半径一メートル二十センチの空間ができる。

その音は——なんたること、ほんとうに不満のうなり声そのままだ——ありがたいことに短くおわる。スコットは咳きこみ——胸が上下に激しく動き、銃創から脈にあわせてリズミカルに血がこぼれだす——ついで指一本だけを動かして、リーシーに顔を近づけるよう合図する。リーシーは焼けつくような地面に手をついて身を乗りだし、顔を近づける。落ちくぼんだスコットの目に否応なく引き寄せられて。死にぎわの笑みに引き寄せられて。

スコットは顔を片側にめぐらせて、暑く焼けたアスファルトに凝固しかけた血の塊を吐きだしてから、ふたたびリーシーに顔をむける。「こんなふうにすれば、あいつを……呼べるんだ」ささやき声。「いずれあいつが来る。きみは……ぼくの……ひっきりなしの嘘八百を……厄介払いできるわけだ……」

スコットが本気でいっていることはわかるし、一瞬のあいだのこととはいえ（スコットの目に宿るパワーのせいだったにちがいないが）、それが真実だと信じもする。スコットがさっきの音をあと一回でも、ほんのわずかでも大きく口から出したがさいご、どこかの異世界でロングボーイが、あの眠れぬ夜の主君が言葉にできないほどの飢えに満ちた頭部をぐいとめぐらせるはず。そして一瞬ののち、この世界ではアスファルト舗装に横たわったスコット・ランドンが一回だけ身を震わせて、それっきり絶命するはず。死亡証明書にはもっともらしい理由が書かれるだろうが、リーシーは真実を知っている――スコットの暗いあれがとうとうスコットを見つけて近づき、スコットを生きたまま貪り食ったがゆえの死だ、と。

そしていよいよ、あとになってもふたりが話題にしない部分にさしかかる――どちらも他人に話さず、それればかりか夫婦のあいだでも話題に出さない部分に。あまりにも恐ろしいからだ。どんな夫婦にも、ふたつのハートがある。ひとつは明るいハート、もうひとつは暗いハート。これはふたりの暗いハート、ひとつのいかれた真実の秘密。リーシーは熱く焼けた舗装の上、スコットに顔を近づける――夫が死ぬにちがいないと思いつつ、それでもできることなら引きとめようと固く決意しつつ。そのためにはスコットに代わってロングボーイと戦わなくてはならないのなら、たとえ武器がおのれの爪だけでも喜んで戦うつもりで。

「いいかい……リーシー？」あの忌むべき笑み、すべてを心得たような恐ろしい笑み。「きみは……どんな……ふうに……思う？」

さらに顔を近づける。スコットの汗と血の、小刻みにふるえる臭気のなかに。それこそ朝スコットがつかった〈プレル〉のシャンプーと、ひげ剃りにつかった〈フォーミー〉の、これ以上は淡くなりようのない残り香の亡霊が嗅ぎとれるほどの近さにまで。リーシーはささやく。

「黙ってなさい、スコット。一生にいちどだけでいい、とにかく黙ってなさい」

ふたたび見おろしたとき、スコットの目は先ほどとは変わっている。ぎらぎらとした光はもうない。命が薄れつつあるからだ。しかし、それでもいい。なぜなら、いまのスコットは正気に立ちかえったかに見えるから。「リーシー……？」

　あいかわらずささやき声で。目をまっすぐに見つめながら。「あんなカスったれなもの、ほっとけばいなくなるわ」一瞬リーシーは、《それ以外のことは、またあとで片をつけられるから》とつづけそうになった。しかし、考えてみれば無意味な言葉だ――さしあたってスコットにできるのは、死ぬことだけだからだ。だから口に出したのは、「とにかく、あの音はもう二度と出さないで」という言葉。

　スコットは唇を舐める。舌先が血に濡れるのを見て、リーシーの胃がでんぐりがえるが、それでもスコットからは離れない。救急車でスコットが運ばれていくときまで、あるいはスコットがここで、最新の勝利の場から百メートルも離れていない、熱く焼けたアスファルトの上で息絶えるそのときまで、自分はこのままでいるのだろう。そんなふうにさいごまで踏んばっていられれば、この先どんなことでも踏んばれるはずだ。

「すごく暑いんだ」スコットがいう。「せめて氷をひとかけら、舐められたらいいんだけど……」

「もうすぐよ」リーシーは答える。自分が拙速な約束の言葉を口にしているかどうかはわからないが、そんなことはどうだっていい。「いま、もってきてあげる」ようやく、こちらにむかってくる救急車のサイレンの響きがきこえてくる。とりあえずひと安心だ。

　つぎの瞬間、ある種の奇跡が到来。肩に蝶結びがあり、手のひらにはできたばかりの傷のある若い女が、人垣をかきわけて最前列にまで出てくる。女はいまレースを走りおえたばかりの人のように息を切らし、両の頬と首すじにびっしょり汗をかいているが、両手それぞれに大きな蠟びきの紙コップを手にしている。「もどってくる途中で、くそコークを半分こぼしちゃった」いいながら、背後の群衆をふりかえって、毒のある視線をちらりと投げかける。「でも、氷は大丈夫。氷は無事――」そこまで話したとき、女の目玉がぎょろりと回転してほとんど白目しか見えなくなり、スニーカーを履いた足から力が抜けていって、体がうしろに倒れていく。キャンパス警官――どでかでっかいお口みたいな汗染みのあるシャツを着たこの男にたくさんのお恵みを――が女の体を受けとめてまっすぐに立たせ、その手から片方のコップをとりあげる。警官はそのコップをリーシーにわたし、リーサには残っているコップの中身を飲むようにとうながす。リーシー・ランドンは目もくれない。あとになってリーシーはこの場面を回想し、自分があまりにも一心不乱だったことに、かすかな畏怖さえ感じることになる。しかしいまは、《その子が気をうしなっても、わたしの上にまた倒れてくることのないようにしてちょうだいね、おまわりさん》と思っただけで、すぐスコットにむきなおる。

スコットの体の震えはまた一段と激しくなっており、目はどんよりと曇りかけ、しっかりとリーシーを視界におさめておくこともむずかしくなっている。それでも、リーシーを見すえようという努力はつづけている。「リーシー……すごく暑い……氷……」

「ここにあるわ、スコット。さあ、そのだらだらしゃべりづめの口を、ちょっとでいいから閉じてもらえる？」

「ひとりは北へ飛んでった、ひとりは南へ飛んでった」スコットはかすれた声でいってから、リーシーにいわれたとおり口を閉じる。もしかしたら、話の種が尽きたのかもしれない。だとしたら、スコット・ランドンにとっては初めての事態だ。

リーシーがコップに深々と手を突っこむと、コークがせりあがってきて、ふちからこぼれていく。冷たさがショックでもあり、文句なくすばらしくも感じられる。手でたっぷりと氷のかけらをつかみあげながら、リーシーはなんと皮肉なことかと思う。スコットとふたりで高速道路のサービスエリアで休憩するとき、リーシーは清涼飲料水を缶や瓶ではなく、紙コップで出てくる自動販売機で買う主義だし、そのときにはいつも、ちょっと得意な気分で《**氷なし**》のボタンを押す——ほかの人は、小ずるいソフトドリンク会社が飲み物をコップの半分しか入れずに残り半分を氷で埋める手口で小金をちょろまかすのを黙認するかもしれないが、デイヴ・デバッシャーの末娘リーサは断じてそんなことを許さない。父さんはいつもどういっていた？《おれは、きのうきょう干し草の山から落ちたわけじゃない！》だ。それなのにいまの自分ときたら、もっと氷が多ければいいのに、もっとコークが少なければいいのにと思っている……そこに大きなちがいがあると思っているわけではない。しかし、これについてリーシーは驚きに見舞われる。

「スコット、さあ。氷よ」

いまや目は半分閉じられているが、それでもスコットは口をあける。リーシーが手にすくった氷で唇を軽くこすってから、溶けかかった小さなかけらのひとつを押しだして血にまみれた舌に載せるなり、スコットの体の震えがとまる。魔法そのもの。これに勇気づけられたリーシーは、凍えるように冷たく水滴を垂らしている手でスコットの右頰をさすり、ついでその手をひたいに滑らせる。コーク色の水滴がスコットの眉に落ち、鼻の横を流れ落ちていく。

「ああ、リーシー、まるで天国だ」スコットはいう。あいかわらず悲鳴まじりめいた声だが、先ほどよりもリーシーのそばにいるという雰囲気が、そこにいるという雰囲気が強まっている。救急車が、消えかかるサイレンの末期の音を響かせながら、人だかりの左側に停止する。数秒後、焦りもあらわに怒鳴っている男の声がきこえる。「救急隊員です！　通してください！　救急隊員です、お願いです、通してください、仕事をしなくちゃいけないんです、え、わかってますか？」

　南部風フライドチキン野郎のダッシュミールが、この機を逃さずにリーシーの耳もとで話しかけてくる。いかにも気づかわしげな口調と、先ほどの脱兎のごとき逃げ足の速さを考えあわせ、リーシーは歯がみしたい思いに駆られる。「ご主人の容体はいかがですかな？」

あたりを見まわしもせず、リーシーは答える。「生きようとしているところです」

7

「生きようとしているところです」リーシーは低くつぶやきながら、『テネシー大学ナッシュヴィル校回顧』の上質紙のページに手のひらを走らせた。馬鹿らしい銀のシャベルに片足をかけたスコットの写真の上に。ついでぱたんと本を閉じ、そのまま本の蛇の埃をかぶった背に投げてもどす。写真への食欲——思い出への食欲——は、とりあえず一日ぶんは満たされていた。右目の裏側から、性質のわるい疼きが忍び寄りはじめていた。それを鎮めるための薬が飲みたかった。それも女々しいタイレノールではなく、世を去った夫の言葉を借りるなら〝頭いかれ薬〟のように強い薬を。そのためにはスコットのエキセドリンを二錠飲めばいいのだが、それも薬の使用期限をあまり過ぎていないことが条件だった。そのあとはふたりの寝室で少し横になって、頭痛が兆しのうちにおさまるのを待つ。ついでに、少し眠ってもいいかもしれない。

《わたしったら、いまでも〝ふたりの寝室〟って考えてるんだ》リーシーはそう思いながら、下の納屋に通じる階段を降りていった。とはいえ、納屋はもうすっかり納屋ではなくなって、物置の小部屋がつらなっている空間に変わっていた……ただし、干し草とロープとトラクターオイルの香り、すなわち昔から頑固にしみついている農場の残り香は、いまもまだただよっていた。《いまでも〝ふたりの寝室〟……あれから二年もたったのに》

それがどうかしたのか？　それでどうしたというのか？

リーシーは肩をすくめた。「たぶん、なんの意味もないのね」

自分自身のつぶやくような言葉がなかば酔った人間めいた響きをそなえていたことに、リーシーはわれながらショックを受けた。あの出来ごとの記憶を生々しく呼び起こしたことで疲れはてたのだろう。当時のストレスを残らず追体験したせいだ。ひとつだけ、ありがたく思えることがあった――あそこまで暴力的な事件の記憶を呼び覚ますような写真は、もう本の蛇の腹には一枚もないという事実である。銃で撃たれたのは一回だけだし、あちこちの大学から送られてきた写真には、まさかスコットのち――

（その話はだめ　黙れ）

「それも当然ね」リーシーはもっともに思いつつ、階段を降りきった。このときもまだ、自分

がなにを
（スクート　このスクート野郎）
考える寸前に来ているのか、まったく気づかないまま。頭はうなだれ、間一髪で事故に巻きこまれずにすんだばかりの人さながら、全身が汗まみれになった気分だった。「黙ってればいい、もうたくさん、もうたくさん」
そしてその声でスイッチがはいったかのように、右側の閉じたドアの向こう側で電話の呼出音が鳴りはじめた。リーシーは納屋中央を通っている廊下の途中で足をとめた。かつてこのドアの先は、ゆうに三頭の馬を入れておける広さの馬房エリアだった。いまドアにかかげられたプレートには、《**高電圧！**》とだけ書いてある。リーシーが思いついたジョークだった。そのころリーシーは、ここを小さなオフィスにするつもりだった。さまざまな記録書類を保管し、月々の請求書の支払事務をするための部屋（当時は夫婦の——そしていまはリーシーの——専任会計士がいるにはいたが、この男はニューヨークにいて、たとえば食料品店〈ヒルトップ〉の毎月の請求書処理のようなこまごました仕事のために来てくれるべくもなかった）。デスクと電話、ファックス、それに数台のファイリングキャビネットを運びこむところまではしたが……そこでスコットが死んだ。それ以来、この部屋に足を踏みいれただろうか？　一回は足を踏みいれたことを思い出す。今年の初春。三月の頭だ。地面のそこかしこに、汚れてしまった雪のストールがなお残っていた。あのときは、留守番電話が溜めこんだメッセージを消すためにきたのだった。機械の小さなディスプレイには数字の《21》が表示されていた。一番めから十七番めまで、および十九番めから二十一番めまでのメッセージは、かつてスコットが〝電話ジラミ〟と呼んだ電話セールスのもの。そして十八番め（リーシーはこれにまったく驚きを感じなかった）がアマンダのメッセージだった。

「あんたがちゃんと留守電をつないでるかどうか確かめたかっただけ」アマンダはそう話していた。「あたしとダーラとキャンティに、この番号を教えたでしょ？　ほら、スコットが亡くなる前にね」間。「ちゃんとやったみたいじゃない」間。「電話をつないだって、ことよ」間。それから、せわしない調子で──「でも、最初のメッセージからピーの音のあいだに、ずいぶん長い間があったから、そこの留守電にずいぶんたくさんのメッセージが溜めこまれてるみたいね。ちゃんとチェックしなくちゃだめ。ひょっとしたらだれかが、あんたに〈スポード〉あたりの陶磁器のセットでもプレゼントしようとしてるかもしれないし」間。「とにかく……じゃね」

そしていまリーシーは、右目の裏側に心臓の鼓動とぴったり一致している痛みの搏動を感じつつ、閉まったドアの前に立ち、呼出音が三回、ついで四回と鳴るのをきいていた。五回めの呼出音の途中で機械が〝かちり〟と鳴り、ほかならぬ自分自身の声が、男女の別はともかく電話をかけてきた相手にむかって、七二七-五九三二で連絡がとれると告げていた。折りかえし電話をかけるという口約束はなし、アマンダが〝ピーの音〟と呼んだ電子音のあとにメッセージを残せという誘いの言葉さえない。ともあれ、そんなことをしてなんの意味があるだろう？　だれがリーシーと話をしたさに、ここに電話をかけてくるというのか？　スコットが死に、ここからはエンジンが消え去った。残されたのは、リスボンフォールズ出身のちっちゃなリーシー・デバッシャーだけ、いまはランドン未亡人となった自分だけ。ちっちゃなリーシーは大きすぎる家にひとりで住み、食料品の買物リストを書いているだけ――小説ではなく。

　メッセージとピー音のあいだの沈黙はかなり長く、リーシーは返事を録音するテープがいっぱいになっているにちがいないと思った。テープにまだ空きがあるにしても、これでは電話をかけてきた人物が飽きてしまい、電話を切ってしまうだろうし、閉まったままのオフィスのドアごしにきこえてくるのは、ただ録音された電話声でも最高に腹立たしい声、こんなふうに告げてくる（いや、叱りつけてくる）あの女の声だけになりそうだ。「電話をおかけになりたい場合には……いったんお切りになったあとで、改めてオペレーターをお呼びだしください！」電話の女が、この薄らボケ野郎とかうんこ脳味噌などといい添えることはなかったが、リーシーはいつも、スコットなら〝サブテクスト〟と呼んだものとして、その手の文句を感じとっていた。

　しかし、きこえてきたのは、ごく手短に話す男の声だった。悪寒をおぼえる理由はひとつもなかったにもかかわらず、リーシーは悪寒をおぼえた。

「また電話します」男の声はそういった。

　つづいて〝かちり〟という音。

　つづいて……静寂。

8

《やっぱり現在のほうがずっといい》リーシーは思うが、これが過去でも現在でもないことを知っている。ただの夢だ。夢でリーシーは

（ふたりの　ふたりの　ふたりの　ふたりの　ふたりの）

寝室のゆったりと回転する扇風機の下にある大きなダブルベッドに横たわっていた。在庫が先細りになりつつあるバスルームの薬品戸棚にあるスコット常備薬コレクションから、二錠のエキセドリン（使用期限：十月七日）で百三十ミリグラムのカフェインを摂取したにもかかわらず、リーシーは眠りこんだ。自分が眠ったことに疑いがあっても、いま自分がどこにいるのかを――ナッシュヴィル記念病院の三階にある集中治療室エリア――見れば、およびこのユニークな旅の方法を見ればこと足りる。リーシーはいままた《**ピルズベリーの最高級小麦粉**》の文字がプリントされた大きな布に乗って移動している。この自家製魔法の絨緞、乳房の下でいま自分が堂々と腕を組んですわっている魔法の絨緞の四隅が、今回もハンカチのように結んであるのが見えて、またしてもうれしい気持ちを感じた。しかも天井にかなり近いところに浮かんでいたため、ゆっくりと回転をつづける扇風機の下を《**ピルズベリーの最高級小麦粉**》が通るときには（夢のなかではこの扇風機が、ふたりの寝室の扇風機にそっくりだ）、羽根に頭を直

撃されて頭蓋骨を叩き割られないように身を伏せる必要に迫られる。ニスを塗られた木のオールともいうべき羽根は、ゆっくりと、どことなく堂々としたようすで回転をつづけながら、ずっと〝しゅうっ、しゅうっ、しゅうっ〟という音をたてている。下ではナースたちが、靴底でかん高い音をたてながら病室に出入りをくりかえしている。なかには、近年この職業で支配的になりつつあるカラフルなスモックを着ているナースもいるが、大半の者はいまだに昔ながらの白衣に白いストッキング姿で、見るたびにリーシーが鳩のぬいぐるみを連想するナース帽をかぶっている。ウォータークーラーのそばでは、ふたりの医者が――リーシーはふたりを医者にちがいないと見当をつけはしたが、片方はひげ剃りが必要な年齢にも達していないように見える――おしゃべりに余念がない。壁のタイルは涼しげなグリーン。日中のあの暑さも、ここまではいりこめないようだ。扇風機だけではなく空調設備もあるにちがいないとは思うが、クーラーの音はきこえない。

《わたしの夢のなかだもの、それも当然》リーシーは自分にそう告げる。いかにも筋の通った話だ。前方に三一九号室が見える。手術で弾丸を摘出されたあと、恢復のためにスコットが運びこまれた病室だ。病室のドアにはなんなくたどりつけるものの、いざ到着して初めて、自分の位置が高すぎることに気づく。病室にはいっていきたいのに。《それ以外のことは、またあとで片をつけられるから》という言葉は結局かけられずじまいにはなったが……そんな言葉がそもそも必要だっただろうか？　なんといってもスコット・ランドンは《きのうきょう干し草の山から落ちたわけじゃない》のだから。真の問題は、魔法の《**ピルズベリーの最高級小麦粉**》の絨緞を下に降ろすための正しい魔法の呪文はなんだったのか、ということだ。

ふっと正解を思いつく。自分の口から流れでるのを耳にしたくはない単語だが（というのもブロンド野郎語だから）、とはいえ——父さんもまた話していたように——必要に迫られれば背に腹は代えられず、それに……。

「フリージア」リーシーがそういうと、四隅に結び目のある色褪せた布はすなおに、それまでの病院の廊下の天井近い浮遊点から九十センチばかり降下する。あいたままのドアから病室をのぞくと、術後五時間ほどと思われるスコットが、幅こそ狭いものの、優美なカーブを描くヘッドボードとフットボードがそなわった驚くほど美しいベッドに横たわっているのが見える。

留守番電話のような音をたてる医療モニター機器が、ぷうぷうぴいぴい音をたてている。スコットと壁のあいだに一本のポールが立ち、そこになにやら透明な液体のはいったビニール袋が吊りさげてある。ベッドをはさんで反対側では、一九八八年版リーシーが背もたれのまっすぐな椅子に腰かけ、片手で夫の片手を握りしめている。一九八八年版リーシーの反対の手には、テネシー州までもってきたペーパーバック。この本をこれほど読み進められるとは予想もしていなかった。スコットが読むのはボルヘスやピンチョン、タイラーやアトウッドといった作家の作品。リーシーはメイヴ・ビンチーやコリーン・マッカラやジーン・アウル（とはいえ、ミズ・アウル描くところの好色な穴居人たちには多少じれったい気持ちになりかけている）、ジョイス・キャロル・オーツ、そして最近ではシャーリー・コンランだ。三一九号室にもちこんでいるのも、コンランの最新作『悪夢のバカンス』で、リーシーはこの作品が大いに気にいっている。このときには、ジャングルで身動きがとれなくなった女たちがブラジャーを投石器として利用するすべを発見したところまで読み進めている。すばらしきかなライクラ繊維。リーシーには、アメリカのロマンス読者がこのコンランの最新作を読める段階に達しているかどうかがわからないが、個人的には勇ましく、またそれなりにかなり美しい作品だと思っている。勇ましさとは、つねにある種の美しさをそなえていると決まっているのでは？

日没前のさいごの日の光が、赤と黄金の洪水となって窓から病室に流れこんでいる。不気味であり、美しくもある光。一九八八年版リーシーはかなり疲れている。感情的にも、肉体的にも疲れ、南部にいることに心底うんざりだ。あとひとりでも、〝よぉあんた〟などと声をかけてきたら悲鳴をあげそうだ。いい点？　あの連中とは異なり、ここにいつまでも長居をしなくてもよさそうに思えることだ。なぜなら……そう……それなりに根拠があって、スコットが恢復の速い人間であると知っているから、というにとどめよう。

まもなくリーシーはモーテルに引き返し、きょうの朝までいた客室をまた借りようとするつもりだ（たとえ、スコットのいう〝昔ながらのちょんの間〟のような短時間の仕事でも、スコットはほぼ毎回ふたりで泊まる隠れ家を借りる）。なんとなく部屋を貸してもらえない気もするが——男が有名人かどうかは関係ないが、男といっしょだった場合には対応ががらりと変わる——大学に行くにも便利だったあのモーテルは病院にも近く、とにかくどんな部屋でも入れてもらえるかぎり、カスったれなほどもかまわなかった。スコットの主治医であるサザーウェイト医師は、今夜から数日のあいだなら病院の裏口をつかえば取材陣をうまく避けられるはずだと約束してくれた。医師はさらに〝あなたがほんのちょっと目くばせを送るだけで〟受付のミセス・マキニーが裏手にあるカフェテリア用の食材搬入口にタクシーを呼んでくれる手はずになっている、と話している。だからもう病院をあとにしていてもおかしくなかったのだが、この一時間ほどスコットが落ち着かなげに身じろぎしていたのだ。サザーウェイトはスコットが少なくとも真夜中まで意識をとりもどすことはないだろうと話していたが、あいにくこの医者はリーシーほどスコットのことを知らないし、こうして日没が近づきつつあるいま、スコットの意識がごく短時間ながらおりおりに表面に浮かびあがりだしても、リーシーに驚きはない。二度ほどはリーシーがいることを認め、二度ほどはなにがあったのかとたずね、その二度ともリーシーは精神に問題のある者に撃たれたのだと説明した。二度めにスコットは、「ハイヨー・カスったれ・シルヴァー」といってから目を閉じ、そのようすにリーシーはほんとうに笑いさえした。いまは、あといちどでいいからスコットに意識をとりもどしてほしい。そうすれば自分はメイン州に帰るわけではなくモーテルにもどるだけだ、また朝になったら病院に来る、と告げられるのだが。

二〇〇六年版のリーシーは、そのすべてを知っている。思い出せる。直観する。どう表現してもいい。《ピルズベリーの最高級小麦粉》の魔法の絨緞にすわったまま、リーシーは思う。《あの人は目をあける。あの人はわたしを見る。そして、あの人はいう。「ぼくは暗闇で迷っていて、きみに見つけてもらった。暑かった――すごく暑かった――そんなぼくに、きみは氷をくれたんだ」と》

けれども、ほんとうにスコットはそういったのか？　それが現実にあったことなのか？　それとも、もっとあとのこと？　もし自分がなにかを隠しているのなら――自分自身に見つからないように隠しているのなら――どうして隠したりする？

ベッドに横たわったまま、赤い光を浴びたまま、スコットが目をあける。本を読んでいる妻に目をむける。呼吸にはもう悲鳴はまじっていないが、精いっぱい深々と空気を吸いこむときや、半分はささやき声で、半分はしわがれ声でリーシーの名前を呼ぶときには、風のような音がまじる。一九八八年版リーシーは本をおろして、スコットに目をむける。

「あら、また目を覚ましたのね」リーシーはいう、「では、ここで抜き打ちテスト。自分の身になにがあったかは覚えてる?」

「撃たれた」スコットはささやく。「若い男。チューブ。背中。痛い」

「すぐにも痛みどめをもらえるはずよ」リーシーはいう。「とりあえず、いまはなにか望みは——」

スコットはリーシーの手を握る手に力をこめ、話をやめてもいいと告げる。《さあ、いよいよあの人は、闇で迷っていて、わたしから氷をもらった話をするんだわ》と、二〇〇六年版リーシーは思う。

しかしスコットが妻に——この日、乱心男の頭を銀のシャベルでぶん殴ることで夫の命を救った当人に——かけた言葉はこれだけだ。「暑かったな?」なにげない口調。目つきにも特別なところはない。ただの話の継ぎ穂。赤い光が深まり、医療機器がぷうぷうぴいぴい音をたてているあいだの時間つぶしというだけ。そして戸口前の浮遊点にいる二〇〇六年版リーシーは、若き自分の体に震えが——ごくかすかだが、はっきりとした震えが——走りぬけるのを見てとり、若き自分の左手の指が、栞代わりにはさんでいた『悪夢のバカンス』のペーパーバックのページのあいだから抜け落ちるのを見てとる。

《わたしは思っている……「撃たれて倒れたときに口にしていたあの言葉、それをこの人は覚えていないか、そうでなかったら覚えていないふりをしているんだ。望めばあれを呼びだせる……リーシーがスコットを厄介ばらいしたいのなら、どうやってロングボーイを呼びだせるのか話したことを。それからわたしが答えたこと……とにかく黙って、その話はするなと答えたこと、カスったれな口を閉じて黙っていれば、あれはいずれいなくなると話したことも。わたしは内心で疑問を感じている。これがほんとうに忘却の事例なのか？　そう、撃たれたことをスコット本人が忘れたのとおなじことなのか？　それとも、むしろわたしたち夫婦の特別な忘却――忘れるというよりも、忌まわしいクソをひとまとめに箱に押しこんで厳重に鍵をかけるあの習慣の一例なのか、と。だいたい、スコットがいまもなお恢復の手だてを心得ているかぎり、そんなことが問題になるだろうか？」と》

いまリーシーはベッドに横たわったまま（同時に夢という永遠の現在世界で魔法の絨緞に乗ったまま）、もぞもぞと身じろぎし、若き自分に大声で叫びかけよう、そここそが問題になるのだと告げようと身もだえした。《その人に片をつけさせてはだめ！》リーシーはそう叫びたかった。《永遠に忘れるなんて無理！》しかし、ふっと頭にまた過去の言いまわしのひとつが甦ってきた。今回は、夏のあいだサバスデイ湖のほとりで過ごしたあいだに、果てしもなく遊んだハーツやホイストのゲームのあいだ、参加者のだれかが二巡以上前に捨てられたカードの中身を見たがったようなときには、決まってこの文句が大声で叫ばれたものだ。《無駄なことはしないの！　死人を墓から掘り起こすことはできないんだから！》

死人を墓から掘り起こすことはできない。

それでもなお、リーシーはいちどならず努力した。二〇〇六年版リーシーは精神と意思のかなりの力を奮い起こして、魔法の絨緞にすわったまま身を乗りだし、若き自分に念を送る。《その人はお芝居をしてるの！　**スコットはすべてを覚えているのよ！**》と。

そして気も変になりそうな一瞬のあいだだけ、リーシーは自分の意思が相手に通じたと思う……いや、相手に通じたとわかる。というのも一九八八年版のリーシーが椅子にすわったまま体をぴくんと動かし、手から本がほんとうに滑り落ち、床にぶつかって乾いた音をたてたからだ。しかし一九八八年版リーシーが周囲を見まわす前に、スコット・ランドンがドア口に浮かびただよっている女を——スコットその人の未亡人として生きつづけることになっている二〇〇六年版リーシーを——まっすぐににらみつけてくる。スコットは唇をきっぱりと引き結ぶが、今回はあの忌まわしい〝しゅうっ〟という音は出さずに、息を吹きかけてくる。それほど勢いのある呼気ではない——どんな目にあってきたのかを思えば、勢いよく息を吹ける道理があるだろうか？　それでもスコットの呼気は、《**ピルズベリーの最高級小麦粉**》の魔法の絨緞を後方に吹き飛ばし、ハリケーンに見舞われた唐綿（とうわた）の莢（さや）よろしく前後左右に激しく揺らすほどの力をそなえている。病院の壁が大きく揺れながらどんどん前方へと過ぎ去っていくあいだ、リーシーは死にもの狂いで絨緞にしがみついているが、小癪なことに絨緞は傾いてしまってリーシーは滑り落ちていき、そして

9

リーシーは目を覚ますと同時に、がばっとベッドで上体を起こした。ひたいとわきの下にたっぷりとかいた汗が乾きかけていた。天井の扇風機のおかげで部屋はまずまずの涼しさだったが、それでもなお自分の体が熱く、その熱さをたとえるなら……。

そう、吸いこみオーブンなみの熱さだ。

「それがなにかはともかく」リーシーはいい、震えまじりの笑い声をあげた。

夢は早くも小片となって散り散りに消えかけていた——それなりにはっきりと思い起こせるのは、どこやらで沈みゆく太陽が投げかけていたこの世のものとも思えないほど赤い光だけだ——が、目覚めたリーシーの精神の中心核部分には、常軌を逸した命令が埋めこまれていた。あのカスったれなシャベルを見つけるべし、という命令。あの銀のシャベルを。

「どうして？」リーシーは無人の部屋にむかって問いかけた。それから、ナイトスタンドの時計を手にとって顔に近づける。眠っていたのは一時間、ことによったら二時間ほどだと時計が教えてくれるはずだと思いつつ。しかし、リーシーは驚かされた。自分がきっかり十二分だけ眠っていたことがわかったからだ。リーシーは時計をナイトスタンドへもどすと、着ていたブラウスの前面で両手を拭いた——病原菌がうようよとついている不潔なものを、うっかり拾いあげてしまった人のように。「どうしてあんなものを探すの?」

《気にするな》それは自分の声ではなく、スコットの声だった。昨今ではスコットの声がここまで明瞭にきこえることもめったにないが、それでも……そう、はっきりときこえるではないか。大きな声で明瞭に。《きみは理由なんか気にしなくていい。とにかく探しだして、あれを置くんだ……どこに置けばいいかは……ああ、知ってるね?》

　もちろん、リーシーは知っていた。

「わたしが手綱をかけられる場所」リーシーはつぶやき、両手で顔をごしごしとこすって、小さな笑い声をあげた。

《そのとおりさ、ベイビィラーヴ》死せる夫が裏書きしてくれた。《適切だと思えたときにはね》

Ⅲ　リーシーと銀のシャベル（風向きが変わるのを待ちながら）

1

生々しい夢を見たことも、リーシーをナッシュヴィルの記憶から解放してはくれなかった――とりわけ、あるひとつの瞬間の記憶からは。ガード・アレン・コールが手にしていた銃を動かして、スコットが一命をとりとめる可能性もある肺撃ちから、スコットがまず落命することと確実な心臓撃ちの位置にかまえなおしたあの瞬間の記憶だ。あのときには世界のすべてのスピードが緩慢になっており、そのなかでリーシーが――ひどく欠けた歯の表面をついつい探ってしまう舌先のように――くりかえし訪れるのは、一点の乱れもない流れるようなその銃の動きだった。まるで銃がジンバルの上に載せられているかのようだった。

リーシーは客間に掃除機をかけたが、これはそもそも必要のない仕事だった。そのあと、食洗機に半分しかないまま皿洗い。リーシーひとりになったいまでは、洗濯物の籠がいっぱいになるまでに、いやになるほど時間がかかった。あれから二年がたつのに、いまだに慣れない。

しまいには昔のワンピースタイプの水着を引っぱりだし、裏手のプールを往復しはじめた。十回が十五回になり、十七回になったところで力が尽きた。リーシーは息を切らし、足をうしろに浮かばせたままで、プールの水深の浅い側のへりにしがみついた。黒髪が両の頬やひたいや首すじに、つややかなヘルメットのようにへばりついた。それでも、青白く細長い指をそなえたコールの手がなめらかに動くところや、レディスミス（ひとたび殺傷力のあるこの武器のビッチな呼び名を知ってしまった以上、ただ〝銃〟とは考えられなかった）がなめらかに動くところ、スコットの死を内部に隠している黒い穴（ブラックホール）が左にむかって動いていくところが見えていたし、あの銀のシャベルはとんでもなく重かった。自分が間にあうとは思えなかったし、コールの狂気の先まわりができるとも思えなかった。

　リーシーはのんびりとばた足をして、わずかな水飛沫（みずしぶき）を跳ね散らかした。スコットはこのプールが大好きだったが、じっさいに泳ぐことはめったになかった。むしろ読書とビール、プールにはいるときには浮き輪をつかうタイプの男だった。もちろんそれは、旅に出ていないあいだのことだ。あるいは書斎で音楽を鳴らしながら小説を書いていないときのこと。あるいは傷心の支配する冬の夜、デバッシャー母さんお手製のアフガンの毛布にあごまでくるまり、はるばるカナダのイエローナイフから吹きおろす恐ろしいほど強い風が外でうなりをあげるなか、夜中の二時に目を大きく－大きく－大きく見ひらいていないときのこと。あれ――あれはもうひとりのスコット。ひとりは北へ飛んでった、ひとりは南へ飛んでった。それでもリーシーはどちらも心から愛していたし、すべてを変わりなく愛していた。

「やめなさい」リーシーは怒りもあらわにいった。「わたしは間にあった、間にあったの。だから、もう考えちゃだめ。あの頭のおかしな男ができたのは、肺を撃つことだけ、そこまでだったんだから」しかし心の目には（過去がつねに現在である場では）、ふたたびレディスミスが滑るように動きだすのが見えて、リーシーはその映像を力で頭から押しやるべくプールから体を引きあげた。これには効き目があったものの、手早くシャワーで体を洗ったあと更衣室でタオルをつかっているときに、ガード・アレン・コールがもどってきた……もどっている……《フリージアのために、この〝きんこん・かんこん〟の音をなんとしても黙らせないではいられない》といっている……そして一九八八年版リーシーは銀のシャベルをふりまわすが、今回はリーシー時間に立ちこめるカスったれな空気があまりにも濃密で、このままでは二発めの炎のコサージュが一部だけではなく、すべてが見えることになってしまいそう……スコットが着ているスポーツジャケットの左の襟に黒い穴が穿たれるのが見えてしまいそう……スポーツジャケットが死（デス）のジャケットになるのが見えてしまいそうになって——

「やめなさい」リーシーは険悪にうなって、タオルを籠に投げこんだ。「もうたくさん！」

それからリーシーは衣服をわきの下にはさんで、裸のまま母屋に引き返した——裏庭が高い板塀ですっかり囲まれているのは、こういうことをするためだ。

2

泳いだせいで空腹になっていた――いや、はっきりいえば飢えていた――ので、まだ五時にもなっていなかったが、リーシーはフライパンをつかった料理をたっぷり食べようと心に決めた。デバッシャー家の娘たちの次女であるダーラにいわせれば〝元気の出る食べ物〟だし、スコットなら――舌なめずりするような口調で――〝お下劣料理〟と呼んだような料理だ。冷蔵庫には牛の挽肉が五百グラムばかりあったほか、食品庫の奥の棚にはすばらしきお下劣料理の材料がひそんでいた。〈ハンバーガー・ヘルパー〉のチーズバーガーパイ味ミックスだ。リーシーは箱の中身を挽肉ともども、フライパンにほうりこんだ。火が通るのを待つあいだ、二倍の砂糖を入れたライム味の〈クールエイド〉をピッチャーにこしらえた。五時二十分にはフライパンから立ち昇る芳香がキッチンを満たし、さしあたってはガード・アレン・コールにまつわる思考が頭から消えてくれた。食べ物のこと以外は考えられなかった。やがて〈ハンバーガーヘルパー〉のキャセロール料理が二枚の皿に山盛りになり、〈クールエイド〉が大ぶりのグラスで二杯ぶん出来あがった。ふた皿めがなくなり、二杯めを飲み干すと（ただしグラスの底には、溶けかけた砂糖が白い澱となって残っていた）、リーシーは音も高らかにげっぷをして、こういった。「あとはカスったれなタバコがあればいうことなし」

本心だった。これほどタバコが吸いたくなったことはないほどだった。セーラム・ライト。メイン州立大学で出会ったとき、スコットは大学院生であると同時に、本人称するところの《世界でいちばん若い学寮住みこみ作家》であり、喫煙者だった。リーシーはパートタイムの学生であり（こちらは長つづきしなかった）、ダウンタウンの〈パッツ・カフェ〉のフルタイムのウェイトレスとしてピザやハンバーガーを運んでいた。タバコを吸いはじめたのはスコットの影響だった。当時スコットが吸っていたのは、ハーバート・タレイトンだけ。やがてふたりは、ともに競いあうようにして同時期に禁煙した。年は一九八七年――奇しくもその翌年には、人の肺に問題を生じさせる原因がタバコにとどまらないことをガード・アレン・コールが行動をもって実証することになった。それから数年、リーシーはときに何日もタバコのことを考えもしないで過ごしたかと思えば、タバコへの渇望に悩まされる恐ろしい穴にいきなり落ちこむことのくりかえしだった。しかし、タバコのことを考えたのはある意味で進歩だといえた。タバコのことを考えていれば、考えないでいられる――

（フリージアのために、この〝きんこん・かんこん〟の音をなんとしても黙らせないではいられない。ガード・アレン・コールが、怒りに満ちた完璧に明瞭な発音でそう口にして、手首をわずかに動かし）

ブロンド野郎と

（流れるような動きで）

ナッシュヴィルのことを

（硝煙をあげているレディスミスの銃口を、スコットの左胸にむける）

……と思ったのに、カスったれ、またくりかえし、また考えているではないか。

デザートには店で買ってきたパウンドケーキがあったし、トッピング用の〈クールホイップ〉もあったが――これぞ窮極のお下劣料理――いまはまだ満腹で考えられなかった。高カロリーのあつあつ料理を腹がくちくなるまで食べてもなお、昔の忌まわしい思い出が甦ってくることがあるとわかって、気分が暗くなった。いまでは、従軍経験者がおなじような事態にどうやって対処するかも心得ているような気分だった。自分の戦闘体験はあれ一回きりだが

（ようすんだ、リーシー）

「やめなさい」リーシーは小声でささやいて、料理の皿を

（ようすんだ、ベイビィラーヴ）

荒っぽい手つきで押しやった。なんてこと、しかしいまはひたすら

（きみならわかってるはずだぞ）

タバコが吸いたかった。いや、タバコよりもなお望んでいることがあって、それはなにかといえばあの昔の思い出が根こそぎ――

《リーシー！》

スコットの声だった。これまでと異なって精神のいちばん前面から、しかも明瞭にきこえてきたため、リーシーは照れくささをかけらも感じることもないまま、キッチンテーブルの反対側にむけてたずねかけていた。「なに、あなた？」

《銀のシャベルを探しだすんだ……そうすれば、このごたごたはすっかり吹き散らされていくはず……ほら、風向きが変わって南風になったときの工場の悪臭みたいにね。覚えてるか

い？》

　忘れるはずもなかった。かつてリーシーは大学のあるオロノの東の隣街であるクリーヴズミルズに住んでいた。リーシーが住んでいた当時には、クリーヴズにはもう工場(ミル)など一軒もなかったが、オールドタウンにはまだたくさんの工場があった。だから風が北から吹くとなると――空に垂れこめて湿気の多い日にはとりわけ――強烈な悪臭が襲いかかってきた。それでも、もし風向きが変われば……ありがたや！　海の香りが鼻をつくようになって、生き返った心もちにさせられた。それからしばらくは、〝風向きが変わるのを待つ〟が、夫婦ふたりの内輪の言葉になった――〝手綱をかける〟とか〝ＳＯＷＩＳＡ〟とか、〝クソったれ(ファック)〟の代用としての〝カスったれ(スマック)〟と同様に。しかし、いつしかこの言いまわしは愛用の地位から滑り落ちて消え、それっきりもう何年ものあいだ考えたこともなかった。〝風向きが変わるのを待つ〟……その意味は、もうひとがんばりだよ、ベイビー。その意味は、あきらめるにはまだ早い。もしかしたら、これは若い夫婦だけが維持できる甘ったるいほどに楽観的な姿勢なのかもしれない。スコットが生きていたら、知識に裏打ちされた意見を述べてくれたかもしれなかった。夫はふたりの苦闘時代
（新人時代！）
の日記でさえ保管していた。リーシーがテレビのコメディドラマを見ているあいだ、あるいは家計簿をつけているあいだに、毎晩十五分かけて日記をつけていたのだ。そしてテレビを見たり小切手を書いたりしているあいまに、リーシーはスコットを見つめていた。スコットが背を丸めてルーズリーフのノートに顔を近づけ、スタンドの明かりがその髪を照らして頬に深い三

角形の影をつくっているようすが大好きだった。あのころスコットの髪はもっと長くて黒々としており、その生涯が幕を閉じるころになってあらわれた白髪はまだ影もかたちもなかった。スコットの書く物語も大好きだったが、スタンドからこぼれる光を受けたスコットの髪も小説とおなじくらい好きだった。スタンドの光を受ける髪の毛は独自の物語を秘めているのに、スコット本人はそのことを知らないのだと、そんなふうに思った。スコットの皮膚の手ざわりも大好きだった。ひたいであれ包皮であれ、どちらもすばらしい手ざわりだった。どちらかを片方と交換することなどできなかった。リーシーにとっての魅力、それはひとりの人間としての全体だった。

《リーシー、シャベルを見つけるんだ！》

リーシーはテーブルを片づけてから、残ったチーズバーガーパイをタッパーウェアの皿に移した。狂気が過ぎ去ったいま、二度とこれを口にするとは思えなかったが、シンク豚ことディスポーザーに流しこむには量がありすぎた。そんなもったいないことをしたら、いまもってリーシーの頭に居座っているデバッシャーの母さんがどんな金切り声をあげることか！　それなら冷蔵庫のアスパラガスとヨーグルトの裏に隠しておいて、ひっそり熟成するにまかせたほうがましだ。こうした簡単な仕事を片づけながら、リーシーは思った。いったい全体——イエスとマリアと大工のジョジョの名において——馬鹿げた式典用シャベルを見つけることが、どうして自分の心の平和に関係してくるというのか？　もしや、銀製品にはなにやら魔法の力があるとか、その手の話か？　ダーラとカンタータといっしょにテレビの深夜映画劇場で見た映画が記憶に甦ってきた。人狼が出てくる怖い映画だというふれこみだったが、リーシーは——まったく怖くなかったとはいえないが――それほど怖くもなかった。人狼が恐ろしい存在というよりも、寂しい存在に思えたせいだし、映画製作者たちがおりおりにカメラをとめ、人狼役の役者にメーキャップを追加して顔を変化させては、ふたたびカメラをまわしはじめているさまが見てとれてしまったせいもある。彼らの意気やよしというところだが、出来あがった映画は――少なくともリーシーの素人意見では――本物らしさを感じるものではなかった。ただし、ストーリーそのものはおもしろかった。映画の最初のほうにイギリス風パブの場面がある。その店で酒を飲んでいる老人連中のひとりの口から、人狼は銀の弾丸でしか殺せないという言葉が出てきたのだ。では、ガード・アレン・コールは一種の人狼ではなかったのか？

「馬鹿いわないの」リーシーはいいながら皿の汚れを水で流してから、ほとんど食器のはいっていない食洗機のラックに入れた。「スコットだったら、いまみたいな話を本の一篇としてまぎれこませて下流に流すこともできたかもしれない。でも、法螺話（トールテイル）があなたの専門だったためしはないでしょう？　ちがう？」リーシーは食洗機の扉を音高く閉めた。この機械に洗うべき皿がたまっていくペースを考えると、じっさいにスイッチを入れるのは七月四日前後になりそうだ。「あのシャベルを探したいというんだったら、とっととおやんなさい！　いい？」

この純粋に修辞的な疑問にリーシー自身が答えを口にするよりも先に、ふたたびスコットの声がきこえた――今回もリーシーの精神の前面で、くっきりと響く声で。

《きみにメモを残しておいたよ、ベイビィラーヴ》

手を拭こうとしてふきんに伸ばしかけたリーシーの手が、そのまま凍りついた。知っている声だった。知っているに決まっている。いまでも週に三、四回は耳にしている。スコットを真似しているおのれの声は、ひとりきりで暮らす広大な家における、ちょっとした無害な仲間である。ただし、シャベルがらみのややこしい話の直後にきこえてきたというのは……。

メモとはなんのことだ？

なんのメモだろう？

リーシーは手の水気を拭きとると、ふきんを乾かすためにポールにかけた。ついで体を翻してシンクに背をむけると、自分のキッチンが一望できた。キッチンには美しい日ざしが満ちていた（同時に〈ハンバーガーヘルパー〉の芳香も満ちていたが、お下劣料理への欲望が満たされたいま、俄然食欲をそそるにおいではなくなっていた）。リーシーは目を閉じて十まで数えてから、ぱちっと目をひらいた。夏の日の夕方に近い時刻の光が、リーシーの周囲でブームした。リーシーのなかに。

「スコット？」リーシーはそういいながらも、自分が姉のアマンダと同様に筋の通らないことをしている気分にさせられた。言葉を変えれば、正気を半分なくした行動だ。「あなたは幽霊になって、わたしにとり憑いたわけじゃないでしょう？」

答えが返ってくると期待していたわけではない――雷鳴には大喜びし、深夜映画劇場の人狼をせせら笑い、お粗末な低速度撮影にすぎないと一蹴したちっちゃなリーシー・デバッシャーがそんな期待をするわけはなかった。しかし、シンクの上のあいたままの窓から突然吹きこんできた一陣の風は――カーテンを膨らませ、いまだに濡れているリーシーの髪の先を揺らし、花々の芳香を運んできたその風は――返答だと考えてもおかしくなさそうだ。ふたたび目を閉じると、こんどは音楽がきこえた気がした。といっても天空の音楽のたぐいではなく、ハン

ク・ウィリアムズの昔のカントリーソングだ。《さよなら、ジョー、おれたちはもう行かなくちゃ、ミーオーマイオー……》

リーシーの両腕に、さあっと鳥肌が立った。

ついで風が消え、リーシーはふたたびリーシーにもどった。アマンダでもキャンティことカンタータでもなく、ダーラでもなく、いわんや

（ひとりは南へ飛んでった）

マイアミへ逃げていったジョディことジョドーサでもない。いまリーシーは最新モデルのリーシー、二〇〇六年型リーシー、ランドン未亡人。幽霊はどこにもいない。いまは〝ひとりのリーシー〟だ。

しかし、あの銀のシャベルを探したい気持ちは本物だった。夫の命を救い、そののち十六年のあいだ夫を生きながらえさせて七冊の長篇を書かせることになったシャベルを。いうまでもなく、サイケデリックなスコットの顔写真をあしらった九二年のニューズウィーク誌の表紙も探したい。《**マジックリアリズムとランドンのカルト**》という見出しが、ピーター・マックス風のレタリングで躍っていた表紙。そこにあしらわれていた林檎（りんご）のイラストは、はたして〝脱兎マン〟ことロジャー・ダッシュミールのお気に召しただろうか？

リーシーは、いますぐシャベル探しに手をつけようと思い立った。日足の長い初夏の夕方、まだあたりが明るいうちに。幽霊がほんとうにいようといまいと関係ない。日が暮れたあとでは、納屋に——あるいは二階の仕事場に——足を踏みいれたくはなかった。

3

リーシーの決して完成することのなかったオフィスと廊下をはさんで反対側にある物置部屋は、どこも暗くて黴くさい空間だった。ランドン家がシュガートップ・ヒルにあった時分には、ここには農具や馬具、農作業車や農業機械のスペアパーツなどがしまってあった。いちばん広い区画は鶏舎としてつかわれていた。プロのクリーニング業者に掃除をさせ、さらにスコット自身が(『トム・ソウヤーの冒険』を大いに参考にしつつ)水漆喰を塗ったが、それでもとうの昔に姿を消した鶏たちが残したアンモニア臭が、いまもかすかに残っていた。それはリーシーの少女時代、物心ついたころの記憶に残っているにおいであり、憎しみを感じているにおいでもあった……おそらくそれは、Dばあちゃんが鶏に餌をやっているさなかに倒れ、そのまま帰らぬ人になったせいだろう。

小部屋のうちふたつまでが、段ボール箱で――その大半は酒屋でもらってきた箱だ――占拠されていたが、ここには銀製品であろうとなかろうと、土を掘るための道具はひとつもなかった。いま昔の鶏舎にあるのは、シーツのかかったダブルベッドだ。ドイツに九カ月という短期間だけ実験的に滞在したことの唯一の名残である。このベッドはブレーメンで買い、帰国時に目の玉の飛びでるような輸送費を払って、ここへ送ってもらった――スコットがそう主張したいた。

のだ。きょう、いざここに来るまで、リーシーはブレーメンのベッドのことをすっかり忘れていた。

《犬の尻から落ちてくるものの話といったら！》リーシーはみじめな喜びの念とともに、そう思ってから、声に出していった。「よりにもよって鶏舎なんかに二十年以上も置きっぱなしのベッドにわたしが寝るとでも思っていたのなら、スコット、あなたって人は——」

《——とことん頭がいかれてるわ！》と、そうしめくくるつもりだったのに、無理だった。代わりにリーシーは大声で笑いはじめた。金の呪いとはまさにこのこと！　カスったれな呪いだ！　あのベッドはいくらだった？　アメリカドルで千ドル？　千ドルとしておこう。この輸送費はいくらだったか？　やはり千ドル？　かもしれない。それなのに、ベッドはここ——スコットなら〝まさにこーこ〟とでも表現しただろう——鶏糞くさい闇のなかでじっとしていただけ。リーシーにとっては、いずれ世界が——炎に包まれるか氷に包まれるかは関係なく——終末を迎えるその日まで、ベッドが〝まさにこーこ〟でじっとしていたって、いっこうにかまわない気分だった。ドイツ滞在はなにもかもが大失敗だった。スコットは本を一冊も書けず、大家との争いは本格的な殴りあいの一歩寸前にまで過熱、スコットの講義でさえさんざんな不首尾におわった。聴衆にユーモアのセンスがなかったか、あるいはスコットのユーモアのセンスを理解しなかったか——

そのとき、《**高電圧！**》プレートのかかったドアの反対側で電話の呼出音がまたしてもやかましく鳴りはじめた。リーシーはさらに鳥肌がたつのを感じながら、その場に凍りついた。しかし同時に、この事態を避けられないと感じていた——結局ここへ来たのは銀のシャベルを探すためではない、真の目的は電話に出ることにあった、と。

リーシーは二回めの呼出音をききながら体の向きを変え、納屋の薄暗い中央通路を横切っていった。ドアに手を伸ばすと同時に、三回めの呼出音が鳴りだした。大昔のスタイルの掛け金を指で動かすと、ドアはあっけなくひらいた。長らくつかわれていなかった蝶番(ちょうつがい)が小さく軋(きし)んだ……ようこそ、地下墓場へ、ちっちゃなリーシー、われわれは死ぬほどきみに会いたかったんだよ、へっーへっーへっ。体のまわりで風が小さな音をたて、背中の窪みにブラウスの生地をはためかせてきた。照明のスイッチを手さぐりで探しあてて、なにを期待していいものかもわからないまま押しこめた。しかし、明かりはついた。つくに決まっている。セントラル・メイン電力会社(CMP)から見れば、ここもまたシュガートップ・ヒル・ロード、RFD二番の〈仕事場〉なのだから。CMPにとっては、一階だろうと二階だろうとおなじ、つまりは〝すべて変わりなく〟のお手本のような一例である。

デスクの電話が四回めの呼出音を鳴らした。呼出音ナンバー5が留守番電話装置を起動させる前にと、リーシーはひったくるようにして受話器をとりあげた。「もしもし?」

一瞬の沈黙があった。もういちど、もしもしといおうとしたところで、電話の相手がおなじ言葉を口にした。困惑もあらわな口調だったが、それでも声の主はわかった。もしもしの一語だけで充分だった。自分の声ならわかるものだ。

「ダーラ?」

「リーシー——あなたなのね?」

「ええ、そうよ」

「いまどこにいるの？」

「スコットの昔の仕事場よ」

「いいえ、そんなはずはないわ。そっちにも電話をかけたんだもの」

　これには、ほんのちょっと考えをめぐらせるだけで答えが出た。スコットは大音量で音楽を流すことを好んでいた。じっさい、普通の人には馬鹿げていると思われるレベルを好んでいたし、二階の電話はスコットが楽しげに〈わがクッション部屋〉と呼びならわしていた防音室のなかにある。だから、一階にいる自分に呼出音がきこえなかったとしても無理はない。しかもこれは、わざわざ姉に説明するほどのことはない話だった。

「ダーラ、ここの番号はどこで知ったの？　それに、どうして電話を？」

　ここでもまた沈黙が流れた。ついでダーラが口をひらいた。「アマンダのところにいるの。番号は姉さんの住所録で知ったのよ。あんたの家の電話として、番号が四つも書いてあったわ。それで順番にかけてみたわけ。これが、さいごの番号よ」

　リーシーは胸と胃のあたりに重く沈んでいくような感覚を味わった。子ども時代のアマンダとダーラは犬猿の仲だった。およそどんなことでも、取っ組みあいの喧嘩の原因になった——人形、図書館の本、それに服。さいごの、そしてもっとも壮大な規模にまで発展した喧嘩は、リッチー・スタンチフィールドという少年をめぐる喧嘩だった。このときの喧嘩はかなり深刻であり、最終的にダーラがメイン州中部総合病院の救急治療室に運びこまれて、左目の上の裂傷を縫いあわせるために六針が必要とされた。いまもそのときの傷痕が、細く白い線になって残っている。大人になって情況は改善されたとはいえ、しょせんはこの程度——しじゅう口喧嘩をするものの、もはや血を流すことはないという程度だ。それゆえふたりは、できるかぎりおたがいを避けていた。月にいちどか二度はひらかれる食事会（配偶者同伴）や、イタリア料理の〈オリーヴガーデンズ〉とかステーキの〈アウトバック〉などでひらかれる姉妹の昼食会などのときには、アマンダとダーラの席を離し、リーシーとカンタータが仲裁役をつとめても、それもままならなかった。だからそのダーラがアマンダの家から電話をかけてきているという事実は、決していい徴候とはいえなかった。

「アマンダ姉さんの具合でもわるいの？」愚問そのもの。意味のある唯一の質問は——アマンダの具合がどれくらいわるいのか、だ。

「アマンダが悲鳴をあげたり、大騒ぎしたり、物を壊したりしているのを、ミセス・ジョーンズがききつけたの。またビッグTを起こしたってわけ」

　つまり、大癇癪（ビッグ・タンタラム）の発作をまた起こしたということ。以上。

「ミセス・ジョーンズは最初にキャンティに電話をかけたんだけど、あの子は旦那のリチャードとボストンに行ってるの。で、ミセス・ジョーンズは、キャンティの家の留守電メッセージでわたしの番号を知って、電話をかけてきたわけ」

　これで話に筋が通った。カンタータとリチャードは州道一九号線ぞい、アマンダの家から北に一キロ半ほどのところに住んでいる。そしてダーラは、南に三キロ強の距離に住んでいた。ある意味では、昔よく父親が口にしていた地口のようなものだ——ひとりは北へ飛んでった、ひとりは南へ飛んでった、ひとりはだらだらしゃべりづめ。リーシーの家は八キロばかり離れている。アマンダの住む風雨に耐えるつくりの小さなケープコッド・コテージと道をへだてて反対側に住んでいるミセス・ジョーンズならいろいろ知識もあるので、まっさきにカンタータに電話をかけたのも当然の話だ。しかもそれは、距離的な意味でカンタータが近くにいるというだけの理由にとどまらない。

《悲鳴をあげたり、大騒ぎしたり、物を壊したりしている》

「今回はどのくらいひどい発作？」リーシーの耳に、奇妙なほどビジネスライクで平板な口調でそう質問している自分の声がきこえた。「わたしも行ったほうがいい？」この質問の裏の意味は、《わたしはどのくらい急いで、そちらへ行くべきか？》だ。

「たぶん……いまは大丈夫だと思う」ダーラは答えた。「でもね、またあれをしていたのよ。両腕と、それから両方の腿の付け根に近いあたりに。ほら……わかるでしょう？」

たしかにリーシーにはわかった。アマンダはこれまでにも三回、担当の精神科医が〝受動性準緊張病〟と呼ぶ状態に陥っていた。これはスコットが一九九六年に

（その話はするんじゃない）

（口をつぐむ気はないわ）

経験したのとは異なる症状だが、それでもたまらなく恐ろしいものだった。三回とも、この状態に陥る前にアマンダは昂奮性の発作を起こしていた——いまにして思えば、アマンダはその種の昂奮性発作をスコットの書斎で起こしていたのだ。そのあとはヒステリー性の発作がつづいて、短時間だが自傷行為の発作がある。そうした発作の一回のおり、どうやらアマンダはおのれの臍（へそ）の切除を試みたようだった。そののちアマンダの臍のまわりには、瘢痕（はんこん）組織でできたおぼろな〝妖精の輪（フェアリー・リング）〟が残された。以前にリーシーは、美容整形手術をしたらどうかという話

をもちだしたことがある。手術が可能かどうかは知らなかったが、とりあえずアマンダが手術の可能性をさぐってみる気があるのであれば、費用を負担してもいいと思っていることを知らせたかったのだ。この話をアマンダは、きつい調子の鴉めいた声でばっさりと切って捨てた。

「あの輪が気にいってんのよ。だって、このつぎまた自分の体を切ろうと思っても、あれを見れば思いとどまるかもしれないし」

かもしれないという部分がキーワードだったようだ。

「どのくらいわるい状態なの？　ほんとうのことを教えて」

「リーシー……あのね……」

リーシーは姉が懸命に涙をこらえていることに気づいて、思わずぎくりとした（と同時に、重要な臓器が重く沈んでいく感覚もおぼえた）。「ダーラ！　深呼吸をしてから、すべてを話してちょうだい」

「わたしなら大丈夫。ただ、その……きょうはとても長い一日だったから」

「マットはいつモントリオールから帰ってくるの？」

「来週のあした。でも、マットに電話をかけろとわたしにいったりするのは考えるのも無駄よ――うちの夫婦はつぎの冬に西インド諸島のサンバルテルミー島に旅行することになってて、いまあの人はそのための旅費を稼いでるんだし、これはあの人の心を騒がせていい問題じゃない。とにかく、わたしたちで対処しなくちゃ」

「できるの？」

「もちろん」

「だったら、なにに対処しなくちゃいけないのかをまず教えてちょうだい」

「オーケイ。わかった」ダーラの深呼吸の音がリーシーの耳に届いた。「二の腕の切り傷はとても浅いわ。バンドエイドで充分なほど。腿の傷はもっと深くて傷痕が残りそうだけど、ありがたいことに血が固まってくれてる。動脈は無事だったのね。それでね、リーシー……」

「なに？　しっかり手綱――じゃない、すっかり話してちょうだい」

危うく、しっかり手綱をかけろといいかけてしまった。口に出していれば、姉を激励する言葉になっていたはずだ。ダーラの口からこのあとどんな話が出てくるのであれ、悲惨な話になるに決まっている。そのことはダーラの声からもききとれた――電話をとったときから、リーシーの耳は断続的にその響きをききつけていたのだ。デスクに腰をあずけて寄りかかる姿勢をとって、ふっと視線がさまよった……そこで、びっくり仰天、目的の品物が部屋の隅にあったではないか。やはりここにも酒屋からもらってきた段ボール箱の山があり（しかもじっさいに、**《スコット!!　新人時代！》**と書かれている）、そのすぐわきに、例の品が当たり前のように立てかけてあった。そう、北の壁と南の壁が接しあう部屋の隅に悪魔のように堂々と置いてあったのは、ナッシュヴィルでもらってきた銀のシャベルだった。最初に部屋に足を踏みいれたときに気づかなかったのが不思議なくらいだが、あのときは留守番電話装置が作動する前に受話器をとりあげようとして急いでいたからだろう。銀のブレードに刻みこまれた文字は、リーシーの位置からも読みとれた――**起工式　シップマン図書館**。それどころか南部風フライドチキン野郎が夫にむかって、年鑑にはトネエが書きあげっことになっている、〝いっさあつ（コペエ）〟謹呈しようかと話しかけている声もきこえる気分だった。それにスコットが答えて――

「リーシー？」ダーラの声に、初めて本格的な苦悩の響きがきこえた。リーシーは急いで現在の時点に引き返した。ダーラの声に苦悩の響きがあるのも当たり前だ。カンタータは一週間、ことによったらそれ以上のボストン滞在中で買物三昧、そのあいだ夫は中古車の卸販売関係の仕事にいそしんでいる——優良中古車を買いつけ、オークションで車を買いつけ、リース期限切れのレンタカーを買いつける仕事だ。それもモールデンやリン、語呂合わせで〝悪徳の街(シティ・オブ・シン)〟といわれるリンの街などで。一方ダーラの夫のマットはカナダで、北アメリカにおける先住民各部族の移住パターンについての講演旅行中。以前ダーラが話してくれたところによれば、驚くほど実入りのいい仕事だそうだ。といっても、金があればふたりの助けになるという話ではない。いまは、自分とダーラしかいないという話だ。すべては、姉妹の力にかかっている。

「リーシー、きいてる？　ねえ、まだそこにいる——？」

「ええ、いるわ」リーシーは答えた。「ほんの何秒か、あなたの声がきこえなくなっただけ。きっと電話機のせいね——長いこと、だれもつかっていなかったから。いま納屋の一階にいるの。ほら、スコットが死ぬ前に……わたしのオフィスになる予定だった部屋……？」

「ああ、あそこね。わかった」しかしダーラは困惑しきった口調だった。《わたしがなにを話してるのか、カスったれほどもわかっちゃいないんだわ》リーシーは思った。ダーラがつづけた。「いまはきこえてる？」

「ええ、鐘のようにはっきりと」答えながら見ていたのは銀のシャベル。考えていたのはガード・アレン・コール。考えていたのは《フリージアのために、この〝きんこん・かんこん〟の音をなんとしても黙らせないではいられない》という言葉。

ダーラが深々と息を吸い、その音が電話線を風のようにリーシーの耳にまで伝わってきた。

「アマンダがはっきり認めたわけじゃない、でもアマンダは……ええ……こんどは自分の血を啜っていたみたいなの——わたしがこの家に来たとき、アマンダは唇もあごも血まみれだったけど、口のなかを切ってはいなかったから。あのときのアマンダったら、昔母さんがおもちゃ代わりにって、わたしたちに口紅を貸してくれたときみたいだった」

リーシーの脳裡に閃いたのは、昔のおめかしごっこやお化粧ごっこ遊びの日々、母さん・ハイヒールで・どすどす・不恰好に・歩きまわった日々の記憶ではなく、あのナッシュヴィルの暑い午後の記憶、舗装に横たわってがたがた震えていたスコットの、その唇がキャンディ色の血にまみれていたときの記憶だった。真夜中にピエロを愛せる者はいない。

《きいてくれ、ちっちゃなリーシー。あれがあたりを見まわすときの音を真似するからね》

しかし、部屋の隅では銀のシャベルが輝いている……シャベルには凹みがあっただろうか？　あったにちがいない。あの日、自分がはたして間にあったのかどうかが不安になったら……闇のなか、汗まみれで目を覚ましたとき、自分はわずか一秒だけ遅れてしまっていた、だからそれ以降の結婚生活は、現実にはすべてうしなわれていたはずだ、などと思えてならなくなったときには……。

「リーシー、こっちへ来てもらえる？　頭がすっきりしていたとき、アマンダはあんたに来てほしいっていってたの」

リーシーの脳内で警報ベルが鳴りはじめた。「どういうこと、〝頭がすっきりしていたとき〟って？　だって、さっきはアマンダはもう大丈夫だって、そういってたじゃない？」

う？」

「大丈夫……ええ、大丈夫……だと思う」間。「あんたに来てほしいっていって、それから紅茶が飲みたいともいってた。淹れてあげたら飲んでたわ。これはいいことよね、そうでしょう？」

「ええ」リーシーは答えた。「姉さん、今回はなにが引金になったの？」

「あら、わかるでしょ？　街ではその話でもちきりみたいだったし。といっても、わたしはミセス・ジョーンズから電話できくまで知らなかったんだけど」

「なんなの？」たずねはしたが、リーシーには心あたりがあった。

「チャーリー・コリヴォーが街にもどってきてるの」ダーラはそういってから、一段と声を落としてつづけた。「そう、昔なつかし〈豆撃ち男〉。おまけにこんどは若い女を連れてきた。セントジョン・ヴァレー出身の、エロ写真のモデルみたいな小柄な女」セントジョンという地名をダーラはメイン風に発音したので、不明瞭でありながらも歌のように〝センジャン〟ときこえた。

リーシーは銀のシャベルを見つめながら、つぎなる衝撃の事実を待ちうけた。話にまだ先があることに疑いはなかった。

「ふたりは結婚してたのよ、リーシー」ダーラはいった。つづいて電話ごしに、のどが苦しげに鳴るような音がひとしきりきこえてきた。最初リーシーは、姉が嗚咽をこらえているものと思った。しかし一瞬ののち、ダーラがアマンダにきかれまいとして笑い声を必死でこらえているのだと気づいた――アマンダが家のどこにいるのかはともかくも。

「じゃ、できるだけ早くそっちへ行くわ」リーシーはいった。「それから……ダーラ？」

答えの言葉はなかった。あいかわらず、のどを絞められたような音がきこえてくるだけ——電話ごしではその音は、〝うぐっ・うぐっ・うぐっ〟ときこえた。

「笑い声をアマンダにきかれてごらんなさい、このつぎアマンダがナイフをむける相手は、きっとダーラ姉さんになるわよ」

この言葉に、笑い声がぴたりとやんだ。ダーラがゆっくりと息を吸って呼吸をととのえている音が、リーシーにきこえてきた。

「アマンダ姉さんのかかりつけだった精神科医は、もう街にいないのよ」やがてダーラはそういった。「ほら、あのホイットロウっていう女医。いつもビーズを身につけてた女よ。アラスカあたりに引っ越したんじゃないかしら」

引っ越し先はモンタナだったはずだとリーシーは思ったが、そんなことはどうだっていい。

「ともかく、アマンダの状態がどれほどわるいのかを見てみましょう。前にスコットが調べた施設があったはず……ふたご都市(ツイン・シティーズ)のほうにある〈グリーンローン〉という施設で——」

「リーシーったら！」母さん声だった——まぎれもない母さん声。

「リーシーったらって？」リーシーは鋭くいいかえした。「リーシーったらって、どういうこと？　じゃ、ダーラ姉さん、あなたがアマンダ姉さんのところに引っ越してくれるの？　このつぎアマンダ姉さんが〝変人街(フリーク・シティ)〟に旅立って自分のおっぱいにナイフでチャーリー・コリヴォーの頭文字を刻みつけようとしたら、そのときは姉さんがとめてくれるわけ？　それとも、姉さんだったらそういう仕事はキャンティに割りふるのかも」

「リーシー、決してそんなつもりじゃ——」

「あるいはビリーをタフツ大学から呼びもどして、アマンダのお守りをさせてもいいかも。成績優秀者名簿に名前のある学生のお代わりはいかが？」

「リーシー――」

「で、ダーラ姉さんはどうするのがいいと思ってるわけ？」自分の声に弱い者いじめの響きが混じりこんできたのがわかって、リーシーは暗い気分になった。これもまた、十年とか二十年のあいだ金のある暮らしをつづけてきたことの影響である――どれほどの苦境に追いこまれようとも、そこから力ずくで抜けだす権利があると思いあがってしまうのだ。スコットはよく、クソをする便器が三つ以上ある家に住むことを禁止するべきだ、そんな家に住むと人は自分が偉くなったと錯覚してしまうからだ、といっていた。リーシーはふたたびシャベルに視線をむけた。シャベルはリーシーにむけて輝いていた。リーシーを落ち着かせてくれた。《きみはスコットを救ったんだ》シャベルはそういった。《それもきみが警備当番じゃないときに》シャベルはそうもいった。ほんとうだろうか？　リーシーには思い出せなかった。それもまた、自分が意図的に忘れたことのひとつだろうか？　その点も思い出せなかった。お笑いぐさだ。苦々しいお笑いぐさ。

「リーシー、ごめんなさい……わたしはただ――」

「いいの、わかってる」わかっていたのは自分が癇癪を破裂させてしまい、そのことにうんざりし、困惑し、同時に恥じてもいるということだった。「なんとかしましょう。すぐそっちへ行くわ。わかった？」

「ええ」ダーラの声には安堵の響きがあった。「わかったわ」

「あのフランス野郎ったら」リーシーはいった。「ほんとの下衆男ね。あんな男がいなくなって、いい厄介払いができたわ」

「とにかく、できるだけ早く来てちょうだい」

「そうする、じゃね」

リーシーは電話を切った。それから部屋の北東の隅に歩みより、銀のシャベルの柄をつかんだ。なんだか、初めて手を触れるような感触だった。しかし、それが奇妙なことだろうか？　スコットから手わたされたときには、メッセージが刻みこまれた輝くブレードの部分にしか目がいかなかった。そのあとこの忌まいましいしろものをふりまわしたときには、手が勝手に動いていた……というか、そのように感じられた。たぶん脳のなかの原始的な部分、生存本能を司(つかさど)っている部分がリーシーのそれ以外の部分――徹底的に近代的なリーシー――に代わって、肉体を動かしていたのだろう。

リーシーはなめらかな木の柄に手のひらをあてがい、すべすべした感触を楽しみながら手を下へ滑らせた。かがみこんだその拍子に、ふたたび視線が積みあげられた三つの箱にとまった。どの箱の側面にも、太い黒マジックで《**スコット!!　新人時代!**》と書いてあった。いちばん上の箱は、もともと〈ギルビー〉のジンをおさめていたもの。上のフラップはガムテープで留めてあるのではなく、組みあわされていた。埃を払ったリーシーは、埃が厚く積もっていることに感嘆し、またさいごにこの箱に触れていた人の手が――中身を詰め、フラップを組みあわせて閉じ、ほかの箱の上に積みあげた人の手が――いまは地中にあって、左右の手の指を組みあわせているという事実にいまさらのように驚嘆した。

箱には紙がぎっしりと詰まっていた。原稿だろう、とリーシーは思った。いちばん上のわずかに黄ばんだ用紙には、大文字だけで打たれたタイトルが傍線で強調され、さらに中央ぞろえにしてあった。その下に、スコットの氏名が丁寧に打ちこんである。すべてが、スコットの笑顔とおなじくらいリーシーにとって見覚えのあるものだった――初めて会った若かりしころから、これがスコットの原稿の流儀だったし、そのあとも決して変わることはなかった。しかし見覚えがないのは、そのタイトルだった。

アイク、家に帰る
スコット・ランドン　作

長篇？　それとも短篇だろうか？　箱をのぞいただけでは、いずれとも判別できなかった。しかし、箱のなかにはすくなく見積もっても千枚を越える用紙が詰めこんである。大部分は積みあげられた山の形でおさめられていたが、二方向の箱の余白にも――引っ越し荷物のように――用紙が横向きに押しこんであった。これが長篇で、この箱に全原稿がおさめてあるのなら、かの『風と共に去りぬ』よりも長大な作品だ。そんなことがありうるだろうか？　あっても変ではない、とリーシーは思った。スコットはいつでも書きあげた作品を見せてくれたし、頼めば執筆中の作品も見せてくれた（これはほかのだれも、長年の担当編集者だったカースン・フォーレイさえも認めてもらえなかった特権である）。しかしリーシーが頼まないかぎり、スコットは原稿を見せてくれなかった。しかもスコットは、いざ死ぬその日まで旺盛に執筆にはげんでいた。旅行中でも自宅にいるときも、スコット・ランドンは書いていた。
《でも、千ページもの作品？　これだけの作品になったら、ぜったいにスコットがみずから話題にしていたはず。きっとこれは短篇、それも出来ばえが気にいらなかった作品だ。だったら、この箱のほかの用紙はなに？　下に詰めこまれたり、横に詰めこまれたりしている用紙は？　最初の長篇二冊の原稿のコピーとか？　あるいは校正用のゲラ？　スコットはゲラを、〝見るのもいやなブツ〟と呼びならわしていたっけ》
しかし、いったん用ずみになったゲラはすべてピッツバーグ大学に、図書館の〈スコット・ランドン・コレクション〉用に送っていたのではなかったか？　いいかえれば、〈インカン族〉が舌なめずりして涎（よだれ）を垂らせるように。それに、この箱の中身が初期作品の原稿のコピーであるのなら、二階の《倉庫》というプレートのかかった複数のクロゼットに、どうしてもっとたくさんのコピーがあるのか（大半は暗黒時代のカーボンコピーだ）？　それで思いついたのだが、だったらかつての鶏舎の両側にならんでいる小部屋はなんなのか？　あそこにはなにがしまってあるのか？
リーシーは天井を見あげた。スーパーガールになって、X線の目でいまの疑問の答えを見ぬけるかのような仕草だった。その瞬間を狙いすましたかのように、デスクの電話がふたたび鳴りはじめた。

4

部屋をつかつかと横切って邪慳な手つきで受話器をつかみあげたとき、リーシーは恐怖と苛立ちの両方を感じていた——といっても苛立ちのほうがわずかに比重が大きかった。アマンダがヴァン・ゴッホの流儀にならって片耳を削ぎ落としたとか、あるいは腿や前腕にはとどまらず、ついにみずから喉笛を切り裂いたとかいう可能性も——わずかながら——あるにはあったが、いや、そうではないだろう。姉ダーラはずっと前から三分後にふたたび電話をかけてきては、《いま思い出したんだけど》とか《さっきは話すのを忘れてたけど》と前置きして話をしはじめる癖があった。

「こんどはなんの話、ダーラ姉さん？」

一拍二拍の間があってから、男の声が——知っているように思える男の声が——こう語りかけてきた。「ミセス・ランドンですかな？」

こんどはリーシーが黙りこむ番だった——そのあいだリーシーは頭のなかで男性名のリストを調べていた。昨今では、そのリストもかなり短くなっている。夫の死去で友人知己のカタログがどれほど縮小するかは驚くほどだ。まず、ポートランド在住の夫婦の顧問弁護士であるジェイコブ・モンターノ。そして——金を出し渋ることを表現する〝鷲を絞めあげる〟という言いまわしにならうなら——絞めあげられた鷲が命乞いの悲鳴をあげるなり、あるいは鷲が死ぬなりしないかぎり一ドルも出そうとしないニューヨークの会計士アーサー・ウィリアムズ。それからディーク・ウィリアムズ。会計士と苗字はおなじだが親戚ではない。ブリッジポート在住の建設業者であり、納屋二階のだだっ広い干し草置場をスコットの仕事場につくりかえ、さらに母屋の二階のリフォームも担当、それまで薄暗かったいくつもの部屋を光のワンダーランドに変貌させた男だ。スマイリー・フランダーズ——モットン在住の配管工事業者で、上品なもの下品なものを問わず、尽きることなきジョークの泉のような男。スコットの文芸代理人であるチャーリー・ハッドンフィールドは、いまもおりおりに仕事がらみで電話をかけてくることがある（用件の大半は海外翻訳権とアンソロジーへの作品収録だ）。それにくわえて、いまも連絡をとりあっているスコットの友人数名。しかし、そのだれひとり、この番号に電話をかけてくるはずがない。たとえ電話帳などに公開されている番号だとはいえ。いや、公開されていただろうか？　思い出せなかった。どのみちいま挙げた名前のどれひとつ、どうして自分がこの電話の声を知っているのか（あるいは知っているように思えるのか）という疑問への説明にはならなかった。それでも、確かに——

「ミセス・ランドン？」

「どちらさまですか？」リーシーはたずねた。

「名前などどうでもいいことですよ、ミサス」相手の声が訛まじりにそう答えるなり、リーシーの脳裡にガード・アレン・コールの生々しい映像が甦ってきた——祈りの文句をつぶやいているかのように唇を震わせていた姿が。ただしその指の長い、詩人にこそ似つかわしい手には拳銃が握られていた。《神さま、どうかあの男の同類などではありませんように》リーシーは思った。《どうか、ブロンド野郎の再来ではありませんように》しかし、見ればいまもまた自分の手には銀のシャベルが握られていた——先ほど受話器をつかみあげたそのとき、なにも考えないいままシャベルの木の柄をつかんでいたのだ。これこそ、これがあの男の再来だ、再来にほかならないと断言しているかに思えた。

「わたしにはどうでもよくないことなので」そう話した自分の声があくまでもビジネスライクな響きをたもっていることに気がついて、リーシーはわれながら驚いた。あっというまに干あがった口から、どうすればこんなに歯切れのいい、木で鼻をくくったような口調の言葉を出せたのだろう？　ついで、この声を以前にどこで耳にしたかがいきなり、ぽんと頭のなかに思い出されてきた。ほかでもない、きょうの午後、この電話に接続されている留守番電話装置で耳にした声だ。ふたつの声が同一人物のものだとすぐにわからなかったのも無理はない。なぜなら、残されていたメッセージは、《また電話します》という短いものだけだったからだ。「すぐにでも名前を名乗っていただかなければ、電話を切らせてもらいます」

電話の反対側からため息がきこえた。疲れた響きもあれば、同時に愛想のよさも感じられるため息だった。「どうか落ち着いてください、ミサス。わたしはあなたを助けたいんです。ええ、嘘ではありません」

これにリーシーは、スコットが好きだった映画〈ラスト・ショー〉を思い出した。同時に、〈ジャンバラヤ〉を歌うハンク・ウィリアムズの声も思い出す。《みんなおめかし、大はしゃぎさ、ミーオーマイオー》。リーシーは答えた。「では、電話を切らせてもらいます。さようなら。

ごきげんよう」そうはいったが、リーシーは受話器を耳から離さなかった。まだ、いまのところは。

「では、ザックとお呼びください、ミサス。どんな名前にもひけをとらない名前だ。ちがいますか？」

「ザック……で、苗字は？」

「ザック・マックール」

「なるほど。だったらわたしはリズ・テイラーね」

「そちらが名前をききたがった。だから教えたまでです」

たしかにそのとおりではある。「それで、この番号はどちらでお知りに？」

「番号案内ですよ」ということは、番号はやはり公開されていたのだ——それで説明がつく。かもしれない。「さて、一分ばかりお耳を拝借できますかな？」

「ええ、きいてます」相手の話をきき……銀のシャベルを握りしめ……風向きが変わるのを待っている。おおむね風向きが変わるのを待っているのかも。なぜなら、変化が近づいているからだ。全身の神経がそう語っていた。

「ミサス、しばらく前にひとりの男がおたくを訪ね、亡くなったご主人の原稿を調べさせてほしいと申し出ましたな。ああ、ご主人のことはご愁傷さまでした」

リーシーはさいごの部分を無視した。「スコットが死んで以来、ほんとうにたくさんの人から、夫の残した原稿を調べさせてほしいという申し出をいただきました」電話の反対側にいる男に、いま自分の心臓がどれほど激しい動悸を刻んでいるのかを察せられないことを、勘づかれないことを祈りながら、リーシーはいった。「わたしはみなさんに、いつも変わりなく、おなじ返事をさしあげました。いずれはわたしも、そうした原稿をお見せできる心境になるでしょうが――」

「その男は、亡くなったご主人の出身大学の人間でしたな、ミサス。男は、自分こそもっともふさわしい適任者である、ご主人が残した原稿はその大学に落ち着かせるのが当然であり、しかるに自分こそが適任であると、そう話しています」

しばしリーシーは無言のまま、電話の男が〝ご主人(ハズバンド)〟という語をどう発音したかを思いかえしていた――〝ハズバァン〟とさえ表現できそうな発音だった。スコットを、ちょっと珍しい高級な朝食メニュー扱いしているかのよう――しかも食べてしまったあとの。それから、男が〝ミサス〟という表現で呼びかけてきたことも。こんな言葉をつかうのは、メイン州の出身者ではないし、北部人(ヤンキー)ではない。おそらく教育のある人間でもないだろう――すくなくとも、スコットがつかっていた〝教育のある〟という語の意味では。そこからリーシーは、〝ザック・マックール〟には大学教育の経験がないのだろうと推察した。さらにリーシーは、確実に風向きが変わったことも意識していた。もう恐怖はなかった。いまの気分は――一時的なものかもしれないが――怒りだった。いや、ただの怒り以上だ。熊も顔負けに怒り狂っていた。

自分の声とも思えない詰まったような低い声で、リーシーはいった。「ウッドボディ。あなたが話してるのはあの男のことね？　ジョゼフ・ウッドボディ。あの〈インカン族〉の下衆男」

電話線の反対にいる男が、つかのま黙りこんだ。それから、この新しい友人はいった。「お話がわかりかねますな、ミサス」

リーシーは怒りが最高潮まで高まるのを感じ、それを歓迎した。「いえ、充分にわかってているはずよ。ジョゼフ・ウッドボディ教授、またの名〈インカン族〉の王があなたを雇って、ここに電話をかけさせた、わたしを脅かして……なにをさせようと企んでるの？　夫の仕事部屋の鍵をおとなしくわたせと？　あの男がスコットの書類を好き勝手にかきまわして、欲しいものをもっていけるようにしたいの？　まさか、あの男は本気でそんなことを……考えて……」

リーシーは自分を引きとめた。容易ではなかった。怒りは苦々しかったが、同時に甘みをそなえており、リーシーはそんな怒りに溺れたくなっていた。「ひとことで答えてちょうだい、ザック。イエスかノーで。あなたはジョゼフ・ウッドボディ教授のもとで働いてるの？」

「あなたには関係ないことです、ミサス」

リーシーは絶句した。鉄面皮そのものの返答の文句に、一時的ではあったが言葉をうしなってしまった。スコットならこれを、かーんぺっきにどでかでっかい
（あなたには関係ないこと）

愚劣性そのもの、とでも表現しただろう。

「さらにいっておけば、わたしはだれかに雇われて、なにかを企んでいることはありませんよ」間。「ええ、どのようなことであれ。さて、ミサス。しばらく口を閉じて、話をきいていただきたい。こちらの話をきいてますか？」

リーシーは受話器を耳に押しあてて、いまの言葉――《こちらの話をきいてますか？》――に考えをめぐらせたが、なにもいわなかった。

「あなたの息づかいがきこえる。ということは、話をきいているわけだ。けっこう。いいですか、ミサス。わが母に育てられたこの息子は、だれかに雇われた場合、なにかを企んだりはしません——ただ実行するのみです。あなたがわたしを知らないことは知っています。しかし、それはあなたにとっての不利な条件であって、わたしの関知するところではない。これはなにも……ええ、こけ威しなんかじゃない。わたしは企んだりしない、実行あるのみの男だ。あなたは話に出た男に、その男の望みのものを引きわたす。よろしいか？　ことがそう運べば、男はわたしとのあいだだけの特別な方法をつかい、手紙なり電子メールなりで〝万事順調、目的のブツを入手〟という連絡をよこすことになっています。もしそういう連絡なければ……一定期間内にその連絡なければ……わたしはそちらにうかがい、あなたを痛めつけます。それも、ジュニアハイスクールのダンスパーティーで、あなたが男の子たちに触らせなかったような部分を痛めつけさせてもらいますよ」

この長たらしい発言の途中で、リーシーは目を閉じた。発言そのものは、あらかじめ記憶した科白めいた印象があった。熱い涙が頬を伝い落ちていくのが感じられたが、リーシーにはわからなかった……これが怒りの涙なのか、それとも……。

屈辱の涙？　もしや、ほんとうに屈辱の涙だということがあるのか？　たしかに、まったくの赤の他人からこんな言葉をきかされることは屈辱である。新しい学校に転校したら、初日から教師にこっぴどく叱られるようなものだ。

《なにをカスったれなことを、ベイビィラーヴ》スコットがいった。《きみなら、どうすればいいかを知ってるはずだぞ》

そう、知っていた。こういう場面に立たされたら、あとは手綱をかけるか、かけないかのどちらか。いや、じっさいにこんな場面に立たされた経験はないが、それでも情況はかなり明らかだった。

「ミサス？　いまの話はおわかりいただけましたか？」

自分がどんな言葉を口にしてやりたいかはわかっていたが、相手に理解されないかもしれない。そこでリーシーは妥協し、もっと一般的な語法にならうことにした。

「ザック？」押し殺した飛びきりの小声で。

「なんでしょう、ミサス」男も即座におなじような低い声に切り替えた。あるいは男は、これを陰謀仲間の会話だと解釈したのかもしれない。

「きこえる？」

「いくぶん声が小さめですが……ええ、きこえていますよ、ミサス」

リーシーは空気をたっぷりと肺にとりこんだ。空気を肺に溜めたまま、リーシーは〝ミサス〟だの〝ハズバァン〟だの〝連絡がなければ〟ではなく〝連絡なければ〟だの、その手の言葉を口にする男のたたずまいを想像する。受話器を耳にぐりぐりと押しつけんばかりにして、こちらの息づかいに真剣に耳をそばだてている男を想像する。そしてそんな男の姿が精神の前面にくっきりと像を結んだのを確かめてから、リーシーは相手の耳にむけて精いっぱいの大声をはりあげた。「**とっととくたばれ**（ファック・ユアセルフ）**！**」

リーシーは受話器を叩きつけるようにもどした。あまりの力の強さに、受話器から埃が立ち昇ったほどだった。

5

電話はほぼ即座にふたたび呼出音を鳴らしはじめたが、リーシーには〝ザック・マックール〟とさらなる会話をつづけるつもりは毛頭なかった。テレビに出てくるコメンテイター人種というところの〝対話〟の可能性は、すっかり消え去ったとしか思えなかった。そもそも、そんな〝対話〟は薬にもしたくない。留守番電話であの男の声をきかされ、男が最初の慇懃無礼な口調をかなぐり捨てて、いまではリーシーをあばずれだの腐れまんこ呼ばわりし、売女(ばいた)呼ばわりしたくなっていると知らされるのも願い下げだ。リーシーは電話のコードをたどって壁に歩み寄ると——プレートは酒屋でもらってきた段ボールの山に近い場所にあった——プラグをジャックから引き抜いた。電話は三回めの呼出音の途中で、ふっつりと静かになった。さしあたり、〝ザック・マックール〟にはこれで充分だろう。のちのち、あの男に対処する必要が——あるいは、なんからの手を打つ必要も——出てくるかもしれないが、とりあえずはアマンダの件に対応しなくてはならない。もちろん自分を待っていて、自分をあてにしているダーラにも。すぐにでもキッチンに引き返して、壁のフックにかけてある車のキーを手にとり……それから二分ほどかけて、家をしっかり戸締まりしておく必要もある。ふだんなら、日中にわざわざ手間をかけて戸締まりをすることはなかった。

母屋、および納屋、および仕事場。

そう、とりわけ重要なのは仕事場の戸締まりだ。とはいえリーシーはスコットとは異なり、仕事場を〈仕事場〉と括弧つきで強調することはしなかった。なにやら大仰で特別な存在のようではないか。特別な存在といえば……。

気がつくとリーシーは、山のいちばん上の箱のなかをふたたび見つめていた。フラップをきちんと閉じていなかったので、中身は造作もなく見てとれた。

アイク、家に帰る
スコット・ランドン　作

好奇心に駆られたリーシーは——しょせん、ほんの一秒ですむ話だ——銀のシャベルを壁に立てかけると、一枚めのタイトルページをもちあげて、その下の用紙に目を落とした。二枚めの用紙にはこうあった。


アイクはブームして家に帰った。

世はなべてこともなし。

ブール！　おしまい！

それだけだった。

やるべきことも、行くべき場所もあるにもかかわらず、リーシーはこの用紙をたっぷり一分ほどもただ見つめていた。ふたたび鳥肌に見舞われてきたが、今回は心地いいとさえいえる感覚だった……いや、〝とさえいえる〟という保留の表現は不要ではないか？　口もとには、もの思いに耽っているような笑みがかすかに浮かんでいた。スコットの書斎を片づける仕事に手をつけはじめて以来——より正確に表現するなら、スコットが好んで自分の〝思い出コーナー〟と呼んでいたところの品々を処分しはじめてから——亡き夫の存在をずっと肌に感じてはいたが……これほど身近に感じられたのは初めてだった。これほどリアルに感じられたことも。リーシーは箱に手を入れ、底から上までたっぷりと積みあげられた用紙の山をめくっていった。自分がなにを見つけることになるのかについては確信があったし、はたして予想どおりだった。用紙はすべて白紙のままだった。隙間に立てて押しこめてあった用紙の片方を手にとってめくってみたが、こちらもすべて白紙だった。スコットの子ども時代の語彙リストでは、ブームは短い旅のことであり、ブールというのは……こちらはもう少し複雑な意味だが、ここでの文脈ではただのジョークか邪気のない悪戯といってさしつかえないだろう。スコット・ランドンにとってこの超大作は、いってみれば膝を叩いて大笑いするたぐいの冗談なのだ。

では、ここに積まれているほかのふたつの箱の中身もブールなのだろうか？　通路の反対側にならぶ小部屋にしまってある箱も？　そこまで手のこんだ冗談なのか？　かりに冗談だとしたら、だれをターゲットにした冗談だろう？　自分だろうか？　それともウッドボディのような〈インカン族〉連中？　それならそれで筋は通っている。スコットは、自身〝テキストマニア〟と揶揄している人々にむけて冗談を仕掛けるのは好きだったからだが、そう考えると、その先に見えてくるのはかなり恐ろしい可能性だ。つまり、スコットが予感していたということであり、なにを予感していたかというなら、自身が
（若死に）
まもなく世を去ること
（天折）
であり、それでいながら、妻である自分には秘密にしていたことになる。さらに、そこから導かれる疑問――もしスコットが打ち明けていても、自分はそれを信じただろうか？　とっさにこみあげてきた衝動はノーという返事だった――たとえひとりごとであっても、《だって、わたしは実際的な人間だったし。スコットの荷物を調べて充分な下着がはいっているかどうかを調べたのもわたし、事前に電話で飛行機が定刻どおりに運航しているかどうかを確かめたのもわたしだもの》といいたくなった。しかしそこで、唇が血まみれだったせいで、にやりと笑ったスコットの口もとがピエロの笑みになったことを思い出した。それから、前にスコットが――曇りの一点さえない明晰そのものの口調で――日が暮れたあとには生の果物を食べてはいけないし、夜中の十二時から翌朝六時まではどんな食べ物でも口に入れるのを避けるべきだ、と説明をしてくれたことも思い出した。スコットによれば、その手の〝夜の食べ物〟は往々にして毒をもっているからだそうで、そう口にするスコットの口調は論理的そのものだった。なぜなら――
（黙って）
「ええ、きっとわたしは信じたはず。そういうことにしておきましょう」リーシーは小声でさ

さやき、うなだれ、目を閉じて涙をこらえようとしたが、涙は出てこなかった。〝ザック・マックール〟の仕込みずみのスピーチに涙を誘われた目が、いまは石のように乾いていた。まったく、なんてカスったれな目なんだろう!

二階のスコットのデスクの乱雑なままの抽斗や、ファイリングキャビネットに詰めこまれてる書類は、まずブールではないと断じてもいい。リーシーはそのことを知っていた。すでに発表ずみの短篇の原稿コピーや、短篇作品のバージョンちがいの原稿などだ。スコットが〈ダンボのビッグジャンボ〉と呼んでいたデスクからは、三篇の未完成長篇と完成したと思える中篇の原稿がひとつ見つかっていた——ウッドボディが涎を垂らすどころの話ではない。いっしょに半ダースほどの短篇の完成原稿も見つかったが、スコットはそのどれも出版社にむけて発送する気になれなかったらしい。タイプライターの書体から判断すると、その大半がもう何年も昔の作品のようだった。リーシーにはどれが屑でどれが宝なのかを判別するだけの鑑識眼こそなかったが、そのどれもがランドン研究者にとっては興味の対象となることはわかった。しかしこれは……スコットの表現を借りるなら……このブールは……。

リーシーは銀のシャベルの把手を握りしめていた——それも強い力で。唐突に埃と蜘蛛の巣だらけに思えてきた頼りない世界のなかで、これだけが存在を実感できる品だった。リーシーは目をひらいてこういった。「スコット、これはただの悪戯? それとも、わたしになにかちょっかいを出してるの?」

答えはなかった。当然だ。しかもいまリーシーは、ふたりの姉のもとにすぐにでも駆けつけなくてはいけない身である。さしあたって、この件のすべてをあとまわしにするべく押しこめたとしても、スコットなら理解を示してくれるはずだ。

どちらにしても、リーシーはすでにこのシャベルを持参していくことに決めていた。シャベルを手にしているときの感覚が気にいっていたのだ。

6

リーシーは電話線を繋ぎなおすと、この忌まいましい機械がふたたび鳴りださないうちに、急いで納屋の外に出た。外では太陽が沈みかけ、しばらく前から強い西風が吹いていた。これで、二度にわたる心をかき乱す電話のうち最初の電話に出るためにドアをあけたあのとき、体のまわりを一陣の風が吹きぬけていったことにも説明がつく——幽霊なんかいなかったんだよ、ベイビィラーヴ。きょう一日はすでに一カ月ほども長く感じられたが、このうるわしくも、なぜかしら肌理こまかに感じられる風は——ゆうべ見た夢のなかの風にも似て——リーシーの心をなだめ、さわやかな心地にしてくれた。納屋からキッチンにいたる道のりのあいだ、リーシーは〝ザック・マッククール〟がどこかに身をひそめているのではないかという恐怖を感じなかった。このあたりから携帯で電話をかけてくれればどんなふうにきこえるかを知っていたからだ——雑音だらけで、ほとんど音声がきこえないのだ。スコットはそれを、送電線のせいだと話していた（その送電線のことを、スコットは好んで〝ＵＦＯ用燃料補給ステーション〟と呼んでいた)。相棒〝ザック〟の声は、鐘の音のようにはっきりときこえていた。つまり、今回の〈深宇宙カウボーイ〉は固定電話をつかっていたことになる。隣人のだれやらが〝ザック〟に電話を貸して、それであの男が脅迫電話をよこしてきたというのは、およそありそうもない話だった。

ついでリーシーは車のキーを手にとって、ジーンズのサイドポケットに滑りこませた(尻ポケットにアマンダの〈強迫観念メモ帳〉がはいったままであることには気づかない――しかし、いずれ機が熟したおりに気づく)。さらに、ランドン王国領地内のあらゆる鍵がまとめられている、かさばるキーリングも手にとった。どの鍵にも、スコット・ランドンの几帳面な手書き文字のラベルが貼ってある。リーシーは母屋の戸締まりをしてから足を引きずって納屋へ引き返し、左右の引戸をぴったりとあわせて鍵をかけ、外階段をあがった先にあるスコットの書斎に通じるドアにも鍵をかけた。この仕事をすべておえると、リーシーはシャベルを肩にかついで車へむかった――この日の薄れゆく赤い六月の光(ジューンライト)、そのさいごの光を浴び、体の横に細長く伸びた影を前庭の地面に引きずるようにしながら。

Ⅳ　リーシーと血のブール（ありったけの悪のぬるぬる）

1

　最近になって道幅の拡張工事と舗装のやりなおしがなされた州道一七号線をつかってアマンダの家へ行くには、ハーロウに通じるディープカット・ロードとの交差点にある点滅信号でスピードを落としたとしても、せいぜい十五分もあれば充分だ。リーシーは不本意ながらも十五分の大部分を、ブール全般について、および、ある特定のブールについて考えて過ごした——最初のブールだ。あれはジョークでもなんでもなかった。

「それなのにリスボンフォールズ出身のちっちゃなお馬鹿さんはそのまま前に進みつづけて、やっぱりあの人と結婚しましたとさ」リーシーは声に出していい、アクセルペダルから足を離した。道の左側に〈パテルズ・マーケット〉があり——目がくらむほど白い光に照らされて、きれいな黒いアスファルト舗装に〈テキサコ〉のセルフサービス式のガソリンポンプがならんでいる——ここで車をとめて、タバコをひと箱買いたいという驚くほど強烈な欲求を感じたからだ。それも、昔懐かしいセーラム・ライトを。ついでにアマンダの好物である〈ニッセン〉のドーナツ——それも南瓜のドーナツ——を買うのもいいし、自分用にチョコレート味ロールケーキにクリームを詰めた〈ホーホーズ〉を買ってもいいかもしれない。

「あんたはナンバアワンのクレイジーベイビーね」リーシーはひとりほほ笑んでそういい、なめらかな動作でふたたびアクセルを踏みこんだ。〈パテルズ〉が後方に去っていった。あたりにはまだ黄昏の薄明かりが満ちてはいたが、リーシーはもうヘッドライトをつけて車を走らせていた。ちらりとバックミラーを見ると、後部座席に置いた馬鹿らしい銀のシャベルが見えて、リーシーはふたたびおなじ言葉を——今回は笑い声まじりに——口にした。「あんたはナンバアワンのクレイジーベイビーね、ほんとにそう!」

もしその言葉どおりだったらなんだというのか? それがどう、し、した?

2

ダーラのプリウスのうしろに車をとめたリーシーが、アマンダの住む瀟洒なケープコッド・コテージまでの道のりを半分しか歩かないうちに、ダーラが家から姿をあらわした。走りでてきたわけではないが、あふれそうな涙を懸命にこらえていた。

「よかった、あんたが来てくれて」ダーラがいった。その手が血に汚れているのを見て、リーシーはここでもブールを……夫になるはずの男が闇からぬっと姿をあらわして、自分の手をさしだしてきたときのことを、それがもう手だとはまったく思えない外見になりはてていたことを思い出した。

「ダーラ、どうしたの――」

「姉さんがまたやったの！　あのいかれ女、また自分で自分を切ったのよ！　わたしがトイレでちょっと目を離した隙に……姉さんにはキッチンで紅茶を飲ませておいたんだけど……『大丈夫、アマンダ姉さん？』ってそうきいたら……」

「落ち着いて」リーシーはいい、自分に鞭打って声だけは冷静にたもとうと努めた。リーシーは昔から、ずっと冷静な役まわりだったし、そうでないにしても冷静さの仮面をつける役まわりだった。《落ち着きなさい》とか《そんなに悲観するほどじゃない》とか、その手の科白を口にする役。本来なら、いちばん年長の子どもの役目ではないだろうか？　いや……そうとはかぎらないかもしれない、きょうだいの年長者が、クソったれなほど正気をなくしたとあっては。

「そりゃ……姉さんが死ぬようなことはなさそう……でも、ひどいありさまよ」ダーラはそういって、ついにおいおいと泣きはじめた。

《なるほど、わたしが来たから、もう泣くのを我慢しなくてもいいわけね》リーシーは思った。《どうせ、妹のリーシーにだって、それなりにいくつか問題とか悩みがあるかもしれないなんて、考えたこともないんでしょう？》

ダーラはおよそレディらしくない警笛めいた音とともに、まず片方の鼻水をアマンダの家の暗くなりかけた庭の地面に飛ばし、つづいて反対の鼻水も吹き飛ばした。「ほんと、それはもう……しっちゃかめっちゃかのひどいありさま。あんたのいうとおりかな。〈グリーンローン〉みたいなところに入れるのがいいのかも……あまり目だたなくて……秘密を守ってくれるところなら……でも、わたしにはわからない……あんたなら姉さんの問題を解決できるかも……あんたならできそうね……だってアマンダ姉さんは昔っから、あんたの話には耳を傾けてたから。わたしはもうお手上げ……」

「しっかりしてよ、ダーラ姉さん」リーシーは相手の気持ちをなだめる口調でいい、そのとたんひとつの啓示を得た。自分は、ほんとうはタバコを吸いたかったわけでもなんでもない。タバコは過去の悪習。タバコは死んだ、世を去った夫とおなじように死んだ……二年前、ある朗読会のおりに倒れ、直後にケンタッキーの病院で死去、ブール、おしまい。いま自分が手にしていたいのはセーラム・ライトではない——あの銀のシャベルの把手だ。

たとえ火をつけずとも、そこには心を落ち着かせる効果があった。

3

《ブールだぞ、リーシー！》

アマンダの家のキッチンで照明のスイッチを入れているとき、その声がまたきこえた。そればかりか、ふたたびその姿が見えた。クリーヴズミルズにあったリーシーのアパートメントの裏手の、薄暗い芝生からリーシーに近づいてくる姿。それはスコット、正気をうしなうこともある男。それはスコット、勇敢になることもある男。それはスコット、適切な情況のもとでは同時にその両方にもなれる男。

《そんじょそこらのブールじゃないぞ、こいつは血のブールなんだ！》

あれはリーシーがスコットにファックを手ほどきしたアパートメントの裏、スコットがリーシーにカスったれという言葉を教え、おたがいに風向きが変わるのを待って待って待つことを教えあったアパートメントの裏だった。スコットは、さまざまな花のにおいがまじりあった頭痛をもたらすほど濃密な香りを、かきわけるように歩いていた。夏がすぐそこにまで来ている季節で、パークス温室がすぐそばにあり、夜気をとりこむために鎧戸のルーバーがあけてあったからだ。あの晩春の宵、スコットは温室からの香りの霧のなかから姿をあらわし、リーシーが立って待っていた裏口の明かりのなかにやってきた。スコットに怒りを感じてはいたが、それほど怒っていたわけでもない――それどころか、すぐにでも仲なおりする気がまえだった。前にもデートをすっぽかされたことはあったし（ただし相手はスコットではない）、ボーイフレンドが酒に酔って姿を見せたこともあった（そのなかにはスコットも含まれる）。そして、いざスコットの姿が目に見えたそのときには――。

あれこそ、リーシーが初めて見た血のブールだ。

そして、ここでもまた血のブールが目に飛びこんできた。アマンダのキッチンは、スコットが好んで――それもスポーツキャスターのハワード・コーセルの下手くそな物真似をしつつ――“赤葡萄酒（クラレット）”と呼ぶこともあった液体がなすりつけられ、その飛沫（ひまつ）がそこらじゅうに散っていた。陽気な黄色いフォーマイカのカウンターには、まっ赤な液体のしずくが飛び散っていたし、電子レンジの前面に塗りたくられたようになった液体が、ガラス扉を曇らせていた。床には大小さまざまなしずくが落ちていたほか、片方だけの足跡もあった。シンクに投げこまれたふきんは、おなじ赤い液体に浸かっていた。

このすべてを見てとるなり、リーシーの心臓の鼓動がぐんぐんと速まってきた。当然の反応だ、と自分にいいきかせる。血の光景は人にそういう影響をおよぼす。ストレスに満ちた長い一日のおわりだったせいもあるだろう。《いま肝に銘じておくべきなのは、見た目はほぼ例外なく現実よりも悲惨に見えるということ。賭けてもいいけど、アマンダがわざとあちこちを血で汚したに決まってる——アマンダがそんなふうに芝居がかった考えをすること、それ自体にはわるい点はひとつもない。だいたい、あなたはもっと悲惨なものだって見てきたのよ、リーシー。たとえば、アマンダが自分の臍にしたこととか。あるいは、スコットが前にクリーヴズミルズでしたことを。わかった？》

「なに？」ダーラがたずねた。

「なにもいってないわ」リーシーは答えた。いまふたりはキッチンの戸口に立ち、不幸な長姉の姿を見つめていた。アマンダはキッチンテーブルについており——このテーブルのトップも陽気な黄色いフォーマイカ——力なくうなだれ、髪の毛が顔にかかっていた。

「いったわ。わかったって、そういってた」

「わかった。ええ、わかったといったわ」リーシーはつっけんどんに答えた。「母さんの口癖だったわね——ひとりごとをいう人は銀行にお金をもっている、って」これは事実でもあった。

スコットのおかげで、リーシーは銀行に二千万ドル前後の預金があった――正確な金額は、財務省短期証券やいくつかの株の当日のマーケット動向に左右される。

ただし、血まみれの室内にいるときに金の話をしても、気分がさして晴れることはなかった。部屋を汚すのにアマンダが大便をつかわなかったのは、単にその手を思いつかなかっただけではないか、とリーシーは思った。だとしたら、それこそ神がもたらした純粋な幸運だったといえるのでは？

「刃物はとりあげてあったの？」リーシーは、わきぜりふの要領でダーラにたずねた。

「決まってるでしょ」ダーラは怒った口調で答えたが……リーシーとおなじく声を押し殺していた。「アマンダはティーカップの破片をつかったの。わたしがおしっこにいってる隙に」

すでにリーシーは自力でそう推察していたし、さらには時間ができしだい〈ウォルマート〉に行って代わりのカップを買ってくること、と頭のメモに心覚えを書きつけてもいた。入手可能なら、キッチンの色づかいと合う明るい黄色のカップがいい。しかしいちばん肝心な条件は、側面に《**割れません**》という小さなシールが貼ってあるプラスティックのカップであることだ。

リーシーはアマンダの横で床に膝をつき、その手をとった。ダーラがいった。「姉さんが切ったのはそこよ。両方の手のひらを切ったの」

リーシーはきわめて慎重な手つきで、アマンダの手を本人の膝の上から引っぱってみた。その手を裏返したとたん、リーシーは思わず顔をしかめた。切り傷では血が固まりかけてはいたが、それでも目にしたとたん胃が痛んだ。いうまでもなく、あの夏の夜闇から姿をあらわしたスコットのことをふたたび思い起こしもした――まるで愛を捧げるような仕草で、しずくの垂れる両手を前に差し伸べていた姿。酔っぱらってデートの約束を忘れてしまうという言語道断な罪をあがなうための行動。まったく、それなのに自分たちはガード・アレン・コールを狂人呼ばわりしたのか?

アマンダは親指の付け根から小指の付け根にかけ――感情線や愛情線をはじめとするあらゆる線をばっさりと断ち切るかたちで――横一線に手のひらを切っていた。まず片手をどんなふうに切ったのかは、教えられずともわかる。しかし、そのあと残る片手をどうやって切ったのか? じっさい、(昔からの言いまわしどおりに) 固いチーズを切るように大変だったはずだ。しかし、とにもかくにもやりとげたアマンダは、それからクレイジーケーキに砂糖をまぶしていく女よろしくキッチンじゅうを歩きまわった――《ほらほら、あたしを見な! あたしを見なって! あんたが**ナンバアワンのクレイジーベイビー**だって思ったら大まちがい、**ナンバアワン**はこのあたし! アマンダが**ナンバアワンのクレイジーベイビー**だってばさ!》それもダーラがトイレに行ってわずかなレモネードを排出し、老いたる藪の水気を拭くだけの時間で。すごいぞアマンダ、あんたはナンバアワンのスピードランナーでもある。

「ダーラ――これはもうバンドエイドとオキシドールでなんとかなるレベルじゃない。病院の救急治療室に連れていく必要があるわ」リーシーはいった。

「ほんと、あきれた」ダーラは沈んだ声でいい、また泣きはじめた。

リーシーはアマンダの顔に目をむけた。しかし顔はあいかわらず、垂れ下がった髪の毛という目隠しにさぎえられて、よくは見えなかった。「アマンダ姉さん」

反応なし。身じろぎひとつなし。

「マンダ」

反応なし。アマンダはまるで人形のように力なくうなだれたまま。《人でなしのチャーリー・コリヴォー！》リーシーは思った。《人でなしでカスったれのフランス野郎のコリヴォー！》しかし、いうまでもなく〈豆撃ち男〉がいなかったらいなかったで、なにかほかのことが原因になったに決まっている。なぜなら、この世界のアマンダの同類たちはそういうふうにできているからだ。まわりの者はアマンダの同類がいつ倒れても不思議はないと思い、倒れなかったら奇跡が起こったと考える。そのうち奇跡のほうが起こるのに飽きてぶっ倒れ、痙攣して死ぬのだ。

「マンダ－バニー」

この子ども時代の呼び名で、ようやく相手に声を届かせることができた。アマンダがゆっくりと顔をあげた。てっきり血まみれで意識も朦朧としたうつろな顔だろうと思ったのだが（そう、たしかにアマンダの唇は上下ともすっかり赤くなっていたし、唇についているのがマックスファクターのルージュでないことも確かだった）、じっさいにはきらきらと輝くような顔、傲慢さと悪戯心が同居した子どもっぽい顔つきだった――〝アマンダはだれの挑戦でも受けて立つ、それで泣くのはあたしじゃない〟と語っている顔つき。

「ブール」アマンダが小声でささやいた。その瞬間、リーシー・ランドンの内面の温度は一気に二十度ほども冷えこんだ。

4

ふたりはとりあえずアマンダを居間に連れていった。アマンダは文句もいわずふたりにはさまれて歩き、ソファに腰をおろした。ついでリーシーとダーラは、キッチンに通じている戸口まで引き返した。ここならアマンダのようすに目を光らせつつ、声をきかれることなく相談できる。

「姉さんになにをいわれたの、リーシー？　幽霊みたいに顔から血の気がうせてるけど」

ダーラの口から〝幽霊〟ではなく、お決まりの表現どおり〝シーツみたいに〟という言葉が出てきたならよかったのに、とリーシーは思った。〝幽霊〟という単語はききたくない。日が落ちたいまはなおさらだ。頭では愚かしいとわかっていても、それが本音だった。

「なんでもないの」リーシーはいった。「ええ……〝ぶー〟っていわれた。ほら、『あんたなんか〝ぶー〟よ、リーシー。ほら、あたしは血まみれ。どう、気にいった？』っていう感じで。とにかくね、ダーラ姉さん、ストレスを感じてるのは姉さんひとりじゃないのよ」

「アマンダを救急治療室に連れていくのはいいとして、あっちでなにをしてくれる？　自殺防止のためにしっかり監視してくれるとか？」

「かもしれない」リーシーは認めた。先ほどよりも頭が澄みわたってきていた。さっきの《ブール》という一語には、顔を平手打ちされたような、あるいは気つけ薬を嗅がされたような気分にさせられた。もちろん震えあがるほど恐ろしい気分にもさせられたが……アマンダが自分になにかを話したいのであれば、その話をぜひともききたい気分もあった。なんとなく、これまで自分の身に起こっていることは――あの〝ザック・マックール〟からの電話でさえ――すべて関連しあっているような気がした。そのすべてを繋いでいるのは……なんだろう？　スコットの幽霊？　馬鹿馬鹿しい。では、スコットの血のブール？　どうしてそんなことがありうる？

あるいは、スコットのロングボーイか？　斑模様の際限なくつづく横腹をもったあれ？

《あれは実在しないんだよ、リーシー、ぼくの想像力の外の世界には実在していないんだ……あれは、とても強大な力をもつことがあってね、そばに近づいた人間に、自分を投影することがあるんだ。たとえばの話、幼稚な迷信にすぎないと頭でわかっていても、日が落ちたあとで生の果物を食べることに不安を感じさせてしまうくらい強大な力だ。そう、そんなのは追いはらおうとしても追いはらえない迷信だな。ロングボーイも似たようなものなんだ。そのことは知ってるね？》

知っているだろうか？　それならなぜ、このことを考えようと努めるたびに霧のようなものが忍び寄ってきて思考が包みこまれ、かき乱されるように感じてしまうのか？　どうしてあの内面の声が、そのたびに黙れといってよこすのだろう？

ダーラが奇妙な目つきをリーシーにむけていた。リーシーは心を落ち着けて、現在の時点と現在の人々、現在の問題におのれを引きもどした。そのとたん、ダーラがどれほど疲れた顔を見せているかに初めて気がついた。口のまわりには深い皺が刻まれて、両目の下には黒々とした隈ができている。リーシーは姉の左右の二の腕をつかんだ——腕が骨ばっていることも気にくわなかったし、ダーラのブラジャーのストラップがずり落ちていて指にあたることも、左右の肩のあいだが深く落ちくぼんでいることも気にくわなかった。バスケットとフットボールのチーム〈グレイハウンズ〉の母校であるリスボン・ハイスクールに登校していく姉たちを羨望の思いで見ていたことを、リーシーはいまでも覚えていた。それがいまアマンダは六十代のなかばを越えているし、ダーラもそれほど年が離れてはいない。じっさい、自分たちはもう老いぼれ犬だ。

「とにかく、話をきいて」リーシーはダーラにいった。「自殺防止監視とは呼んでないわ——それじゃ残酷だから。ただ、経過観察と呼んでるの」なぜ自分が知っているのかはさだかでなかったが、それでもほぼまちがいないという確信があった。「たしか、そういう人を二十四時間は収容しておくのよ。いや、四十八時間かも」

「患者側の承諾なしに、病院がそんなことをするわけ?」

「犯罪をおかした人間で、警察が連れてきた人でないかぎり、病院にはそんな権限はないと思うけど」

「顧問の弁護士に電話で確認したほうがいいわね。あのモンタナという弁護士に」

「モンターノよ。それに、いまごろはもう自宅に帰ってると思う。自宅の番号は非公開で、住所録に控えてあるけど、その住所録を家に置いてきちゃった。だから、ノーサパにあるスティーヴンズ記念病院に連れていけば、問題はないと思うの」

〝ノーサパ〟というのは、隣接するオックスフォード郡にあるノールウェイ－サウスパリという町を指すこのあたりの住民の用語である。たまさかこの街から車で一日のあいだに行ける範囲には、ほかにもメキシコやマドリード、ギリアド、チャイナ、それにコリンスといった異国情緒ある名前の町がいくつもある。ポートランドやルイストンといった都会の病院とは異なり、スティーヴンズ記念病院は眠っているような小さな病院だ。

「あの病院だったら、うるさいことをいわれずに、アマンダ姉さんの手の傷に繃帯を巻いて、わたしたちといっしょに帰してくれると思うわ」リーシーは間を置いて、こうしめくくった。「もし……という条件つきだけど」

「もし？」

「もし、わたしたちがアマンダ姉さんを家に連れて帰りたいと望むのなら。もし姉さんが家に帰りたいと望むのなら。つまりね、わたしたちは嘘をついたり、大げさな話をでっちあげたりしないってこと。いい？　もし質問されたら――質問されるに決まってるけど――真実をありのままに話す。ええ、姉は以前にも気分が落ちこんだときにおなじことをした前歴はありますが、ほんとうに久しぶりのことです、とね」

「五年前のことは〝ほんとうに久しぶり〟とはいえない――」

「すべては相対的よ」リーシーはいった。「それにアマンダ姉さんもこう説明できるわ。何年かつきあったボーイフレンドが、いきなり新婚の花嫁を連れて街に姿を見せた、それで気分が激しく落ちこんだ、とね」

「姉さんがなにも話そうとしなかったら？」

「なにも話そうとしなければ、病院は最低でも二十四時間は姉さんを収容するはずよ。あくまでも、わたしたちふたりの承諾のうえで。それとも、アマンダ姉さんの精神が外惑星周遊ツアーに出たままだった場合でも、まだ姉さんをここに連れ帰りたい？」

ダーラは考えをめぐらせてから、ため息を洩らし、頭を左右にふった。

「これの大部分はアマンダしだいだと思う」リーシーはいった。「まず第一段階は、姉さんをきれいにすることね。必要なら、わたしがいっしょにシャワールームに行ってもいいわ」

「ええ、そうね」ダーラはそういうと刈りこんだ髪のあいだに指を通し、「そうするのがいいと思う」といって、いきなりあくびをした。驚くほど大きなあくび、まだ残っているのなら扁桃腺も見えそうなほど大きなあくびだった。ダーラの目の下の黒い隈に目をむけなおしたリーシーは、〝ザック〟からの電話の一件がなければもっと早く気づいたはずのことに、遅まきながら気がついた。

リーシーはふたたびダーラの腕をつかんだ……軽く、しかししっかりと。「ミセス・ジョーンズからの電話があったのは、きょうじゃないんでしょう？」

ダーラは驚いた酔っぱらいのようにリーシーを見て、目をしばたたかせた。「ええ、ちがうわ。きのうよ。きのうの夕方遅く。それでこの家に来て、アマンダ姉さんの傷をできるだけ繃帯で手当てして、そのあとほとんど徹夜で朝まで姉さんといっしょにいたの。話さなかった？」

「きいてない。だから、てっきりきょうの出来ごとだとばかり思ってた」

「お馬鹿のリーシー」ダーラはいいい、疲れた笑みをのぞかせた。

「なんでもっと早く教えてくれなかったの？」

「あんたをわずらわせたくなかったから。それでなくたって、わたしたちみんなによくしてくれてるし」

「そんなことないわ」リーシーは答えた。この手の囈言（たわごと）をダーラやカンタータの口から（さらには電話でジョドーサの口からでさえ）きかされると、リーシーは決まって傷ついた。馬鹿げた見方だとわかっていたが、馬鹿げていようといまいと、そんな見方をされているのは事実だった。「スコットのお金にすぎないし」

「そうじゃないわ、リーシー。あんたよ。昔からあんたなの」ダーラは一秒ほど黙りこむと、かぶりをふった。「気にしないで。要点だけをいうと、わたしはアマンダ姉さんとふたりで……ふたりだけで乗り切れるとばかり思ってた。とんだ見当ちがいね」

リーシーは姉の頬にキスをしてから、その体を抱きしめた。ついでソファのアマンダのもとに近づくと、その隣に腰をおろした。

5

「マンダ」

反応なし。

「マンダ－バニー？」カスったれもいいところ。しかし、さっきは効き目があった言葉だ。

はたしてアマンダが顔をあげた。「なに。なにか用」

「わたしたち、これから姉さんを病院へ連れていかなくちゃいけないのよ、マンダ－バニー」

「いや。行きたく・ない。そんな・ところ」

短くはあったが苦しげなこの返答のあいだ、リーシーは半分きき流しながらうなずき、その一方で血飛沫が飛び散っているアマンダのブラウスのボタンをはずしていった。「ええ、気持ちはわかる。でも、姉さんの手の傷にそれなりの手当てをするには、ダーラ姉さんとわたしだけでは力不足なの。いま考えてほしいのは、姉さんがわたしたちとこの家にもどってきたいのか、それともノーサパの病院で一夜を過ごしたいのか、ということ。家に帰ってきたければ、わたしがルームメイトになってあげる」《それで話をするのもいいかもしれない――プール全般について、とりわけ血のプールについて》「どうしたい？　もどってくる？　それとも、しばらくセント・スティーヴンズに滞在する？」

「帰って・きたい・ここに」アマンダはいった。リーシーがカーゴパンツを脱がそうとして立ちあがるようにうながすと、アマンダはそれなりに従順に立ちあがったが、そのまま天井の照明器具をじっと見つめているかに見えた。精神科医のいう〝準緊張病〟なるものではないのかもしれない。しかし、リーシーが不安を感じるほど似た状態ではあった。だからだろう、アマンダのつぎの言葉がロボットめいた口調ではなく、もっと人間に近い口調だったのを耳にしたときには、リーシーは鋭い安堵を感じた。「これからどこかへ……行くのなら……なんであなたはあたしの服を脱がせてるの？」

「姉さんがシャワーを浴びなくちゃならないから」リーシーはそういって、姉をバスルームのほうに誘導していった。「服も着替えなくちゃ。着てた服は……汚れてるから」ちらりとうしろをふりかえると、ダーラが脱ぎ捨てられたブラウスとカーゴパンツをまとめていた。そのあいだもアマンダはまずまず従順に重い足どりでバスルームにむかっていたが、そんな姉の姿にリーシーの胸は絞めつけられた。そう感じた理由は、アマンダの体がかさぶたと傷痕だらけだったからではなく、〈ボクサークラフト〉の無地の白いトランクスの尻を見てしまったからだ。もう何年も前から、アマンダは男物のトランクスを愛用していた。骨ばった体によく似あっていたし、セクシーでさえあった。今夜、トランクスの左の尻の部分は泥を思わせる栗色に汚れていた。

《ああ、マンダ姉さん》リーシーは思った。《姉さんったら……》

アマンダはバスルームのドアをくぐった。たとえるならその姿は、ブラジャーとショーツとチューブソックスだけを身につけた、社会に適応できない者のレントゲン写真というところ。リーシーはダーラを求めてふりかえった。ダーラはすぐ近くに立っていた。一瞬、これまでの長い歳月のすべてと騒ぎたてるデバッシャー家の声のすべてが、そこに存在していた。ついでリーシーは体の向きを変え、アマンダにつづいてバスルームに足を踏みいれた。かつてリーシーがマンダ‐バニーと呼んでいた姉は、いまマットの上で力なくうなだれ、両手をだらんと垂らして突っ立ったまま、残った服を脱がせてもらうのをただ待っていた。

リーシーがアマンダのブラジャーのホックに手を伸ばしたそのときだった。アマンダがいきなり身を翻して、両手でリーシーの腕をぎゅっとつかんできた。姉の手は恐ろしいほど冷たかった。一瞬リーシーは、アマンダがあらゆる話を、それこそ血のプールからなにからすべての話を一気にぶちまけるのではないか、と思った。しかしアマンダは完璧に澄みわたった目、そこに本人が存在していることを示す目でリーシーを見つめ、「あたしのチャーリーがほかの女と結婚しちゃった」といった。それからアマンダは蠟を引かれたような冷たいひたいをリーシーの肩に押しあて、さめざめと泣きはじめた。

6

この夜のそれ以降の顚末に、リーシーはスコットが〈悪天候についてのランドン法則〉と名づけたものを思い出していた。ハリケーンが海上へ去っていくのを期待しながらベッドにはいると、ハリケーンが陸地にとどまっていて屋根を吹き飛ばされる目にあう。反対に早起きしてブリザードの到来に万全の備えを固めると、粉雪がちらちら舞うだけになる。

《その心は？》リーシーはそうたずねた。あのときふたりは、ひとつベッドに横たわっていた——最初のころのベッドのどれかだった。愛をかわしたあとのぬくもりと疲労感のなか、スコットは胸に灰皿を置いて、贔屓のハーバート・タレイトンの紫煙をくゆらせており、外では強い風が吠え哮っていた。どのベッドだったのか、どんな風でどんな嵐だったのか、あるいはこれが何年のことだったのか、いまとなっては思い出せない。

《その心はＳＯＷＩＳＡだな》スコットはそのとき答えた——そのことは覚えている。ただし最初リーシーは自分がききまちがえたか、そうでなければ理解しそこねたとばかり思っていた。

《ソウイーザ？　ソウイーザってなに？》

スコットはタバコを揉み消すと、灰皿をベッド横のテーブルに置いた。それから両手でリーシーの顔を覆って耳もふさぎ、両の手のひらをつかって一分のあいだ外界を完全に締めだした。それからリーシーの唇にキス。そのあとで両手をどけて、リーシーに声がきこえるようにした。スコット・ランドンはいつも変わらず、話をきちんときくことを求める男だった。

《ＳＯＷＩＳＡだよ、ベイビィラーヴ——適切だと思えたときにはいつでも手綱をかけろ（ストラップ・オン・ホエネヴァー・イット・シームス・アプロプリエイト）、だ》

リーシーはこの言葉を頭のなかでひねくりまわし——スコットほど頭の回転は速くはなかったが、つねに目的の場所に達することはできた——ＳＯＷＩＳＡがスコットのいう頭字語であると理解した。《適切だと思えたときにはいつでも手綱をかけろ（ストラップ・オン・ホエネヴァー・イット・シームス・アプロプリエイト）》。この文句が気にいった。馬鹿馬鹿しさのきわみの文句だったが、だからこそ、なおさら好きになった。リーシーは笑いはじめた。スコットも声をあわせて笑い、まもなく強風がうなりをあげて外界を揺るがしているさなかに、ふたりが家のなかにいるように、スコットはリーシーの内側におさまっていた。

スコットといると、リーシーはいつもよく笑ったものだ。

7

救急治療室へのちょっとした冒険行がおわって、キャッスルヴューとハーロウに通じるディープカット・ロードの中間にある、風雨に強いアマンダのケープコッド・コテージに帰りつくまでのあいだ、〝大荒れの嵐を予想して万全の備えを固めているときにかぎってブリザードがよけていく〟というスコットの格言が、くりかえしリーシーの脳裡に甦ってきた。情況を好転させた要因のひとつは、アマンダがかなり明るくふるまっていたことだ。おぞましい話かどうかはともかくも、暗くなりかかった電球は、すっかり消える前の一時間か二時間ばかり明るい光を発するという話が思い出されてならなかった。アマンダの明るい方向への変化はシャワーからはじまっていた。リーシーが服を脱いでアマンダのいるバスルームにはいっていった当初、姉は力なく肩を落とし、両腕を猿のようにだらんと垂らしたまま立っていただけだった。そのあと手もち式のシャワーをつかい、さらに精いっぱい気をつけていたにもかかわらず、リーシーはシャワーの湯を、アマンダの切り傷がある左手のひらにかけてしまった。

「わあ！　わあっ！」アマンダは悲鳴をあげて、手をさっと引っこめた。「痛いじゃないの、リーシー！　お湯をかけてもいいけど、どこにかけるのかをしっかり見てなさい。わかった？」

リーシーもおなじ口調でいいかえしたが――ふたりとも一糸まとわぬ丸裸だとはいえ、アマンダがそれ以下の対応を期待しているはずはない――その一方では姉が怒りを表明したことを喜んでもいた。怒りが目覚めたのだ。「そりゃね、メイン州最南端のキタリー岬に届くまで謝罪の言葉をならべたっていい。でも、〈ポッタリー・バーン〉のカップの破片なんていうちんけなもので自分を切り裂いたのは、あいにくわたしじゃないわ」

「だって、あの男をものにできなかったんだもの。いけない？」アマンダはその言葉をきっかけとして、チャーリー・コリヴォーとその新婚の妻にむけた驚くような悪口雑言をならべたてはじめた――成人ならではの猥褻さと幼稚なうんちトークの絶妙なミックスを耳にして、リーシーは驚きと愉快な気持ちと賞賛の三つを同時に感じていた。

アマンダが息つぎのために口を閉じた隙に、リーシーはいった。「口からクソを撒き散らす下衆女ね。あきれた」

アマンダはむっつりした顔でいった。「あんたもついでにくたばればいい」

「もし家に帰ってきたいのならいっておくけど、わたしならあなたの手を手当てする医者の前で、いまみたいな言葉はつかわないように気をつけるわ」

「あたしを馬鹿あつかいする気？」

「まさか。滅相もない。ただ……相手の男に猛烈に怒っていると話すだけで充分よ」

「両手から、また血が出てきちゃった」

「たくさん？」

「ほんのちょっと。ちょっとでいいから、ワセリンを塗ってもらったほうがよさそう」

「ほんとに？　そんなことをしたら痛くない？」

「愛は痛いものよ」アマンダは重々しくいい……小さく鼻を鳴らして笑った。その笑い声に、リーシーの心が軽くなった。

リーシーがダーラと協力してアマンダを自分のBMWに乗りこませ、ノールウェイにむけて出発するころには、アマンダはリーシーに仕事場の片づけがどの程度はかどったかを質問していた。ありふれた一日がおわったあとのような感じだった。リーシーは〝ザック・マックール〟からの電話については話すのを控えたが、『アイク、家に帰る』の件は打ち明け、ごく短い本文も引用した。「アイクはブームして家に帰った。世はなべてこともなし。**ブール！　おしまい！**」というのも、アマンダの前でこの単語、ブールという単語をつかってみたかったのだ。姉がどんな反応を示すのかを確かめたかった。

最初に反応を見せたのはダーラのほうだった。「つくづく、あんたの亭主は変人だったのね」

「どうせなら、わたしの知らないことを教えてもらえない？」リーシーはそういいながらバックミラーにちらりと目をむけ、後部座席にひとりですわっているアマンダのようすを確かめた。母さんが生きていたら、〝自分だけの栄光に包まれて〟とでも形容しそうな姿だった。「アマンダ姉さんはどう思う？」

アマンダは肩をすくめた。てっきり、最初はそれが唯一の反応かとリーシーは思ったが、一拍置いて洪水が襲いかかってきた。

「そういう男だった、ってそれだけね。前にいっしょの車に乗って街へ出たことがあるのよ──スコットは文房具屋でなにかを買いたくて、あたしは、ほら、新しい靴が欲しかったから。

ハイキングで森へ行くときに履く上等なウォーキングシューズね。で、その途中で〈オーバーン・ノヴェルティショップ〉の前を通りかかったの。スコットがその店を見るのは初めてで、あの人、とにかく車をとめて店を見ないことにはおさまらなかったわ。まったく、十歳のガキそのまんま！　あたしはただ、森のなかを歩いても毒漆（どくうるし）にやられることがないように、〈エディー・バウアー〉のどた靴が欲しかっただけなのに、あの人ったら、店を丸ごと買いこみかねない勢いだった。痒みパウダー、おふざけブザー、唐辛子ガム、プラスティックのゲロ模型、X線眼鏡……とにかくありとあらゆる品を、ぺろぺろ舐めるとヌード女が出てくるロリポップが置いてあるカウンターに山と積みあげたっけ。ほんと、台湾製のチープなチクソを合計で千ドルは買ったにちがいないわ。あのときのこと、覚えてる？」

覚えていた。記憶の大半を占めているのは、そのあと、漫画の笑い顔と《爆笑グッズ》という文字が一面に印刷された紙袋をいくつも、両腕いっぱいにかかえて帰宅してきたスコットの姿だ。スコットの頰がどれだけ上気した色を見せていたかも覚えていた。たしかにスコットは、あのときの品々を〝チクソな品〟と呼んでいた。〝クソ〟ではなく〝チクソ〟。信じがたい話だが、これはリーシーの口癖がスコットに移ったものだ。なるほど、母さんがよくいっていたように、目には目を、歯には歯をだ。ただし〝チクソ〟というのは父さんの言葉だ。またダンディ・デイヴは、気にいらない品があれば、それを〝ぶん投げ捨ててやった〟と語る男だった。スコットはこの表現をいたく気にいり、ここには人の舌から出てくる重みがある、ありきたりな〝投げ捨てる〟とか、さらには〝ぶん投げる〟という表現では最初から勝負にならない、と話していた。

言葉の池(プール)、物語の池(プール)、そして神話の池(プール)からの収穫を手にしたスコット。

スコット・カスったれ・ランドン。

丸一日のあいだ、スコットのことをまったく考えなかったり、死んでしまったことを寂しく思わなかったりすることもときにはあった。それも当然ではないか？　いまのリーシーはすこぶる充実した毎日を送っているし、掛け値なしにいえば、スコットがあつかいにくい人間や、いっしょに暮らしにくい人間になるのは珍しいことではなかった。〝しんどい仕事〟、リーシー自身の父親のような昔気質(かたぎ)の北部人(ヤンキー)ならそういっただろう。そしてときにはこんな日も……曇りの日（いや、晴れの場合もあったが）、スコットを恋しく思うあまり、自分が空虚になったように感じられてならず、そのあまり、内側の空洞に十一月の風しか詰まっていない枯れ木になったように感じられる日もあった。いまはまさに、そんな気分だった。これから先に待っている歳月を思うと、リーシーの心は病におかされたようになったし、結局はこんなことになるのなら——たとえ十秒だけにしろ、こんな気分を味わうことになるのなら——愛にどんな利点があるのかと疑問に思うことにもなった。

8

最初の吉兆は、アマンダが明るい気分になったことだった。二番めの吉兆は、当直の医師マンシンガーが白髪まじりの獣医ではなかったことだ。スコットが病気で死の床にあったおりにリーシーが会ったジェンセン医師ほどは見た目が若くなかったが、それでも三十代だと知らされれば驚いたはずだ。そして三番めの吉兆は――事前に人から予告されても、リーシーは決して信じなかったはずだ――スウェーデンの交通事故で発生した怪我人たちが病院に運びこまれてきたことだった。

リーシーとダーラがスティーヴンズ記念病院にアマンダを連れていった時点では、事故の犠牲者たちはまだ到着していなかった――待合室にいたのは十歳ほどと見える少年とその母親のふたりきり。少年には発疹があり、母親は掻きむしってはいけないと、きつい口調でたえず少年をたしなめていた。親子がふたたび診察室に呼びだされたそのときにも、母親はきゃんきゃん息子を叱りつづけていた。五分後、少年は腕に繃帯を巻かれ、顔にむっつりした表情を貼りつけて待合室に出てきた。母親は軟膏のサンプルチューブ数本を手にしており、あいかわらずきゃんきゃん吠えていた。

ナースがアマンダの名前を呼んだ。「ドクター・マンシンガーが診察いたします。どうぞ（ディア）」ナースはさいごの呼びかけをメイン風に発音したので、女性名の〝リーア〟と韻を踏んでいるようにきこえた。

アマンダは頰を赤く染めた傲慢なエリザベス女王風の顔を、まずリーシーに、つづいてダーラにむけて、こういった。「できたら、診察室にはひとりで行きたいわ」

「もちろんかまわなくてよ、大いなる偉大な神秘そのもののお方」リーシーはそう答え、アマンダにむけて舌を突きだした。この瞬間ばかりは、問題ばかり起こしているこの痩せた性悪女を病院がひと晩預かろうと、一週間だろうと一年だろうと、いや、たとえ丸一日だろうと、どうでもいい気分だった。リーシーが横に膝をついてすわっていたあのとき、キッチンテーブルの前でアマンダがなにをつぶやいたのか、そんなことを気にかける人がいるだろうか？　そもそも、リーシー自身がダーラに話したとおり、姉はただ〝ぶー〟といっただけかもしれない。べつの単語だったとしても、自宅に帰れば文句のつけようのないベッドがある身でありながら、自分はアマンダの家へ引き返し、長姉とおなじ部屋で眠って、狂気の蒸気を吸いたいと本気で思っているのか？　《これにて一件カスったれ落着だな、ベイビィラーヴ》スコットならそういうだろう。

「とにかく、話しあって決めたことを忘れないで」ダーラがいった。「姉さんはあの男がほかに行ってしまったことに怒り狂って、それで自分の体を傷つけた。でも、もう気分は落ち着いた。乗り越えたから」

アマンダがダーラにむけた表情の意味が、リーシーにはまったく読みとれなかった。「ええ、そのとおり。あたしは乗り越えたの」

9

小さな町スウェーデンの交通事故の関係者が到着したのは、その直後のことだった。重傷を負った者がひとりでもいれば、リーシーはこれを吉兆とは考えなかったはずだが、さいわいそんなようすはなかった。全員が歩ける状態であり、そのうちふたりなどは驚いたことに声をあげて笑っていた。泣いていたのはただひとりだけ、十七歳ほどに見える少女だけだった。少女の髪の毛には血がついており、上唇の上に洟を垂らしていた。病院に来たのはぜんぶで六人、もとは二台の車に乗っていたことが明らかだった。声をあげて笑っていたふたりからは、かなり強いビールのにおいが嗅ぎとれたし、ひとりは明らかに腕を捻挫しているようだった。六人を率いていたのは、私服の上にイースト・ストーンハム救急隊のジャケットを着たふたりの救急隊員と、さらにふたりの警官だった。ひとりは州警察、もうひとりは郡の警察官だった。救急治療室の狭い待合室はたちまち息づまるほどの混雑ぶりを呈した。先ほどアマンダに〝どうぞ〟と話しかけたナースが、なにごとかと顔を突きだした。つづいて若きドクター・マンシンガーも待合室をのぞきこんできた。それからほどなくして十代の少女が騒がしいヒステリーの発作を起こしはじめ、義母が自分を殺そうとしているとだれかれかまわずに告げはじめた。数秒後にはナースがあらわれて、ヒステリーを起こした少女を連れ去っていき（今回はナースが少女に〝どうぞ〟と呼びかけなかったことにリーシーは気がついた）、アマンダが軟膏のサンプルチューブ数本をあぶなっかしく手にして、《第二診察室》から出てきた。バギージーンズのポケットから、折りたたまれた二枚の処方箋が突きでていた。

「もう帰ってもいいみたい」アマンダは、あいかわらず傲慢なる貴婦人モードのままいった。

いくら当直の医師が若く、また突然の患者の洪水という事態があっても、そんなにすんなりうまくいくわけはない、とリーシーは思った。その見立ては正しかった。先ほどのナースが、機関車の運転席から乗りだす運転士のような姿勢で、《**第一診察室**》のドアから待合室に顔をのぞかせ、こういったのだ。「おふたりは、ミス・デバッシャーの姉妹の方ですか?」

リーシーとダーラはうなずいた。

「お帰りになる前に、先生がおふたりにちょっとお話ししたいことがあるそうです」それだけいうとナースは、先ほどの少女がまだ泣いている診察室に引っこんだ。

待合室の反対側で、ビールのにおいをさせたふたりの男がいきなり声をそろえてまた笑いはじめた。それを見て、リーシーは思った。《あのふたりがどんな悪人かは知らないけど、事故の責任者でないことだけはまちがいないわ》じっさいふたりの警官の関心は、髪に血がついている少女と同年代とおぼしき白人の若者に集中しているようだった。べつの少年がひとり、公衆電話を占拠していた。この少年の頬にはひどい傷があった。あれでは縫合手術が必要だ、とリーシーは思った。三人めの少年が電話の順番を待っていた。この少年には、外から見てわかる怪我はなかった。

アマンダの両の手のひらは、白いクリーム状の軟膏で覆われていた。「お医者は傷口を縫っても糸が抜けるだけっていってたわ」と、そう誇らしげに宣言する。「繃帯を巻いてもずれちゃうだけみたいだし。それで、手にこの軟膏を塗りつけておくことになったの——おえっ、ひどいにおいだと思わない? あとは、このあと三日間、一日に三回、薬液に浸すんですって。軟膏と薬液、それぞれの処方箋ももらった。お医者からは、あんまり手を曲げないようにっていわれたわ。なにかを手にとるときにも、指だけでつまむようにしろって。こんなふうに」そういってアマンダは、先史時代のものとおぼしきピープル誌を右手の親指と人さし指でつまみあげ、わずかにもちあげて、すぐに落とした。

　ナースが姿をあらわした。「ドクター・マンシンガーからお話があります。おひとりでも、あるいはおふたりでもけっこうです」

　その口調から、一刻の猶予もならないことがききとれた。リーシーはアマンダの隣に、そしてダーラは反対側の隣にすわっていた。ふたりはアマンダの頭ごしに視線をあわせた。アマンダ本人は気づいていない。あからさまな好奇の表情で、待合室の反対側にいる人たちを一心に見つめていたからだ。

「あんたが行ってちょうだい、リーシー」ダーラがいった。「わたしはアマンダに付き添ってるから」

10

　ナースはリーシーを《第二診察室》に案内すると、唇が見えなくなるほど強く口もとを引き結んで、すすり泣きをつづけている少女のもとに引き返していった。リーシーは診察室の椅子に腰をおろし、壁に一枚だけ飾ってある写真に目をむけた——水仙の咲き乱れる野原にいる毛足の長いコッカスパニエルの写真だった。さして待たされることもなく（断言してもいいが、自分たちがとっとと厄介払いしたい存在でなかったら、もっと長く待たされたはずだ）、ドクター・マンシンガーが早足で診察室にあらわれた。医師はドアを閉めて、やかましい十代の少女の泣き声を締めだすと、痩せた尻の片側を診察台にひっかけるようにして立った。

「ハル・マンシンガーです」医師はいった。

「リーサ・ランドンです」そういって片手をさしだす。ドクター・マンシンガーは握手を短く切りあげた。

「できればお姉さんの置かれている情況について、もっと情報を得たいところですが――ええ、記録のためです。ただ、もうおわかりでしょうが、いささか立てこんでおりましてね。応援を要請したんですが、さしあたりいま現在は、いつもどおりの夜を過ごしているわけです」

「いえ、お時間を割いていただいただけでも感謝しています」リーシーはいったが、それ以上にありがたく思えていたのは、自分自身の口から落ち着いた声が出せていたことだった。それは、《すべては掌握ずみです》と語っている声だった。「ご心配でしたら申しあげておきますが、姉のアマンダに自分を傷つける心配のないことはここで断言しておきたいと思います」

「ええ、たしかにその心配もないとはいいきれませんが、その点はいまのお言葉をそのまま受け入れます。お姉さんご自身の言葉もね。お姉さんは未成年者ではないし、今回のことはどう見ても自殺未遂ではありません」それまでこの医師はクリップボードを見つめていたが、ここで顔をあげて、リーシーの顔を見つめた。その視線は、思わずたじろぐほど鋭かった。「そうですね？」

「ええ」

「なるほど。ただし、これがお姉さんの初めての自傷行為ではないことはシャーロック・ホームズでなくてもわかります」

リーシーはため息を洩らした。

「お姉さんがおっしゃるには、前はセラピーにかかっていたが、セラピストがアイダホに行ってしまったのだとか」

《アイダホ？　アラスカ？　火星？　どこだってかまうものか、あのビーズ女はいなくなったんだ》そう思ったものの、口に出してはこう答えた。「ええ、そのとおりだと思います」

「だからお姉さんは、また自分のことに自分で対処しなくてはならない、そうですね？　それも早急に。自傷行為は拒食症とおなじく自殺ではありません。しかし、どちらも自殺的ではあります――意味はおわかりですね」そういうとマンシンガーは白衣のポケットからメモ帳をとりだして、なにやら書きつけはじめた。「あなたとお姉さんにお薦めしたい本があります。『切断行為』という本で、著者は――」

「――ピーター・マック・スタイン」リーシーはいった。

ドクター・マンシンガーが驚いて顔をあげた。

「夫がその本を見つけたんです。アマンダがこの前……ええと……ミスター・スタインがつかった言葉でいえば……」

（アマンダのブール　アマンダのこの前の血のブール）

若きドクター・マンシンガーは、じっとリーシーを見つめながら、リーシーが言葉をしめくくるのを待っていた。

（さあ　思いきっていってしまえ　リーシー　血のブールと）

リーシーは意思の力をふりしぼって、飛びすぎていく思考をつかまえた。「そうです、スタインが〝はけ口づくり〟と呼んだ行為を、アマンダがしたあとに。そういう言葉をつかっていましたね？　はけ口づくりと？」声は前と変わらずに落ち着いていたが、リーシーはこめかみの窪みに汗が巣をつくりはじめたのを感じていた。なぜなら、裡なる声が正しかったからだ。はけ口づくりと呼ぼうと血のブールと呼ぼうと、中身は変わらない。そう、すべては変わりないのだ。

「そうだと思いますよ」マンシンガーは答えた。「ただ、わたしが読んだのは何年も前のことですのでね」

「先ほどもいいましたが、夫がその本を見つけて読み、そのあとわたしにも読ませました。これからでも本を探して、姉のダーラに読ませます。それから、この地区にもうひとり姉がおります。いまはボストンにいるんですが、こっちに帰ってきたら、すぐにでも読ませるようにします。わたしたち三人で、アマンダを注意ぶかく見まもるようにします」

「オーケイ、それでけっこうです」マンシンガーは骨ばった脛を診察台にこすりつけた。紙のシーツが乾いた音をたてた。「ランドン。ご主人は作家の方でしたね」

「ええ」

「惜しい方を亡くしました」

これもまた、結婚相手が有名人だった場合についてまわる奇妙なことの一例だと、リーシーは発見しつつあった。あれから二年もたったのに、人々はいまでもリーシーに悔やみの言葉を口にする。おそらく、二年後も変わらないだろう。あるいは十年後も。それを思うだけで気が滅入った。「ありがとうございます、ドクター・マンシンガー」

医師がうなずいただけで、すぐ本題にもどってくれたことがありがたかった。「成人女性におけるこの手の行動に関連した分野では、まだまだ確固とした症例が少ないんですよ。自傷行為がもっとも多く見られるのは――」

この医師の発言をどんな文句でしめくくればいいのかを、かろうじてリーシーが考える時間こそあったが――《隣の診察室でめそめそ泣いている不良娘のような年代です》――すぐに待合室のほうからものすごい衝撃音が響きわたり、それにつづいて混乱した叫び声があがった。《第二診察室》のドアが猛烈な勢いでひらいて、ナースが姿をあらわした。いまの騒ぎが原因で体が膨れたわけでもあるまいに、なぜかナースは最前よりも大きく見えた。「先生、すぐにいらしていただけますか？」

マンシンガーは退出の挨拶も口にせず、ただふらりと姿を消した。医師のそのふるまいにリーシーは尊敬の念をおぼえた。これこそＳＯＷＩＳＡだ。

ドアのところにたどりついたリーシーの目に、ちょうど名医さまが例の十代の少女を突き飛ばしそうになっている現場が飛びこんできた。少女は、外でなにが起こっているのかを確かめようとして《第一診察室》から出てきたところだった。医師はさらに、目をまん丸に見ひらいているアマンダを姉ダーラにむけて突き飛ばし、ふたりまとめて倒れそうになっていた。州警官と郡警官は、見たところ怪我はなく電話の順番を待っていた少年を囲むように立っていた。いまその少年は気をうしなったのか卒倒したのか、床に倒れていた。頬に切り傷のある少年は、なにごともなかったかのように電話で話をつづけている。それを見てリーシーは、前にスコットが読んでくれた詩を思い出した。すばらしくも恐ろしいその詩は、人間がどれほどの苦痛を嘗めていようとも、この世界はそんなものにはまったく

（チクソほども）

頓着せずに動きつづけるという内容だった。作者はだれだったろう？　エリオット？　オーデン？　旋回砲塔についた砲手の死についての詩を書いた男だったか？　スコットが生きていれば教えてくれたはずだ。いまこの瞬間、スコットに顔をむけ、苦悩についての詩を書いたのがどちらの男だったのかを教えてもらえるのなら、リーシーはなにを差しだしても悔いはない心境だった。

11

「ほんとにひとりで大丈夫？」ダーラがたずねた。先の出来ごとから約一時間後、いまダーラはアマンダのこぢんまりした家の玄関の、あいているドアの前に立っていた。六月の夜風が姉妹の足首のまわりを吹きすぎて、玄関ホールのテーブルに置かれた雑誌のページをめくっていった。

リーシーは顔をしかめた。「あと一回でもその質問を口にしたら、姉さんを頭っから放り投げてやる。ええ、ふたりで大丈夫よ。まずココアを飲んで――といっても、アマンダ姉さんの

いまの状態を考えるとカップを手にもつのはむずかしそうだから、ちょっとは手伝ってあげるけど――」

「それは安心ね」ダーラはいった。「アマンダがひとつ前のカップでなにをしたかを思えば」

「だったら、もうベッドにはいって。デバッシャー姉妹のうちのふたり、ふたりのおばさんだけにして――そう、女がふたりいて、バイブが一本もない状態に」

「笑えることをいってくれるじゃない」

「あしたは日の出とともに起きだすの！　コーヒー！　シリアル！　アマンダの処方薬をとりにいざ出発！　ここにもどったら、両手を薬液に浸す！　そのあとは、ダーラ姉さん、あなたに当直してもらうわ」

「あんたがいいというならいいけど」

「ええ。とにかく今夜は家に帰って、猫にちゃんと餌をやって」

ダーラはさいごにいまいちど疑わしげな視線をリーシーにむけてから、頰にドライキスをし、トレードマークといえる横向きの抱擁をしてきた。すべてをすませると、ダーラはふぞろいの石を敷きつめた庭の道を小型車にむかって歩いていった。リーシーはドアを閉めて鍵をかけ、コットンのナイティーをまとった姿でソファに腰かけているアマンダにちらりと目を走らせた。落ち着いて、安心しているように見える。昔のゴシックロマンスの題名が頭をかすめた……十代のころに読んだ本だ。『マダム、お話しいただけますか？』という本。

「マンダ姉さん？」リーシーは静かに声をかけた。

アマンダが顔をあげて目をむけてきた。大きく見ひらかれたデバッシャー家の者特有の青い瞳に浮かんでいた心からの信頼の光に、リーシーはこれからきかせたい話の方向に姉を誘導できないのではないか、という気分になった――スコットと血のブールの話に、スコットと血のブールの話に。アマンダから話が出れば、ふたりがならんで横たわっている闇のなかでならば無理ではないかもしれない。しかしいまここで、アマンダがこれだけの一日を過ごしたあとで、そんな話をもちだせるだろうか？

《あんただって、大変な一日を過ごしたのよ、ちっちゃなリーシー》

それはそうだ。しかし、だからといっていまアマンダの目にのぞいている平穏な光をかき乱してもいいという法はない。

「なあに、リーシー？」

「ベッドにはいる前に、姉さんがココアでも飲みたくないかなと思って」

アマンダは笑みをのぞかせた。笑みのせいで数年分は若返って見えた。「ベッドにはいる前のココアは最高よ」

そこでふたりはココアを飲んだ。アマンダはカップから直接では飲みにくかったので、クレイジーなほど曲がりくねっているプラスティックのストローを自分で食器棚から出してきた――〈オーバーン・ノベルティショップ〉の棚にならんでいても違和感のなさそうな品だった。片側をココアにつっこむ前に、アマンダはストローを（医師から見せられた手本どおりに）指でつまみあげてリーシーに見せ、こういった。「見て、リーシー。これがわたしの脳味噌よ」

リーシーは、アマンダがジョークを口にしたことが信じられず、しばしぽかんと口をあけて姉を見つめるばかりだった。ついで、リーシーは激しく笑いはじめた。つぎの瞬間、ふたりは声をそろえて大笑いしていた。

12

ココアを飲み干してから、ふたりはずっと大昔の農場屋敷での少女時代とおなじように交替で歯を磨き、そのあとともにベッドにはいった。ベッドサイドのスタンドの明かりが消されて部屋が暗くなると、アマンダが妹の名前を呼んだ。

《いよいよね》リーシーは不安な気持ちで思った。《またこんども、チャーリーを長々と罵倒するのかしら。それとも……ブール？　ついにブールの話が出てくるわけ？　もしそうだとして、わたしは本気でそんな話をききたいと思ってる？》

「どうしたの？」リーシーはたずねた。

「いろいろよくしてくれてありがとう」アマンダはいった。「お医者に塗ってもらった薬のおかげで、手がずいぶん楽になったわ」それだけいうと、アマンダは寝がえりをうってリーシーに背をむけた。

このときもリーシーは驚かされた——ほんとうに話はそれだけなのか？　どうやらそのようだった。というのも、一、二分ののちにはアマンダの呼吸音がもっとゆっくりとした深い寝息に変わっていたからである。夜中に目を覚まして、痛み止めのタイレノールを欲しがるかもしれないが、いまのところは眠りこんでいる。
リーシーは、これほどの幸運を予想していなかった。夫がさいごの旅に出発する前夜からこっち、だれかとひとつベッドで寝たことはなかったし、その習慣もいつしか忘れてしまった。それに〝ザック・マックール〟のことも頭を離れなかった。むろん、〝ザック〟に仕事を依頼した〈インカン族〉の下衆男、ウッドボディのこともだ。じきにウッドボディと話をすることになる。はっきりいえば、あしたには。それまでは数時間は眠れないことを――あるいは、ひと晩じゅう眠れないことを――覚悟するほかはない。そうなったら、さいごの二、三時間は階下の部屋にあるアマンダのボストン型ロッキングチェアで過ごそう……といっても、アマンダの書棚に読む価値のある本があればの話だ……。
《マダム、お話しいただけますか？》リーシーは思った。《あの本の作者は、ヘレン・マッキネスだったかもしれない。砲塔の砲手にまつわる詩を書いた男でないことだけは確か……》
そう思ったのをさいごに、リーシーは深い深い眠りに落ちこんでいった。《**ピルズベリーの最高級小麦粉**》の魔法の絨緞にまつわる夢は見なかった。それをいうなら、なんの夢も見なかった。

13

目が覚めたのは夜の溝がもっとも深まるころ、月が沈み、時間が存在しなくなったころだった。自分が目を覚ましたことにも、かつてスコットの背中に寄りそっていたように、いまはアマンダの背中に身をすり寄せていることにもほとんど気づいていなかったし、かつてスコット相手にしていたように、膝がしらをアマンダの膝の裏にすっぽりとおさめるような姿勢をとっていたことにも、ほとんど気づいてはいなかった——そんなふうにスコットと寝ていたのは、ふたりのベッド、そして百ものモーテルのベッドでだ。いや、五百にはなるだろう、あるいは七百かも。さあ、千まであとひと声、千まであとひと声、どなたか千を出す方はいますか。頭にあったのはブール、血のブール。そしてSOWISA、そしてときに人はただ頭を低くして、風向きが変わるのを待つしかないということ。考えていたのは、もし暗闇がスコットを愛していたのであれば、スコットもまた暗闇を愛していたのだから、それこそ真実の愛といっていいのではないか、ということ——スコットは暗闇と踊りながら歳月という名前の舞踏場を横切っていき、ついには暗闇が踊りながらスコットを連れ去った。

　リーシーは思った。《わたしはまたあそこに行くことになる》

　そしてリーシーが頭のなかにとどめているスコット（というか、リーシーはそれがスコットだと思っているが、確実なことはだれにもわからない）がこういった。《どこに行くというんだい、リーシー？　いまはどこにいるのかな、ベイビィラーヴ？》

　リーシーは思った。《現在にもどる（バック・トゥ・ザ・プレゼント）のよ》

　スコットが答えた。《映画だったら〈未来にもどる（バック・トゥ・ザ・フューチャー）〉、だ。いっしょに見たっけな》

　リーシーは思った。《これは映画なんかじゃない。わたしたちの人生よ》

そしてスコットは答えた。《ベイビー、手綱をかけてるかい？》

リーシーは思った。《わたしの愛した男は、どこまで馬鹿になれば気が

14

あの男は、どこまで馬鹿になれば気がすむの？》リーシーは思っている。《あの男は馬鹿、そんな男にかまってるわたしも馬鹿》

いまもまだリーシーは裏庭の芝生を見わたして立っている。まだ声を出して名前を呼ぶ気にはなれないが、不安を感じはじめている。というのもスコットがキッチンのドアから外に出ていき、午後十一時の闇に足を踏みこんでから、かれこれ十分近くたっているからだ。いったいなにをしているのか。あの先にあるのは生垣だけ、生垣と——

それほど遠くないところから、タイヤがきしむかん高い音とガラスの割れる音、犬の吠える声、酔っぱらいの雄叫びがきこえてくる。いいかえれば、大学街の金曜の夜の音は残らずきこえる。リーシーは大声でスコットに呼びかけたい誘惑に駆られるが、そんなことをすれば——たとえ名前で呼びかけるだけであっても——こちらがもうスコットに怒っていないことを知られてしまう。いや、正確にはそれほど怒っていないことを。

じっさい怒っているわけではない。肝心なのは、スコットが酔っぱらって姿をあらわしたの

は六度めか七度めだが、おりあしく最悪の金曜日を選んでしまったことであり、さらには初めて約束の時間に遅刻したことだ。予定では、スコットが前々から見たがっていたスウェーデン人監督の映画を見にいくことになっていた。リーシーとしては映画が字幕つきではなく、英語への吹替版であることを願うばかりだった。そこで仕事から帰るとすぐ、手早くサラダをつくって急いで食べた——映画のあとで、スコットから〈ベアーズ・デン〉でハンバーガーを食べようと誘われるはずだと思ったからだ（誘われなかったら、自分から誘うつもりだった）。そのあと電話が鳴ったときには、てっきりスコットからの電話だと思った——気が変わって、バンゴアのショッピングモール内の映画館で上映中のレッドフォードの映画を見にいこうと伝えてくるのではないかと（ただし、八時間も立ちっぱなしで働いたあとなので、〈アンカレッジ〉でダンスをするのだけは勘弁してほしかった）。しかし、電話をかけてきたのはダーラだった。ダーラは〝ちょっと話がしたいだけ〟だと前置きしてから本題にかかった。リーシーに（またしても）不満をぶちまけはじめたのである。リーシーが〝おとぎ話の国（ネヴァ・ネヴァ・ランド）〟（これはダーラの用語）に行ってしまい、自分とアマンダとカンタータの三人に問題を押しつけて（問題というのは母さんのこと、この一九七九年の時点では、でぶっちょ母さん、目なしの母さん、さらに最悪なことに、ぼけぼけ母さんになっていた）、ひとりだけ〝大学生の男の子と遊びほうけている〟ことについての不平不満だった。リーシーにとって、ピーター・パンのお話に出てくる〝ネヴァ・ネヴァ・ランド〟はメイン州立大学から五キロ近く離れたピザパーラーのこと、ピーター・パンの仲間のロストボーイズといえば、しつこくスカートのなかに手を入れてこようとするデルタ・タウ・デルタの友愛会部員たちのことでしかなかった。いくつかの講座をそれも夜間の講座を――受講しようという漠然としたままの夢が干からび、風に吹き散らされてしまったことはだれも知らない。リーシーは、わめき散らすダーラの声に耳をかたむけながら癇癪を抑えようとしてはいたが、いうまでもなく、やがて辛抱できなくなって、結局は二百二十五キロという距離と、ふたりのあいだに横たわるこれまでの歴史すべてをはさんで怒鳴りあうことになった。ボーイフレンドのスコットなら、〝しっちゃかめっちゃか〟ならぬ〝しっちゃカスっちゃか〟と形容するにちがいない情況で、幕切れにはダーラが毎回お決まりの言葉を口にした――「好きにすればいい――どうせあんたはいつも好きなことしかしないんだし」

その電話のあとでは、レストランでデザート用に買ってきたチーズケーキを食べたい気分は消え失せ、もちろんイングマール・ベルイマンの映画を見にいきたい気分でもなくなった……しかし、スコットには会いたかった。それも当然。過去二カ月ほど、とりわけ過去四、五週間のあいだに、リーシーは奇妙な流儀でスコットに依存しつつあったからだ。馬鹿げた感傷かもしれない――おそらくは。しかしスコットが腕を肩にまわしてくると、そこにはほかの男では得られない安心感が存在していた。大多数の男の場合、相手のじれったい気持ちか用心深い気持ちしか感じられなかった（あるいは、つかのまの情欲しか）。しかし、スコットには親切心が感じられた。スコットから関心を――リーシーへの関心を――初めて感じとった瞬間には、それが現実だとは信じられなかった。なぜならスコットはずっとずっと頭がよくて、しかも才能に恵まれていたからだ（リーシーには、このふたつのどちらよりも親切心のほうが大きな意味をもっていた）。またリーシーは、初対面のときからスコットの話す独特な言語を貪欲に吸収していた。デバッシャー家の言語ではなかったが、それでもリーシーがよく知っている言語

――それまでも夢のなかで話していたかのように思える言語だった。

　しかし話すことも特別な言語も、話す相手がいなかったら、なんの美点があるだろう？　泣きつく相手さえいなかったら？　今夜のリーシーに必要なのはそんな相手だった。これまではスコットに、自分のいかれた家族、しっちゃかめっちゃかな――いや、失礼、スコット語でいうなら〝しっちゃカスっちゃか〟な家族について話したことはなかったが、今夜は打ち明けるつもりだった。話さずにはいられない気分、話さなかったらみじめな気持ちで爆発しそうな気分だった。そしてもちろん、スコットはよりにもよって今晩を時間どおりに姿を見せない夜に選んだのである。スコットを待ちながら、今夜わたしが世界最低の性悪女の姉と口汚い口論をしたことを、あの人が知っているはずはない、と自分にいいきかせてはいたが、六時が七時になり八時になり……さあ、九時まであとひと声、九時まであとひと声、どなたか九時の声をあげる方はいらっしゃいますか……リーシーはチーズケーキをまた少し食べただけで、投げ捨ててしまった。というのも、カスったれなほど……いや、クソったれなほどの怒りで食欲がまったくなくなっていたからだ。さあ、九時が出ました、十時の声をあげる方はいらっしゃいますか、十時が出ました……それなのに、片側のヘッドライトが点滅しがちな七三年型フォードがリーシーの住むノースメイン・ストリートのアパートメント前に近づいてきてとまることはなく、怒りはさらに高まり……さあ、どなたか激怒の声をあげる方はいらっしゃいませんか……。

　テレビの前にすわって、ほとんど口をつけていないワインのグラスをわきにおき、目の前で流れている自然番組にもほとんど目をむけていないころになると、怒りはさらに高まって激怒の段階に達し、同時にスコットが完全に自分をすっぽかすはずはないという確信も芽ばえてきた。あの人は〝姿を見せる〟はず、あの人は〝場面に登場する〟はずだ。それも〝自分の先を濡らす〟、つまり〝セックスをする〟ことを希望しながら。この言いまわしも、人がみな網を投げにいく言葉の池からスコットが釣りあげてきた獲物のひとつ。それにしても、なんと魅力的な言いまわしだろう！　おなじ行為をあらわす表現の、どれもこれもなんと魅力的であることか！　〝尻をたぐる〟、〝灯心をひたす〟、〝両面背中の怪物になる〟、〝一発決める〟、そしてきわめつけにエレガントな〝ひと切れを剝ぎとる〟。そのすべてが、なんとネヴァ・ネヴァ・ランド的であることか。こうして腰をおろし、自分だけの大事なロストボーイの愛車である七三年型フォード・フェアラインのエンジン音がきこえないかと耳をそばだてているあいだ——マフラーだかどこだかに穴があいているのだろう、しゃがれた泡立つようなあの音をききまちがえるはずはない——リーシーはダーラが口にしていた言葉、《好きにすればいい——どうせあんたはいつも好きなことしかしないんだし》という言葉に思いをめぐらせていた。大正解。その証拠にいまちっちゃなリーシーこと世界の女王は、自分が好きなことをしている——狭苦しいアパートメントにすわり、約束に遅刻しているばかりか、どうせ酔ってもいるはずのボーイフレンドを待っているのだから。それでも〝ひと切れ〟はやっぱり欲しい。なぜなら、だれもが欲しがるものだから。たとえジョークのなかであっても——《やあ、ウェイトレス、特製羊飼い定食をひとつと、特製コーヒーを一発、それに雌羊をひと切れ頼む》という具合。そしていまは中古屋で買ってきたクッションのごつごつする椅子に腰かけ、片や足の痛みをかかえ、片やずきずきする頭痛を感じつつ、テレビで——映像がざらついているのは、〈Kマート〉で買ったラビットアンテナの受信性能がカスったれなほど低いからだ——ホリネズミの死体を貪り食うハイエナの姿を見ている。世界の女王リーシー・デバッシャーの、これぞ華麗なる暮らし。

それでも時計の針が十時をこっそりと過ぎるころには、天邪鬼（あまのじゃく）な幸福感がわずかながらも忍び寄ってきたのを感じたのではなかったか？　そしていま、影に覆われた芝生を不安な気持ちで見おろしつつ、リーシーはこの疑問の答えがイエスではないかと考える。いや、答えはイエスだと知っている。なぜならば、部屋にすわって、頭痛と味のきつい赤ワインを友としつつ、ホリネズミを食べているハイエナをながめ、そこにかぶさるナレーターの「肉食獣は、この先何日間もまっとうな餌にありつけないことを知っているのです」という声をきいているあいだ、リーシーは自分がスコットを愛していること、なにがスコットを傷つけるのかを知っていることに確信をいだいていたからだ。

スコットが自分を愛していることにも確信をもっていた？　それも確信をいだいたことのひとつ？

そのとおり。しかし、ことこの問題にかぎっては、スコットのリーシーへの愛は二の次だ。いちばんの問題はリーシーがスコットをどう見ているかにある——それも本音のレベルで。ほかの友人たちはスコットの才能に目を奪われ、才能に眩惑されている。リーシーはといえば、スコットがときに知らない人間と目をあわせることにどれほど苦労しているかを目のあたり（ま）にしていた。またリーシーは、あれだけの機略縦横な（そしてときには明敏そのものの）語り口で、これまで二冊の長篇を出版しているスコットでも、自分がその気になればやすやすと傷つけられることも理解していた。リーシーの父親の表現を借りるなら、スコットは〝傷つく〟ことを求めて航海している〃男なのである。それも、魔法の力に守られたカスったれな——ちがう、気をつけること——魔法の力に守られたクソったれな人生すべてにわたって。今夜、その魔法は破られる。だれによって？　リーシーによって。

ちっちゃなリーシーによって。

リーシーはテレビのスイッチを切って、ワインのグラスを手にキッチンへ行き、グラスの中身をシンクに空けた。飲みたい気持ちは失せていた。味がきついばかりか、このときには舌に酸っぱいあと味が残るようになっていた。《あんたのせいで酸っぱくなったんでしょう？》リーシーは思った。《そのくらい頭にきているっていう証拠よ》その点に疑いはなかった。シンクの上の窓枠に、古いラジオが危なっかしく置いてあった。筐体(きょうたい)がひび割れている旧型のフィルコ製ラジオ。もともとは父、ダンディのものだった。父はいつもラジオを納屋に置いて、いろんな仕事をしているあいだずっときいていた。父の品でいまもリーシーの手もとにあるのは、このラジオだけだ。窓ぎわに置いていたのは、地元の各ラジオ局の電波を受信できる場所がそこだけだったからだ。ラジオはある年のクリスマスの、ジョドーサからのプレゼントだった。中古品だったが、包装をほどいて中身がラジオだとわかったときには、父親は顔がそのまま砕け散ってしまいそうなほどの笑顔を見せ、どれほど深くジョドーサに感謝したことか！　なんどもなんども！　ジョディことジョドーサこそが父のいちばんお気にいりの娘だった。そしてある日曜日の夕食の席上、両親にむけて——いや、ちがう、家族全員にむけて——こう宣言したのも、ほかならぬそのジョドーサだった。自分はいま妊娠している、自分を身ごもらせた男は海軍に志願して逃げていった、と。そのうえでジョドーサは、赤ん坊の〃引きとり手が見つかるまで〟、ニューハンプシャー州ウルフボロ在住のシンシア叔母が自分を預かってくれるだろうか、とたずねた――〝引きとり手が見つかるまで〟というのは、ジョドーサの科白そのままだ。古い陶磁器棚をガレージセールに出すような言い方だった。ジョドーサのこの知らせは、夕食のテーブルではきわめて珍しい静寂に迎えられた。腹をすかせたデバッシャー家の七人の家族が先を争って肉料理を骨まで食べようとするときの、ナイフとフォークが皿に当たる騒しいおしゃべりがやんだことは、リーシーの記憶ではほんの数回しかないが、これはその一回だった――いや、リーシーの記憶にあるかぎり、このときだけだったかもしれない。しばらくして、母さんが《このことは神さまにもうお話ししたの、ジョドーサ？》とたずねた。ジョドーサは即座に母さんにいいかえした。《わたしを身ごもらせたのはドン・クロウティエよ――神さまじゃないわ》と。父さんがひとこともいわず、うしろをふりかえりもしないまま、いちばんのお気にいりの娘とテーブルから離れていったのはこのときだった。ややあってリーシーは、納屋からラジオの音がごくごくかすかにきこえてくることに気がついた。三週間後、父は最初の脳卒中を起こした。すでにジョドーサは実家を去っており（といってもこの時点ではまだマイアミへは行っていない、それはまだ何年も先の話だ）、ダーラが怒りにまかせてかけてくる電話の矢面（やおもて）に立たされているのはリーシー、ちっちゃなリーシーだった。なぜか？　カンタータはダーラの味方であり、ジョドーサには電話をかけても双方に利するところはないからだ。ジョドーサは、ほかのデバッシャーの娘たちとはちがう。ダーラにいわせれば冷淡、カンタータにいわせれば身勝手、そしてふたりは口をそろえて、ジョドーサには思いやりがないという。しかし、リーシーの考えはちがう――もっと好意的に高い評価をくだしているのだ。五人の娘のなかでは、ジョドーサひとりが真の生存者であり、ジョドーサだけが、デバッシャー家という古いテントから立ち昇る罪悪感という煙にもまったく汚染されなかった――それがリーシーの考えだ。この煙を最初に立ち昇らせたのはDばあちゃん、そのあとこの役目はリーシーたちの母親に引き継がれ、いまではダーラとカンタータが早くも役割を引き継ぎつつある。ふたりとも、この中毒性のある毒煙に〝義務〟のレッテルさえ貼れば、だれからも煙のもとの火を消せとはいわれないことを見ぬいているのだ。リーシーについていえば、自分ももっとジョドーサのようになりたいと願うばかりだ。そうなればダーラから電話をもらっても、笑いながらこういってやれる――《そんなの知ったこっちゃないわ、ダーラ姉さん。ベッドのメイクがおわってるなら、ぐずぐずしないで寝ちゃえばいい》と。

15

キッチンの戸口に立っている。長い傾斜のつづく裏庭を見わたしつつ。闇から姿をあらわして近づいてくるスコットを目にしたくてたまらない。もどってこいと大声で叫びたい気持ちは一段と強まっているが、スコットの名前をかたくなに唇の内側にとどめたまま。ひと晩じゅう、ずっとスコットを待っていた。だから、あと少し待たされたところでどうということはない。ほんの少しだけならば。

いまリーシーは、とてつもない恐怖を感じはじめている。

16

ダンディのラジオはAM専用だ。WGUYは日没までで放送を終了していたが、WDERはオールディーズを流しており――五〇年代のヒーローが若い日の愛を歌っていた――リーシーがそれをききながらワイングラスを洗って、そのあと居間に引き返したそのときだった。なんと（ビンゴ）――スコットがそこにいた。片手に缶ビールをもち、かしいだような独特の笑みを顔にはのぞかせて。ラジオの音楽のせいで、近づくフォードのエンジン音がきこえなかったのかもしれない。あるいは、頭痛のビートに邪魔されて。あるいは、その両方か。

「やあ、リーシー」スコットはいった。「遅くなってすまなかった。ほんとうにごめん。デイヴィッドの成績優秀者ゼミの仲間と話していたら、トマス・ハーディについての論争が盛りあがっちゃって、それで――」

リーシーは無言のままスコットに背中をむけて、ふたたびキッチンへ、フィルコ製ラジオの音のなかへ引き返した。ラジオの曲は、何人かのグループの歌う〈シュブーン〉に変わっていた。スコットがついてきた。ついてくることは見こしていた。それがお決まりの展開だからだ。スコットにむけずにいられない言葉、酸のように強烈で毒をはらんだ言葉の数々がのどの奥にこみあげてくるのを感じた。同時に孤独で怯えた声が、その言葉を口にしてはいけない、この人にむけてはいけないと語りかけてきた。リーシーはその声を荒々しくしりぞけた。怒りに燃えているいま、それ以外のことはできなかった。

　スコットは親指でラジオを指さした。「あれはザ・コーズだな。オリジナルの黒人バージョンだ」

　リーシーはスコットにむきなおった。「あのね、八時間も働いたあげく、あなたに五時間も待ちぼうけを食わされたあとで、ラジオでだれが歌ってるとかを知りたがるとでも思った？　十一時十五分前になってやっと来たと思えば、馬鹿丸出しでにたにた笑って、手には缶ビール、口から出てきたのは、結局のところわたしなんかより、どこかの死んだ詩人のほうが大事だったという意味の言いわけだけとはね」

　スコットの顔にはまだ笑みが残ってはいたが、いまはぐんぐんと薄れつつあるところで、ついには片側だけ吊りあがった唇と片笑窪（かたえくぼ）だけにまでなった。同時に目もとがうるんできていた。道をうしなって怯えた声がふたたび警告を発してきたが、リーシーは歯牙にもかけなかった。いまや、この場は皮肉の切り裂きパーティーの場になっていた。スコットの薄れゆく笑みと、だんだん瞳にあらわになりつつある傷ついた光を見れば、この男のリーシーへの愛の深さはわかったし、それがわかったことでスコットを傷つける自分の力が増大していくのもわかった。それでもスコットを切り裂くつもりだった。なぜそんなことをするのか？　それだけの力が自分にあるからだ。

　そしてキッチンのドアに立ってスコットの帰りを待っているいま、リーシーには自分の発言が思い出せない。思い出せるのは、言葉をひとつ重ねるたびに少しずつ棘々しく、傷つけるという目的に少しずつかなう言葉になっていったことだけ。途中でリーシーは、自分の口調が最悪なときのダーラにそっくりになっていることに気がついてぞっとした——自分もまた口のわるいデバッシャー家のひとりにすぎないということか。そのころにはもう、スコットの顔には笑みがぶらさがってさえいなかった。神妙な面もちでリーシーを見つめているばかりだった。リーシーは、スコットの目の大きさに恐怖を感じた。それというのも表面が濡れているせいで、スコットの両目は顔を食い潰してしまうほど大きく拡大されて見えたからだ。スコットの爪がいつも汚いことや、本を読みながらスコットが鼠のように爪を嚙む癖があることについての悪口の途中で、リーシーはふいに黙った。口をつぐんだその瞬間、アパートメント〈シャムロック〉の前やダウンタウンの〈ザ・ミル〉の店先のエンジン音もきこえず、耳をつんざくタイヤの音もきこえず、週末にいつも〈ザ・ロック〉で演奏しているはずのバンドのかすかな音さえもきこえなかった。その圧倒的なまでの静けさに接して、リーシーは口にした言葉のすべてをとり消したいと願う反面で、その手段がまったくわからないことに気づかされた。いちばん簡単な解決法があるにはあったが——《それでも愛してるわ、さあ、ベッドに行きましょう》——思いついたのはずっとあとになってからだった。ブールのあとまで思いつくことはなかった。

「スコット……わたし——」

　その先どんな言葉をつづけるのかもリーシーにはわかっていなかったが、その必要はなさそうだった。スコットが、きわめて大事な点を指摘する教師のように、左手の人さし指をかかげたのだ。信じがたいことに、その唇には笑みが再浮上していた。いや、笑みに似たものというべきか。

「待て」スコットはいった。

「待て？」

スコットは満ちたりた顔をのぞかせた――リーシーが難解な概念を理解した、といいたげに。

「待つんだ」

リーシーがそれ以上なにもいえないでいるうちに、スコットは闇にむけて歩み去った。まっすぐ背中を伸ばし、まっすぐ足を運び（もう酔いは残っていなかった）、ジーンズのなかで肉の薄い尻を揺らしながら。リーシーは一回だけ名前を呼んだ――「スコット？」――が、スコットはふたたび人さし指をかかげただけだった。《待て》と。ついで影がその姿をすっぽりと飲みこんだ。

17

そしていま、リーシーは不安をかかえたまま芝生を見おろしている。帰ってくるスコットを見つけやすくなると思ってキッチンの明かりは消していたが、隣家の裏庭にある照明灯の光があっても、丘の斜面の半分は影に覆われている。隣家の裏庭では、犬がしわがれた声で吠えている。犬の名前はプルートー。知っているのは、隣家の住人がおりおりに犬にかける声をきいているからだ。しかし、そんなことにはなんの効果もない。同時に、一分ほど前にガラスの割れる音をきいたようにも思う。犬の鳴き声同様に、その音は近いように思えた。この忙しく不幸な夜に棲息しているほかの数々の音よりも近くに。

それにしても、自分はいったいまたどうして、あんなふうにスコットに厳しくあたったのか？　そもそも、愚にもつかないスウェーデン映画などは最初から見たくもなんともなかった！　それに、自分のやったことでこれほど喜ばしい気持ちになるのはなぜ？　底意地のわるい下賤な喜びを感じるのは？

この疑問への答えはもちあわせていない。晩春の夜気がまわりで呼吸をくりかえす。スコットがこの闇に姿を消してから、正確に<ruby>どれほど</ruby>どの時間が経過したのか？　二分ばかり？　それとも、もう五分？　もっと長く感じられてならない。それからさっきのガラスの割れる音、あれはスコットに関係あったのか？

《ここを降りていった先には温室がある。パークス温室が》

といっても、その事実にはリーシーの動悸を速める理由はひとつもなかったのだが、現実には鼓動が速まってくる。脈搏のテンポがあがりはじめたのをリーシーが感じると同時に、リーシーの目がその視認範囲のさらに先で、なにかが動く気配をとらえる。一秒後には、その動く気配が人間の形をとる。リーシーは安堵を感じるが、安堵は決して恐怖を打ち消してはくれない。ガラスの割れる音のことが頭を離れない。スコットの歩きぶりもどこか妙だ。もはや、しなやかでまっすぐな歩き方ではなくなっている。

そしていま、ついにリーシーはスコットの名前を呼ぶが、口から出てくるのはささやき声と大差のない、「スコット?」という声だ。同時にリーシーは片手で壁をさぐって、玄関ポーチを照らしだす照明のスイッチを見つけだす。

　名前を呼ぶ声は低いが、それでも芝生をよろめき歩く人影は――そう、たしかに〝よろめき歩く〟だ……〝歩く〟ではなく〝よろめき歩く〟――さっと顔をあげ、それと同時にリーシーの奇妙にも麻痺した指がスイッチをさぐり当てて押しこめる。「ブ、ー、ルだぞ、リ、ー、シー!」照明がともると同時に、スコットがそう叫ぶ――スコット本人が舞台主任だったら、もっと上手に演出していただろうか? いや、そうは思えない。スコットの声にリーシーがききつけたのは、狂喜で有頂天になった安堵。すべてを正常な状態にもどしたとでもいいたげな響き。「そ、ん、じ、ょ、そ、こ、ら、の、ブ、ー、ル、じゃ、な、い、ぞ、こいつは血のブ、ー、ル、な、ん、だ!」

　これまで耳にしたことのない単語だ。しかし、ほかの言葉と――たとえば〝ぶー〟という文句の言葉や〝本(ブック)〟などとは――ききまちがえるわけはない。〝ブール〟、これもまたスコット語。それも、そんじょそこらのブールではなく血のブールだ。キッチンの明かりが芝生を跳ねおりていってスコットと出会い、スコットは左手を贈り物のように前に差しだす。いや、あれは贈り物にちがいないとリーシーは思い、同時に手が贈り物をささげもっているにちがいないとも思う。なぜかといえば……そうでなかったら……ああ、聖母マリアと終生変わることなくマリアを愛したジョジョにかけて……手の上に贈り物がないのなら、スコットはいま書きかけている作品も、そのあとに生みだすことになる作品も、どれもこれも片手でタイプを打って書くことになる。なぜなら、そこにあるスコットの左手は、いまや血を滴らせているまっ赤な生肉の塊にすぎないからだ。広がったひとで状のもののあいだから鮮血が途切れずに流れ落ちているが、そのひとで状のものはスコットの指だろう。裏口ポーチの階段に足音を響かせ、飛ぶような勢いで走ってスコットを迎えにいきながら、リーシーは広げられた真紅の物体の数をかぞえている……一・二・三・四、神さまに感謝、五番めのあれは親指だ。指はすべてそろっている。しかしジーンズには赤い飛沫が飛び散っているし、いまもまだスコットはずたずたに切り裂かれた血まみれの手を差しだしている。わざわざ芝生の斜面を降りきったところにある生垣をかきわけて温室にたどりつき、そこの厚いガラスを突き破ったその手を。そしていまスコットは贈り物をリーシーにさしだしている。遅くなったことを詫びる贖罪の行為、それこそがスコットの血のブール。

「きみのためなんだ」スコットの言葉をききながら、リーシーはブラウスを剝がすように脱いで、血を滴らせている赤い肉塊に巻きつける。たちまち布に血が滲みこむのを感じ、その狂ったような熱さを感じながら、リーシーは先ほど自分がスコットに投げつけた言葉の数々に、なぜあの小さな声があれほどの恐怖を感じていたのかを察する——察するに決まっている。それだけではなく、その声が前から知っていた事実にも目をひらかれる。この男はリーシーを愛しているだけにとどまらず、死をも半分本気で愛しており、自分にむけられた残酷な言葉、自分を傷つける言葉なら、だれの口から出た言葉でも、残らず受け入れる気がまえがある、という事実を。

だれの口から出た言葉でも？

いや、それはちがう。スコットはそこまで傷つきやすく無防備ではない。おのれを愛している者なら、だれの口から出た言葉でも、だ。このとき突如リーシーは悟る――過去についてほとんどなにも話していないのは、決して自分だけではないことを。

「きみのためなんだ。忘れてすまなかった。もう二度とこんな真似をしないためだ。これがブールだよ。ぼくたちは――」

「スコット、黙ってて。気にしないでいいの、だってわたし――」

「ぼくたちはこれを血のブールと呼んでる。特別なんだ。父さんがぼくにいったし、ポールは――」

「あなたに怒ってるわけじゃない。そもそも、怒ってなんかいなかったのに」

スコットは、裂け目のある材木でできた階段のあがり口で足をとめ、目を大きくひらいてリーシーを見つめる。そんな表情のせいで、顔が十歳ばかり老けこんで見える。スコットの手に不器用に巻きつけてあるリーシー自身のブラウスは、まるで騎士の飾り籠手だ。かつては黄色だったのに、いまではすっかり薔薇色と血の色。メイデンフォーム製のブラジャーをさらしたまま芝生に立っているリーシーは、剝きだしの踝を芝がくすぐるのを感じている。キッチンからふたりに降り注ぐ仄暗い黄色の光が、リーシーの胸の谷間に深い影を落としている。「受けとってもらえるかな?」

スコットは、とんでもなく子どもっぽい哀願の表情でリーシーを見つめている。いまやそこに一人前の男の面影はまったく存在しない。切望をたたえたひたむきな目つきにリーシーは苦痛を見てとり、苦痛の原因が切り裂かれた手ではないことを知るが、なにをいえばいいのかがわからない。能力の範囲を超えた事態。スコットが自身の手首から先をつくりかえた見るも無残な肉塊に、止血のため圧迫をくわえてはいたが、ほかにはなにもできず、リーシーは凍りついている。この場にふさわしい言葉があるのか？　あるいは、こちらのほうが重要だが、この場で口にしてはいけない言葉は？　ふたたびスコットにわれを忘れさせてしまう言葉は？

スコットがそんなリーシーに助け船を出す。「きみがブールを受けとってくれたら——それが血のブールならなおさら——ちゃんと謝ったことになるんだ。父さんがそう話してた。ポールとぼくに、父さんがいつもいっつもゆってたんだ」〝いっていた〟ではなく、〝ゆってた〟。スコットは子ども時代の語彙に退行している。なんてこと、ほんとになんてこと。

リーシーはいう。「だったら、ええ、受けとるわ。でもそれは、そもそも最初から字幕つきのスウェーデン映画なんか見たくもなかったからよ。足が痛むし。わたしは、あなたとベッドに行きたいだけ。それに、いまじゃそれどころじゃなく、急いで救急治療室に駆けこまないといけないし」

スコットはかぶりをふる——ゆっくり、しかし決然と。

「スコット——」

「ぼくに怒ってなかったのなら、なんで大声で怒鳴って、ぼくをありったけの悪のぬるぬる呼ばわりしたんだい？」

〝ありったけの悪のぬるぬる〟。これも、子ども時代の絵葉書の一枚にちがいない。リーシーはこの文句を頭のメモに書きつけ、あとあと検証するつもりでしまいこんだ。

「それはもう姉を怒鳴りつけられないからよ」リーシーはいい、自分の言葉に笑いのつぼを刺戟されてリーシーは笑いはじめる。自分の笑い声のけたたましさがショックで、リーシーはすぐ泣きはじめる。ついでリーシーは、ふっと気が遠くなるのを感じ、このままでは気をうしないそうだと考えてポーチの階段に腰をおろす。

スコットが隣に腰かける。当年二十四歳、髪の毛は肩にとどきかけ、顔は二日分の無精ひげでざらつき、まるで定規みたいに痩せ細っている。左手にはリーシーのブラウスを巻きつけられ、その片袖がほどけて垂れ下がっている。スコットは、ずきずきと疼く(うず)リーシーのこめかみの窪みにキスを落としてから、欠けるところのない好意的な理解の顔つきでリーシーを見つめる。話しはじめるその口調は、まるでひとりごとのようだ。

「わかるよ」スコットはいう。「家族ってのは面倒なもんだ」

「ええ、ほんとに」リーシーはささやく。

スコットがリーシーの肩に腕をかける——左腕、リーシーが早くも〝血のブール腕〟と考えるようになっていた左腕、スコットのリーシーへの贈り物、しっちゃカスっちゃかな金曜の夜の贈り物。

「家族なんかに邪魔されちゃいけないんだ」スコットはいう。その声は不気味なほど静かだ。まるで、自分の片手をみずから血のしたたる生肉の塊に変えた出来ごとなどなかったかのよう。

「いいかい、リーシー。人間はどんなことも忘れられるんだ」

リーシーは疑わしい思いとともにスコットを見つめる。「ほんとうに？」

「ほんとうだ。いまはぼくたちの時間なんだよ。きみとぼく。いま大事なのはそれだけだ」

〝きみとぼく〟。しかし、それが自分の望みだろうか？　スコットがどれだけ危ういバランスをたもっているのかを、まざまざと目のあたりにしたいまでも？　スコットとの日々の暮らしがどんな様相を呈するのかを目にしたいまでも？　ついでリーシーは、こめかみの窪みへの先ほどのキスを思い出す。特別な秘密のスポットへの口づけを思い、リーシーはこう考える。

《ええ、望んでいるのかもしれない。どんなハリケーンも、中心には〝目〟があるのでは？》

「ほんとうにそれだけ？」リーシーはたずねる。

それから数秒のあいだ、スコットは無言だ。ただ肩を抱いているだけ。クリーヴズミルズの名ばかりのダウンタウンから、車のエンジン音と大声、それに箍のはずれたようなけたたましい笑い声が響く。金曜日の夜、ロストボーイズが遊んでいる。しかし、それはここではない。ここにあるのは、夏をめざして眠っている、斜面の長くつづく裏庭のにおいと、隣家の照明灯の下で吠えているプルートーの声、そして肩にまわされた腕の感触、それだけだ。傷だらけになったスコットの手の、温かくて湿った圧力すら心なごむものがあり、それが剝きだしになっているリーシーの上腹部の皮膚に、焼印のような印をつけている。

「ベイビー」やがてスコットはいう。

間。

それから――「ベイビィラーヴ」

二十二歳のリーシー・デバッシャー、家族にうんざりしているばかりか、ひとりでいることにも負けないほど倦んでいるリーシーには、これで充分だ。ようやく充分なものがもたらされた。スコットはリーシーに大声で帰ってこいと呼びかけた。そして闇のなか、リーシーはその男、スコットにおのれをゆだねる。その日からさいごの日まで、リーシーがふりかえることは決してない。

18

ふたりでキッチンにもどると、リーシーはブラウスをほどいて傷の程度を目で確かめる。傷が目にはいると、ふたたび気絶しそうな気分の大波がリーシーを襲う。波はリーシーをまず天井のまぶしい照明にむけて押しあげ、ついで闇に突き落とす。がむしゃらに踏んばらなくては意識をうしないそうになり、リーシーはおのれにこう語りかけることで意識をたもつ。《この人をデリー・ホーム病院の救急治療室まで連れていくには、わたしが運転しなくちゃいけないのよ》

手首の皮膚のすぐ下に走っている何本もの血管を、スコットはなぜか切らずにすんでいた――おったまげ級の奇跡だ。しかし手のひらには少なくとも十四カ所の切り傷があるし、皮膚が剝がれて壁紙のように垂れているところもある。またリーシーの父が〝ふっとい指〟と呼んでいた三本の指にも切り傷があった。なかでもメインディッシュといえるのは前腕の見るも恐ろしい大傷で、三角形の厚いガラスの破片が傷から鮫のひれのように飛びだしていた。スコットが――無造作といえる手つきで――ガラスの破片を引き抜き、ごみ箱に投げこんだときには、リーシーは自分の口から抑えようもなく〝ひぃっ！〟という声が洩れるのを耳にする。破片を抜いて捨てるあいだもスコットは血が染みたリーシーのブラウスを手と腕の下にあてがって、血がキッチンの床に落ちないようにしている。それでもリノリウムの床に数滴の血が落ちたのは事実だが、あとあと掃除をしなくてはならなかった量は驚くほどわずかだ。キッチンには、野菜の皮剝きをするときや、あるいは汚れた食器を洗うときにもリーシーがおりおりに腰かけるカウンタースツールがあり（八時間も立ちづめで働いたあととなれば、隙を見てすわるしかない）、スコットはそのスツールを片足にひっかけて引きよせて腰かけると、片手をシンクに落としこむ。それからスコットは、これからなにをしたらいいかをリーシーに話す。

「救急治療室へ行かなくちゃだめ」リーシーはスコットにいう。「スコット、現実的になって！　手には腱だのなんだのがいっぱいあるのよ！　手がつかえなくなってもいいの？　だって、そうなりかねないから！　ほんとに手がつかえなくなるのよ！　病院でなにかいわれるのが心配だったら、嘘の話をでっちあげればいい。嘘の話をでっちあげるのは、あなたの仕事でしょう？　わたしはこれから――」

「あしたになっても、それでもまだ病院へ行けというのなら、ちゃんと行くよ」スコットはいう。いまではスコットは完全にいつものスコットに、理性的で魅力的、催眠術的とさえいえるほど説得力あるいつものスコットにもどっている。「これが原因で今夜のうちに死ぬようなことはない。出血だって、もうとまりかけてる。それに――そう、金曜日の夜の救急治療室がどんなありさまか、きみだって知ってるだろう？　酔っぱらいのパレードだよ！　そのくらいなら、土曜の朝一番で行ったほうがずっといいさ」いまではスコットはリーシーに笑みをむけている。うれしさをたたえた、《ハニー、ぼくってヒップだろ？》といいたげな笑み、笑顔を返せと要求する笑み。リーシーはほほ笑むまいとするが、この戦いに負ける。「ランドン家の人間はみんな治るのが速いんだ。その必要があるんだよ。じゃ、これからなにをすればいいのかを話すね」

「いまのあなたのふるまいを見ていると、素手で十軒以上の温室のガラスを突き破ってきたベテランみたいに思えるわ」

「まさか」スコットはいう。その笑みがわずかに薄くなる。「素手で温室のガラスを破ったのは今夜が初めてさ。だけど体を傷つけることについては、いささか学んできてはいる。ポールもぼくもね」

「ポールって、あなたのお兄さん？」

「そうだ。もう死んでる。リーシー、洗面器にお湯を張ってくれないか。お湯といっても、あまり熱くなくて、ぬるま湯程度でいいんだ」

スコットに兄がいたとは初耳だったし、兄について質問したいことが山ほど
（ポールとぼくに、父さんがいつもいっつもゆってた）

あるが、いまは質問にふさわしいときではない。それに、もう救急治療室へ行こうとスコットを叱りつけることもしないつもりだ。さしあたりは。病院へ行くことにスコットが同意すれば、自分が車を走らせなくてはならないが、まともに運転できる自信がないからだ。それくらい内面が動揺しきっている。出血については、スコットのいうとおり。ペースがかなり落ちている。この不幸中のさいわいには神に感謝だ。

リーシーは白いプラスティックの洗面器（買ったのは〈マンモスマート〉、代金は七十九セント）をシンクの下からとりだすと、そこにぬるま湯を満たす。スコットが傷だらけの手を湯

に浸ける。最初のうちはリーシーも大丈夫だ――鮮血が何本もの触手のように湯の表面にゆったり浮かびあがってくるようすには、さほど心を乱されない。しかしスコットが反対の手も湯に入れ、手を静かにさすりあわせはじめると、湯がたちまちピンクに染まり、リーシーはたまらず顔をそむけたのち、どうしてまた、わざわざ切り傷からふたたび出血させるような真似をしているのか、とスコットにたずねる。

「傷をまちがいなく、きれいにしておきたいんだ」スコットは答える。「きれいにしておく必要があるんだよ、あっちに――」といって、いったん黙り、こう言葉をつづける。「――ベッドにはいる前にね。きょうはここに泊まってもいいね？　いいだろう？」

「ええ」リーシーは答える。「もちろんかまわないわ」そして頭でこう思う。《でも、いま話そうとしていたのは、ほかの話でしょう？》

手を湯に浸けおわると、スコットが自分で湯をあけたので、リーシーはその仕事をせずにすむ。ついでスコットは、リーシーに手を見せる。湯に濡れて、ぬらぬらと光っている手。切り傷の見た目は先ほどよりも痛々しくはない。たとえるなら、たくさんの魚の鰓(えら)が交差しあっている感じで、内側にのぞいているのは傷によってピンク色から赤まで濃淡はさまざま。

「リーシー、紅茶をひと箱もらえるかな？　約束する、ちゃんと買って返すから。もうすぐ印税の小切手が届く予定でね。五千ドル以上になる。エージェントが約束してくれたんだ。自分の母親の名誉にかけて。だから、あんたに母親がいたとは初耳だといってやったよ。いやいや、これは冗談さ」

「冗談だってことくらいわかる。わたしだって、そこまで馬鹿じゃない」

「きみは馬鹿なんかじゃないとも」

「スコット、どうしてティーバッグがひと箱まるまる必要なの？」

「もってくればわかるさ」

リーシーは紅茶をもってくる。スコットはスツールに腰かけて片手で片手の手当てをつづけており、ふたたび洗面器にそれほど熱くない湯を満たす。それから、〈リプトン〉のティーバッグの箱をあける。

「これを考えたのはポールなんだよ」スコットは昂奮したような口調。それも、昂奮している子どもの口調だ——とリーシーは思う。《ほら、このかっこいい飛行機の模型を見てよ——ぼく、ひとりでつくったんだよ》とか、《ねえねえ、化学実験キットで透明インクをつくったから見て見て》とか。スコットは十八個ばかりあったティーバッグすべてを湯に浸す。ティーバッグは洗面器の底に沈みこむなり、湯を鈍い琥珀色に染めはじめる。「ちょっと沁みるけど、ほんとにほんとによく効くんだよ。さあ、見てなよ！」

《ほんとにほんとによく効く》リーシーはこの言葉を頭に書きとめる。

スコットは薄い紅茶のなかに手を浸す。一瞬、スコットの唇がめくれて、ねじくれて変色した歯がのぞく。

「ちょっと沁みるよ」スコットがいう。「だけど効くんだ。ほんとにほんとに効くんだよ、リーシー」

「ええ」リーシーは答える。不気味は不気味だ。しかし、傷の化膿を防ぐとか治癒をうながすとかの効能があるのかもしれないし、あるいはその両者を兼ねそなえているのかもしれない、とも思う。レストランで軽食専門コックをつとめるチャッキー・ゲンドロンは、オカルト現象専門のインサイダー誌の大ファンで、リーシーもこの雑誌を盗み読みすることがある。つい二週間ばかり前もこの雑誌のうしろ半分で、紅茶はありとあらゆる効能をもつ万能薬である、とする記事を読んだばかりだ。もちろんその記事は、ミネソタで見つかったビッグフットの骨とされる物体についての記事とおなじページに掲載されていたのだが。「そうね、あなたのいうとおりだと思う」

「ぼくじゃない、ポールだよ」スコットは昂奮しているし、顔には血色が完全にもどっている。《まるで、自分で自分を傷つけたことなんかなかったみたいに》とリーシーは思う。

　スコットが自分のあごで、シャツの胸ポケットをさし示す。「タバコを吸わせてほしいな、ベイビィラーヴ」

「手にそんな傷があるんだから、タバコは控えたほうがいいんじゃない」

「大丈夫、大丈夫」

　そこでリーシーは胸ポケットからタバコをとりだし、一本抜きとってスコットにくわえさせ、火をつけてやる。芳香のある煙（リーシーはのちのちまでも、この香りを愛してやまない）が青い層になって、水洩れの染みがあるたわんだキッチンの天井にむけて立ち昇る。スコットにはブールのことを、とりわけ血のブールのことを質問したくてたまらない。いまではリーシーにも、その全貌が見えかけている。

「スコット、あなたとお兄さんは、お父さんとお母さんに育てられたの？」

「いいや」スコットはタバコを口の端にくわえ、立ち昇る煙に片目をぎゅっと閉じている。

「母さんはぼくの出産のときに死んだ。父さんはいつも、ぼくが寝坊をしてて出てくるのが遅くなって、大きくなりすぎたから、それで母さんを殺したんだっていってた」スコットは、これが世界でいちばん愉快なジョークだといいたげに笑い声をあげるが、どこかおよび腰の笑い声、ちゃんと理解できない下品なジョークに笑う子どものような笑い声でもある。

リーシーは無言だ。口をひらくのが怖い。

スコットは、自分の手が姿を消している洗面器をじっと見おろしている。いまや洗面器は、血液まじりの紅茶がなみなみとたたえられた状態だ。スコットはせかせかとハーバート・タレイトンを吸っており、先端の灰が長くなってくる。あいかわらず片目をぎゅっと閉じたままなので、どこか顔つきが変わった印象だ。いや、まったくの赤の他人になったわけではないが、印象が変わっている。たとえば……

そう、たとえばスコットの兄、死んだという兄は、こんな感じだったのでは？

「でも父さんは、ぼくが出てくるべきときにも寝過ごしてたのは、ぼくのせいじゃないって話してた。母さんがぼくをひっぱたいて目を覚まさせなくちゃいけなかったのに、それをサボったものだから、ぼくが大きくなりすぎて、それで母さんが死んじゃった、ブール・おしまいだったって話してた」スコットは笑う。タバコの先端の灰がカウンターに落ちる。気づいたようすはない。スコットは濁った湯に浸けている自分の手を見おろすが、それっきり口をつぐむ。

それでリーシーは、微妙なジレンマに追いこまれる。質問を重ねるべきか？　しかし、スコットが答えないのではないか、あるいはぴしゃりといいかえしてくるのではないかと思うと怖い（というのも、スコットはその気になれば鋭く切り返せる男だからだ——近世についてのセミナーをきいたことがあるので知っている）。さらには、スコットが答えるのではないかと思うと怖くもある。答えるだろう、とリーシーは思う。

「スコット？」リーシーは思いきりひそめた声で名を呼ぶ。

「むむむ？」タバコはもはや、フィルターのように見えるものまでの三分の一しか残っていない——ただしハーバート・タレイトンにはフィルターがないので、ただの吸口のようなものだ。

「お父さんがブールをつくったの？」

「ああ、血のブールをね。ぼくたち兄弟が悪のぬるぬるを出そうとしなかったり、出そうとしても出せないときに。ポールはいいブールをつくったよ。楽しいブールを。宝探しみたいに。手がかりを追うんだ。〝ブール！　おしまい！〟、それでご褒美がもらえる。キャンディとかRCみたいなご褒美を」タバコの先からまた灰が落ちる。スコットの目は、洗面器の血まじりの紅茶を見すえたまま。「でも、父さんはキスをくれる」そういってスコットはリーシーに目をむける。その瞬間リーシーは悟る。これまでリーシーが臆病で口に出せなかった質問を、スコットがすべて見とおしており、いま精いっぱい答えてくれていることを。答えたい範囲で答えてくれていることを。「それが父さんのご褒美だった。切るのがおわったときのキスが」

19

薬品戸棚には満足できるような綳帯が見あたらず、結局のところリーシーはシーツを細長く切ることにする。シーツは古いものだが、それでもこうして駄目にすることには心が痛む――ウェイトレスとしての給金（それにくわえて、しみったれなロストボーイズがよこす雀の涙ほどのチップと、大学教授連が置いていく、前者とほとんど差がない少額のチップ）では、リネン類のクロゼットを好き放題に漁りまくる余裕などなきにひとしい。しかし、スコットの手のひらの交差しあういくつもの傷口を思いかえすと――くわえて、もっと深くて長い鰓のような腕の傷を思いかえすと――リーシーはもはや一刻もためらわない。

スコットは、お話にならないほど狭いリーシーのベッドのいつもの側に横たわり、頭を枕につけるかつけないかのうちに寝入ってしまう。リーシーは、スコットにきかされたあれこれの話を思いかえして輾転反側（てんてんはんそく）してしまい、なかなか寝つけないものと覚悟する。しかし、リーシーもまたほぼ即座に寝こむ。

夜のあいだに、リーシーは二回目を覚ます。最初は小便がしたいからだ。ベッドにスコットがいない。リーシーは大きすぎるサイズのメイン州立大学のTシャツの裾を尻にまで引っぱりつつ、夢中歩行のようにバスルームへむかいながら、「スコット、わるいけど急いで。本気でトイレに──」と声をかける。しかしドアから踏みこむと、夜間はつけっぱなしの照明が浮かびあがらせているのは無人のバスルーム。スコットはいない。トイレの便座もあがっていない。小便をしたあと、スコットはいつも便座をあげたままにしておくのだが。

とたんに、リーシーの尿意が失せる。とたんにリーシーは、スコットが痛みに目を覚ましたのではないか、自分がリーシーにどんな話をしたのかを思い出し、それで──チャッキーのインサイダー誌ではどんな用語で呼ばれていただろうか？──〝回復記憶〟に押しつぶされてしまったのではないかと怖くなる。

記憶はほんとうに回復したのだろうか、それともスコットがただ自分の胸に秘めているだけのあれこれが原因か？　リーシーにははっきりとはわからないが、しばらくスコットの口から出ていた子どもっぽい話しぶりが不気味なものだったことはわかっているし……スコットがやりかけの仕事をおわらせるためにパークス温室へ出かけていったとしたら？　それも、今回は手ではなく、のどだったら？

リーシーは、薄暗い淵を思わせるキッチンにむきなおり──アパートメントといっても、キッチンと寝室しかない──その拍子に、スコットがベッドで丸くなって横たわっている姿を目にとめる。いつもどおり、胎児を思わせる姿勢で眠っている。膝を胸に届くほど引きあげ、ひたいを壁に押しあてる姿勢（この年の秋にアパートメントを引き払うとき、壁のその箇所にはうっすらとした汚れが残っている）。これまでにもなんどか、壁ぎわと反対の側で寝ればもう少し伸び伸びできるのにと話したのだが、スコットは従おうとしなかった。見ているとスコットがわずかに体を動かし、それにあわせてスプリングがきしむ。窓から射しこむ街灯の光で、髪の毛が黒い翼となってスコットの頬にかかっているさまが見える。
《あの人はベッドにいなかったのに》
しかしいま、スコットはベッドの壁側にいる。疑うのなら、いま目にしている髪のひと房の下に指をさしいれ、もちあげて、その重みを感じればいい。
《じゃ、スコットがいないと思ったのは、ただの夢だったの？》
それならば——一応のところ——筋が通るが、改めてバスルームへ行って便器に腰をかけたとたん、こんな思いが甦る。《あの人はベッドにいなかった。わたしが起きたとき、カスったれベッドにはだれもいなかった》
用をすませると、リーシーは便座をあげておく。もしスコットがこれから夜のあいだほんとうに目を覚ますとしたら、寝ぼけて便座もあげられないに決まっているからだ。ついでリーシーはベッドにもどる。ベッドにたどりついたときには、もう瞼が半分落ちかけている状態だ。いまスコットはかたわらにいる。大事なのはそれだけだ。そう、大事なのはそれだけに決まっている。

20

二回めのとき、リーシーは自分で目を覚ましたのではない。

「リーシー」

　スコットだ。リーシーの体を揺さぶっている。

「リーシー、ちっちゃなリーシー」

　最初は抵抗する。なにせ、つらい一日を——いや、それどころか働きづめのつらい一週間を——過ごしたばかりだ。しかし、スコットはしつこい。

「リーシー、起きてくれ！」

　てっきり朝の光が目を刺し貫いてくるものと予想したが、あたりはまだ暗いままだ。

「スコット。な、なあ……に……？」

　また出血がはじまったのか、あるいは巻いてやった繃帯がゆるんでずれたのかと質問したいのは山々だったが、霧が立ちこめた頭では、こうした質問はあまりにも大きく、複雑すぎる。〝な、なあ……に……？〟と、たどたどしくたずねるのが精いっぱいだ。

　完全に目を覚ましているスコットの顔が、リーシーの顔のすぐ上にまで迫っている。昂奮した顔つきだが、悲しんだり苦痛を感じたりしているようすはない。スコットはいう。「ぼくたちは、このまま暮らしていくわけにはいかないよ」

　このひとことで、リーシーはほぼ完全に目を覚ます。心底から怖い思いをさせられたからだ。いったいスコットはなにをいっているのか？　別れたいと、そういっているのか？

「スコット？」リーシーはあたふたと床に降り立ってタイメックスの時計を手にとると、目を細くして文字盤を確かめる。「まだ朝の四時十五分じゃない！」あきれてものもいえないといった口調、腹が立ってならないといった口調。たしかにそうした気分ではあるが、同時に怯えてもいる。

「リーシー。ぼくたちには本物の家が必要だ。家を買うんだ」スコットは頭を左右にふる。「ちがうな、それじゃ順序があべこべだ。ぼくたちはまず結婚するべきだと思う」

安堵が洪水となって押し寄せて、リーシーはがくんとベッドにへたりこむ。力の抜けた手から腕時計が滑って床に落ち、乾いた音をたてる。それはかまわない——衝撃を受けてもなお、タイメックスはかちかちと動きつづけているからだ。安堵のあとから押し寄せたのは驚き。この自分が、いましがたロマンス小説のレディのように求婚された。そして安堵のあとから、列の最後尾に恐怖という名の小さな赤い車掌車がくっついてくる。いまここで（忘れてはいけない、朝の四時十五分に）求婚している男は、ゆうべはリーシーに待ちぼうけをくわせ、そのことでリーシーが怒鳴りつけると（ああ、それ以外のあれこれについても話題にしたことは確かだ）、手をめちゃくちゃに切り裂いたあげくに、片腕をカスったれなクリスマス・プレゼントよろしく捧げもつようにして、芝生を歩いて近づいてきた男でもあるのだ。すでに世を去った兄がいたことも、ゆうべ初めて知らされたし、母親が死んだのも、この男が——新進気鋭の作家先生はどう表現していただろうか？——そう、体が大きく成長しすぎたからという話だ。

「リーシー？」

「黙ってて、スコット、いま考えてるところなんだから」とはいうものの、月が沈んで——タイメックスがなにをどういっていようとも——時間が意味をなさないいま、考えることは困難だった。

「愛してるよ」スコットが優しい声でいう。

「わかってる。わたしも愛してるし。でも、肝心なのはその点じゃない」

「その点かもしれないぞ」スコットはいう、「きみがぼくを愛しているという、その点かも。それこそが肝心かなめの点かもしれない。ポールが死んでから、ぼくはだれからも愛されなかった……」長い間。「ああ、父さんはべつだ」

リーシーは肘をついて寝そべる姿勢をとる。「スコット、あなたはたくさんの人から愛されてるわ。執筆中の作品の朗読会――いま執筆中の本の朗読会のときには――」リーシーは鼻に皺を寄せる。最新作の題名は『空っぽの悪魔』、リーシー自身が読んだ部分やスコットが読みあげてくれた部分についていえば、どうにも好きになれない。「あの朗読会には五百人近い人があつまったじゃないの！　会場をメイン・ラウンジからホーク記念講堂に急遽変更しなくちゃならなかったんだから。朗読がおわったときには、聴衆がスタンディングオベーションをしてたのよ！」

「あれは愛じゃない」スコットはいう。「あれは好奇心だ。ここだけの話にしておいてほしいけど、フリークショーを見たがる気持ちとおなじだよ。二十一歳で長篇を発表すれば、図書館しか本を買ってくれず、ペーパーバック版が出版されなくても、フリークショー気分が味わえる。でもね、神童がらみの馬鹿な話は忘れたっていいんだよ、リーシー――」

「ええ、忘れる――」いまでは完全に――ほぼ完全に――目が覚めている。

「それがいい。でも……その前にタバコをくれないか、ベイビィラーヴ」スコットのタバコは、リーシーがスコットのために床に置いている亀の形の灰皿のなか。リーシーは灰皿を手わたし、スコットの口にタバコを一本くわえさせて火をつけてやる。スコットは話を再開する。「でも、きみはやっぱり気にするんだろうな。ぼくがちゃんと歯を磨くかどうか――」

「ええ、もちろん――」

「それから、ぼくが愛用しているシャンプーがふけを減らすのか、あるいは増やす役にしか立っていないのかも――」

その話で思い出したことがある。「前に話した〈テグリン〉の薬用シャンプーを買っておいたわ。シャワー室にある。あとでつかってみて」

スコットは大声で笑いはじめる。「ほら？　ほらね？　申しぶんのない例証だよ。きみは全体論的なアプローチを心がけるんだ」

「そんな単語、知らないけど」リーシーは眉をひそめて答える。

スコットは四分の一しか吸っていないタバコを揉み消す。「つまり、きみはぼくを見るときに頭のてっぺんから爪先まで、右から左までぜんぶを目におさめていて、同時にどの部分もすべてがおなじ重みをそなえていると、そういうことさ」

リーシーはその言葉に考えをめぐらせ、こくりとうなずく。「ええ、そうだと思う」

「きみにはどういうことか、わかってないな。子ども時代のぼくは……ただの……そう、ただのものだったんだ。過去六年間は、またべつのものだった。前よりましにはなっていたけれど、ここでも、ピッツバーグにいたころでも、まわりの大半の人間から見れば、ぼくは……びっくりジュークボックスみたいなものだった。二ドルばかり金を入れると、カスったれな小説が出てくる箱だよ」その声音に怒りの響きはないが、それでもスコットが怒っても不思議のない状態であることをリーシーは察しとる。いずれは。自分の居場所、安心できる居場所、等身大の自分になれる場所を見つけられないかぎり。そして……そう、わたしなら、そんな人物になれる。そんな場所をスコットにつくってやれる。スコットが協力してくれるはずだ。これまでにも、ある程度まではそうしているではないか。

「きみはちがうんだよ、リーシー。最初に会ったあのとき、メイン・ラウンジで開催された〈ブルース・ナイト〉できみに初めて会ったあのときにわかったんだ——あのときのこと、覚えてるかい？」

イエスとマリアと大工のジョジョの名において——忘れるはずがあろうか。あの日、ホーク記念講堂の外でひらかれていたハートゲン美術展覧会を見に大学のキャンパスに行ったリーシーは、音楽が流れてくるのを耳にしてラウンジに立ち寄ったが、しょせんちょっとした気まぐれ以上のものではなかった。その数分後にスコットがやってきて、ほぼ満員の場内をざっと見わたしてから、そのときリーシーがすわっていたソファの反対の端にはもうだれかがすわっているのか、と質問した。音楽は危うくきき逃すところだった。音楽にさえ気づかなかったら、クリーヴズミルズ行きの八時半のバスに乗れたはずだった。そうなっていれば、まず今夜もベッドでひとり寝ることになるはずだった。そんなふうなことを思うと、高い窓から下を見おろしたときとそっくりおなじ気分になった。

しかしいまリーシーはそんなことをひとつもいわず、ただうなずくだけだ。

「ぼくにとって、きみはまるで……」スコットはいったん言葉を切って、ほほ笑む。歯が曲がっていたりなんだりはあるにせよ、神々しいまでの笑顔だ。「きみはまるで、ぼくたちみんなが水を飲みにいく池だ。あの池の話はしたよね？」

リーシーはひとり笑みを浮かべてうなずく。なるほど、直接リーシーに話したことはないにせよ、朗読会でスコットが池の話をしているのをきいたことはあるし、スコットの熱心な誘いで足を運び、たとえばボードマン棟一〇一号教室やリトル棟一一二号教室のうしろの席にすわってきいたスコットの講義でも耳にしてはいる。池の話をするとき、スコットはいつも決まって両手を前に伸ばす。まるで、ほんとうに池に手を差し入れて、そこからなにかを――おそらくは言語の魚を――引っぱりあげられる、とでもいうように。ときにスコットはその池を神話の池と呼び、またあるときには言葉の池とも呼ぶ。だれかを〝腐った卵〟とか〝腐った林檎〟と呼ぶとき、人はその池の水を飲んだり、池のほとりでオタマジャクシをつかまえたりしているのだ、というのがスコットの持論だ。国旗を愛しているがゆえに、また子どもにも国旗を愛するように教えてきたがゆえに、わが子を戦争と生命の危険に送りだす者は、すなわちこの池で泳いでいるも同然……それも岸から離れた深いところ、飢えた牙をもつ巨大なものも泳いでいるところで泳いでいるようなものだ、とも。

「ぼくはきみのもとを訪ね、きみはぼくのすべてを見てくれるんだ」スコットはいう。「きみは赤道をずっとずっと越えた先までもぼくを愛してるし、ぼくが書く小説ゆえにぼくを愛してるだけじゃない。きみの扉が閉まって世界が外に締めだされたら、ぼくたちはまっすぐ見つめあう」

「でも、あなたのほうがずっと背が高いけど」

「ぼくの話してることの意味くらい、わかってるはずだぞ」

わかっているとは思う。それに動揺が激しく、夜の夜中になにかに同意したはいいが、朝になってから後悔するのは願い下げだという気持ちもある。

「またあした、話しあいましょう」リーシーはそういい、スコットの喫煙具を手にとると、また床にもどす。「あしたになっても気が変わってなかったら、わたしにたずねて」

「ああ、ぜひともそうさせてもらうよ」そう答えるスコットの口調は自信満々だ。

「そのときのことはそのとき。とりあえず、いまは寝なおすといいわ」

スコットは横向きになる。このときにはスコットの体はまっすぐに近いが、やがて寝入りはじめると、また体が丸まりはじめる。いずれは両膝がせりあがって、薄い胸とひたいに近づき——その裏では、風変わりな物語魚が泳いでいる——壁にくっつくのだろう。

《わたしはこの人を知っている。少なくとも、いま、この人のことを知りはじめている》

その思いをきっかけに、またしてもスコットへの愛が波となって押しよせ、危険な言葉を口にしないように唇をきっぱりと閉ざしておく必要に駆られる。ひとたび口にしたら、なかったことにするのがむずかしい言葉。むずかしいどころか不可能か。そこでリーシーはスコットの背中に胸を、スコットの剝きだしの尻に腹を押しつけることで妥協する。窓の外では夜ふかしの蟋蟀が鳴き、犬のプルートーがまたしても定例の夜の遠吠えをはじめている。そしてリーシーは、ふたたび眠りにただよい落ちはじめる。

「リーシー？」というスコットの声は、まるで別世界からの声のよう。

「な……なに……い……？」

「きみが『空っぽの悪魔』を気にいってないことは知ってる……」

「なに……い……って」リーシーはやっとの思いでそう口にする。いまの状態では、それが精いっぱいの批評的言説だ。いまリーシーはひたすらただよい、ただよい、ただよい落ちていくところだ。

「ああ、そう思ってるのはきみだけじゃない。でも、編集者はあの作品にぞっこんだ。話によれば、版元のセイラー・ハウス社はあれをホラーとして売りだす決定をくだしたらしい。ぼくにも異存はないよ。昔からある言いまわし、なんだっけ？『好きなように呼んでくれたらいい、でも夜遅くになってから夕食に呼びつけるのだけはやめて』か」

ただよい落ちていく。スコットの声は、延々とつづく暗い通廊の彼方からきこえている。

「カースン・フォーレイやエージェントに教えてもらわなくても、『空っぽの悪魔』が食費をがっぽり稼いでくれることはわかるさ。もう、あれこれ模索する段階はおわり——これからぼくは世に出ていく。でも、ひとりではいたくない。きみに、いっしょに来てほしいんだ」

「だま……って……スコ……ッ。もう……ねなさ……」

それでスコットがほんとうに眠りについたのかどうか、リーシーにはわからない。しかし驚いたことに（おったまげ級の奇跡そのもの）、スコット・ランドンはきっぱりと黙りこむ。

21

日曜日の朝、リーシー・デバッシャーは九時という贅沢きわまりない時間に、しかもベーコンを炒める香りとともに目を覚ます。射している日ざしが、床とベッドにまばゆい縞模様を描きだしている。リーシーはキッチンへ出ていく。スコットは下着一枚の姿でベーコンを炒めている。昨夜あれほど注意深く巻いてあげた繃帯をスコットが剝がしているのを目にして、リーシーはぞっとする。その点をとがめると、スコットは、いまではもうむず痒いだけだと答える。「それにね」いいながら、スコットは片手をリーシーに差しのべる（その仕草にリーシーは、ゆうべ暗闇から歩いて出てきたときのスコットをありありと思い出し、体の震えを無理に抑えこまなくてはならない）。「ほら、明るい光で見れば、それほど悲惨な傷でもないだろう？」

リーシーはスコットの手をとると、まるで手相を見るような恰好で顔を手のひらに近づけ、まじまじと検分する。やがてスコットが、裏返さないとベーコンが焦げるといって手を引っこめる。リーシーはびっくりしていない。驚きもしていない。そういった感情は、暗い夜のため、薄暗い部屋のためにとっておかれるものだろう。日ざしのあふれる週末の朝、窓べに置いたフィルコのラジオから、リーシーがよく理解できないながらも昔から好きなバイク乗りの歌が流れているこのキッチンに、そんな感情はふさわしくない。なるほど、リーシーはびっくりしてもいなければ、驚いてもいない……むしろ狐につままれた気分だ。思いつくのは、自分がスコットの手の傷をじっさいよりもずっと悲惨なものだと思いこんでいたにちがいない、という説明だけ。あのときの自分はパニックを起こしていたのだ、と。というのも、手の傷は――たしかに引っかき傷ほど浅くはないにしても――リーシーが思っていたほどの重傷ではないからだ。傷口の血が固まっていただけではない。いま傷は早くもかさぶたで覆われかけている。こんなスコットをデリー・ホーム病院の救急治療室へ連れていっても、とっとと帰れといわれるのが関の山だろう。

《ランドン家の人間はみんな治るのが速いんだ。その必要があるんだよ》

そのあいだスコットは、かりかりに炒めたベーコンをフライパンからとりだし、ふたつ折りにしたキッチンペーパーに載せている。リーシーにいわせれば、スコットはすばらしい作家だが、同時にフライパンの最高の名手だ。少なくとも、フライパンで炒めることに専念しているかぎりにおいて。それはそれとして、新しい下着が必要だ。お尻の部分の布地は滑稽なほどたるんでいるし、ウエストゴムときたら生命維持装置でかろうじて生きているも同然の状態。スコットが約束していた印税の小切手がいざ到着したら、なんとか手をつくしてスコットの重い腰をあげさせて、新しい下着を買わせなくては。いや、もちろん念頭にあるのは下着だけでは毛頭ない。いまリーシーは頭のなかで、ゆうべ目にしたもの——見ただけで胸のわるくなりそうな、鰓めいた深い切り傷、色はピンクから、もっと暗くなって肝臓じみた赤にまで——と、朝になってから差しだされたものを比較してもいるところ。もはやただの切り傷というよりは深傷のレベルだったし、そもそも聖書の物語ならともかく、これほど傷が迅速に治る人間がいると、自分は本心から信じられるのか？　ほんとうに信じられるのか？　なんといってもスコットが素手で打ち破ったのは窓ガラスではなく温室のガラスだし、それで思い出したのだが、そちらもなんとかしないとならず、おそらくスコットが——

「リーシー」

ぎくりとして物思いからわれに返ってみれば、キッチンテーブルの椅子に腰かけ、そわそわした手つきでTシャツの裾を左右の腿のあいだに押しこめているところだ。「なに？」

「卵はひとつ、それともふたつ？」

リーシーは考える。「そうね。ふたつにして」

「オーバーイージー？　それとも〝ぎょろり目玉〟？」

「オーバーで」と、片面焼いたら残りの片面を軽く焼いてほしいと告げる。

「結婚しようか？」スコットはこれまでとまったく変わらぬ口調でたずね、たずねながら怪我をしていない右手で器用に二個の卵を割って、中身をフライパンに落としこむ。

リーシーは顔をほころばせる。といっても、スコットのこともなげな口調がおかしかったわけではなく、どことなく古風なこの展開に微笑を誘われたのであり、同時に自分がまったく驚かされていないことに気づきもする。こうなることを自分は予期していた……こんなふうに話が……なんといえばいいのか……そう、再開されることを。となると眠っていたあいだも、心のどこか奥底の部分でスコットのプロポーズについて考えをめぐらせていたにちがいない。

「本気でいってる？」リーシーはたずねる。

「もちろん本気さ」とスコット。「きみの考えをきかせておくれ、ベイビィラーヴ？」

「ベイビィラーヴには、いい計画に思えるけど」

「よかった」スコットはいう。「それはよかった」いったん間をおいてから、こうつづける。「ありがとう」

そのあと一、二分のあいだ、ふたりのどちらもしゃべらない。窓敷居の上では筐体にひびのあるフィルコのラジオが、父さんデバッシャーがついぞ耳にすることのなかった種類の音楽を流している。フライパンでは、卵がぱちぱち音をたてている。リーシーは空腹だ。そして幸せでもある。

「秋にね」リーシーはいう。

スコットはうなずき、皿に手を伸ばす。「いいね。十月では?」

「早すぎるかもしれない。感謝祭のあたりではどう? あなたの分の卵は残ってる?」

「ひとつ残ってるし、ぼくはひとつで充分だよ」

リーシーはいう。「でも、あなたが新しい下着を買わないかぎり、結婚するつもりはないから」

スコットはにこりともしない。「だったら、下着を買うことを最優先課題にするよ」

それからスコットは、皿をリーシーの前に置く。ベーコンエッグ。リーシーはとんでもなく空腹だ。リーシーがさっそく食べはじめると同時に、スコットがさいごに残った卵を割って、フライパンで焼きはじめる。

「リーサ・ランドン」スコットがいう。「どう思う?」

「わるくないと思うわ。その……ほら、すべての単語がおなじ音からはじまっているのを、なんといったっけ?」

「頭韻法(アリタレーション)」

「そう、それ」そしてこんどは、みずから口にしてみる。「リーサ・ランドン」卵と同様に、こちらもすてきな味がする。

「ちっちゃな(リトル)リーシー・ランドン」スコットがそういって、卵を宙がえりさせる。卵は二回裏がえってベーコンの脂の中央に落ち、〝ぴしゃり〟と音をたてる。

「スコット・ランドン、あなたは手綱をかけることを、カスったれ野郎にしっかりと手綱をかけることを誓いますか？」リーシーはたずねる。

「病めるときも手綱をかけ、健やかなるときにも手綱をかけることを誓います」スコットが約束の言葉を口にし、ついでふたりは頭がいかれた人間そのままに、けたたましく笑いはじめ、その一方ではラジオが日ざしのなかで音楽を流している。

22

スコットといっしょだと、リーシーはいつもよく笑っていた。一週間後には、スコットの手の切り傷はおろか、前腕の深い傷さえ、ほぼ完治していた。傷痕ひとつ残らなかった。

23

ふたたび目覚めたとき、リーシーにはいま自分がいつの時点にいるのかがわからなかった

——過去なのか、現在なのか。しかし朝の光はすでにふんだんに部屋に射しこんで、涼しげな青い壁紙と壁にかかった海の風景の絵が見えていた。となると、ここはアマンダの家の寝室。それを当然だと思っている部分と、それを奇妙に思っている部分があった。いまのこの現実がリーシーには、アパートメントの狭苦しいベッドで——大半の夜をスコットとともに寝るベッド、そのあとも十一月の結婚式までつかうことになっているベッドで——寝ながら見ている、未来の夢に思えてならなかった。

　なにが目を覚ましたのか？

　アマンダはリーシーに背中をむけて寝ており、リーシーはまだスプーンのように姉に体を寄せて姉の背中に胸を、姉の肉の落ちた臀部に腹を押しつける形で寝ていた。では、なぜ目が覚めたのか？　小便をしたいわけではない……というか、それほどせっぱつまってはいない……それならなぜ……？

《アマンダ姉さん、なにかいったの？　なにか欲しいものがある？　水とか？　それとも、手首を切り裂きたいから、温室ガラスの破片が欲しいというの？》

　頭をそんな思いがよぎりはしたが、リーシーはなにかを口に出したくはなかった。というのも、奇妙な考えが頭にぽんと浮かんできたからだ。その考えというのは……急速に白髪が増えつつあるモップのように乱れたアマンダの髪も、アマンダの着ているナイトガウンのフリルつきの襟もちゃんと見えているにもかかわらず、自分はいまスコットとひとつベッドにいるのではないかという思いだ。そのとおり！　夜のあいだに、スコットが……なにをした？　リーシーの記憶のレンズを通りぬけて、アマンダの肉体にはいりこんだ？　そんなところだろう。たしかに突拍子もない考えだが……それでも、リーシーは言葉を口にしたくなかった。なにか口にしたら、アマンダがスコットの声で答えるのではないかと思えたからだ。そうなったら自分はどうする？　悲鳴をあげる？　昔からの言いまわしどおり……〝死者も目を覚ます〟ほどの悲鳴を？　たしかに、馬鹿馬鹿しい考えだが……それでも――

《それでも、姉さんを見ればいい。どんなふうに寝てるのかを。膝を胸もとに引きあげて、顔をうつむかせて寝てる姿を。もし壁があれば、姉さんのひたいが壁に触れてるはず。だから、そんなふうに思っても不思議はない――》

そして、午前五時の夜明け前の溝のなか、リーシーに背をむけて顔は見せないまま、アマンダが口をひらいた。

「ベイビー」と。

そのあとに間。

ついで――「ベイビィラーヴ」

前夜、リーシーの体内温度が一気に二十度ばかり冷えこんだとすれば、いまは四十度近くも温度がさがったといえる。いま問題の単語を口にしたのはまぎれもなく女の声だったが、スコットの声でもあったからだ。スコットと暮らしていた歳月は二十年以上。だからスコットの声をきけば、すぐにそれとわかる。

《これは夢よ》リーシーは自分にいいきかせた。《だから、いまが昔なのか現在なのかもわからないんだ、あたりを見まわせば、〈**ピルズベリーの最高級小麦粉**〉の魔法の絨緞が部屋のまんなかに浮かんでるに決まってる》

しかし、あたりを見まわすことはできなかった。長いあいだ、身じろぎひとつできなかった。ようやく言葉を押しだす手助けになってくれたのは、しだいに強まりつつある光。もしスコットがもどってきたのなら——つまり自分はほんとうに目を覚ましており、これがただの夢でないのなら——そこにはなにか理由があるはずだ。自分に危害が与えられることもないだろう。あるはずがない。少なくとも……意図的には。しかし、気がつけばスコットの名前も、アマンダの名前も口に出せない自分がいた。どちらもしっくりこない。どちらもそぐわない感じだ。リーシーの目に、自分の手がアマンダの肩をつかんで寝がえりを打たせる光景が見えた。そうなったら、アマンダの白髪が増えつつある髪の下にはだれの顔が見えるのだろう？　もしスコットの顔だとしたら？　ああ、神さま……もしそうだったら。

朝の光が訪れつつある。リーシーは卒然と悟った——ここでひとことも話さぬまま太陽を迎えたら、過去と現在のあいだの扉が閉まって、答えを得られるチャンスはうしなわれる、と。

《だったら、名前のことを気にしては駄目。このナイトガウンを着ているのがだれかなんて、そんなことを気にしてはだめ》

「どうしてアマンダの口からブールという言葉が出てきたの？」リーシーはたずねた。寝室——いまはまだ暗いが、それでもしだいに明るく、明るくなりつつある寝室——のなかで、その声はかすれ、埃っぽく響く。

「きみにブールを残したんだ」ベッドにいるもうひとりの人物、リーシーが腹を尻に押しつけている人物がそう答える。

《なんてこと、ほんとになんてこと——これって悪のぬるぬるそのもの……って、悪のぬるぬ

るなんてものが実在すればだけど——》

それから——《気をしっかりなさい。とにかく手綱をかけておくこと。さあ、いますぐに》

「それって……」リーシーの声はこれまでになく乾き、埃っぽくなっていた。そしていま部屋は、あまりにも急速に明るくなりつつあるように思えた。太陽がいつ東の地平線をかき消してしまってもおかしくない。「それって……血のブール？」

「もうすぐ血のブールがきみのもとを訪れる」声がそう告げる。かすかな後悔の響きをたたえて。おまけに声は、なんということ、スコットの声にそっくりだ。それでいてアマンダの声に似ていたところもあって、リーシーはそのことにこれまで以上の恐怖を感じる。

ついで声が明るくなった。「きみはいま、いいブールをしてるんだ。紫の向こう側に進むんだよ。きみはもう、道行きの留のうち三つを見つけてる。あといくつか見つければ、ご褒美がもらえるよ」

「ご褒美はなに？」リーシーはたずねる。

「飲み物だ」打てば響くように答えが返ってきた。

「コーク？　それともRC？」

「静かに。いっしょにホリホックスを見ていたいから」

声には奇妙な響きが、永遠の切望を思わせる響きがあった。それに、この声のどこに馴染みがあるような気にさせられるのか？　また立葵が灌木の名称ではなく、なにかの名前のように思えるのはなぜなのか？　これもまた、ときおりリーシーの記憶を自身から隠してしまう紫色のカーテンの向こう側にあるもののひとつ？　この点を質問することはおろか、考えをめぐらせるだけの時間もなかった。というのも夜明けの赤い光が窓から斜めに忍びこんできたからだ。リーシーは、時間がふたたび焦点をあわせるのを感じ、あれほど恐怖を感じていたというのに、いまでは後悔が強烈に胸を刺してきていた。

「血のブールが来るのはいつなの？」リーシーはたずねた。「教えてちょうだい」

答えはなかった。答えが返ってこないことは最初からわかっていたが、それでももどかしい気持ちがぐんぐんつのり、太陽が地平線から顔を出して、すべてを追いはらう光を投げかけるまでは、恐怖と困惑で埋められていた場所を占めていった。

「いつ来るの？　ねえ、いったいいつ？」いまやリーシーは大声で叫び、叫びながらナイトガウンに包まれた相手の肩を、髪の毛がはためくほど激しく揺さぶっていた……が、それでも答えは得られなかった。怒りが炸裂した。「こんなふうにからかうのはやめてよ、スコット！　さあ、いつ？」

今回リーシーはナイトガウンの肩をただ揺さぶっただけではなく、力をこめてぐいっと引っぱった。ベッドに寝ているもうひとりの人物が、力なく仰向けになった。もちろん、アマンダだった。アマンダの両目はひらき、静かに息をしていたばかりか、頬にはわずかながらも血色がのぞいてはいたが、一キロ先を見ているような目を見れば、姉がまたしても現実世界と切り離された場所へ行ってしまったことがわかった。それもアマンダひとりの現実世界からではない。これで、はたしてスコットがほんとうにやってきたのか、それとも半覚醒状態のまま自分で自分を欺いていただけなのかを知る機会がうしなわれてしまったからだ。けれども、ひとつだけ確実にいえることがあった。夜のあいだのいずれかの時点で、アマンダがふたたび去ってしまったことだ。今回ばかりは、それでよかったのかもしれなかった。

第二部　SOWISA

ふりかえると、堂々たる白い月が、丘の上から彼女を見おろしていた。胸を月にむけると、体が月の光を受けて透明な宝石のように切り裂かれた。彼女はみずからを差しだしつつ、満月に満たされてたたずんでいた。左右の乳房が光のために道をつくり、肉体は震えるアネモネのごとく大きくひらいて、大きく盛りあがった柔らかな誘惑に月が触れた。

——D・H・ロレンス『虹』

V　リーシーと長い長い木曜日（ブールの道行きの留（りゅう））

1

これまでの三度にわたるアマンダの現実からの離脱——かかりつけの精神科医の言葉をつかえば〝受動性準緊張病〟——とくらべると、今回はずっと重症であることをリーシーが察しとるまでに、それほどの時間は必要ではなかった。いつも人を苛立たせてばかりで、ときには厄介なお荷物になる姉が、いまは呼吸している大きな人形になってしまったかのようだった。リーシーは（かなりの労力を強いられつつ）アマンダの上体を引っぱり起こし、体の向きを変えさせてベッドのへりに腰かける体勢をとらせることにこそ成功したが、白いコットンのナイトガウンをまとった姉——夜明け寸前に、すでに世を去っているリーシーの夫の声でしゃべったとも、しゃべらなかったともわからない女——は、いくら名前を呼ばれても、それこそ顔のまん前で死に物ぐるいとさえいえる絶叫を浴びせかけられても、いっさい反応しなかった。両手を膝に載せたまま、うつろな目で妹のリーシーを見つめているばかり。リーシーが横へ動いても、アマンダはそれまでリーシーがいた空間から目を動かさなかった。

　リーシーがいったんバスルームへ行って、濡れタオルをつくってから引き返すと、アマンダは足を床に落としたまま、ふたたび上体をベッドに倒した姿勢になってしまっていた。リーシーはアマンダの上体を起こしかけたものの、最初からベッドのへりに近い場所にあったアマンダの尻が滑りはじめたので手をとめた。そのまま体を起こそうとすれば、アマンダは滑って床に落ちていたはずだ。

「マンダ‐バニー！」

　今回は、子ども時代のニックネームにも反応はなかった。リーシーは徹底的に推し進める肚を固めた。

「マンダ‐バニーのお姉ちゃんってば」

　反応なし。それでもリーシーは恐怖を感じることなく（まもなく感じることになる）、一種の激怒に押し流されていった――その怒りは、たとえアマンダがわざと妹の怒りを掻き立てようとしても、リーシーがめったに感じたことのない激しいものだった。

「いいかげんにして！　とっととケツをもちあげて、ベッドにちゃんとすわんなさい！」

　反応なし。ゼロ。リーシーは身をかがめて、アマンダの無表情な顔を濡れタオルで拭ったが、このときもまったく反応を引きだせなかった。タオルが目の上をかすっても、まばたきひとつしなかった。ここにおよんで、いよいよリーシーは恐怖を感じはじめた。ベッドわきのラジオつきデジタル時計に目をやると、ちょうど朝の六時をまわったところだった。ダーラに電話をかけても、夫のマットを起こしてしまう気づかいはない――マットはモントリオールで眠っているはずだ。しかし、ダーラへの電話は気がすすまなかった。まだ、いまのところは。ダーラへの電話は、すなわち敗北を認めることであり、いまはそこまでの気がまえはなかった。

リーシーはベッドの反対側へまわると、アマンダのわきの下に両手をかけてうしろに引っぱった。アマンダが骨と皮しかない体であることから予想していたよりも、これはずっと難儀な仕事だった。

《どうしてかっていうとね、アマンダはいま死体の重さになっているからだよ、ベイビィラーヴ。それが理由さ》

「うるさい」リーシーは、自分がだれに話しかけているのかも意識しないまま答えた。「黙ってて」

ついでリーシーは両膝でアマンダの腿を左右からはさみこむ体勢でベッドにあがりこみ、アマンダの首の左右に手を置いた。至高の恋人じみたこの体勢だと、姉がうつろな目で上を見あげている顔を真下に見るかたちになった。以前に現実から離れたときには、アマンダを意のままに従わせることができた。まるで催眠術にかかった人を操れるみたいだ——そのときリーシーはそう思った。しかし、今回はかなり様相がちがうように思えた。できれば勘ちがいであってほしい。なぜなら、人には朝すませておくべき用事があるからだ。もしも人が、自宅にしているケープコッド・コテージでひとり静かに自分だけの暮らしを送りたいのであれば。

「アマンダ！」リーシーは真下にある姉の顔にむけて怒鳴った。さらにおまけとして——なんとなく馬鹿になった気分を感じつつ（なんといっても、この家には自分たち姉妹のふたりしかいないのだ）——こうつづけた。「お姉ちゃん……ってば……マンダ‐バニーのお姉ちゃん！

お願い……立ちあがって……立ちあがって**ってば！**……お便所に行って……**おトイレ**してってば、マンダ－バニー！　いい、**三つ**数えるうちによ！　**い－ち**……**にい！**……の……**さーん！**」

　この〝**さーん**〟の声と同時にリーシーはふたたびアマンダの体を引きあげて、すわった姿勢をとらせようとしたが、姉はいっこうに身を起こそうとはしなかった。

　一回だけ、六時二十分前後にリーシーはなんとかアマンダをベッドから引きずりおろして、中途半端にしゃがんだ姿勢をとらせることに成功した。リーシーは最初に車を手に入れたときとおなじ気分にさせられた。一九七四年型のピントだった。あのときは二分もイグニションキーをむなしくまわしつづけ、ようやくエンジンがかかったかと思ったら、たちまちバッテリーが切れてしまったのである。しかし、アマンダは立ちあがってリーシーにバスルームまで誘導させてくれるどころか、そのままふたたびベッドに倒れこんでしまった――それも体を曲げたまま。そのためリーシーは急いで前に飛びだしてアマンダのわきに手を差し入れて、姉がずるずると床に倒れこむのを防がなくてはならなかった。

「下手な芝居してんじゃないわよ、この腐れあま！」姉が芝居などしていないことを百も承知していながら、リーシーはそう怒鳴りつけた。「わかった、好きにしなさい！　ええ、好きにすればいい――」そこで自分がどれだけ声を張りあげていたかに気づいて――気をつけないと、筋向かいに住むミセス・ジョーンズを叩き起こしてしまいかねない――声を低く抑えた。「じゃ、好きにしていればいい、そうやって寝てればいい。わかった。でもね、わたしが朝のあいだまわりを忙しく飛びまわって、姉さんの世話ばかりしてると思ったら大まちがいよ。これから下へ行って、コーヒーとオートミールの食事をつくるんだから。その香りがもしも女王陛下のお気に召しましたなら、大声でわたしを呼ぶといい。でなければ、そうね、陛下のカスったれな家来をテイクアウトに遣わしたってかまわなくてよ」

はたしてマンダーバニーお姉ちゃんに朝食がいい香りに感じられたかどうかはわからなかったが、リーシーにはすばらしい芳香に思えた。なかでもコーヒーがいい香りだった。まず、なにも入れないままブラックで一杯飲んでからオートミールを食べ、食後にはダブルクリームで砂糖も入れてもう一杯飲んだ。コーヒーを少しずつ飲みながら、リーシーは思った。《足りないのはタバコだけ。一本吸えれば、きょう一日をポニーみたいに跳ねまわって元気に過ごせる。そう、カスったれなセーラム・ライトさえあれば》

頭はつい昨晩の夢と記憶（**《スコットとリーシー、新人時代》**といってもまちがいではない、とリーシーは思った）のもとをふたたび訪ねたがっていたが、リーシー本人は断固として拒んだ。寝起きの自分を見舞った事態に、頭が説明をつけようとすることも拒んだ。あとあと考えをめぐらせる機会もあるかもしれないが、いまは駄目だ。いまは、とにかく姉さんの件で手いっぱいなのだから。

《おまけに、その姉さんが薬品戸棚のいちばん上から、ピンクの高級剃刀のひとつも見つけて、手首を切ってみようと思いたったらどうするの？　手首じゃなくて、喉笛をかっさばいてみようと思いたったら？》

リーシーはあわてて、テーブル前の椅子から立ちあがった。はたしてダーラは、二階のバスルームから刃物類を一掃しただろうか、いや、バスルームにかぎらず二階の部屋すべてから片づけただろうか、と思いながら半分走るように階段を二階へと急ぐあいだも、主寝室でどんな光景を目にすることになるのかと不安に苛(さいな)まれ、どうせベッドには窪みのできた枕があるだけ、ほかにはなにもないはずだと、その不安をなだめもした。

アマンダはおなじ場所で、あいかわらず天井を見あげていた。見たところ、一センチたりとも体を動かしてはいない。最初に感じた安堵に代わって、胸騒ぎが頭をもたげてきた。ベッドに腰かけ、姉の手をとって握る。手は温かかったが、なんの反応も示さなかった。リーシーはアマンダの指が閉じるように力を入れて握ったが、指は力なくぐったりとしたままだった。蠟を思わせる感触だった。

「アマンダ、あなたをどうすればいいの?」

答えはなかった。

ついでこの家にいるのが自分たちふたりだけ——鏡に映っている自分たちはのぞく——だということもあって、リーシーはこういった。「こんなことをしたのはスコットじゃない、そうでしょう? お願いだから、スコットがしたことだと……どういえばいいんだろう……スコットがはいりこんできた結果だと、そんなことはいわないで」

アマンダはどちらであるともいわず、無言のままだった。しばしののち、リーシーはバスルームに行って刃物を探しはじめた。どうやら自分よりも前に、ダーラが足を運んでいたらしい。というのも、アマンダの小さな化粧テーブル——ヴァニティケースという名前のわりに、ほとんど虚栄(ヴァニティ)が感じられない——のいちばん下の抽斗の奥から、爪切り鋏がひとつ見つかっただけだったからだ。もちろん爪切り鋏だって、ひたむきな熱意ある者の手にかかれば充分な力を発

揮する。その証拠にスコットの父親は
（黙れ　リーシー　よせ　リーシー）
「ええ、わかった」リーシーは、口のなかに銅の味となって押し寄せたパニックと、目の裏で一気に花ひらいたかに思える紫の光、それに自分が小さな鋏を握りしめているようすなどに不安を掻き立てられて。「オーケイ、もう忘れて。流しちゃって」
ついでリーシーは、アマンダのタオル棚の上の段、埃をかぶったシャンプーのサンプル類のうしろに爪切り鋏を隠し、そのあと――ほかになにも思いつかなかったので――シャワーを浴びた。バスルームから出ると、アマンダの腰と尻のまわりに大きく濡れた染みが広がっているのが目にとまり、もはやデバッシャーの娘のひとりが独力で対処できる事態ではないことがわかった。とりあえず、ぐっしょり濡れているアマンダの尻の下にタオルをなんとか押しこめた。つづいてリーシーはナイトテーブルの時計にちらりと目を走らせ、ため息をひとつ洩らすと、受話器を手にとってダーラに電話をかけた。

2

きのうは、頭のなかにスコットの声が大きくはっきりときこえた。《きみにメモを残しておいたよ、ベイビィラーヴ》と。あのときは、自分の内面の声がスコットの声色（こわいろ）をつかっただけだと軽く片づけてしまった。そうだったのかもしれない――いや、十中八九はそうだったのだろう。しかし、この長く感じられた木曜日の蒸し暑い午後、ルイストンの〈ポップズ・カフェ〉でダーラとおなじテーブルについているときのリーシーには、ひとつだけ断言できることがあった。たしかにスコットは、みずからの死後に存在が明らかになる贈り物を残していた。スコット流に表現すれば、いかしたブールなご褒美を。たしかにご難つづきのひどい一日だったが、スコット・ランドンがいなかったら――当人が二年前に死んでいようといまいと関係なく――もっと悲惨な一日になってもおかしくはなかったのである。

ダーラもまた、いまリーシーが感じている疲れにも負けないほど疲れきった顔つきだった。ここへ来るまでになんとか時間を見つけてわずかな化粧をほどこしてはいたが、ハンドバッグには充分な弾薬がなかったのだろう、目の下の隈を隠せてはいなかった。一九七〇年代の後期に毎週一回はリーシーに電話をかけてきて、家族の義務とやらについてお説教の一席をかならず垂れていた怒れる三十女の面影がどこにもないこと、それだけは確かだった。

「一ペニーあげるから、なにを考えてるのか教えて、小さなリーシー」いまダーラは、昔からの言いまわしをつかってそういった。

リーシーは、〈スウィートンロウ〉の小袋をおさめた容器に手を伸ばしていたところだった。ダーラの声をきいたことでリーシーは手をちがう方向に動かして昔ながらの砂糖入れをつかみあげ、自分のカップにグラニュー糖をたっぷりと注ぎこんだ。

「きょうは〝コーヒーの木曜日〟だな、って考えてた」リーシーはいった。「そう、〝本物の砂糖を入れたコーヒーをなるべく飲む木曜日〟だって。これで、もう十杯めになるはずよ」

「あんただけじゃない、わたしも」ダーラは答えた。「トイレにはもう五回も行ってる。だけど、このすてきなお店を出る前に、あと一回行っておくつもり。ほんと、ペプチドACっていう胸焼けの薬に感謝しないと」

リーシーはコーヒーをかきまわして顔をしかめ、またカップに口をつけた。「で、アマンダ姉さんのために荷づくりをしてくれる気があるのね？」

「だって、だれかがやらなくちゃいけないし、あんたはあんたで疲れていまにも死にそうな顔をしてるもの」

「うれしいことをいってくれるじゃないの」

「姉妹が真実をいわなければ、だれからも真実を教えてもらえなくなるのよ」

これまでにもダーラの口から、数えきれないほどきかされた科白だった。やはりよくきかされたのは、《義務を果たすのにいちいち許可は必要ではない》という科白、そして〈ダーラのオールタイム・ヒットパレード〉のナンバー1（ワン）が《人生は公平ではない》だ。きょうはこの科白にも胸が痛むことはなかった。口もとに微笑の亡霊さえ浮かばなかった。「姉さんがやりたいというのなら、わざわざ腕相撲でその特権を争うつもりなんてないし」

「やりたいとはいってない。やるしかないっていってるだけ。あんたはゆうべアマンダ姉さんのところに泊まって、きょうは姉さんといっしょに起きた。だから、やるべき義務を果たしたといえない？　ちょっと失礼、一ペニーを払いにいかなくちゃ」

テーブルから離れる姉の背中を見つめながら、リーシーは《まだほかにもあった》と思っていた。デバッシャー家では、およそどんな行為にでも決まった言いまわしがあった。小便をしにいくのは〝一ペニー払いにいく〟であり、これが大便になれば――嘘のような本当の話――〝クエーカー教徒を埋葬にいく〟となった。スコットはこれがたいそう気にいり、もしかしたら昔のスコットランド語に由来する表現かもしれない、といっていたし、リーシーもそうだろうと考えていた。デバッシャー家の大半の人間は元をたどればアイルランドの出身、一方アンダースン家は――母さんが話していたかぎり――全員がイングランドの出だったが、どんな家系にも野良犬の一頭や二頭は迷いこんでいるものではないか？　そもそも、そんなことに興味があるわけではない。興味があるのは、〝一ペニー払いにいく〟や〝クエーカー教徒を埋葬する〟という言いまわしが池、スコットの池からの釣果であるという点だった。そもそもきのうから、スコットの存在がカスったれなほど身近に感じられていたせいもあり……。

《けさのあれは夢よ、リーシー……それくらいわかってるでしょう？》

きょうの朝にアマンダの寝室で起こった出来ごとについては、自分がなにを知っているのか、あるいは知らないのか、それさえさだかではなかった。なにもかも――それこそ、アマンダを立たせてトイレに行かせようと奮闘したあのひと幕ですら――夢のように思えたが、確実にいえることがひとつだけあった。予約がとれたので、アマンダが少なくともきょうから一週間、〈グリーンローン・リハビリ&回復センター〉に入所することが決まったことだ。リーシーとダーラの予想を裏切るほど、手続はあっさりと進んだし、その点ではふたりともスコットに感謝していた。いまのところは、そして

（まさにこーここで）

この場では、それだけで充分に思えた。

3

ダーラがアマンダの住むこぢんまりとしたケープコッド・コテージにやってきたのは、朝の七時前だった。いつもはきれいにまとめている髪にはろくに櫛も通さず、ブラウスのボタンのいちばん上ははずれたままで、ピンクのブラジャーがのぞいているという姿だった。その時点までにリーシーは、アマンダがやはりなにも食べようとしないことを確認していた。リーシーに引きずられて、ベッドのヘッドボードに背をもたせかけ上体を起こしたまますわる姿勢になったアマンダは、スプーン一杯分のスクランブルエッグを口に入れられても抵抗はしなかった。これでリーシーは、多少の希望をいだいた――なんといってもアマンダは唾を飲みこんではいるのだから、卵料理も飲みこんでくれるかもしれない、と。しかし、これはむなしい希望におわった。そのままおそらく三十秒ほど、唇のあいだからスクランブルエッグをのぞかせたまますわっていたのち（黄色いものが口からのぞいている光景が、リーシーには忌まわしいものに思えた――姉がカナリアを食べようとしているかに見えたからだ）、アマンダはあっさりと舌で卵料理を押しだしてしまったのだ。小さなかけらが数個、あごにへばりついていた。それ以外はすべて、ナイトガウンの前にこぼれ落ちた。アマンダの目は依怙地なまでに、どこか遠いところを見すえたまま小ゆるぎもしなかった。ヴァン・モリソンのファンなら〝神秘を見すえて〝といいたくなりそうだ。ヴァン・モリソンのファンだったスコットなら、まちがいなくそう形容しただろう。ただし、一九九〇年代初頭にはスコットのヴァン・モリソン熱も薄れかけていた。そのころからスコットは、ハンク・ウィリアムズやロレッタ・リンに回帰しはじめていた。

ダーラは、アマンダがスクランブルエッグを食べようとしなかったという話を信じようとせず、自分で食べさせてみるといった。そのため、新しい卵をつかってスクランブルエッグをつくらなくてはならなかった——最初に卵二個でつくった分の残りは、リーシーがごみ箱に捨ててしまったからだ。姉さんの残り物を食べようと思わないでもなかったが、アマンダの一キロ先を見ているかのような目を見たとたん、その気が失せてしまっていた。

ダーラが寝室に足を踏みいれたとき、アマンダは上体を起こした姿勢から滑り落ちてしまっており——ぐずぐずに溶けて流れ落ちたというべきか——ふたたびその体を起こそうとするリーシーを、ダーラが手伝ってくれた。ありがたかった。早くも腰痛を感じていたからだ。こんな状態の人間を昼となく夜となく、いつおわるともわからない状態でずっと介護しつづける自分など想像もできなかった。

「アマンダ、お願いだからこれを食べて」ダーラはこれを、〝ノーという返事は受けつけない〟といいたげな高圧的な口調でいった——リーシー自身がもっと若いころ、数えきれないほど多くの電話での会話できかされた口調だった。この口調とダーラの突きだしたあご、およびダーラの姿勢を見れば、アマンダが仮病をつかっていると考えていることが読みとれた。〝ブレーキ係みたいないんちき〟、父さんならそういっただろう。これもまた父親が口にしていた、明るく楽しく、まったく無意味な百ばかりのフレーズのひとつだ。しかし（とリーシーは思った）、望みどおりのことをしていない相手には、ダーラはいつも決まってその非難の言葉を投げつけるのではなかったか？　相手が〝ブレーキ係みたいないんちき〟をしている、と？

「スクランブルエッグを姉さんに食べてほしいのよ、アマンダ――いますぐ！」

リーシーはひとこと話そうと口をひらきかけて、思いなおした。ダーラが自分でそれに気づいたほうが、行くべき場所にそれだけ早く行き着ける。行くべき場所とは？　〈グリーンローン〉だろう。オーバーンにある〈グリーンローン・リハビリ&回復センター〉。この前アマンダが現実から離れてしまった二〇〇一年春、リーシーがスコットとともに短時間の訪問をした施設だ。ただしどうやらスコットは、妻が察していた以上に〈グリーンローン〉と深いかかわりをもっていたらしい。いまはそのことが、ありがたく思えるばかりだった。

ダーラは卵料理をアマンダの口に押しこめると、勝利の笑みが芽ばえかけた顔をリーシーにむけた。「ほらね！　やっぱり姉さんには強くい――」

そこまで話したところで、アマンダの力の抜けた唇のあいだから舌が出てきて、またしてもカナリア色のスクランブルエッグが押しだされてきて……〝ぽたっ〟と落ちた。ナイトガウンの前に……先ほど汚れを拭きとるときにつかったスポンジの水気がまだ残っているところに。

「なにかいいかけてた？」リーシーは穏やかにたずねた。

ダーラはそれからも長いこと、じっとひたすら姉アマンダの顔を見つめていた。やがてリーシーに視線を移したときには、あごを突きだした決意の形相はすっかり影をひそめていた。いまの顔つきは本人そのままだった――家族の緊急事態の知らせを受けて、早すぎる時間にベッドを飛びだして駆けつけてきた中年女そのまま。涙こそ流してはいなかったが、いまにも泣きそうな顔だった。デバッシャー家の姉妹全員に共通する、輝く青い瞳が涙にうるんでいた。

「前のときとはちがうみたいね？」

「ええ」

「ゆうべ、なにかあったの？」

「なにも」リーシーはためらわずに答えた。

「泣きわめいたとか、大騒ぎを起こしたとかは？」

「なかったわ」

「じゃ……いったいどうすればいいの？」

　この疑問にリーシーには現実的な答えの用意があったし、それも驚きではなかった。ダーラならちがう考え方をしたかもしれない。しかし姉妹のなかで、リーシーとジョドーサのふたりは昔から現実家肌だった。「アマンダを寝かせておいて、受付時間になったらあそこに電話をかけるの。〈グリーンローン〉に。あとは、そのあいだ姉さんがまたベッドをおしっこで濡らさないことを祈るだけね」

4

待っているあいだ、ふたりはコーヒーを飲みながらクリベッジをした。デバッシャー家の娘たちはこのトランプゲームを、それこそまだリスボンフォールズの黄色い大型スクールバスに乗るようになるずっと前に父さんから教わっていた。三手か四手ごとに一回、リーシーかダーラのどちらかがアマンダのようすを確かめた。アマンダは毎回変わらず、仰向けで天井を見あげていた。最初のゲームでは、リーシーはダーラに完敗した。二回めのゲームではダーラが三枚つづけて持ち札(クリブ)を引いて勝ち、リーシーは泥沼に残された。たとえアマンダが二階の寝室で目を見ひらいているだけであれ、これだけ勝ったことでダーラが多少は気分をよくするだろうと思ったリーシーは、そのことに思うところもないではなかったが……口に出すことを控えた。

きょうは長い一日になる。ダーラが笑顔で一日をはじめられるのなら、それに越したことはない。リーシーは三回めのゲームを辞退し、そのあとカントリー歌手が出演している〈トゥデイ〉のさいごのパートをテレビで見た。リーシーには、《この男じゃ、ハンクの大将を引退させるにはまだまだ力不足だね》といっているスコットの声がきこえるようだった。ハンクというのは、もちろんハンク・ウィリアムズのことだ。スコットにとってカントリーミュージックとは、ハンクの大将と〝その他大勢〟でしかなかった。

九時を五分まわると、リーシーは電話の前にすわって番号案内で〈グリーンローン〉の番号を教えてもらい、神経質な淡い笑みをダーラに投げた。「お願い、幸運を祈って」

「もちろんよ。嘘じゃない、本気で幸運を祈ってる」

リーシーは電話をかけた。反対側の電話の呼出音は、一回しか鳴らなかった。

「はい──愛想のいい女性の声がきこえた。「こちらはフェダーズ・ヘルス・コーポレーション・オブ・アメリカが経営する〈グリーンローン・リハビリ&回復センター〉です」

「こんにちは、わたしは――」そうリーシーがいいかけたとき、女性の声が電話をかけてきた人物が目的の相手をつかまえるための番号を列挙しはじめた……といっても、それは電話をかけた人物がプッシュ式の電話機をつかっている場合だ。声は録音だった。リーシーはまんまと騙されていたのだ。

《それにしたって、本物そっくりじゃないの》リーシーはそう思いながら、〈入院問いあわせ〉の番号である5のボタンをプッシュした。

「電話をおまわしいたしますので、このまましばらくお待ちください」愛想のいい女性の声がそういったあとは、プロザック・オーケストラだかが演奏する曲に変わった。曲は、ポール・サイモン作詞作曲の〈早く家に帰りたい〉に似ていないこともなかった。

リーシーは、いま電話が保留にされていることをダーラに伝えようと頭をめぐらせたが、ダーラはまたアマンダのようすを見に二階にあがっていた。

《馬鹿馬鹿しい》リーシーは思った。《ダーラ姉さんったら、どっちつかずには耐えられないくせに――》

「おはようございます、カサンドラです。きょうはどのようなご用件でしょう?」

《カサンドラ――かの凶事の預言者とおなじ名前だね、ベイビィラーヴ》リーシーの脳内に住むスコットが口をはさんだ。

「わたしの名前はリーサ・ランドン……ミセス・スコット・ランドンというべきかしら」

長かった結婚生活のあいだも、ミセス・スコット・ランドンと名乗ったことはおそらく十回に満たないだろうし、未亡人になってからの二年と二カ月では一回もなかった。それなのに、いまあえてそう名乗った理由は簡単にわかる。スコットが〝有名人カード〟と呼んでいた切り札だ。スコット本人は、めったにこのカードを切らなかった。本人の弁によれば、そんな真似をすると自分が思いあがった下衆野郎に思えてくるだけでなく、カードに効き目がなかったらどうしようかという恐れもあったからだという。かりに給仕頭(きゅうじがしら)の耳もとで、《ぼくが何者なのかを知らないのかね？》という意味の言葉をささやいたはいいが、給仕頭から《あいにく存じあげませんね、ムッシュー——ときに、おたぁく様はいったい何者で？》と小声で返される場合を想定していたのだ。

姉アマンダのこれまでの自傷行為や準緊張症などの病歴を語り、さらにきょうの朝の現実からの大離脱について語るあいだ、リーシーの耳はコンピュータのキーボードを打つ静かな音をとらえていた。リーシーが言葉に間を置くと、カサンドラがいった。「ミセス・ランドン、ご心配はお察しいたしますが、ただいま〈グリーンローン〉は満室になっております」

リーシーの心臓がぐんと沈みこんだ。たちまち、ノーサパのスティーヴンズ記念病院のクロゼットなみに狭い病室に収容されているアマンダの姿が——食べ物の染みだらけになった患者用ガウンを着せられ、一一七号線と一九号線の交差点を鉄格子ごしにながめている姿が——脳裡に浮かんできた。「ええ……そう、わかりました。その……まちがいないですか？　メディケイドやブルークロスといった健康保険で入所をお願いしているわけではなく——必要なお金は即金で支払う意向ですし……ですから……」藁にもすがる気持ちの言葉。愚かしく響く言葉。万策尽きたとなると金にものをいわせようとして。「もし、それでなにか事情が変わるのなら……ですが」リーシーは弱々しくいい添えた。

「それでも事情は変わりませんよ、ミセス・ランドン」カサンドラの声にわずかながらも冷淡な響きがまじってきたように思え、リーシーの心臓がさらに深く沈んだ。「施設の収容人数と介護レベルの問題ですから。おわかりのように、当施設の収容人員は――」

そのときリーシーの耳が、小さな〝ちん!〟という音をとらえた。リーシーのオーブントースターが、〈ポップターツ〉や朝食用のブリトーの焼きあがりを告げるときの音にそっくりだった。

「ミセス・ランドン、恐縮ですが、少しお待ちいただけますか?」

「ええ、そうおっしゃるのなら」

小さな〝かちり〟という音がして、ふたたびプロザック・オーケストラが流れはじめた。今回の曲は、もともとは映画〈黒いジャガー〉のテーマだったのかもしれない。音楽をきいていると、非現実的な感覚がこみあげてきた。作曲者のアイザック・ヘイズがきいたら、頭にビニール袋をかぶってバスタブにもぐりこんでいきそうだ。保留にされている時間がどんどん長引き、やがてリーシーは自分が忘れられたのではないかとさえ思った――というのも、前にそんな目にあった経験があるからだ。航空券を買おうとしたときや、レンタカーの予約内容を変更してもらおうと思ったときに。ダーラが一階に降りてきて前に両手を突きだし、〝どうしたの? 教えて?〟という意味のジェスチャーをした。リーシーは頭を左右にふって、〝なんでもない〟と〝なにもわからない〟という両方の意味を伝えた。

その瞬間、おぞましさの極致だった保留音楽が消えて、カサンドラが電話口にもどってきた。

カサンドラの声からは冷淡な響きがなくなり、リーシーにはいま初めて人間の声にきこえた。それどころか、どことなく親しげな響きさえあった。「ミセス・ランドン？」

「はい？」

「長らくお待たせして申しわけありませんでした。こちらのコンピュータ記録の備考欄に、あなたかご主人から当方に連絡があった場合には、すぐドクター・アルバネスに連絡するように、とありまして。ドクターはいま診察室におります。電話をおまわししましょうか？」

「ええ」リーシーはそういった。これでようやく自分がいまどこにいるのか、正確な居場所がわかった。話をなにひとつきかないうちから、まずドクター・アルバネスがスコットの死を——つい先月や先週の出来ごとであるかのように——悼む言葉を口にすることはわかっていたし、自分がそれに礼を述べることもわかっていた。それどころか、〈グリーンローン〉が満室状態であるにもかかわらず、ドクター・アルバネスがアマンダというお荷物を受けいれると約束してくれるのなら、リーシーは三拝九拝して、ありったけの甘言を弄することも辞さなかった。そう思うと馬鹿笑いが吹きあがりそうになり、リーシーは数秒のあいだ唇に力を入れて閉ざしていなくてはならなかった。カサンドラが手のひらを返したように親しげな口調になった理由もわかった——これは、スコットが何者なのかをふいに思い出した人間の口調、いま相手にしているのがカスったれニューズウィーク誌の表紙を飾った経験のある人物だと気づいた人間の口調だ。有名人がその有名な腕をほかの人々にまで届かせているのなら、リーシーもまた有名なのが当然ではないか。たとえ、交友関係（アソシエイション）効果だけに頼ったものだとしても。あるいは、スコット自身が口にしていたように、注入（インジェクション）効果だけに頼ったものだとしても。

「もしもし?」愛想のいい、しゃがれた男性の声がいった。「ヒュー・アルバネスです。失礼ですが、ミセス・ランドンですかな?」

「ええ、そうです」リーシーは答えながら、目の前でぐるぐると輪を描いて歩いていたダーラに、足をとめて腰をおろしていろ、と手ぶりで合図を送った。「リーサ・ランドンです」

「ミセス・ランドン、まずご主人がお亡くなりになったことに心からのお悔やみをいわせてください。ご主人には五冊の本にサインをしていただきました。いまもその五冊は、わたしのいちばん大切な宝物です」

「ありがとうございます、ドクター・アルバネス」リーシーはいいながら、ダーラにむけて親指と人さし指で〝うまくいった〟ことを示すOKサインを送った。「お心づかい、まことに痛みいります」

5

〈ポップズ・カフェ〉の洗面所からダーラがもどってくると、リーシーは自分も洗面所に行っておきたい、と話した——キャッスルヴューまでは五十キロ近い距離があるうえに、午後は道路が渋滞しがちだからだ。ダーラにとっては、初めての訪問になる。ダーラはアマンダのために荷づくりをしたら——朝のあいだ、ふたりともすっかりこの仕事を忘れていた——荷物をたずさえて〈グリーンローン〉までとってかえさなくてはならない。荷物を施設に届けたら、キャッスルヴューまでの二度めの帰途につく。そうなると自宅のドライブウェイに車を入れられるのは、夜の八時半ごろになりそうだ。それも幸運が——および交通事情が——味方をしてくれたらの話。

「わたしなら、トイレにはいる前に深呼吸をして鼻をつまむわ」ダーラがいった。

「そんなにひどいの？」

ダーラは肩をすくめ、あくびをひとつ洩らした。「もっとひどいトイレだって経験がないわけじゃないし」

それはリーシーもおなじだった。とりわけスコットとの旅のあいだには、ひどいトイレも経験したものである。いまもリーシーは両の太腿に力を入れ、尻を便座から浮かせた姿勢で——忘れようにも忘れられない〈新刊プロモーション・ツアー用しゃがみ姿勢〉で——便器の水を流すと、手を洗った。ついでに顔もざっと洗い、髪に櫛を通してから、鏡の自分を見つめる。

「新しい女」鏡の自分にそう語りかけた。「アメリカン・ビューティ」

ついで、大金を投じた結果である歯を自分にむけて剝きだす。しかし、このアリゲーターを思わせる笑みの上の両目には、疑いの念が満ちていた。

「ミスター・ランドンは、あなたにお会いする機会があったら、ぜひともおたずねするといいとおっしゃってました——」

《その話はするんじゃない、ほうっておけ》

「——ミスター・ランドンが、どんなふうにテースたちをからかったかという話で——」

「だけどスコットは〝からかった（フールド）〟とはいわなかった」リーシーは鏡の自分にいった。

《黙るんだ、ちっちゃなリーシー！》

「――どんなふうにナースたちをからかったかという話で、それもあのナッシュヴィルでの事件のときだというじゃないですか」

「スコットは〝騙した（ブールド）〟といったのよ。ちがう？」

　口のなかに、またしても銅の味が満ちてきた。一ペニー硬貨とパニックの味。そのとおり、スコットは〝騙した（ブールド）〟といったのだ。まちがいない。スコットは、（もしリーシーに会うことがあったら）ナッシュヴィルでのあの事件のとき、自分がどんなふうにナースたちを騙した（ブールド）かを妻にたずねるといいと、そうドクター・アルバネスに話していたのだ。このメッセージがリーシーに伝わることを、十二分に承知したうえで。

　はたしてスコットはリーシーに、メッセージをひとつならず送っていたのか？　あんなときでさえ、ほんとうに送っていたのだろうか？

「そんなことはほうっておきなさい」リーシーは鏡の自分にささやきかけ、女性用の洗面所をあとにした。あの声を内面に閉じこめたままにしておいたほうがいいに決まっているが、いまでは声はつねにそこにあるかに思えた。これまで長いあいだ、声は静かにしていた。眠っていたのか、あるいは――さまざまなバージョンの自分同士のあいだでさえ――人が話題にしないようなこともあるという、リーシーの意識の部分の意見に同意していたのか。話題にしないこと、その一例がスコットが撃たれたあとでナースが口にした言葉だ。あるいは

（黙れ　いいから　黙れ）

一九九六年の冬に
（黙れ！）

起こった事件とか。

（**いますぐ黙れ**）

　そしてこれぞおったまげ級の奇跡というべきか、例の声がほんとうに黙った……しかし、声がいまもまだじっと見つめて耳をそばだてているのがわかり……リーシーは恐怖を感じた。

6

　リーシーが洗面所から出ると、ダーラがちょうど公衆電話の受話器をもどしたところだった。

「〈グリーンローン〉の筋向かいにあるモーテルに電話をかけてたの」ダーラはいった。「清潔そうに見えたし、今夜泊まれる部屋を予約しておいたわ。キャッスルヴューまで車でもどるなんて心底うんざりだし、あそこに泊まれば、あしたの朝一番でアマンダのようすも見られる。わたしはただ鶏の真似をして、道路をわたるだけでいいし」ダーラは妹リーシーに気づかわしげな表情をむけた。これまで長年、ダーラが――いつも決まって耳ざわりな断固たる声で――法律を押しつけてくるのをきかされていたことを思い、リーシーにはいまの姉の表情が現実とは思えなかった。「まさか、馬鹿げたことだとでも思ってる？」

「すごい名案だと思うわ」リーシーはダーラの手を強く握りしめた。ダーラが安堵の笑みをのぞかせ、リーシーはわずかな胸の痛みとともに思った。《これもお金の力のひとつ。お金があると知恵者になれる。お金があるとボスになれる》「行きましょう、ダーラ——帰りはわたしが運転するのはどう？」

「ありがたい話ね」ダーラはいい、妹のあとから日が暮れかけた外に足を踏みだした。

7

リーシーが前もって懸念していたとおり、キャッスルヴューまで帰るには時間がかかった——ふたりの車は、過積載で車体をふらつかせているパルプ輸送用トラックに前をはばまれてしまったのだ。丘陵地帯を抜けるカーブだらけの道には、追い越しをかけるだけの余裕がまったくなかった。リーシーにできたのは、トラックのあとを走りながら、トラックの生煮えの排ガスをあまり食べないようにすることだけだった。おかげで、きょう一日のことをふりかえる余裕ができた。少なくとも、その余裕だけはあった。

ドクター・アルバネスとの会話は、いってみれば野球の試合を四回裏から観戦するような具合だったが、内容に目新しいところはなかった。そもそも自分のあずかり知らぬところで進んでいた話に追いつくのは、リーシーにとってスコットとの生活の一部だった。いまでも、代金二千ドルの組み立て式ソファを積みこんだポートランドの家具屋のヴァンがあらわれた日のことは記憶にある。あのときスコットは仕事場で、いつものように耳が駄目になってしまいそうな音量で音楽を流しながら執筆中だった——仕事場には防音工事がされてはいたが、それでもリーシーにはスティーヴ・アールが歌う〈ギター・タウン〉がかすかにきこえていた。そんな場所へ行ってスコットの仕事を邪魔するのは、リーシーの意見では自分の耳にも二千ドル相当のダメージを負わせることにほかならなかった。家具店のスタッフは、リーシーにきけば新しい家具の置き場所がわかるはずだと〝ミスター〟が話していた、といった。リーシーはてきぱきと指示して、そのときつかっていた組み立て式のソファを——文句のつけようもないほどすばらしい組み立て式のソファを——納屋に運ばせ、その場に新しい組み立て式ソファを置かせた。少なくとも色あいは部屋に調和していた——それだけが救いだった。新しいソファを買うことをスコットと話しあったためしがないことはわかっていたが、同時にスコットが——それこそ激烈とさえいえる口調で——ふたりで話しあったと主張することもわかっていた。スコットが頭のなかでリーシーと話しあったことは確かだ。ただ、その種の話しあいを言葉にすることを忘れてしまうだけだ。忘却、それはスコットが磨きあげていたテクニックだった。

ヒュー・アルバネス医師とともにした昼食も、その例証のひとつかもしれない。スコットは昼食のことをリーシーに話すつもりだったのかもしれない。半年後でも一年後でもリーシーが質問すれば、自分はその昼食についてすべてをたしかに話したはずだ、という答えが返ってきただろう——《アルバネスとの昼食？ 当日の夜のうちにすっかり話したはずだぞ》と。ところが現実にその当日の夜、スコットがなにをしたかといえば、さっさと仕事部屋にこもってディランの新作CDをかけながら、新作短篇を書いていたのだった。

いや、今回ばかりは事情がちがったのかもしれない――スコットはただ忘れていたのではなく（デートの約束を一回にかぎってはすっかり忘れていたように、あるいは自身のとびきりカスったれに悲惨だった子ども時代の話をリーシーにきかせるのを忘れていたように忘れていたのではなく）、手がかりを隠していたのではないだろうか。すでに予見していたおのれの死ののち、リーシーが見つけるように。スコットがキリスト受難時の〝十字架の道行きの留〟になぞらえて〝ブールの道行きの留〟と呼んでいた筋書きにしたがって。

そのどちらが正しいにせよ、以前にもスコットに追いついた経験のあるリーシーは、電話での会話のあいだも、〝ええ、まあ〟とか〝あら、ほんとに！〟と相鎚を打つことで知識の穴をどんどん埋めていった。要所要所で〝まあ、忘れてました！〟と口にもした。

二〇〇一年の春にアマンダがみずから臍の切除をこころみ、そののち一週間にわたる泥沼状態、かかりつけの精神科医のいう準緊張病状態に陥ったとき、家族はアマンダを〈グリーンローン〉（か、あるいはどこかの精神科施設）に送る件について話しあった。そのおりの長時間におよぶ感情的な話しあい、ときには口汚くもなった話しあいのことを、リーシーはよく覚えていた。こうした話しあいの席ではスコットがいつになく口数すくなかったこと、その日の食事は申しわけ程度につまむだけだったこともリーシーは覚えていた。やがて議論がおさまりかけたころスコットが口をひらき、反対する者がいなければ、あちこちの施設のパンフレットや入所案内をもらってくるから、それをみんなで検討したらどうか、といった。

「なんだか、休暇で行くクルーズ旅行を決めてるときみたいな口ぶりね」カンタータがいった

——あてこすりめいた口調だ、とリーシーは思った。

あのときスコットは肩をすくめていたっけ——リーシーは、弾痕だらけの《**キャッスル郡へようこそ**》という標識の横を通りすぎるトラックのうしろについて、車を走らせながら思い出した。「いまアマンダは旅をしてるんだ」スコットはそう話していた。「だからアマンダにまだ家に帰りたい気持ちがあるうちに、だれかが道案内をしてあげることが大事かもしれないと思ってね」

これをきいて、カンタータの夫リチャードが鼻でせせら笑った。スコットが著作活動で数百万ドルを稼いでいるという事実も、しょせんは子ども同然に世間知らずな空想家だというリチャードのスコット観をはばむものではなかったし、リチャードが意見を述べると、妻カンタータが肩をもつと決まっていた。夫は自分がなにを話しているかを心得ていると、ふたりにいってやろうという気はリーシーには微塵もなかったが、それでもいま思いかえせば、あの日の自分はあまり食が進まなかった。

どちらにせよ、スコットは〈グリーンローン・リハビリ&回復センター〉のパンフレットや案内書のたぐいをどっさりともち帰ってきた。そのパンフレット類がカウンターに広げてあるのを目にしたときのことは、いまも覚えていた。そのうちの一冊は、映画〈風と共に去りぬ〉のタラにかなり似ている建物の写真を表紙にあしらっており、『精神疾患、あなたの家族、そしてあなた』という題名がついていた。しかし、〈グリーンローン〉についてそれ以上の話しあいがあった記憶はなかった。しかし、それも当然だ。ひとたび恢復しはじめると、アマンダは急速に快方にむかったからだ。そしてスコットは、まちがいなくドクター・アルバネスとの昼食の件をいっさい語らなかった。ちなみにこの昼食は二〇〇一年十月のことで、アマンダが正常とみなしうる状態に復してから何カ月もあとだ。

ドクター・アルバネスが（勘所をはずさぬリーシーの〝ええ、まあ〟と〝あら、ほんとに！〟と〝まあ、忘れてました！〟という相鎚に応じて）語ったところによれば、スコットはふたりだけの昼食の席上、こんなことを話したらしい。いわく、自分はアマンダ・デバッシャーがいずれはもっと深刻な現実からの離脱に見舞われると確信しているし、そのときには恢復が不可能になるかもしれない……パンフレットを読み、ドクターといっしょに施設の見学もさせてもらったいま、もし懸念している事態が現実となった場合、〈グリーンローン〉がアマンダに最適の場所だと信じるようになった。そしてスコットは——たった一回の昼食と五冊のサイン本と引き換えに——万が一の事態になったら義姉アマンダをここの施設で引きうけるという約束をドクター・アルバネスから引き出した。しかし、この事実にもリーシーはまったく驚かなかった。有名人であることが、ある種の人々には酒とおなじ影響をおよぼすことを、何年にもわたって目のあたりにしてきた経験があったからだ。

リーシーはカーラジオに手を伸ばした。ごきげんな騒がしいカントリーがききたくなったからだ（これもまた、スコットが人生さいごの数年間でリーシーに教えこみ、いまもなおリーシーが脱却できない悪習のひとつだ）。ついでちらりと目を走らせると、ダーラがいつしか助手席の窓に頭をもたせかけて寝入っていることがわかった。となると、シューター・ジェニングスやビッグ&リッチの音楽を流すのにふさわしい場合ではない。リーシーはラジオから手を離した。

8

ドクター・アルバネスは、偉大なる作家スコット・ランドンとの昼食を、たっぷり時間をかけて回想したい心境のようだった。いくらダーラがくりかえし手で合図を送ってきても——その大半は《もっと話を急かせられないのか？》という意味だった——リーシーは医者の思うようにさせるつもりだった。

その気になれば話を急かすことも無理ではなかったとは思うが、そんなことをすれば、いまの自分たちの目的には不利になったかもしれない。そもそもリーシーは好奇心に駆られてもいた。どんな好奇心か？　スコットについての新情報を知りたいという好奇心だ。ドクター・アルバネスの話をきくのは、ある意味では仕事部屋の本の蛇に隠された昔の記憶を見つけだすようなものだった。アルバネスの回想全体が、スコットの〝ブールの道行きの留〟のひとつを構成しているのかどうか、そこまではわからなかったが——そうではないという気はした——この回想が、干からびてはいるがいまもなお圧倒的な痛みを自分にもたらすこと、それだけはわかっていた。これは、あれから二年過ぎてなお残っている悲しみなのか？　灰を思わせる、固くなった寂しさの？

まず、スコットがアルバネスに電話をかけた。スコットは、もしやこの医者がかんぺっきにどでかでっかい大ファンだということを前もって知っていたのだろうか？　それとも偶然だったのか？　偶然だったとは考えにくい。偶然というには、その……都合のよすぎる話だ。しかし、かりにスコットが知っていたとして……どうやって知ったのか？　医師の洪水のような言葉をさえぎって、この点を問いただす方法がリーシーには思いつかなかったし、それはそれでかまわなかった。どのみち、重要ではないのかもしれない。どちらにしても、アルバネスはスコットから電話をもらったことで大感激し（よくある言いまわしをつかうなら、〝すっかり舞いあがって〟）、義姉についての質問と昼食への誘いのどちらも、喜んで受ける状態になっていた。さらにドクター・アルバネスは、愛読しているランドン作品を何冊か持参したら、その場でサインをしてもらえるだろうか、とたずねた。かまいません――スコットは答えた――喜んでサインをさせてもらいます。

アルバネスは、愛読しているランドン作品を持参してきた。スコットは、アマンダの医療記録を持参していた。そのことで、アマンダのこぢんまりとしたケープコッド・コテージへあと一キロ半にまで近づいていたリーシーの胸に、またひとつ疑問が芽ばえた。スコットはどうやって記録を入手したのか？　アマンダに言葉巧みにとりいって記録を提出させた？　それとも、とりいったのは、ビーズのアクセサリーを身につけていた精神分析医のジェイン・ホイットロウ？　あるいは、その両方？　ありえない話ではないことは、リーシーも知っていた。言葉巧みにとりいるスコットの魅力は万能ではなかったが――南部風フライドチキン野郎のダッシュミールがその一例――多くの人々に効き目を発揮した。アマンダにも、それは感じとれていたはずだ。ただしリーシーは、アマンダがスコットを完全に信頼してはいなかったことを知っていた（アマンダはスコットの作品をすべて読んでいた――あの『空っぽの悪魔』さえも。読みおわったあと一週間は、夜寝るときにも部屋の明かりをつけっぱなしにしないではいられなかったという）。ジェイン・ホイットロウについては、リーシーは知らなかった。

　スコットがどのように医療記録を入手したのかという点は、リーシーの好奇心が今後も決して満たされないことの証明かもしれない。だから、以下のことがわかっただけでもよしとするべきかもしれなかった――スコットが医療記録を入手し、ドクター・アルバネスが進んで記録に目を通したこと、そのあとスコットの意見に同意を表明したこと。どんな意見かというなら、アマンダ・デバッシャーがこの先さらにトラブルに見舞われる可能性がある、という意見である。そして昼食のあいだに（それも、おそらくデザートを食べおわるよりもずっと前に）、アルバネスはご贔屓作家にむけて、心配されるような事態が現実のものとなった場合、〈グリーンローン〉にミセス・デバッシャーの居場所をつくるという約束の言葉を口にしたことだ。

「ご親切に感謝します」リーシーは心のこもった口調でそう答え、そしていま――アマンダの家のドライブウェイにきょう二度めに車を乗りこませながら――思った。アルバネスはいつの時点で、小説のアイデアをどこで得るのか、という定番の質問をしたのだろうか？　早い時点で？　それとも遅くなってから？　オードブルのあいだ？　あるいは食後のコーヒーのとき？

「そろそろ起きなさい、ダーラ姉さん」リーシーはエンジンを切りながらいった。「到着よ」

　ダーラは体を起こしてアマンダの家を目におさめると、こういった。「ああ、クソ」

　リーシーはいきなり大声で笑いはじめた。笑いをこらえることができなかった。

9

アマンダのための荷づくりは、ふたりにとって予想外に悲しい仕事になった。バッグ類は、アマンダが屋根裏代わりにしていた三階の物置にあった。といっても、〈サムソナイト〉のスーツケースが二個だけ。どちらもすっかりくたびれて、ジョドーサに会うためにアマンダがフロリダに旅をしたときの《ＭＩＡ》というマイアミ国際空港のタグがついたままだったが……その旅は何年前のことだろう？　七年前？

《ちがう》リーシーは思った。《十年前だ》リーシーは物悲しさを感じながらスーツケースをしばし見つめ、大きなほうを運びだした。

「やっぱり両方とも運びだしたほうがいいかも」ダーラは心もとなげにいい、顔の汗を拭った。「ふうぅぅっ！　ここは暑い！」

「とりあえずは大きなスーツケースだけにしましょう」リーシーはいった。これにつづけて、アマンダは今年の緊張病患者ダンスパーティーに出るわけじゃないし――といい添えそうになって、あわてて口を閉じた。疲れもあらわなダーラの汗だくの顔をひと目見れば、軽口を叩いていい場合では断じてないことがわかる。「こっちなら、一週間分の荷物は詰めこめるわ。それにアマンダ姉さんは、どこか遠くに出かけるわけじゃない。お医者の話を覚えてるでしょう?」

ダーラはうなずき、また顔を拭った。「さしあたって最初のうちは、ほとんど自室のなかだけで過ごすという話だったわ」

通常なら、〈グリーンローン〉は、アマンダを自宅で診察するために医者を派遣してくるはずだ。しかしスコットのおかげで、アルバネスはこの前段階を省いてくれた。ドクター・ホイットロウがいなくなり、またアマンダが歩けず、歩こうともしない（そのうえ大小便も失禁状態にある）ことを確認すると、これから〈グリーンローン〉の救急車をそちらに派遣するといってくれたのだ——救急車の表示はいっさいない、とアルバネスは強調した。一般の人の目には、ありふれた配達用のヴァンにしか見えないはずだ。リーシーは自分のBMWにダーラを同乗させ、救急車のあとについて〈グリーンローン〉まで行った。ふたりとも深い感謝の念でいっぱいだった——ダーラはドクター・アルバネスに、そしてリーシーはスコットに。しかしアルバネスがアマンダを診察しているあいだの待ち時間は、じっさいの四十分よりもずっと長く感じられたし、診察結果も決して将来への安心がもてるものではなかった。いまの時点でリーシーが神経を集中させようとしているのは、いましがたダーラが口にした言葉だった——つまりアマンダは入所後の最初の一週間の大半を自室か、説得が奏効して多少なりとも歩くようになった場合には自室テラスで過ごし、そのあいだは動向を厳重に監視されることになる、という言葉である。突発的かつ劇的な病状の改善が見られないかぎり、廊下の突きあたりにある談話室〈ヘイルーム〉にも行かせない、という。

「病状がそんなふうに改善するとは予想できません」ドクター・アルバネスはふたりにそう話

した。「そういう例もないではないですが、きわめて稀です。わたしは真実を打ち明けることをモットーにしておりまして、真実を申しあげるなら、ミズ・デバッシャーはこれから長期の修理期間にはいるものと思われます」

「それに」リーシーは、ふたつのスーツケースのうち大きなほうを調べながらいった。「どっちみち新しいバッグを買っておきたいわ。このスーツケースは、もうおんぼろになってるんだもの」

「わたしに買わせて」ダーラはいった。声がかすれて、震えがちになっている。「あんたはよくしてくれてるもの、リーシー。かわいいちっちゃなリーシー……」そういってダーラはリーシーの手をとって口もとにもちあげ、手の甲にキスを落とした。

リーシーは驚いた——ショックを受けたといっても過言ではなかった。リーシーとダーラはすでに過去の確執を水に流していたが、それでも姉がこんなふうに愛情を表現するとは思いもよらなかったからだ。

「本気でいってるの？」リーシーはたずねた。

ダーラは気負いこんだようにうなずき、なにかいいたげに口をひらきかけたが……結局はふたたび顔を拭っただけだった。

「大丈夫？」

ダーラはうなずきかけて……頭を左右にふった。「新しいバッグ！　お笑いもいいところね！　本気でアマンダに新しいバッグが必要だと思ってる？　お医者の話をきいたんでしょう？　指を鳴らしても反応なし、手を叩いても反応なし、それどころかピンを刺す検査にも反応なしだって！　アマンダみたいな人をナースたちがどう呼ぶかは知ってる――〝植物〟よ。あの医者がセラピーだの驚異の新薬だの、そんな話をしたって関係ない――アマンダが意識をとりもどすとしたら、おったまげ級の奇跡だわ！」

《おなじみの言いまわしをつかえば……ね》リーシーはそう思って、ほほ笑んだ……といっても、それは笑みを浮かべても安全な自分の内面だけのことだった。ついでリーシーは疲れて多少涙もろくなっている姉を連れて、屋根裏に通じている急勾配の短い階段を降り、家のなかでもいちばん暑い場所の下に出ていった。ついでリーシーは姉に、生きていれば希望があるという言葉もいわず、傘代わりの笑顔を浮かべろともいわず、夜明け前の闇がいちばん深いと決まっているという言葉も口にせず、とにかく犬のケツからひり出されてきたばかりだとしか思えない言葉をいっさい口にしないまま、ただダーラを抱きしめた。なぜなら、ときには抱擁がすべてにまさる瞬間があるからだ。これこそリーシーが、結婚で苗字をもらった男に教えたことだ――ときには、ただ黙っていることがすべてにまさる瞬間がある、と。ときには、絶えず言葉のあふれだす口をしっかりと閉じ、踏んばり、踏んばり、ひたすら踏んばるのが最善だという瞬間もある、と。

10

リーシーはあらためてダーラに、〈グリーンローン〉までまた車を走らせるのに同乗しなくてもいいかとたずねた。ダーラはノーの返事の代わりに、頭を左右にふった。マイクル・ヌーナンの旧作の朗読カセットテープがあるし、それをきくのにちょうどいい機会だから、とダーラはいった。このときにはダーラはアマンダの家のバスルームで顔を洗って化粧なおしをすませ、髪の毛をうしろで結んでいた。晴れやかに見えたし、リーシーの経験からいって、見た目が晴れやかな女は決まって気分も晴れている。そこでリーシーはダーラの手を軽く握り、運転に気をつけるようにといって、車が見えなくなるまで見おくった。そのあと、ゆっくりと時間をかけてアマンダの家を見てまわる——最初は屋内を、そのあと外を見まわりながら、すべてに鍵がかかっていることを確認していった。窓、ドア、地下室への扉、ガレージ。ガレージのふたつの窓だけはどちらも五ミリばかり隙間を残しておき、内部に熱気がこもらないようにした。これはスコットがリーシーに教えたことであり、スコットはこれを父親から、恐るべきスパーキー・ランドンから教わっていた……そのほかスコットが父親から教わったのは字の読み方（それも二歳というきわめて早い時期に）、キッチンのガス台の横にいつも置いてあった黒板をつかっての計算の方法、玄関ホールのベンチから《ジェロニモ！》と雄叫びをあげながらジャンプして飛びおりること……そしてもちろん、血のプールについて。
《「プールの道行きの留(りゅう)――聖書の〝十字架の道行きの留〟にならったんだろうね」
スコットはそういって、声をあげて笑う。神経質な笑い声、〝ぼくはうしろをふりかえっているんだよ〟といいたげな笑い声。卑猥なジョークをきいた子どもの笑い声》
「ほんとにそんな感じ」リーシーはつぶやき、夕方の暑さにもかかわらず身を震わせた。過去の記憶が現在形になって意識の表層に浮上してくると、決まって心を騒がせられる。まるで過去が決して死なないかのよう――時間という偉大なる塔の特定の階層においては、すべてがいまもなお起こりつつあるかのようではないか。
《そんなふうに考えるのはまずいな。そんなふうに考えていると、悪のぬるぬるにつかまってしまうぞ》
「そうは思えないけど」リーシーはいい、自分もまた神経質な笑いを洩らした。それからアマンダのキーリングを右手の人さし指にひっかけたまま――リーシーの家のほうがずっと大きいのに、アマンダのキーリングはそれ以上に、驚くほど重かった――自分の車に近づいていった。すでに悪のぬるぬるにつかまっている気分だった。アマンダが精神科の施設に収容されたことは、その幕開けにすぎない。さらに〝ザック・マックール〟の件があり、忌まわしき〈インカン族〉のウッドボディ教授の件もある。きょう一日の展開のせいで、後者二名は念頭から追いやられていたが、だからといって存在そのものが消えたわけではなかった。きょうはもう疲れていて、ウッドボディの件に対処する気力が出てこなかったし……疲れていて、ウッドボディをねぐらにまで追いかける気力も出なかった……それでも、やはりきょうじゅうにその仕事をすませておくべきだと思った。たとえ、ウッドボディの電話仲間である〝ザック〟が、本物の危険人物のような口調で話をしていた、というだけの理由であっても。

リーシーは自分の車に乗りこむと、おっきなお姉ちゃんことマンダ＝バニーのキーリングをグラブコンパートメントにほうりこみ、バックでドライブウェイを進んでいった。そのさなか、沈みゆく太陽の光が背後のなにかに反射して、まばゆい光の網を家の屋根にまで投げかけた。リーシーはぎくりとしてブレーキを踏みこみ、うしろをふりかえった――目に飛びこんできたのは例の銀のシャベルだった。**起工式　シップマン図書館**の文字。うしろに手を伸ばして木の把手にふれると、気分がいくぶん落ち着くのをおぼえた。アスファルト舗装の道にまで出たところで左右に目を走らせ、一台の車も来ないのを確認すると、リーシーは車を道に乗り入れて帰途についた。玄関ポーチにすわっていたミセス・ジョーンズが挨拶に手をふってよこした。リーシーも手をふった。それから、ＢＭＷのバケットシートの隙間にその手を差し入れた――シャベルの柄を握るためだった。

11

自分自身に正直になれば――家までの短い距離を走りはじめながら、リーシーは思った――例のくりかえし甦ってくる記憶に（おなじことがふたたび起こっている、いま、まさに起こっているというあの感じに）感じる恐怖は、夜明け直前のベッドで起こったとも起こらなかったともしれない事態に感じた恐怖を上まわっていると認めるしかなかった。後者は、不安に駆られる精神が夢うつつの半覚醒で見た夢だと片づけることも（いや……八割までは片づけてしまうことも）できなくはない。しかし、ガード・アレン・コールのことはもう長いあいだ考えもしなかったし、かりにスコットの父親の名前や、父親の勤務先をたずねられたとしたら、リーシーは正直に覚えていないと答えたはずだ。

「US石膏社（ジップサム）」リーシーはいった。「ただしスパーキーは、USジップパム社と呼んでいた……」ついで低くいかめしい声、まるでうなり声のような声でつづける。「もうよしなさい。それで充分。やめるの」

しかし、やめることが可能なのか？　問題はそこだ。しかも重要な問題である。というのも、苦痛に満ちた恐ろしい記憶をせっせと溜めこんでいたのは、先立ったリーシーの夫だけではないからだ。リーシー自身も、**《リーシー、現在》**と**《リーシー！　新人時代！》**のあいだに精神のカーテンを引いている。これまではそのカーテンが強力だとずっと考えていたが、今夜はもうその確信はなかった。カーテンに穴がいくつもあいているのはまちがいないし、その穴から反対側をのぞいたりすれば、向こうにある見たくもないもの、紫の靄（もや）のなかにあるものを見てしまう危険に身をさらすことになる。だから、できれば見ないほうがいい。部屋の明かりがすべてついていないかぎり、夜になってから鏡で自分を見ないほうがいいように。あるいは日没後に

（夜の食べ物）

オレンジやボウル一杯分の苺を食べないほうがいいように。現在を生きる、それがいちばんいい。なぜなら、ひとたび忌まわしい記憶をきっちりと支配下におさめれば、もしかしたら——

「もしかしたら……なに?」リーシーは怒りに満ちた震える声でおのれに問いかけ、即座にこう答えた。「そんなこと、知りたくはないわ」

沈みかけた太陽の光のなかから、反対車線を走るPTクルーザーが姿をあらわした。運転席の男が手をかかげてリーシーに挨拶を送ってきた。リーシーにはPTクルーザーを所有している知りあいの心あたりがなかったが、それでも手をかかげて挨拶を返した。たんなる田園地帯ならではの礼儀だ。どのみち、意識はほかの場所にあった。事実をありていにいうなら、記憶のすべてを拒めるような立場にはなかったからで、なぜかといえば、それは

(揺り椅子にすわるスコット。その姿は目ばかり。いっぽう外では風がうなっている。イエローナイフからはるばる吹きおろしてきた激しい烈風が)

目をむけられないものがあるからにほかならなかった。それに、すべてが紫色にかき消されているわけではない。リーシー自身の頭のなかにある本の蛇の奥に隠されているだけで、あっけないほど簡単に思い出せるものもある。その一例がブールの一件。以前スコットは、ブールの内幕をすっかり打ち明けてくれたのではなかったか?

「ええ、そう」リーシーはすっかり傾いた日ざしを避けるために、サンバイザーを降ろしながらいった。「ニューハンプシャーで。結婚のひと月前のこと。でも、それが正確にどこだったのかは覚えてないわ」

《あそこの名前は〈アントラーズ〉だったよ》

わかった、オーケイ、そういうこと。〈アントラーズ〉だ。スコットはあの旅行を早めのハネムーンとか、そんなような名前で呼んでいた——
《前倒しのハネムーン。スコットは旅行を、前倒しのハネムーンと呼んでいる。スコットはいう——「さあ、出発するぞ、ベイビィラーヴ。荷物をまとめて手綱をかけろ」と》
「そして、旅行の目的地をベイビィラーヴがたずねたら——」リーシーはつぶやいた。
《——そして、旅行の目的地をリーシーがたずねると、スコットはいう。「着けばわかるさ」そのときすでに空は白く、ラジオでは雪が降ると予想しており、いまだ木々に葉がついたまま色づきかけたばかりという季節を思うなら、容易には信じがたく……》
あのとき旅行をしたのは、『空っぽの悪魔』のペーパーバック版の好セールスをお祝いするためだった。この背すじの寒くなる恐ろしい小説がスコット・ランドンの名前を初めてベストセラー・リストに押しあげ、ふたりを裕福にしてくれた。いざ現地に着くと、ふたり以外に宿泊客はいなかった。そして、突拍子もないほど季節はずれの秋の雪嵐。土曜日にはふたりはスノーシューズを履いて森を抜ける遊歩道を散歩し、それから
（うまうまツリー）
一本の木、特別な木の下にすわった。スコットはタバコに火をつけてからリーシーにいった
……きみに話しておかなくてはいけないことがある、話しにくい話だ、もし話をきいたあとできみが結婚について考えなおしたい心境になれば、それはとても残念だし……それどころじゃない、胸がカスったれなほど張り裂ける思いもするだろう、しかし——
リーシーは急ハンドルで一七号線の路肩に車を寄せ、背後に土埃を霧のように舞いあげなが

ら停止させた。あたりはまだ明るかったが、光の質には変化が見られた。ニューイングランドの六月の夕方だけがそなえる、絹を思わせる豊饒な夢の光にじりじりと近づきつつあった。マサチューセッツより北の地で生まれた大人にとっては、夏のこの光が子ども時代のいちばん鮮明な記憶だ。

《〈アントラーズ〉にも、あの週末にももどりたくない。わたしたちがまるで魔法みたいだと思った雪にも、下に腰をおろしてサンドイッチを食べてワインを飲んだ木、うまうまツリーにも、そしてその晩ともにしたベッドにも、スコットが語りきかせてくれた話にももどりたくない——ベンチとブールと頭のいかれた父親の話には。手を伸ばしても、ぜったいに見たくないところにたどりつくのがおち……そう思うと怖くてならない。お願い、もうやめて》

気がつくと、この言葉を低い声でなんどもなんどもくりかえしていた。「もうやめて。もうやめて。もうやめて。もうやめて」

しかし、いまではもうブール狩りに出ている。だから、もうやめてというのは遅すぎるのかもしれない。けさベッドにあらわれた存在によれば、リーシーはすでに最初の三つの留(りゅう)を見つけているという。あといくつか見つければ、ご褒美がもらえる。キャンディバーのときもある！　飲み物のときも——コークでもロイヤルクラウンでも！　そしてかならずもらえるのは、

《ブール！　おしまい！》のカードだ。

《きみにブールを残した》アマンダのナイトガウンをまとっていた存在はそういった……太陽が没しようとしているいままた、あれがほんとうにアマンダだったとは信じられなくなっている自分に気がついた。あるいは……アマンダだけだったとは。

《もうすぐ血のブールがきみのもとを訪れる》

「でも、最初はいいブールよ」リーシーはつぶやいた。「あといくつか道行きの留を見つけたら、ご褒美がもらえる。飲み物を。できたらウイスキーをダブルでもらいたいわ」リーシーはいささか狂おしい笑い声をあげた。「でも留が紫の向こうに隠れていたら、それが善だということがある？　紫の向こうには、ぜったいに足を踏みいれたくないし」

ブールの道行きの留とは、リーシー自身の記憶なのか？　だとしたら過去二十四時間で、三つの鮮烈な記憶を数えあげることができる。狂人を叩きのめしたことの記憶。灼熱の舗装面に横たわるスコットの横にひざまずいたことの記憶。闇から姿をあらわして近づいてくるスコットを見つけたときの記憶。あのときスコットは両手を前に差しだしていた。まるで贈り物を差しだすように……いや、スコットはあれを贈り物にするつもりだった。

《ブールだぞ、リーシー！　そんじょそこらのブールじゃないぞ、こいつは血のブールなんだ！》

舗装面に横たわっていたとき、スコットはロングボーイが――斑模様の際限もなくつづく横腹をもつものが――すぐ近くにまで迫っているとリーシーに話した。《姿は見えないけど……あいつが餌を食ってる音がきこえるんだ》スコットはそう語った。

「そんなこと、もうこれ以上は考えたくないってば！」自分が悲鳴じみた声でそういっているのがきこえた……しかし声は恐ろしく遠いところから響いたように、恐るべき深淵の向こう側から響いたように思えた。唐突に、現実世界がまるで氷のように薄いものに感じられてきた。あるいは、一秒か二秒以上はのぞいていたくない鏡のように。

《そんなふうにも呼べる。いずれは来るはず……》

いまBMWの運転席にすわっているリーシーは、あのとき夫がどんなふうに氷が欲しいとせがんだか、どんなふうに氷が手にはいって――あれは一種の奇跡だった――自分が氷をどんなふうに夫の口に入れたのかを思い出していた。当意即妙のでっちあげが得意だったのはスコットのほうで、リーシーは決して得意ではなかった。しかしドクター・アルバネスからナッシュヴィルのナースについて質問されたときには、リーシーは精いっぱいの努力をして、スコットが目をかっと見ひらいたまま息をしていないふりをしたと――死人の真似をしたと――話した。アルバネスは、こんなに愉快な話は生まれて初めてだといいたげに大笑いしていた。それを見ても、アルバネスの下で働くスタッフに羨ましさを感じることはなかったが、少なくとも話をきかせたことで〈グリーンローン〉を辞去することはできたし、ここまでたどりつくこともできた――田舎を走る幹線道路の路肩に車をとめて。しかも足もとでは昔の記憶が飢えた犬同然に吠え哮り、リーシーの紫のカーテンに嚙みついている……憎らしくも大切なリーシーの紫のカーテンに。

「困った……迷ったわ」リーシーはそういって手を垂らし、なんとか弱々しい笑い声を洩らした。「どこよりも深く、どこよりも暗いカスったれな森で迷っちゃった……」

《ちがう、どこよりも深くて暗い森はまだこの先で待ちかまえてるみたい――木がどれももっと太く、甘い香りをただよわせる森、過去がいまなお起こりつつある森が。いつでも起こりつつある。あの日、どんなふうにあの人を追いかけたかを覚えてる？　奇妙な十月の雪のなか、あの人を追って森にはいっていったときのことを？》

もちろん覚えていた。スコットは遊歩道をはずれ、リーシーはそのあとを追った。スコットのスノーシューズが雪に残した跡を、自分のスノーシューズでたどるように心がけて。いまのこれは、あのときに似ているのでは？　ただし、今回おなじことをしようとするのなら、その前に手に入れておくべき品がある。やはり、過去の一片である品を。

リーシーは車のギアをドライブに入れると、近づいてくる車の有無をバックミラーで確かめてから、いま来た方向にＵターンし、ＢＭＷをかなりの猛スピードで走らせはじめた。

12

リーシーがこの長い長い木曜日の午後五時すぎに〈パテルズ・マーケット〉に足を踏みいれたときには、店主のナレシュ・パテルがみずから店に出ていた。レジのうしろのローンチェアに腰かけてカレーを食べながら、腰をくねらせて歌うシャナイア・トゥエインをカントリーミュージック・テレビジョンで見ていたのだ。リーシーを目にとめると、パテルはカレーをわきへ押しやり、意外にも立ちあがって出迎えた。着ているＴシャツには、**《アイ♡ダークスコア湖》**の文字があった。

「セーラム・ライトをひと箱いただける？」リーシーはいった。「いいえ、やっぱりふた箱ちょうだい」

ミスター・パテルがこの店を切り盛りするようになって——最初は父親がニュージャージーに所有していたマーケットの従業員として、そののちは店主として——かれこれ四十年近くにもなる。それゆえ、それまで買ったことのない酒類を急に買いはじめたり、どう見ても非喫煙者なのにタバコを買ったりする客が来た場合でも、よけいなコメントを控えるだけの知恵もついていた。それゆえパテルは、いつも在庫の豊富なこの手の品物のラックから、女性客が指示した毒物をとりだしてカウンターに置き、天気のよさについての言葉を口にしただけだった。ミセス・ランドンはタバコの値段の高さにショックに近い表情をのぞかせたが、パテルはそれにも気づかないふりを通した。ショックの表情は、禁煙と喫煙再開のあいだの期間がどれほど長かったかを示すだけだからだ。すくなくとも、この女性客には毒を買う金の余裕がある——パテルの上得意客のなかには、これを買うためなら子どもの食費さえとりあげかねない者もいなくはない。

「お世話さま」リーシーはいった。

「ありがとうございました。またご贔屓に」ミスター・パテルはそう答えると、ふたたび腰をおろし、ダリル・ウォーリーが〈オウフル、ビューティフル・ライフ〉を歌うのをながめはじめた。大好きな曲のひとつだった。

13

リーシーは店の横手、ガソリンポンプをつかう車の邪魔にならない場所に車をとめていた。驚くほど清潔な七つのアイランドに、合計で十四台のポンプがあった。ふたたび運転席に腰をおろしたリーシーは、窓をあけるためにエンジンをかけた。同時にダッシュボードの下のXM衛星ラジオに電源がはいって（スコットが生きていたら、これだけたくさん音楽専門局があることをどれだけ喜んだことか）、低く音楽が流れはじめた。チャンネルは〈ザ・フィフティーズ・オン・ファイヴ〉にあわせてあり、きこえてきたのが〈シュブーン〉でも、リーシーはまったく驚かなかった。ただし、ザ・コーズによる原曲ではなく、カバー・バージョンだった。こちらを歌っているカルテットを、スコットは〝白人四人組(ザ・フォー・ホワイト・ボーイズ)〟と呼ぶといいはってきかなかった。ただし、酔ったときにはちがった。酔ったときのスコットによれば、このグループは〝四人のクリーンカットの白んぼたち(フォー・クリーン・カット・ホンキーズ)〟だった。

リーシーは買ってきたばかりのタバコの片方の封をあけると、セーラム・ライトを一本抜きだして唇のあいまに押しこめたが、こんなふうにタバコをくわえるのは何年ぶりだろう？　五年ぶり？　七年？　BMWのシガーライターがぽんと外に飛びだしてくると、タバコの先端にあてがい、メンソールの香りのついた煙を慎重に吸いこんだ。たちまち煙にむせて咳が出にじめ、目がうるんだ。もう一回吸いこむ。二度めのほうが多少はましだったが、こんどは頭がくらくらしはじめた。三回めに煙を吸いこむ。もう咳はまったく出なかった。ただ、いまにも気絶しそうになっただけ。もしここで前にばったりと倒れたらクラクションが鳴りわたりはじめ、ミスター・パテルがなにごとかとあわてて店から走りでてくるだろう。もしかしたら、タバコの火で自分を焼いてしまう危険からリーシーを救うのに間にあってくれるかもしれない。そういった種類の死は〝犠牲死(イモレイション)〟というのか、それとも窓外放出死(ディフェネストレイション)というのか？　スコットなら知っていたはずだ。なにせ黒人バージョンの〈シュブーン〉を歌っていたグループの名前も——ザ・コーズ——映画〈ラスト・ショー〉でビリヤード場を経営していた男の名前も——サム・ザ・ライオン——知っていたのだから。

しかし、スコットもザ・コーズも、サム・ザ・ライオンも、みんないなくなってしまった。

リーシーは、汚れひとつない未使用の車内灰皿でタバコを揉み消した。ナッシュヴィルのモーテルの名前も思い出せなかった。ようやく病院をあとにしてむかったモーテルだ（「しかり、酔いどれが酒に引き寄せられるがごとく、はたまた犬が反吐に引き寄せられるがごとく、汝はかのモーテルへもどりし」脳内のスコットがそう吟唱する声がきこえた）。ただしフロント係があてがったのは建物奥にある狭苦しい客室で、窓から見えるのは高い板塀だけだった。リーシーには、その板塀の反対側にナッシュヴィルの犬という犬が集結し、吠えて吠えて吠えまくっているように感じられた。あのたくさんの犬の前には、ずっと昔のプルートーなどしみったれでしかなかった。あの夜、リーシーは眠れないとわかっていながら、ツインベッドの片方に身を横たえた。どうせ眠りかけたと思えば、ブロンド野郎があのしゃらくさい小さな銃の銃口をスコットの心臓めがけてふりむけている光景が見えてくるに決まっているし、《フリージアのために、この〝きんこん・かんこん〟の音をなんとしても黙らせないではいられない》というブロンド野郎の声がきこえて、あっけなく目を覚ましてしまうにちがいない。しかし、やがてリーシーはたしかに寝入って、翌日をよろめき歩きながら過ごせるだけの睡眠を得ることになった——三時間、あるいはせいぜい四時間といったところ。眠りという驚くべきごちそうにどうやってありつけたのか？　銀のシャベルの助けを借りたのである。ベッドの横の床にシャベルを置き、自分が遅きに失したとか自分の身ごなしが遅すぎたと感じられたときには、すぐ触れられるようにしたのだ。あるいは、夜のあいだにスコットの容体が急変しているように思えた場合には。これもまた、それ以来長きにわたって、いちども考えなかったことだった。いまリーシーは後部座席に手を伸ばして、シャベルに触れた。あいている手でまたセーラム・ライトに火をつけ、その翌朝、病院までスコットの見舞いにいったときのことを自分に回想させる。すでにうだるような暑さのなか、三階の集中治療室エリアまでわざわざ階段であがったのは、病院の建物のそちら側にわずか二基しかないエレベーターの前に《故障中》のプレートがさがっていたからだ。リーシーは、なにがあったのだろうかと考えながら、スコットの病室に近づいていった。それは、じつにくだらない瑣末なことの一例、すなわち

14

それはじつにくだらない瑣末なことの一例、すなわち、うっかり他人を死ぬほど怖がらせてしまうことの一例だ。リーシーは翼棟の端にある階段から廊下に姿をあらわし、ナースは両手でトレイをもちつつ、渋い表情を顔にのぞかせながら、ふりかえって病室のようすを確かめつつ、三一九号室から廊下に出てくる。リーシーはナースに（二十三歳の誕生日を一日も過ぎていないように見えるばかりか、さらに年下にも見えるナースに）自分の存在を知らせるため、ハローと声をかける。ちょっとした挨拶、ちっちゃなリーシーならではのただのハ.ロー。しかしナースは金切り声をあげて、トレイを落としてしまう。皿とコーヒーカップは破壊をまぬがれる――どちらも頑丈なカフェテリア仕様だからだ。しかしジュースのグラスは粉々に砕け、オレンジジュースがリノリウムの床と、それまで染みひとつなかったナースの白衣に飛び散る。ナースは大きくひらいた目、ヘッドライトに照らされた鹿の目でリーシーに視線をむけ、つかのまその場から走って逃げそうなそぶりをうかがわせるものの、自分を抑え、「ほんとに、すみません。びっくりしてしまって」などとありきたりの言葉を口にする。それからナースはしゃがみこみ――白衣の裾が引っぱりあげられ、白いストッキングのナースのナンシーの膝が剝きだしになる――皿とカップをトレイにもどす。つづいてナースは迅速でありながらも慎重かつ優雅な手つきで、ガラスの破片を拾いあつめはじめる。リーシーもしゃがみこんで、手伝いはじめる。

「そんなことまでしていただかなくても」ナースはいう。その口調は鼻にかかった深南部訛だ。「わたしの失敗なんですから。うっかりして、自分が進む方向を見ていなかったせいです」

「いいのよ」リーシーは答え、若いナースに先んじて拾うことのできた破片をトレイに載せる。それから紙ナプキンを手にとり、こぼれたジュースを拭きはじめる。「だって、これは主人の朝食のトレイですもの。手伝わなかったら気がとがめるわ」

　ナースがリーシーに奇妙な表情を見せる――リーシーが多かれ少なかれ慣れてきている、〝あなたがあの人の奥さんですって?〟という顔に似た表情。しかし、正確にその表情とはいえない。ついでナースは床に視線を落とし、見のがしたかもしれない破片を探しはじめる。

「あの人、ちゃんと食べたのね?」リーシーは笑みをのぞかせていう。

「ええ。あれだけの目にあったことを思えば、よく召しあがったといえますね。コーヒーをカップに半分――というのが許された量なんですが――スクランブルエッグ、アップルソース、それに〈ジェロー〉を一カップ。でもジュースは飲みきれなかったんです。おわかりのように」ナースはトレイを手にして立ちあがる。「ナースステーションからタオルをもってきて、残りは拭きとっておきます」

　しかし若いナースはその場でためらい、低く神経質な笑い声を洩らす。

「あの……ご主人にはちょっぴりマジシャンに通じるところがありますね?」

まったく理由のないことながら、リ――シ――は思う。《ＳＯＷＩＳＡ――適切（ストラップ・オン・ホエネ）だと思えたときにはいつでも手綱をかけろ（ヴァー・イット・シームス・アプロプリエイト）》と。しかし、ほほ笑みながらこう口にするにとどめる。「たしかに、あの人はいろんなトリックを隠しもってるわ。病気だろうと元気だろうとね。あなたにはどんなトリックを仕掛けたの？」

　いいながらリーシーは心の奥底で、最初のブールの夜を思い出している。クリーヴズミルズのアパートメントで眠ったままバスルームに足を運んだときのこと、あのときは歩きながら、《スコット、わるいけど急いで》といっていたのでは？　そんなことをいったのは、いっしょのベッドにスコットが寝ていなかったのは確かだったから、だったらバスルームにいるにちがいないと思ったからではなかったか？

「わたし、ご主人のようすを見に病室にいったんです」ナースはそう話している。「誓っていいますけど、ベッドはもぬけの殻でした。ええ、点滴のポールはその場にあるし、薬液バッグも吊られたまま、でも……ですから、ご主人が点滴の針を自分で抜いて、バスルームに行ったものとばかり思いました。薬の影響下にある患者さんは、それこそあらゆる奇妙な行動をとるものですし」

　リーシーはうなずく。自分の顔にも、同様の期待の淡い笑みが浮かんでいるようにと祈りながら。《この話は前にもきいたことがあるけれど、まだきき飽きてはいない》と語っている笑みが。

「バスルームも調べたんですが、そこにもだれもいなかったんです。それで、うしろをふりかえると――」

「あの人がいたんでしょう？」リーシーはナースに代わって言葉をしめくくる。あいかわらず淡い笑みをたたえたまま、落ち着いた静かな声。奇術師のかけ声。「さあ、いますぐ変われ、アブラカダブラ」《そしてブール、おしまい》リーシーは思う。

「ええ。どうしておわかりに？」

「それはね」リーシーは笑みをのぞかせたままで答える。「スコットには、周囲の環境に溶けこむ特技があるから」

とんでもなく馬鹿らしく響いて当然の言葉――あまり想像力のない人間ならではの下手くそな嘘だ。しかし、馬鹿らしくは響かない。なぜなら、これは嘘ではないからだ。スーパーマーケットやデパートで、いつのまにかスコットを見うしなうのはいつものことだったし（理由はいざ知らず、スコットはこういった場所でもほとんど人に気づかれずにすんでいた）、メイン大学の図書館で三十分近くも探しまわったあげく、やっと雑誌室にいるところを見つけたこともある。しかも、それまで二回は雑誌室を調べていたにもかかわらず、だ。自分を待たせたあげく、大声で名前を呼べない場所でさんざん居場所を探しまわるような目にあわせたことにリーシーが文句をいうと、スコットはあっさりと肩をすくめて、自分はずっと雑誌室で新しい詩の雑誌を読んでいた、と主張した。さらに肝心なのは、リーシーの見たところスコットは嘘をついていないどころか、真実を大幅に脚色さえしていない、ということだ。つまりリーシーのほうが……なぜかスコットを見のがしたのである。

ナースは顔を輝かせて、リーシーにこう話す。「ええ、スコットがそのとおりのことをいってました――自分はまわりに溶けこむんだ、って」ナースは顔を赤らめる。「ご主人がわたしたちに、自分のことはスコットと呼んでくれといったんです。それも命令同然に。お気にさわったのならすみません、ミセス・ランドン」この若い南部娘のナースが話すと《ミセス》が《ミズ》にきこえる。しかしダッシュミールの訛とは異なり、ナースの訛が神経に障ることはない。

「ぜんぜんかまわないわ。あの人、若い女の子には決まってそういうの。とくにかわいい子には」

ナースはほほ笑み、さらに頬を赤くする。「スコットは、そばを通りかかったわたしが自分をまじまじと見つめているのに気がついたって、そう話してました。それから、こんなこともおっしゃったんですよ。『ぼくは前から、白人のなかでも肌が白いほうだったけどね、血をあらかた流してしまったいまでは、きみの知りあいの白人のなかでも色白トップテンにはいるだろうね』って」

リーシーはお義理で笑う。胃がよじれている。

「それに、もちろん白いシーツがあって、患者さん用の白いガウンを着てますから……」と話す若いナースの口ぶりが、だんだんゆっくりになってくる。ナースは自分の話を信じたがっているし、スコットがきらきらと輝く榛色の瞳で見つめながら、その話をじっさいにきかせたときに、このナースが話を本心から信じたことにも疑いの余地はない。一方、同時にいまこうして話しながらも、言葉のすぐ下からこっそりと忍びでてきた馬鹿馬鹿しさを本人が感じていることにも、疑いの余地はない。

リーシーは話に飛びついて、助け船を出す。「それにあの人には、とっても静かになる心得があるから」とはいうものの、知っている範囲ではスコットはだれにもまして落ち着きのない男だ。本を読んでいるときでさえ、しじゅう椅子にかけたまま姿勢を変え、爪を嚙み（リーシーが叱ったあとしばらくはこの癖もなりをひそめたが、やがて再開していた）、注射を一本射ちたくなった麻薬常用者のように腕をぽりぽりと掻き、さらにはお気にいりの安楽椅子の下に常備してある、重さ二キロ強のダンベルを足で転がしていることもある。リーシーの知るかぎりスコットが静かにしているのは深い眠りについているときと小説を書いているときだけ、それも執筆が例外的に順調に進んでいるときだけだ。しかしナースは、まだ疑っている顔を見せている。そこでリーシーはなおもひと押し、自身の耳には恐ろしいほどに嘘くさく響く陽気な口調で話す。「たまに、あの人が家具のひとつになったと思えることさえあるのよ。なにも気づかないまま、あの人のそばを通りすぎたことだって数えきれないほど」そういってナースの手に軽く触れる。「だから、いまもそれとおなじことが起こっただけね」

そんなことを断言する気持ちはリーシーにはこれっぽっちもないが、ナースは感謝の笑顔をのぞかせて、スコットが姿を消した件の話題はおわる。《というより、この話題をあっさりと流したという感じ》リーシーは思う。《小さな腎臓結石みたいに》

「きょうはずいぶん恢復なされていますよ」ナースはいう。「けさ早くにドクター・ウェンデルスタットが回診をしたんですが、心の底からびっくりしていました」

そのとおりだろう。それからリーシーは、もうずいぶん昔にクリーヴズミルズのアパートメントでスコットが口にした言葉をナースにきかせる。当時はただの言いまわしのひとつだとしか思わなかったが、いまではそれが事実だと信じている。そう、そのとおり、完全に信じているのだ。

「ランドン家の人はみんな治りが速いのよ」リーシーはそういい、夫を見舞うために病室に足を踏みいれる。

15

スコットは目を閉じ、顔を片側にむけて横たわっている。とびきり白いベッドに横たわる、とびきり白い男の姿——たしかに、その点は事実だ。しかし、肩まで伸びたモップめいた黒い髪の毛を見のがすことはありえない。ゆうべ腰かけていた椅子はリーシーがあとにしたときの位置のまま。いまもまた、ベッドの横という場所に腰をおろす。つづいて本をとりだす——シャーリー・コンランの『悪夢のバカンス』。栞代わりにはさみこんである紙マッチをとりだすと同時に、スコットの視線を肌に感じて、リーシーは顔をあげる。

「けさの気分はどう、あなた?」リーシーはたずねる。

スコットは長いことなにもいわない。呼吸のたびにぜいぜいという音がしてはいるが、きのう駐車場に横たわって氷を強く求めていたあのときのような悲鳴じみた音ではない。《この人、ほんとに恢復してる》リーシーは思う。ついでスコットは多少力をふりしぼりつつ手を動かして、リーシーの手に重ねてくる。その手に力がこもる。唇がわかれて(その唇があまりに乾燥しているように見えるので、リーシーはあとで〈チャップスティック〉か〈カーメックス〉のリップクリームをもってこよう、と思う)、ほほ笑みをつくる。

「リーシー」スコットはいう。「ちっちゃなリーシー」

それからスコットはふたたび眠りの国に舞いもどるが、手はリーシーの手に重ねたままだ。リーシーにはこれっぽっちの異存もない。本のページをめくるのなら、反対の手だけで充分だ。

16

居眠りから目覚める人のように身じろぎをしつつ、愛車BMWの運転席側の窓から外に目をむけたリーシーは、ミスター・パテルの店の前のきれいな黒い舗装面に落ちている車の影がそれとわかるほど長く伸びていることに気づかされた。フロントガラスの先に目をむけると、〈パテルズ〉の裏窓のひとつ——おそらく商品倉庫になっているはずの場所——からこちらを見ている顔が目にとまった。それがミスター・パテルの妻なのか、ふたりいる十代の娘のひとりなのかを見さだめる間もなく顔は見えなくなったが、そこに浮かんだ表情を見さだめる時間はあった——好奇心か、あるいは憂慮。どちらにしても、そろそろ移動しはじめる頃合いだった。リーシーは、不気味なほど清潔なアスファルト舗装に吸殻を投げ捨てるのではなく、ちゃんと車の灰皿で揉み消したことに安堵をおぼえつつバックで車を出すと、ふたたび家へむけて車を走らせはじめた。

《病院で過ごしたあの日のことを——それからナースが口にした言葉を——思い出したのも、ブールの道行きの留（りゅう）のひとつ》

　そうだろうか？　イエス。

　きょうの朝、なにかがリーシーのベッドにいたことは確かだし、いまのところはそれがスコットだったと信じてもいい気分になっていた。スコットはなにか理由があって、リーシーをブール狩りに送りだした……ペンシルヴェニア州の田舎に暮らしていた不幸な少年二人組だった当時、兄のポールが弟スコットを送りだしたように。ただし留から留への案内はちょっとした謎かけではなかったし、リーシーが導かれていったのは……

「あなたはわたしを過去へと導いているのね」リーシーは低い声でいった。「でも、どうしてそんなことをするの？　いったいなぜ？　過去には、悪のぬるぬるがあるのに？」

《きみはいま、いいブールをしてるんだ。紫の向こう側に進むんだよ》

「スコット、わたしは紫の向こう側になんて行きたくない」家に近づいていきながら。「紫の向こう側に行きたいと思うなんて、そんなカスったれなことがあるわけないわ」

《でも、自分が選り好みのできる立場だとは思ってないけど》

　もしそのとおりなら、もしつぎのブールの道行きの留が、すなわち〈アントラーズ〉訪問——スコットのいう前倒しのハネムーン——をふたたび体験することであるのなら、手もとには母さんの杉の箱が欲しいところだ。いまでは母親の形見の品はあれだけ。というのも

（アフリカン）

アフガンはもうないからだ。スコットの仕事場にあるものとくらべれば、ずっと見劣りこそす

れ、あれこそ自分版の思い出コーナーだろう、とリーシーは思った。というのも、リーシーはあの箱に結婚生活の最初の十年間の
（スコットとリーシー！　新人時代）
ありとあらゆる思い出の品を種類を問わずしまいこんできているからだ。写真、絵葉書、ナプキン、紙マッチ、メニュー、ドリンクのコースターなど、価値のないがらくたのありったけを。いったいどのくらい、あの手の品をあつめつづけたのか？　十年？　いや、そこまで長い期間ではない。せいぜい六年。それより短いかもしれない。『空っぽの悪魔』の刊行後、広範におよぶ変化が急速にやってきた――ドイツ体験にとどまらず、あらゆる面で。ふたりの結婚生活は、アルフレッド・ヒッチコック監督の〈見知らぬ乗客〉のラストシーンに出てくる、暴走したメリーゴーラウンドさながらの様相を呈した（これは語呂あわせだ、とリーシーは思った――回転木馬（メリーゴーラウンド）と回転結婚（マリーゴーラウンド））。カクテルナプキンや記念の紙マッチをあつめるのをやめてしまったのは、ホテルの数があまりにも増え、ラウンジやレストランの数があまりにも多くなったからだ。たちまち、すべてをあつめる習慣をやめてしまった。そして、母さんの杉の箱、蓋をあけると甘くていい香りのするあの箱、あれはどこにあっただろうか？　家のなかのどこかにあるにちがいない。だからリーシーは、なんとして探しだすつもりだった。
《もしかしたら、それがつぎのブールの道行きの留ということになるのかも》そう思った拍子に、自宅の郵便受けが前方に見えてきた。扉がおろされて、そこに郵便物の束が輪ゴムでくくりつけてある。リーシーは好奇心に駆られて、郵便受けのポールのすぐ横に車を寄せた。スコットが生きていた当時こそ、家に帰ると郵便受けが手紙であふれかえっていたことはしょっち

ゅうだったが、それ以降は届けられる郵便物も減る一方で、《現在の居住者、あるいは所有者さま》あてのダイレクトメールも珍しくはなかった。じっさい、きょうの手紙の束もかなり薄く見えた。封書が四通と葉書が一枚。地方無料郵便配達地域の第三地区を担当する配達人のミスター・シモンズなら、束を郵便受けに入れていったはずだ——ただし天気のいい日には、輪ゴムを一、二本つかって頑丈な金属製の小旗のポールに縛りつけていくこともある。リーシーは郵便物にざっと目を走らせたのち——請求書、ダイレクトメール、カンタータからの葉書——郵便受けに手を差し入れた。指先が柔らかく毛皮で覆われたもの、湿ったものに触れた。驚いて悲鳴をあげながら、あわてて手を引き抜き、指先が血で汚れているのを目にとめてふたたび悲鳴を——今回は恐怖の悲鳴を——あげた。とっさに、なにかに嚙まれたにちがいないという思いが浮かんだ。動物が杉材の郵便受けポールをよじのぼり、内側にはいりこんだにちがいない。鼠あたりだろうか。あるいは、もっと性質(たち)のわるい動物か。もっと兇暴な動物——たとえばウッドチャックとか、洗い熊の子どもとか。

リーシーは、うめき声ほどではないにしろ、耳につくあえぎをあげて荒い息をつぎながらブラウスで手を拭うと、こわごわ手をもちあげて傷の数を確かめようとした。傷の深さもだ。嚙まれたにちがいないという思いこみの強さのせいだろう、最初の一瞬ばかりはほんとうに嚙み傷が目に見えた。ついで目をしばたたくと、ようやく現実が腰を落ち着けてきた。指先はたしかに血に汚れてはいたが、切り傷も嚙み傷もなく、皮膚が裂けた箇所はひとつもなかった。郵便受けになにかがいることにまちがいはない……毛皮に覆われた不気味な驚き……しかし、それが嚙みつく日々はもうおわっている。

グラブコンパートメントをあけると、まだ封を切っていないタバコの箱が落ちてきた。なかをかきまわすと、つかい捨てタイプの小型の懐中電灯が見つかった。ひとつ前の車、四年間走らせていたレクサスから、この車のグラブコンパートメントに移した品だった。いい車だった、あのレクサスは。あの車を売り払ったのは、スコットを思い起こさせたからにすぎない。スコットはあの車を〝リーシーのセクシー・レクサス〟と呼んでいた。親しい人が死んでしまうと、ほんの些細なことがどれだけ多くの痛みをもたらすかは驚くばかり——まるでアンデルセンの王女とカスったれな豆の話だ。いまは、わずかでも電池が残っていることを祈るばかりだった。

電池は残っていた。かなり強い、一定した自信たっぷりの光がほとばしった。リーシーは体を横にずらし、深々と息を吸いこんでから、郵便受けの内部に光をむけた。無意識に下唇を嚙みしめていたことがぼんやりと意識されてきた。歯を強く食いしばっていたせいで、唇が痛みを訴えはじめていた。最初は黒々とした物体と、緑色がかった艶光しか見えなかった——大理石に光が反射したときのようだった。つづいて、なまこ板でできた郵便受けの底部分が濡れているのが見えてきた。先ほど指を汚した血の正体だろう。リーシーはさらに左へ移動して体の側面を運転席側ドアにぴったりと寄せる姿勢をとると、懐中電灯をおずおずと動かして、光を郵便受けのさらに奥へむけた。黒々とした物体は毛皮に覆われ、耳と鼻があり、さらに明るい光のもとならピンク色に見えるはずのものを生やしていた。両目は見まちがいようがなかった——命をうしなって濁っていてさえ、はっきりと特徴のある形をそなえていたからだ。そう、リーシーの郵便受けにはいっているのは猫の死体だ。

リーシーは笑いはじめた。正常な笑いではなかったが、ヒステリック一色の笑い声でもなかった。まぎれもなくユーモアの要素のある笑い声。郵便受けの猫の死体が、あまりにも……あまりにも映画〈危険な情事〉にそっくりだということは、わざわざスコットに教えてもらうまでもなかった。あの映画は、字幕つきのスウェーデン映画ではなかったし、リーシーは二回見ていた。これをさらに笑える話にしているのは、リーシーが猫を飼っていないということだった。

リーシーは笑いが自然におさまるのを待ってから、セーラム・ライトに火をつけ、自宅のドライブウェイに車を乗りこませていった。

Ⅵ　リーシーと教授（あなたはこれにぐっと来る）

1

もう恐怖は感じていなかった。一瞬だけは愉快な気分というわき道にそれたが、いまその気分は消え失せ、代わりに澄みわたった硬質の怒りがこみあげていた。リーシーは鍵のかかった納屋の扉の前にＢＭＷをとめたままにして、キッチンのドアか正面玄関のドアあたりで新たな友人からの書状を見つけることになるのだろうか、と思いながら、大股で母屋へむかった。手紙があるにちがいないと思っていたし、はたしてその読みは当たった。手紙があったのは裏口。ビジネスサイズの細長い白い封筒が、スクリーンドアとドア枠のあいだに押しこんであった。リーシーは前歯でタバコをぐっと嚙みながら、封筒を破ってひらき、一枚だけの便箋を広げた。メッセージはタイプライターで打たれていた。

ミセス。動物を愛する者としてこんなことをするのは心ぐるしいのだが、貴女よりも貴女の猫のほうがまだましだ。貴女をきづつけたくはない。そんなことはしたくないが、貴女は四一二‐二九八‐八一八八に電話をかけ、相手の〈男〉に、以前話題に出た例の原稿類を、〈男〉のいうがまま大学図書館に寄付する、と話してもらう必要がある。この件については、尻にコケが生えるほどのんびりはできない。だから今夜八時までには電話をかけること。そうすれば〈男〉がわたしに連絡を奇越す。貴女のかわいそうな〈ペット〉以外の犠牲は出さずに、この件をおわらせようぢゃないか。ちなみに〈ペット〉については心から**申しわけ**なく思う。

あなたの友、
ザック

〔追伸〕貴女から口汚く罵られた件では、これっぽっちも怒ってはいない。貴女が動揺していたのはわかっているので。

（Z）

〝ザック・マックール〟からの通信文をさいごにしめくくっている〈Z〉の文字を見つめながら、リーシーはマントをはためかせながら夜の闇のなかを疾駆する快傑ゾロを思い出していた。両目がうるんできた。つかのま、自分が泣いているのかと思ったが、涙はタバコの煙のせいだった。歯でくわえているタバコが、フィルターぎりぎりまで灰になっていた。リーシーは、庭の通路をつくっている煉瓦にむけてタバコを吐き捨て、靴の踵で荒々しく踏みつぶした。ついで、裏庭の全体を囲っている高い板塀を見わたす……塀が裏庭全体に伸びているのは、純粋に左右対称にしたかったからにすぎない。隣家があるのは家の南側だけなのだから。その南側は、〝ザック・マックール〟からの怒りを煽りたてるだけの手紙、誤字が目立つ手紙を――〝ザック〟のカスったれな最後通牒を――握りしめて立っているリーシーの左にあたる。板塀の向こうはギャロウェイ家だ。ギャロウェイ家は半ダースほどの猫を飼っている――森林地帯のこのあたりでは〝納屋猫〟と呼ばれるたぐいの猫だ。猫たちはたまにランドン家の敷地にはいりこんでくる――留守のときにはなおさらだ。郵便受けに入れられたのがギャロウェイ家の猫であることをリーシーは疑っていなかったし、戸締まりをすませてアマンダの家から引きあげてすぐ、道路ですれちがったPTクルーザーにザックが乗っていたことにも疑いはなかった。PTクルーザー男は沈みゆく夕陽とほぼおなじ方向から出現して、東をめざして走っていたので、リーシーからは、まったくといっていいほど顔が見えなかった。しかも、この下衆男は厚かましくも、軽く手をあげて挨拶さえしてきたのだ。《これはこれは、いいところでお会いしましたな、ミサス。おたくの郵便受けに心ばかりのものを残してきましたよ！》といいたげに。しかも、自分は手をふりかえした――というのも、それがこのスティックスヴィルあたりの習わしだからだ。

「下衆男が……」リーシーはつぶやいた。怒りの激しさのせいだろう、いま自分が毒づいているのがザックなのか、それともザックをけしかけてきた頭のおかしな〈インカン族〉なのかもわからないありさまだった。しかしザックが気くばりを発揮してウッドボディの電話番号を書き残してくれたので（ピッツバーグの市外局番だということはひと目でわかった）、先にどちらを相手にすればいいのかはわかったし、その対決を楽しみにしている自分に気がついてもいた。しかし、だれかを相手にするよりもまず先に、あまり気の進まない家事をひとつ、片づけておく必要があった。

リーシーは〝ザック・マックール〟の手紙をジーンズの尻ポケットに突っこんだ――その拍子に、自分では気がつかないまま指先がアマンダの〈強迫観念メモ帳〉に一瞬触れた。ついで、家の鍵をポケットから引きだす。このときのリーシーは怒りに駆られるあまり、いろいろなことを見すごしていた。そのひとつが、手紙に送り主の指紋が残っている可能性である。また、それ以前には〈やることリスト〉に含まれていたことが確かだが、郡保安官事務所に通報の電話をかけることにも思いがおよばなかった。激怒は筋道立った思考の力を弱めてしまい、そのため思考力はいまリーシー自身が郵便受けをのぞくのにつかった懐中電灯の光ほどにも細くなって、考えられることは、つぎの二点に限定されてしまった――ひとつは、猫を始末しなくてはいけないということ。もうひとつは、ウッドボディに電話をかけて、〝ザック・マックール〟を片づけろと伝えること。あるいは撤退させろ、と。あるいはまた……。

2

リーシーはキッチンシンク下のキャビネットから、床掃除用のバケツをふたつと数枚のきれいな雑巾、古い〈プレイテックス〉のゴム手袋をとりだし、さらにごみ袋を一枚、ジーンズの尻ポケットに突っこんだ。ついで片方のバケツに溜めた湯に〈トップジョブ〉の洗剤を注ぎこみ、シンクの手もち式シャワーヘッドをつかって早く洗剤が泡立つようにした。それから外へ出ていったが、途中で足をとめたのは一回だけ——スコットがかつてキッチンの〈よろず抽斗〉と呼んだところからトングをとりだしたときだけだった。バーベキューをしようと思いたつという、きわめて稀な機会にだけ使用した大型トングだ。そのあと憂鬱な野暮用をすませにむかうあいだ、気がつくと〈ジャンバラヤ〉のサビの部分だけをくりかえし、くりかえし歌っている自分に気がついた。「そうさ、おれたちいっぱい楽しむんだよ、バイユーで!」

いっぱい楽しむ。そのとおりだ。

外に出たリーシーは、蛇口につないだホースでふたつめのバケツに水を入れた。ついで両手にバケツをぶらさげ、雑巾を肩にかけ、片方の尻ポケットから長いトングを、反対のポケットから〈ヘフティ〉のごみ袋を突きだした恰好でドライブウェイを歩いていった。郵便受けの前にたどりつくと、ふたつのバケツを地面におろして鼻に皺を寄せた。いま、血のにおいがしただろうか? それともただの思い過ごし? リーシーは郵便受けをのぞきこんだ。ほとんど見えない。光が見当ちがいの方向をむいているからだ。《懐中電灯をもってくるのだった》とは思ったが、これから引き返して、とってくるつもりはさらさらなかった。手綱をしっかり引き締めて、心がまえをしているいまの状態であるかぎりは。

リーシーはトングで内部をさぐっていき、先端がなにやら柔らかくはないが、完全に硬いとはいえない物体をとらえたところで手をとめた。トングの先をできるかぎり大きくひらいてから、ぎゅっとはさみこんで、手前に引く。最初はなにも起こらなかった。ついで猫が——といっても、じっさいには腕の先端に感じられる重みでしかなかったが――いかにも不承不承といったようすで、手前に動きはじめた。

トングの先が滑り、左右が〝かちり〟と音をたててぶつかりあった。リーシーはトングを外に引き出した。へら状の先端部分に――スコットがいつも、〝ひっつかみ〟と呼んでいた箇所に――血と灰色の毛が数本へばりついていた。そういえば、〝ひっつかみ〟というのはスコットの大事な池の水面に死体となって浮かんでいた魚の一尾にちがいない、とスコットに話したことがある。この言葉にスコットは声をあげて笑っていた。

リーシーは腰をかがめて、郵便受けをのぞいた。猫はもう半分ほど手前まできており、姿を簡単に目にすることができた。これといって特徴のない煙の色をした猫。やはり、ギャロウェイ家の納屋猫の一匹にちがいない。トングの先端をかちかちと二回ぶつけあわせてから――幸運のおまじないだ――ふたたび内部にトングを差し入れようとしたそのとき、東から車が近づいてくる音がきこえた。ザックが、あのスポーティな小型のPTクルーザーを走らせて舞いもどってきたのではないかと、そう考えたわけではない――それが事実だと知っていたのだ。あの男のことだからここに車を寄せて、窓から顔を出し、ちょっくら手を貸しましょうか、などといってくるに決まっている。〝ちょっと〟ではなく〝ちょっくら〟だ。《ミサス》あの男はそう語りかけてくる。《ちょっくら手を貸しましょうか？》だ。しかし、近づいてきたのはSUVで、運転していたのは女だった。

《ちょっとばかり疑心暗鬼の度が過ぎてるんじゃないの、ちっちゃなリーシー》

そうかもしれない。しかし、いまの情況を考えれば、疑心暗鬼になってもおかしくはなかった。
《早く仕事をすませなさい。そのために出てきたんだから、仕事をおわらせるの》
リーシーはふたたびトングを郵便受けに差し入れた。今回は、自分がなにをしているのかを、ちゃんと目にすることができた。トングの先をひらき、不幸な納屋猫のこわばりかけている前足を先端でつかむ位置を確保しながら、ふっと昔の白黒映画でディック・パウエルが七面鳥を切りわけながら、《脚が欲しいのはだれかな？》と声をあげていたシーンを連想していた。それに……そう、たしかに血のにおいが鼻に嗅ぎとれた。リーシーはわずかに〝おえっ〟として、顔を地面にむけ、スニーカーのあいだに唾を吐き捨てた。
《おわらせなくちゃ》
リーシーは〝ひっつかみ〟部分を閉じて（結局のところ、〝ひっつかみ〟というのもそれほどわるいネーミングではなかった——ひとたび慣れ親しんだら）、手前に引いた。同時に反対の手で緑色のごみ袋の口をあける。猫の死体が、頭からどさりと袋のなかへ落ちていった。すかさずリーシーは袋の口をねじり、さらに縛って結んだ。というのも、ちっちゃなリーシーはいつも、あの口を縛るための黄色いビニール紐を忘れるからだ。ついでリーシーは意を決して、郵便受けから血と抜けた毛をきれいに拭きとる作業にとりかかった。

郵便受けをきれいにしおわると、リーシーはすっかり傾いた夕方の日ざしのなか、バケツを手にさげて重い足どりで母屋へ引き返していった。朝食はコーヒーとオートミールだけ、昼食はレタスの切れ端でツナマヨネーズをひとすくい食べた程度だったせいもあり、猫の死体があろうとなかろうと、かなりの空腹を感じていた。そこでウッドボディに電話をかける前に、とりあえずなにかを腹に入れることにした。郡保安官事務所に——それをいうなら、青い制服を着た警察関係者にならだれにでも——電話で通報するという考えは、いまもまだ復活してはいなかった。

3

手は三回くりかえして洗った。かなり熱い湯をつかい、爪の下にも一滴の血も残っていないように確実を期した。そのあと、チーズバーガーパイの残りを入れたタッパーウェアを出してきて、中身を皿に出し、電子レンジで加熱した。出来あがりを教える〝チン〟という電子音を待ちがてら、冷蔵庫を漁ってペプシをとりだす。ひとたび〈ハンバーガーヘルパー〉への食欲を満足させれば、もう口にする気にはなれないものと思っていたことが思い出された。だとすれば、〈毎日の暮らしのなかでリーシーが勘ちがいをしていた事柄〉という名前の長い長いリストに、これも追加していいだろうが……だからどうした？　十代のころのカンタータが好んで口にしていた言葉にならえば、〝てんでくだらない〟ことではないか。
「ええ、グループのなかでの頭脳役を自称したためしのないわたしだもの」リーシーがだれもいないキッチンにむかっていうと、電子レンジがこの発言に賛成を示すように〝チン〟と鳴った。

　再加熱したどろどろの料理は熱くて食べられないほどだったが、それでもリーシーはがつがつと口に運んでいき、あいまあいまには炭酸の泡をふくんだペプシをたっぷりと飲んで舌を冷やした。さいごのひと口を飲みこんでいるとき、猫の毛が郵便受けのブリキにこすれたときの低いささやきめいた音や、死体が不承不承のようすで、がくんと前に進みはじめたときの不気味きわまる感触などがふっと思い出されてきた。《あの男はほんとうに死体を奥まで押しこめたんだ……》と、そう思うなり、またしてもディック・パウエルが脳裡に甦ってきた。今回白黒のディック・パウエルは、《詰め物も食べたまえ!》と話していた。

　リーシーは椅子から立ちあがると、その椅子をうしろに倒すほど大あわてでシンクまで急いだ。いましがた食べたものをありったけ吐きだすにちがいないと思ったからだ。そう、これから自分は〝小間物屋を広げ〟、〝クッキーを投げだし〟、〝踵を投げあげ〟、〝昼食を寄付する〟ことになるのだ、と。リーシーは目を閉じて口を大きくあけ、シンクに顔を突っこんだ。腹部全体が固く緊張していた。そのまま息づまる五秒が過ぎたのち、リーシーの口からコーラによって誘発されたものすごいげっぷが飛びだしてきた。蟬(せみ)の鳴き声にも匹敵する音だった。そのあともしばし体を前に倒したまま、これでおわりだという確信が得られるまで待つ。ついでその確信が得られると、リーシーは口をゆすいで水を吐き捨て、ジーンズのポケットから〝ザック・マックール〟の手紙を抜きだした。いよいよ、ジョゼフ・ウッドボディに電話をかける頃合いだった。

4

電話はピッツバーグ大学の研究室にかかるものと思っていた――新たな友人ザックのような頭のおかしい人間に、自宅の電話番号を教える人間がいるだろうか？　それゆえリーシーは、スコットが生きていれば〝どでかでっかい級の挑発的なメッセージ〟と呼んだかもしれない伝言をウッドボディの留守番電話に残すつもりだった。ところが、二回めの呼出音のあとで電話に出てきたのは女性だった。女性は愛想のいい口調で――それも大いに重要なディナー前の食前酒でほろ酔いになっているとおぼしき口調で――ここはウッドボディ家の住居であり、どんな用件での電話かを教えてほしい、といってきた。リーシーはこの日二度めに、ミセス・スコット・ランドンと名乗った。

「ウッドボディ教授とお話ししたいのです」リーシーはいった。それも落ち着いた愛想のいい声で。

「恐縮ですが、どのようなご用件かを教えていただけます？」

「亡き夫が残した原稿類の件です」リーシーは目の前のコーヒーテーブル上で、封を切ったセーラム・ライトのパッケージを指先でくるくると回転させながら答えた。タバコは手もとにあるのに、火をつけるものがなにもないことに気がつく。あるいはこれも警告――この悪習が小さな黄色い鉤爪をリーシーの脳幹にしっかり食いこませてしまう前の警告なのかもしれない。いまの言葉に、《教授はわたしと話をしたがるはずです》といい添えようかと思ったが、結局はやめにした。妻ならそのくらいは知っているだろう。

「少々お待ちください」

リーシーは待った。これからなにを話せばいいのか、まったく考えていなかった。これもまた〈ランドン家の法則〉に従うものだった――なにをいおうかと事前に計画を立てていいのは、なにかに反対するときだけにかぎられる。本心から怒りに震えているときには――昔ながらの言いまわしに従うなら〝相手に新しいケツの穴を穿ってやりたい〟ときには――どっしりとかまえ、言葉があふれだすのにまかせるのが常道だ。

そこでリーシーはその場に腰をおろしたまま、精神を注意深く空っぽにして、ひたすらタバコの箱をまわしていた。箱がくるり・くるりとまわった。

ようやく、記憶にあるようにも思える教養のある口調の男の声がきこえてきた。「こんばんは、ミセス・ランドン。うれしい驚きですな」

《SOWISA》リーシーは思った。《SOWISAよ、ベイビィラーヴ》

「いいえ」リーシーはいった。「うれしい会話になることはまったくなくってよ」

間があった。ついでおずおずとした口調――「失礼だが、いまなんと？　リーサ・ランドンさんですかな？　ミセス・スコット・ラ……」

「いいから、話をききなさい、この人でなし。ある男がわたしを脅迫しているの。危険な男だと思う。その男がきのう、わたしを傷つけると脅迫してきたわ」

「ミセス・ランドン――」

「それも、当の男の言葉をそっくり借りるなら、ジュニアハイスクールのダンスパーティーで、わたしが男の子たちに触らせなかったところを痛めつける、とね。おまけに今夜は――」

「ミセス・ランドン、わたしにはなんの話かさっぱり――」

「今夜、その男はうちの郵便受けに猫の死体を詰めこんで、うちのドアに手紙をはさんでいった。で、手紙にはいまかけている番号、そこの家の番号が書いてあった。だから、話がさっぱりわからないなんて、とぼけても無駄よ。話がわかってるってこと、こっちはお見とおしなんだから！」さいごの一語を口にすると同時に、リーシーは手を横にふってタバコの箱に叩きつけていた。バドミントンでシャトルコックを打つ要領。箱はセーラム・ライトを撒き散らしながら、部屋の反対側の壁まですっ飛んでいった。呼吸は荒っぽくせわしなかったが、大きく口をあけていた。そんな息をしていることを、ウッドボディに悟られたくなかった――怒りを恐怖と勘ちがいされたくなかったからだ。

ウッドボディはなにも答えなかった。リーシーは時間を与えた。それでもまだ無言を貫いていたので、リーシーは先に口をひらいた。

「まだそこにいるの？　ええ、いたほうが身のためよ」

返事の言葉を口にしたのが前とおなじ男だということはわかったが、講義の場に似つかわしい洗練された声音はすっかり影をひそめていた。「この電話を保留にさせてもらいますよ、ミセス・ランドン。どうやら書斎で話したほうがよさそうだ」

「つまり、奥さんにきかれない場所で——そうでしょう?」

「このままお待ちください」

「長く待たせないほうがいいわよ、カスッドボディ、でないと——」

〝かちり〟という音、つづいて静寂。こんなことなら、キッチンのコードレス電話をつかうのだった。あたりを歩きまわりたかったし、落ちたタバコの一本をくわえて、ガス台で火もつけられる。しかし、このほうがいいのかもしれない。いまの状態なら、なにかを怒りのはけ口にすることも無理だからだ。いまリーシーは、痛みすら感じるほどきつく手綱をかけられて縛られている状態だった。

十秒経過。二十秒。三十秒。いよいよリーシーが受話器をもどそうとしたそのとき、ふたたび〝かちり〟という音がきこえ、つづいて〈インカン族〉の王がこれまでとはちがう、老いたる若い声で話しはじめた。声にはわずかながら、しゃっくりめいた愉快な響きがともなっていた。《あいつの心臓の鼓動だ》リーシーは思った。あくまでも自分の思考だったが、スコットの意見だとしてもおかしくはなかった。《あの男の心臓の鼓動があまりにも激しいものだから、わたしの耳にも届いているんだ。あの男を怖がらせたかった? ええ、だから怖がらせた。それならどうして、わたしは、わたし自身がそのことに怖がっているのだろう?》

しかり。なんの前ぶれもなく、リーシーはたしかに恐怖を感じていた。恐怖は、いうなれば激怒という鮮やかな真紅の毛布に出入りをくりかえす、ひと筋の黄色い糸だった。

「ミセス・ランドン、先ほどの男はドゥーリーとかいう名前でしたか? ジェイムズ、あるいはジム・ドゥーリーという男では？　背が高くて痩せ型、わずかに山地の訛があったのでは？　そう、ウェストヴァージニアあたりの――」

「男の名前は知らない。電話ではザック・マックールと名乗っていたし、手紙にもその署名が――」

「ファック」ウッドボディはいった。ただし、この単語を思いきり引き延ばして――ファァ、ア・ァアァ、ァアックク――発音していたせいで、呪文のようにさえきこえた。つづいて、うめき声と形容できなくもなさそうな声。リーシーの頭のなかで、最初の黄色い糸につづいて二本めの黄色い糸が出現した。

「なんですって？」リーシーは語気鋭くたずねた。

「あいつだ」ウッドボディはいった。「あいつにちがいない。そう、わたしに教えてきた電子メールのアドレスがZack991というものでしたからね」

「あなたがあの男に、わたしを脅かせと命令したんでしょう？　そうすれば、わたしがあなたにスコットの未発表原稿を引きわたすと思って？　そういう取決めだったのね」

「ミセス・ランドン、あなたにはわかっていないようだが――」

「いいえ、わかってる。これでもスコットが死んでからこっち、ずいぶん頭のおかしな連中の相手をしてきたのよ。まあ、大学関係者にくらべたら、コレクターなんかまだかわいいものね。でもあなたの前には、ほかの大学関係者がみんなまともに見えてくるわ、カスッドボディ。あなたが最初のうち本性を隠せていたのも、それが理由ね。ほんとうに頭がおかしい連中には、その能力がそなわってるにちがいない。生きのびるためのスキルとして」

「ミセス・ランドン、わたしに説明させていただければ――」

「わたしは脅迫された、あなたがその脅迫の責任者。これ以上の説明は不要よ。だから話をきなさい。耳の穴をかっぽじって。いますぐ、あの男に手を引くよう命令するの。あなたの名前はまだ当局に知らせてないわ。でも、自分の名前が当局に知られることなんて、あなたの心配ごとのなかでもいちばんちっぽけでしょうね。この〈深宇宙カウボーイ〉があと一回でも電話をよこしたり、手紙を置いていったり、動物の死体を届けてきたりしたら、そのときは新聞社に駆けこんでやるわ」ここで、インスピレーションが頭に閃いた。「ええ、最初はピッツバーグの新聞社ね。どこの社も飛びつくに決まってる。《狂気の大学教授、作家の未亡人を脅迫》ってね。そんな見出しが第一面に躍ったら、ええ、メイン州の警察官からの二、三の質問なんて、あなたの心配ごとのうちでも、いちばんちっぽけなものになるに決まってる。さよなら、終身在職権」

　リーシーの耳には、自分のこの発言すべてがすばらしく響いていたし、おかげで恐怖の黄色い糸はすっかり見えなくなっていた――すくなくとも当座は。しかし、あいにくつぎのウッドボディの言葉が、黄色い糸を引きもどすことになった。しかも、糸は前よりもいちだんと鮮やかな色あいになっていた。

「あなたにはわかっていないんだ、ミセス・ランドン。わたしには、あの男に手を引かせることなどできませんよ」

5

一瞬、リーシーは驚愕のあまり絶句してしまった。ついで、リーシーはこういいかえした。

「どういう意味？　あなたには手を引かせられないって？」

「もう試してみたんです」

「メールアドレスを知ってるんでしょう？　Zack999だかなんだか知らないけど——」

「Zack991@sail.comです。いや、0が三つならんでいたっておなじことだ。どうせ、死んでいるアドレスなんですから。最初の二回ばかりはちゃんとメールを送れましたが、そのあとは何回送信しても、《送達不可能》というマークつきで返送されてくるだけでした」

ウッドボディは再度のメール送信の努力について、とりとめもなく話しはじめていたが、リーシーはもう注意を払ってはいなかった。いまリーシーは頭のなかで〝ザック・マックール〟との会話の一部始終を再生していた——いや、それが本名であればの話なら、ジム・ドゥーリーとの会話の一部始終を。あの男はたしか、いずれウッドボディから自分のところに電話があるはずだと話していて——

「なにか特別な電子メールのアカウントをもっているのではなくって？」リーシーはウッドボディの話を途中でさえぎって、そう質問した。「あの男は、あなたが特別な方法のメールで連絡してくるはずだし、それはあなたが目あての品を手にいれたことを知らせるメールになるはずだ、と話してた。で、そのメールはどこから送るの？ 大学の研究室？ それともネットカフェ？」

「ちがう！」ウッドボディは泣き叫ばんばかりにいった。「とにかく話をきいてください――ええ、もちろんピッツバーグ大学のメールアドレスはありますとも。だけど、それをドゥーリーに教えたりはしてません！ そんなこと、正気の沙汰じゃない！ ふたりの大学院生がそのアドレスに定期的にアクセスしてるだけじゃない、いうまでもなく文学部の秘書だってアクセスしてるんですから！」

「では、自宅では？」

「ええ、あの男には自宅のメールアドレスを教えました。でも、あの男はいちどもメールをよこしてません」

「あの男から教わった電話番号は？」

電話線に一瞬の沈黙が流れた。ふたたび話しはじめたとき、ウッドボディは心底から困惑を禁じえない口調だった。これでリーシーの恐怖はいや増すことになった。居間の大きな窓から外に目をむけると、北東の空がラベンダー色に変わりつつあるところだった。まもなく完全に夜になる。今夜が長い一夜になりそうな予感がした。

「電話番号？」ウッドボディはいった。「あの男から電話番号を教わったことはありませんよ。教えてもらったのはメールアドレスだけだ――例の最初の二回しか届かなかったアドレスです。つまりあの男は嘘をついていたか、そうでなかったらひとえに妄想ですね」

「そのどっちだと思うの？」

ウッドボディの声はささやきに近かった。「わかりません」

この返答は、ウッドボディの腰ぬけぶりをあらわす言葉に思えた。この男は自分がほんとうに考えていることを認めたくないのだ――そう、ドゥーリーが狂気におかされているという思いを。

「このまま待っていてちょうだい」リーシーはそういっていったん受話器をソファに置きかけたが、すぐに考えなおした。「もどってくるまで電話を切らないほうが身のためよ、教授」

結局、ガス台をつかう必要はなかった。煖炉用品の横にある真鍮の痰壺に、煖炉の点火用の長い飾りつきのマッチが入れてあったのだ。リーシーは床からセーラム・ライトを拾いあげると、マッチの薬剤を炉石にこすりつけて火をつけた。それから陶器の花瓶のひとつを臨時の灰皿として手にとり、活けてあった花をどけた。そうしながら、（これが初めてではなかったが）喫煙は世界でも最低の悪習だと考えた。ついでソファへ引き返すと、腰をおろして受話器をとりあげた。「じゃ、一部始終を教えてちょうだい」

「ミセス・ランドン、じつはこれから妻と外出の予定でして――」

「予定は変更になったの」リーシーはいった。「じゃ、最初から話して」

6

もちろん最初に登場するのは〈インカン族〉、オリジナルのテキストと未発表作品の原稿を神と崇める邪教集団であり、リーシーの知るかぎり、ウッドボディ教授が彼ら〈インカン族〉の王だった。これまでウッドボディがスコット・ランドン作品を題材にどれだけの学術論文を発表してきたのかは神のみぞ知る——あるいは、どれだけの数の論文が、いまこのときも納屋の二階の本の蛇で静かに埃をかぶりつつあるかも神のみぞ知るだ。それをいうなら、スコットの仕事場で未発表作品の原稿が埃をかぶっているかもしれないと考え、それにウッドボディがどれだけ気を揉んでいるのかも、リーシーの知ったことではなかった。いま大事なのはウッドボディが大学からの帰り道に、週に二、三回はビールを二、三杯飲む習慣があるということだった。立ち寄り先のバーはいつも決まっていた。〈ザ・プレース〉というバーだった。ピッツバーグ大学の近くには、大学関係者や学生御用達の飲み屋が無数にある。ビールをピッチャー単位で出すビヤホールもあれば、教授連や特権階級意識をもった大学院生が常連になっている洒落たバーもある——観葉植物のプランターが窓にならび、ジュークボックスにはマイ・ケミカル・ロマンスではなくブライト・アイズが入れてあるたぐいの店だ。〈ザ・プレース〉はキャンパスから一キロ半ほどのところにある労働者階級むけの店であり、ジュークボックスでいちばんロックに近いのはトラヴィス・トリットとジョン・メレンキャンプのデュエット曲だった。ウッドボディがこの店を贔屓にしていたのは、本人の弁によればウィークデイの午後から夕方にかけては静かであり、店内の雰囲気がUSスチール社の圧延工場で働いていた亡き父を連想させるからだということだった（しかしリーシーは、ウッドボディの父親のことなどカスったれほども気にかけなかった）。そしてウッドボディが、ジム・ドゥーリーを自称する男と初めて会ったのもこの店でのことだった。ドゥーリーもまた、午後遅くから夕方にかけて店を訪れる客のひとり、ウッドボディの父親が着ていたような青いシャンブレーのシャツと裾を折りかえした〈ディッキーズ〉のチノパンといった服装を好む、物静かな語り口の男だった。ウッドボディが話したドゥーリーの人相風体は、身長百八十二、三センチで痩せ型、わずかに猫背で、薄れかけた黒髪がしじゅうひたいにかぶさっている男、というもの。ふたりは六週間ばかり店でともに過ごし、やがて〝飲み友だち〟というべき関係になったというが、それでもウッドボディは、ドゥーリーの瞳がブルーだったとは思うがさだかではない、といった。ふたりは身の上話をきかせあいはしなかったが、バーで男同士がする話の例に洩れず、身の上話のパッチワークを交換しあいはした。ウッドボディは、自分は嘘偽りなく事実を話したと主張した。ただしいまではそれなりに理由があって、ドゥーリーがおなじく事実をありのまま話していたとは思えない、という。十二年前にウェストヴァージニアからピッツバーグに流れつき、それ以来ずっと低賃金の肉体労働の職場を転々としていた、というのも事実かもしれない。なるほど、何回かの刑務所暮らしをしてきたのも事実かもしれない。たしかに風貌には、その手の施設生活を体験した者ならではの雰囲気があったし、ビールに手を伸ばすときにはバーカウンターの向かい側にある鏡にちらりと視線を走らせていたうえ、洗面所に行くときには決まって二度三度と背後を確かめていた。また右手首のわずか上には傷痕があり、これが刑務所の洗濯室内における、短時間だったが激しい喧嘩沙汰で負った傷だという話も事実かもしれない。事実ではないかもしれない。幼児のころに乗っていた三輪車が倒れたさい、かわしきれずに負った傷かもしれない。ウッドボディに確実にわかっていたのは、ドゥーリーがスコット・ランドンの全著作を読んでおり、その内容について知的な議論のできる男だということだけだった。しかもドゥーリーは、頑固なわからず屋のランドン未亡人にまつわるウッドボディの嘆き節を同情の念とともにきいてくれた――未亡人はランドンの未発表原稿という知的宝物庫の上に腰をすえて動こうとしないのだが、噂によればそのなかには未発表長篇の完成原稿が眠っているという。しかし、同情というのはあまりにも控えめな表現だった。話をききながら、ドゥーリーはしだいに激しい怒りをどんどんとつのらせていたのだから。

ウッドボディによれば、リーシーを最初にヨーコ・オノ呼ばわりしたのはドゥーリーだということだった。

ウッドボディは〈ザ・プレース〉でのふたりの会合を、〝ほぼ定例といえる、たまの顔あわせ〟と形容していた。リーシーはこのもってまわった言いまわしを分析し、ウッドボディとドゥーリーによるヨーコ・ランドン罵倒フェスティバルが週に三回、ことによったら四回は開催されていたという意味だと解釈し、さらにウッドボディの〝ビールを一、二杯〟という言葉はジョッキではなくピッチャーのことだろうと推察した。つまりはこういうこと。〈おかしな二人〉のオスカーとフェリックスを思わせる知的な男ふたりは、ウィークデイはほぼ毎日痛飲していた……最初のうちこそランドンの作品のすばらしさをテーマにしていたが、やがて話題はおのずからランドンの未亡人がどれほど頑固でがめつい性悪女になりはてたか、という点に変わったのだ。

ウッドボディの弁によれば、ふたりの会話をこの方向に進めたのはドゥーリーだったという。ただし、欲しいものがもらえないとわかったときのウッドボディがどんな口のきき方をするかを知っているリーシーには、話題を変えるのにもさしたる努力が必要だったとは思えなかった。

そしてある時点でドゥーリーはウッドボディに、自分なら未亡人を説得して、未発表原稿についての考えを変えさせることができる、と話した。なんといっても、最終的に作家の原稿はそれ以外の原稿といっしょにピッツバーグ大学図書館のランドン・コレクションに収蔵されることになるのだから、未亡人を説得するといっても、それほど難儀なことにはならないのでは？　自分は人に翻意をうながすことを得意としている、とドゥーリーは語った。天性の勘がそなわっているのだ、と。そして〈インカン族〉の王はドゥーリーに、その仕事の報酬としてどの程度の金が欲しいのか、とたずねた（そのときには、酔っぱらいならではの靄がかかった狡猾な目を新しい友人にむけていたにちがいない、とリーシーは思った）。自分はこれで利益をあげようとは思っていない、というのがドゥーリーの答えだった。いま自分たちは人類全体に奉仕するという仕事を話しあっているのでは？　がむしゃらに卵を守る雌鶏よろしく原稿の上にどっかと腰をすえてはいるが、自分の尻の下にどんな値打ち物があるのかも理解できない頭の弱い女から、偉大なる財宝を腕ずくで巻きあげるだけのこと。なるほど、そのとおり――ウッドボディは答えた――しかし、仕事をする者には報酬を受けとる資格があるぞ。ドゥーリーは考えをめぐらせてから、かかった経費の記録をつけるようにしようと答えた。そののち、またふたりが顔をあわせたおりに、その記録の書類をウッドボディにわたし、支払について相談しよう、と。そういうとドゥーリーは、バーカウンターの上で新しい友人に手を差しのべた――たったいま、現実的に意味のある取引が成立したとでもいいたげに。この取決めを受け入れたとき、ウッドボディは喜びと悦にいった気持ちとを同時に感じていた。ドゥーリーについては、知りあって以来このときまでの五ないし七週間のあいだ、判断があっちとこっちを行ったり来たりしていた、とウッドボディはリーシーに語った。ドゥーリーは冷酷無慈悲な男であり、刑務所においては独学で学者になった男だと考える日もあった――凶器をつきつけての強盗や喧嘩やスプーンの柄をナイフにつくりかえた話などは、どれもありのままの事実だと、そんなふうに考える日もあった。その一方では、ジム・ドゥーリーは法螺を吹いているだけ、これまでに実行したもっとも恐るべき犯罪といえば、二〇〇四年に半年ばかり働いていたモンローヴィルの〈ウォルマート〉で一ガロンだか二ガロンのペンキ用シンナーを万引きしたことだろうと思う日もあった（握手をかわしたのも、そんなふうに思う一日だった）。つまりウッドボディにとって、これはほろ酔い気分でのジョークと五十歩百歩だった。ドゥーリーが、リーシーを説得してその手から亡き夫の原稿類をとりあげるのは、ひとえに括弧つきの〈芸術〉のためだという意味の発言をしたときにはその思いが強かった。すくなくともこの六月のある日の夕方、〈インカン族〉の王がリーシーに語ったところではそんな話になってはいたが、むろんこの〈インカン族〉の王こそは、バーでろくに知りもしない男――みずから〝刑務所経験のある前科者〟と明かした男――と酒を飲んでほろ酔い気分になり、いっしょにリーシーをヨーコ・オノ呼ばわりし、ランドンがリーシーを妻としてそばに置いていた目的はたったひとつ、あれ以外にはありえない、あれ以外ランドンがリーシーになにを求めていたというのか……という点でその男と意気投合した〈インカン族〉の王と同一人物だ。ウッドボディは、自分にかんするかぎり、このすべてはちょっとしたジョーク以上のなにものでもないし、ふたりの男がバーで怪気炎をあげていただけだ、と話した。ふたりの男が電子メールのアドレスを交換したことは事実だったにせよ、当節ではだれもがメールのアドレスをもっているのではないか？　そして〈インカン族〉の王は、握手をかわしたあとでもういちど、忠実なるしもべと顔をあわせた。二日後の午後だった。その日ドゥーリーは酒をビール一杯にとどめて、自分は目下〝トレーニング中〟であるとウッドボディに告げた。一杯だけのビールを飲みおえると、ドゥーリーは〝ダチと会う〟約束があるといってスツールから滑りおりた。さらにドゥーリーはウッドボディに、翌日また会おう、それが無理でも来週には会えるはずだ、ともいった。しかし、ウッドボディがこののちドゥーリーと会うことはなかった。二週間が過ぎると、もうドゥーリーを探すこともしなくなった。Zack991のメールアドレスも無効になった。ジム・ドゥーリーとの絆が切れたのも、ある意味ではいいことなのだろう、とウッドボディは思った。そもそも自分は酒を飲みすぎていたし、ドゥーリーという男にはどこか常道をはずれた雰囲気がまとわりついていたからだ（《といったって、どうせ少しあとから思いついたくせに》リーシーは苦々しくそう思った）。ウッドボディの飲酒量は、週にビールを一、二杯というそれ以前のレベルに復帰し、それと考えないまま、立ち寄り先を二、三ブロック離れた店に変えた。気づいたのはあとになってからだが（本人の弁を引用するなら〝頭がすっきり晴れわたってから〟だが）、ウッドボディはそれと意識せずに、ドゥーリーとさいごに会った場所から距離を置こうとしていたのである——そう、この一件すべてを後悔していたのだ。もちろん、それも幻想以上のものがあったと仮定しての話——変わりばえしない陰気なピッツバーグの冬の夕暮れに、ウッドボディが酒を飲みつつ飾りつけに手を貸したのが、ジム・ドゥーリーの空中楼閣以上の存在だったと仮定しての話だ。じっさい自分はそう信じていた——ウッドボディは、そう話をしめくくった。それも、自分がへまをしでかせば依頼人が致死薬注射で死刑になる弁護士なみに熱っぽい口調で。やがてウッドボディは、数々の強盗やブラッシーマウンテン刑務所で生きのびたことにまつわるドゥーリーの話がすべて駄法螺だったと結論を出し、ミセス・ランドンから亡き夫の未発表原稿をとりあげてみせるという話も、そのひとつだったという結論に達した。ふたりの取決めも、しょせんは子どもの〝もしも万一〟という遊びと五十歩百歩のものである、と。

「もしそれが事実なら、教えてちょうだい」リーシーはいった。「かりにドゥーリーがスコットの小説の原稿をトラックに積みこむほど大量にもちこんできたとして、あなたはいまの話を理由に受けとりを拒めたと思う？」

「それはわかりません」

これはこれで誠実な答えに思えたので、リーシーは質問を変えた。「なにをしたのかわかってる？　自分がどんなことのきっかけをつくってしまったかは？」

この質問に、ウッドボディ教授はなにも答えなかった。リーシーにはこの沈黙もまた、誠実さのあらわれに思えた。といっても、むろんこの男なりの誠実さの範囲内での話だが。

7

一拍の間を置いて考えをめぐらせたのち、リーシーはいった。「じゃ、わたしの連絡先の電話番号をドゥーリーに教えたのはあなた？　そのことで、あなたにお世話になったと感謝するべき？」

「まさか！　断じてわたしではありません！　ええ、あの男には、誓ってだれの番号も教えてません！」

リーシーはこの言葉を信じた。「教授、あなたに頼みたいことがあるの。ドゥーリーからあらためて連絡があったら——目下、目的の品を必死に追いかけており、見とおしは明るいとかなんとか、その手のことを伝えるためだったとしても——とにかくこの件はもうおわりだ、とドゥーリーに話して。仕事は完全に終了だ、と」

「わかりました」ウッドボディの熱意あふれる態度は、むしろ滑稽でさえあった。「信じてください、わたしは——」と話しはじめた教授の声が、なにかを質問している女の声にさえぎられた——ウッドボディの妻であることに疑いはなかった。ついでウッドボディが受話器の下半分を手で覆ったのだろう、がさがさという音がきこえてきた。

リーシーは気にかけなかった。いまは情況をひとつひとつ積み重ねているところ。見えてきた全体像は気にいらないものだった。ドゥーリーの話では、リーシーがスコットの原稿や未発表作品をウッドボディに引き渡しさえすれば、この一連の騒ぎは終結するはずだった。そのちウッドボディはこの狂気の男に、これで一件落着だ、すべておわったと電話で連絡するという話だった。しかし元〈インカン族〉の王は、もはや自分にはドゥーリーに連絡をつけるすべがないといい、リーシーはその話を信じた。これがドゥーリーの側のうっかりミスだろうか？　計画のほころび？　そうは思えない。ドゥーリーにはスコットの原稿をたずさえて、ウッドボディの研究室に（あるいは郊外住宅地にそびえる王の居城に）姿をあらわそうという漠然とした意図があったとしてもおかしくはない……しかしあの男はその前に、まずリーシーを脅迫して怯えさせ、ジュニアハイスクールのダンスパーティーでは決して男の子たちに触らせなかった部分を傷つけようと企んでいた。最初に時間と労力を費やして、リーシーさえ協力すれば悲惨な事態の発生を防ぐ安全装置があることをウッドボディとリーシーの双方に納得させようとしていながら、どうしてそんなことを企むのか？

《もしかしたら、自分で自分にゴーサインを出すことが必要だからかもしれない》

そのとおりだとしてもおかしくはなかった。そうすれば、そのあとでも——リーシーが死ぬか、死にたいと願ってもおかしくないほど肉体に損傷を負ったあとでも——ジム・ドゥーリーの良心は、わるいのはすべてリーシーだ、とおのれをなだめることができる。《あの女にはチャンスを残らず与えてやったんだ》そうリーシーの新しい友人である〝ザック〟は考えるのだろう。《だから、わるいのはあの女ただひとり。まったく、さいごのさいごまでヨーコのままだったからね》

オーケイ。それならそれでオーケイだ。ドゥーリーが姿をあらわしたら、四の五のいわず納屋と仕事部屋の鍵をわたし、好きなものをなんでももっていけ、といってやろうと思った。《そうよ、もってけ泥棒、好き勝手にすればいい——とでもいってやる》

しかしそう考えると同時にリーシーの唇は細く薄くなり、ユーモアのかけらもない三日月形の笑みをつくった——この笑みの意味を知ってるのは姉たちといまは亡き夫だけ。夫はこの笑顔を、〈リーシーの竜巻顔〉と呼んでいた。「ええ、あのカスったれにいってやるわ」そうつぶやきつつ、あたりに目を走らせて銀のシャベルを目で探す。部屋には見あたらなかった。車に置きっぱなしだ。シャベルを手もとに置いておきたかったら、いますぐ外に出ていって、とってきたほうがいい……あたりが完璧に暗くなる前に——

「ミセス・ランドン？」ウッドボディ教授の声、これまで以上に不安の響きを濃くした声がきこえた。リーシーはこの教授のことをすっかり忘れていた。「まだそこにいらっしゃいますか？」

「ええ」リーシーは答えた。「あなたは、これにぐっと来るんでしょうね」

「失礼だが……いまなんと？」

「わたしがなにを話してるか、あなたにはわかってるはずよ。あなたが欲しくて欲しくてたまらないもののすべて……自分が手に入れるのが当然だと思ってるものすべて……そのことだけど？　あなたはこれにぐっと来る。いまはどんな気分でいることやら。それから、わたしが電話を切ったら、あなたが答えなくてはいけない質問もあるんだし」

「ミセス・ランドン、わたしには話がよく——」

「もし警察から電話があったら、いまわたしに話したことを、そっくり警察にも話してちょうだい。ということは、まず最初に奥さんの質問にも正直に答えなくちゃいけない。そうは思わない？」

「ミセス・ランドン、お願いですから！」ウッドボディは、いまやパニックを起こした人そのままの口調だった。

「あなたが蒔いた種よ。あなたと、あなたの友だちのドゥーリーがね」

「あの男を友だちなどといわないでくれ！」

〈リーシーの竜巻顔〉はますます強くなり、唇はますます薄くなって、ついには歯の先端が見えるようになっていた。同時に両目もぐんぐん細くなって、しまいには青い閃光だけになった。獰猛な野生動物の顔つき、デバッシャー家の者そのままの顔つきだった。

「でも、それが事実よ！」リーシーは声を張りあげた。「あの男といっしょに酒を飲み、あの男に嘆き節をきいてもらい、あの男がわたしをヨーコ・ランドン呼ばわりするのをきいて、声をあげて笑ったんですものね。あの男をわたしに差しむけたのもあなた。くわしく話をしたかどうかは関係ない。で、いまになってドゥーリーが便所の鼠なみのいかれ野郎だとわかったのに、あなたにはあの男を引きさがらせることができない。だから、ええ、教授、保安官に電話をかけて、ええ、そのとおり、あなたの名前も伝えるし、あなたの友だちを逮捕するのに役立つ情報は残らず提供するつもり。なぜって、あの男がまだ仕事をすませてないからだし、そのことをあなたもわたしも知ってるから。なぜって、あの男が仕事をおわらせたくないと思ってて、あの男がカスったれなほど楽しんでて、そのことにあなたがぐっと来てるからよ。あなたが蒔いた種。だから、刈りとるのもあなた！　わかった？　わかったの？」

　答えはなかった。しかし湿った息づかいはきこえていたし、この元〈インカン族〉の王がいま必死で涙をこらえていることもわかった。リーシーは受話器をもどすと、ふたたび床からタバコを拾いあげて火をつけた。それから電話のもとへ引き返し、頭を左右にふり動かした。保安官事務所にはすぐ電話をかけよう、しかし、その前にＢＭＷから銀のシャベルをとってきたかった。それもいますぐ……あたりの光がすっかり消え失せて、このあたりが昼間の光を夜の闇に譲りわたしてしまう前に。

8

　側庭は——真剣に考えるなら、玄関の前庭というふうにとらえるべきなのだろうが——すでに心穏やかでいられないほど暗くなっていたが、〝願かけ星〟こと金星はすでに空に顔を出していた。納屋と道具小屋が接しているあたりでは、影がひときわ暗くなっており、ＢＭＷはそこから五メートルちょっとしか離れていない場所にとめてあった。もちろんドゥーリーがこの影の泉に隠れていることはなかったし、あの男がほんとうにここにいるのなら、どこに身を置いていてもおかしくない。プールサイドの更衣小屋の壁に寄りかかっていても……キッチンがあるあたりの母屋の角からこっそりのぞいていても……地下室に通じるはねあげ戸の裏にしゃがみこんでいたって……。

そう思ったとたんリーシーはくるりと身を翻した。あたりがまだわずかに明るかったので、はねあげ戸の左右どちらにも、なにもないことが確認できた。はねあげ戸そのものには錠前がおろされている。だから、ドゥーリーが地下室にいるのではないかと心配する必要はなかった。といっても、もちろんリーシーが帰宅する前にドゥーリーがなんらかの手段で家に侵入し、いまは地下室に身を潜めているかもしれないが。

《やめなさい　リーシー　自分で自分を怖がらせてるだけ——》

指をBMWのドアハンドルにからめたところで、リーシーは体の動きをとめた。そのままの姿勢で五秒ばかり立ちつくしていただろうか……ついで反対の手から吸いさしのタバコが落ちるにまかせ、落ちたタバコを踏みつけた。納屋と道具小屋が接するあたりの奥まった場所に、何者かが立っていた。かなりの身長があるその人影は微動だにしていない。

リーシーはBMWの後部ドアをあけ、すばやく銀のシャベルをとりだした。ドアを閉めても、車内灯はともったままだった。すっかり忘れていたが、この車はドアを閉めたあとしばらくは車内灯が消えない仕掛けだった。〝親切ライト〟という呼び方をされていたが、いまこの瞬間ばかりはひとつも〝親切〟に感じられなかった。光でこちらの姿がドゥーリーに見えてしまうし、カスったれな光に視界を乱されたおかげでドゥーリーの姿が見えなくなっていたからだ。リーシーは柄をつかんで抱きかかえるようにシャベルを胸に引き寄せてかまえた。BMWの車内灯がやっと消えた。つかのま、光が消えたせいで情況がさらに悪化した。翳りゆくラベンダー色の空のもとで、形のさだまらない紫色の物体がいくつも見えるだけになってしまったのだ。

リーシーはてっきりあの男が自分に飛びかかってくるものと覚悟した――リーシーをミサス呼ばわりし、どうして自分の忠告をきかなかったのかと詰問しながら、両手でのどを絞めあげてくる……そしてリーシーの呼吸は耳ざわりな音をたてながら……停止するのだ。

そんな事態が現実になることはなかったし、三秒ののちにはリーシーの目が暗さにふたたび慣れてきた。ふたたび、あの男の姿が見えた。上背のある体をまっすぐに伸ばし、身じろぎもしない立ち姿。大きな建物と小さな建物が接している奥に立っている。足もとになにかを置いて。四角い包みのようなもの。スーツケースであってもおかしくはない。

《あきれた。まさか、スコットの原稿類のすべてをあんなちっぽけなスーツケースに入れられると思ってるの？》リーシーはそう思い、拳が痛むほど強く銀のシャベルの柄を握りしめたまま、慎重に左へ一歩踏みだした。「ザック、あんたなの？」もう一歩。二歩。三歩。

近づく車の音がきこえ、ヘッドライトが庭を薙いでいけば相手の男の姿が明るく照らしだされることがわかった。それが現実になった瞬間、相手はリーシーに飛びかかってくることだろう。リーシーは一九八八年の夏のときとおなじように、銀のシャベルをふりあげはじめた。このワインドアップがおわると同時に、接近しつつあった車がシュガートップ・ヒルのてっぺんにたどりついて、つかのまリーシー宅の庭に明るい光を投げかけ……リーシー自身が納屋と道具小屋の接するあたりの奥に置き去りにしていた電動芝刈機を浮かびあがらせた。ハンドル部分の影が納屋の壁に躍りあがり、ついで車のヘッドライトが薄れると同時に消えていった。そうなると芝刈機はふたたび、足もとにスーツケースを置いている男とも見まがう姿をとりもどしはしたが、それでもひとたび真実を目で見て知ったあととなると……。

《これがホラー映画なら》リーシーは考えた。《ここで暗闇から怪物が躍りでてきて、わたしがつかまってしまうところね。ようやく気を許した瞬間を見はからって》

なにかが躍りでてきてリーシーをつかまえることはなかったが、銀のシャベルをもって屋内にもどっても損はない――たとえ幸運のお守りという意味しかなくても。リーシーは柄と銀のブレードが接している部分をつかんで、シャベルを片手だけにもちかえると、キャッスルロック郡の保安官、ノリス・リッジウィックに電話をかけるために屋内へ引き返した。

Ⅶ　リーシーと法
（強迫観念と疲れた精神）

1

リーシーの電話を受けた女性は、通信司令担当のソームズ巡査と名乗ったうえで、電話をリッジウィック保安官につなぐことは無理だ、といった。リッジウィック保安官は一週間前に結婚したばかりだからだ。保安官は新婚の花嫁とふたりでハワイのマウイ島にハネムーン中、こちらにもどってくるのは十日後だという。

「では、だれになら話をきいてもらえるの？」リーシーはたずねた。耳ざわり寸前の自分の声が気にくわなかったが、これはこれで理解できる。そう、理解できていたのだ。なんといっても、御難つづきのとんでもなく長い一日だったのだから。

「お待ちください、マーム」通信司令係のソームズはいった。それからリーシーは、〈番犬マグラフ〉とともに辺土（リンボー）に置き去りにされた。マグラフは、〝犯罪を防ぐ近所の監視の目〟についてて、なにやらしゃべっていた。保留にされているあいだ、〈二千人の昏睡状態オーケストラ〉

というしかないBGMをきかされるのにくらべれば、リーシーにはこれが大きな進歩に思えた。マグラフのおしゃべりを一分ばかりききかされたあと、スコットが生きていたら気にいったはずの名前をもつ警官が電話に出てきた。

「アンディ・クラッターバック保安官助手です。どのようなご用件でしょう？」

きょう一日で三回めになるが——《三度めの正直》と母さんならいったはずだ。《三度めに報われる》と——リーシーはミセス・スコット・ランドンと名乗った。それからリーシーは、ザック・マックールの一件を、わずかに編集したバージョンでクラッターバックに語ってきかせた。昨夜かかってきた電話のことから語り起こし、今夜かけた電話、ジム・ドゥーリーという名前が判明した電話のことで話をしめくくる。クラッターバックは、〝ほほう〟とか、それに類する相鎚を口にするだけだったが、いざリーシーの話がおわると、〝ザック・マックール〟のもうひとつの名前、本名と思われる名前はだれの口から知らされたのか、という質問をした。

良心にちくりと刺される痛みをおぼえ、

（ちょこっとおしゃべり、それだけで、町じゅうの犬がおこぼれ欲しさにやってくる）

そして、そう感じたことに苦いおかしみを感じつつ、リーシーは〈インカン族〉の王の名前を明かした。といっても、カスッドボディといったわけではなかった。

「では、教授からも話をきくんですか？」リーシーはたずねた。

「それが妥当だと思いませんか？」

「ええ、たしかに」リーシーはいいながらも、自分がウッドボディから引きだせなかった情報をキャッスル郡の保安官代理が引きだせるものだろうか、引きだせたとして、それはどんな情報だろうかと考えずにはいられなかった。なんらかの情報は残っているだろう——あのときの自分はかなり怒っていたからだ。ついで、そんなことを気にかけていない自分に気がついた。

「で、ウッドボディは逮捕されます？」

「いまうかがった話を根拠として？　いえ、それはまずありませんね。民事で訴えるだけの根拠はおありかもしれない——くわしくは顧問の弁護士さんに相談してください。それでもウッドボディという男は、法廷では自分の知っている範囲でしか話をしないでしょうね——ドゥーリーはあなたの家を訪問して、ちょっとばかり押しの強い頼みごとをするだけだと、そう思っていた、とね。郵便受けに猫の死体を入れた件だの、人身被害を与えると脅迫した件だの、そういったことはなにひとつ知らなかった、とね……しかも、あなたのいまのお話をもとに考えるかぎり、ウッドボディはこれで真実を述べることになる。そうですね？」

　リーシーは落胆を感じながら、その言葉のとおりだと認めるほかなかった。

「問題のストーカーが残していった手紙を見せていただこうと思います」クラッターバックはいった。「それから猫も。猫の死体はどうされました？」

「母屋の外壁に、木箱をとりつけてあるんです」リーシーはいい、いったんはタバコを手にとったものの、考えなおして下にもどした。「主人がその箱に名前をつけていたんですが——というか、亡くなった主人はほとんどどんなものにでも名前をつけてましたが——いまは思い出せません。とにかく、そこにごみを入れておけば、洗い熊に荒される心配はないんです。猫の死体はごみ袋に入れて、その最下甲板（オーロップ）に入れました」しゃにむに思い出そうとするのをやめたとたん、問題の単語があっさりと記憶に甦ってきた。

「ほほう……ほほう……フリーザーはありますか？」

「ありますけど……」というそばから、つぎにクラッターバックが口にするはずの文句への嫌悪が高まってきた。

「お願いですから、猫の死体をフリーザーにしまっておいてくださいませんか、ミセス・ランドン。袋に入れたままで、なんの問題もありません。あした、だれかをおたくにやって受けとらせます。そのあと、ケンダルとジェパースンのところに運ばせましょう。このふたりの獣医は、郡から仕事を委託されてるんです。彼らなら猫の死因を特定して――」

「そうむずかしくはないでしょうね」リーシーはいった。「郵便受けは血だらけでしたから」

「ほほう。残念だったのは、あなたが郵便受けをきれいに掃除する前に、ポラロイド写真を何枚か撮影しなかったことですね」

「それは……ええ、ほんとうにすいませんでした。もう、とんだ失礼を！」リーシーはかっとなって、思わず大声を出した。

「落ち着いてください」クラッターバックはいった。落ち着いた声で。「あなたが動揺していたのはわかります。だれだって、うろたえて当然ですからね」

《あんたはちがう》リーシーは憤慨しながら思った。《あんたなら落ち着き払ってるに決まってる……そう……フリーザーのなかの死んだ猫同然に》

リーシーはいった。「これで、ウッドボディ教授と猫の死体の件が片づいたわ。で、わたしはどうすればいいの？」

クラッターバックは、すぐに保安官助手をひとり――ボークマン保安官助手かオルストン保安官助手の、いずれか近くにいるほうを――リーシーの自宅に差しむけて、手紙を受けとらせる、といった。それからいま思いついたのだが――クラッターバックはそうつづけた――そちらにうかがわせる保安官助手には、猫の死体のポラロイド写真を撮らせておこう。保安官助手の全員が、それぞれの車にポラロイドカメラを常備している。そのあとは保安官助手が、州道一九号線上のリーシーの自宅を視界におさめられる場所で見張りに立つ（午後十一時以降はその交替要員が詰める）。もちろん、緊急事態の発生を告げる通報があった場合はべつ――突発的な事故やそのたぐいのことだ。かりにドゥーリーが〝立ち寄った〟としても（この婉曲表現はクラッターバックの風変わりな心づかいを示すものだ）、郡保安官事務所のパトカーを目にして引き返していくことだろう。

これについてはクラッターバックの言葉が正しいことを、リーシーは祈らずにいられなかった。

ドゥーリーのような男は――クラッターバックは説明をつづけた――まず口先だけのはったり野郎で、実力行使に踏み切ることはない。この手合いは、相手を思いどおりに怖がらせられないとわかると、むしろその一件を頭からきれいさっぱり消し去る傾向にある。「ですから、おそらくドゥーリーは二度とあなたの前に姿をあらわさないでしょうね」

ここでもまたクラッターバックの言葉が正しいことを、リーシーは祈った。リーシー自身は疑いを拭いきれなかった。意識がどうしても、〝ザック〟の準備の手口に引きもどされてしまう。自分に撤退命令を出せないように――少なくとも、最初に自分を雇った男には命令が出せないように――仕組んだ手口に。

2

　クラッターバック保安官助手との会話をおえて二十分もしないうちに（ちなみにリーシーの疲れた精神はこの保安官をバター抱擁保安官か、あるいは――ポラロイドカメラとの相互参照的な連想だろうが――シャッター虫保安官と呼びたがっていた）、カーキ色の制服を着て大きな銃を腰に帯びたほっそりした体格の男が玄関に姿を見せた。男はダン・ボークマン保安官助手だと自己紹介したのち、〝問題の手紙〟を安全に保管し、〝問題の動物の死骸〟を写真に撮影するように指示されている、と述べた。リーシーはこれをきかされても真剣な顔をたもっていたが、そのためには頰の内側の柔らかい部分をきつく嚙んで、笑いをこらえなくてはならなかった。ボークマンは手紙を（無地の白い封筒ともども）リーシーが提供した〈バギー〉のポリ袋におさめてから、〝動物の死骸〟をフリーザーにしまったかとたずねてきた。リーシーはクラッターバックとの電話をおえるなり、その仕事をすませていた――〈トロールセン〉の大型フリーザーの左奥、出入りの電気工のスマイリー・フランダーがリーシーとスコットに贈った鹿のステーキ肉をおさめたビニール袋が、すっかり霜に覆われたまま、大昔からおさまっている以外になにもない一角にごみ袋を押しこめていたのだ。スマイリーは二〇〇一年か〇二年に――そのどちらだったかは思い出せなかった――篦鹿狩りの権利を賭けた公営くじに当選して、セントジョン・ヴァレーで〝どんでもなくでっかいやつ〟を仕留めたのである。いまにして思えば、奇しくもチャーリー・コリヴォーが新婚の花嫁を射止めた土地だ。ギャロウェイ家の納屋猫の死体をおさめておける場所は、（核戦争勃発時をおそらく唯一の例外として）この先食べることはまずない鹿肉の隣以外にはなかったし、ボークマンには、写真撮影後はかならず元の位置に死体をもどし、ほかの場所には決してしまわないように、きつく念を押した。ボークマンは、〝あなたの要請に服従する〟と真剣そのものの態度で約束し、このときもリーシーは頰の内側を嚙みしめる必要に迫られたが、笑いをこらえるのもそろそろ限界だった。ボークマンが足音高くのっそりと地下室に通じる階段を降りていくなり、リーシーは壁にむきなおって悪戯っ子よろしくひたいを石膏の壁に押しつけ、口もとを片手で覆い、のどを大きくひらいたまま、かすれ声めいた笑い声を洩らしていた。

この苦悶が過ぎ去ると、リーシーはふたたび母さんの杉の箱のことを考えはじめた（箱はリーシーのものになってすでに三十五年たっていたが、自分の箱だと考えたことはいっぺんもなかった）。箱や、箱のなかに詰めこまれたささやかな記念の品々を思うことが、内面の奥深くからふつふつと湧きあがっていたヒステリーの発作を抑えこむ助けになってくれた。それ以上に助けになってくれたのは、自分が箱を屋根裏にしまったにちがいないという、しだいに強まってきた確信だった。もちろん、これは完璧に筋の通った話である。スコットの執筆人生の岩屑ともいうべきこまごました品々は、別棟になっている納屋と仕事場にある。そしてスコットが執筆という仕事をしていたあいだ、リーシーが過ごしていた日々の岩屑はここ、リーシーがえらび、やがて夫婦ともに愛するようになったこの家にあるのが当然ではないか。

屋根裏部屋には、高価なトルコ絨緞のラグマットがすくなくとも四枚はあるはずだ。最初のうちは好きでたまらなかったのに、やがて自分でも理由がわからぬまま、見るたびに背すじがうそ寒くなるようになった品である。

さらに屋根裏には、すでに引退した旅行用バッグが三セットある。二十におよぶ航空会社——その大半はコミューター路線を飛んでいる薄汚れた小型の軽飛行機への搭乗だったが——が投げつけてくるものすべてを受けとめてきたバッグ類。この傷だらけの歴戦の戦士たちには勲章やパレードがふさわしいが、現実には屋根裏部屋への名誉の引退に甘んじてもらわなくてはならなかった（といっても、公営ごみ処分場行きはまぬがれた）。

居間にあったデニッシュ・モダン様式の家具——スコットが気どっているように見えると評した家具。それにリーシーがどれほど怒ったことか。といっても怒りの原因は、自分もスコットの意見が正しいかもしれないと思っていたことにあり……。

それからロールトップデスク。〝お買い得品〟ではあったが、結局は脚のうち一本が短くて詰め木を入れないと使いものにならなかった。ところが、この詰め木がしじゅう抜け落ちてしまい、あげくにある日、ロールトップ部分がリーシーの指だけでは動かなくなって……それで一巻のおわりだよ、きみ、さあ、カスったれな屋根裏部屋行きだ……。

タバコを吸っていた日々につかっていた、スタンドつきの灰皿……。

スコットが昔つかっていた、ＩＢＭのセレクトリック型タイプライター。そののちリーシーが譲り受けて手紙を書くのにつかっていたが、やがてインクリボンや修正用テープを見つけるのが困難になって……。

あーんなような品、こーんなような品、あーれやこれやの品。じっさい異世界そのものではあるが、そのすべてがまさにこーこにある……あるいは、少なくともこーこにある。そしてそのどこか——たぶん雑誌の山の裏か、あるいは背の部分が割れていて寄りかかれない安楽椅子の上あたり——に、杉の箱があるにちがいない。箱のことを思うのは、暑い日にのどが渇いたとき、よく冷えた水を思うのにも似ていた。なぜそんなふうに感じるのかはわからなかったが、とにかくそう感じられた。

　ボークマン保安官助手がポラロイドカメラを手にして地下室からあがってきたときには、リーシーは一刻も早くこの男に立ち去ってほしい気持ちになっていた。皮肉なことにボークマンはぐずぐずとどまり（父さんデバッシャーなら、〝虫歯の痛みみたいにしつっこく居すわる〟とでも表現したはずだ）、まず猫が工具のようなもの（おそらくはドライバー）で刺されていたことを話し、つづいて自分はすぐ外にとめたパトカーに詰めていると話して、リーシーを安心させた。保安官事務所のユニット（パトカーではなく、ユニットと表現していた）の車体には、お決まりの《奉仕と保護》という警察のモットーこそ書きこまれていないが、その精神は一秒たりとも忘れないし、リーシーにはひとかけらの不安も感じてほしくない。リーシーは、自分はもうすっかり安心しているし、そろそろベッドにはいろうとさえ思っている、と答えた——きょうは長い一日で、このストーカー問題のほかにも家族の緊急事態に対処しなくてはならず、もうくたくたに疲れきっている、と。ボークマン保安官助手はようやくヒントを受けとって、リーシーの安全は最大限に確保されている、安全そのものだ、だから片目をあけたまま寝るような必要はないといいおいて、リーシーの家をあとにした。そのあと、地下室への階段を降りていったときと同様に、足音高くのっそりと正面玄関前の階段を降りていきながら、ボークマンはまだ多少の明かりがあるうちに、さいごにいまいちど猫の死体の写真をぱらぱらとめくってながめていた。その一、二分後には、かーんぺきにどでかでっかいエンジン音が二度きこえてきた。ヘッドライトが芝生と母屋を薙いでいったかと思うと、唐突に消えていった。ダニエル・ボークマンが道路の反対側、それも路肩のいやでも目立つところにパトカーをとめて陣どっているようすを想像すると、口もとがほころんだ。それからリーシーは、階段を屋根裏部屋へあがっていった——二時間後に、自分が服をすっかり着こんだまま、すすり泣きながら、疲れはてた体をベッドに横たえることなど知るよしもないまま。

3

疲れきった精神は、強迫観念の恰好の餌食だ。熱気がこもったままで照明は貧弱、おまけに探そうと思った隅はどこもかしこも黒い影が狡猾に隠しているような屋根裏部屋を三十分かきまわしても、成果が得られなかったことで、リーシーは自分でもそれと気づかないまま強迫観念の軍門にくだっていた。そもそも、なぜあの箱を探しだしたいと思ったのか、そのあたりにも明確な理由などなかった。あったのはただの強い直観、箱にしまった品物のどれか、結婚生活の初期の記念品のどれかが、つぎなるブールの道行きの留だという直観だけだった。しかし、しばらくすると箱そのものが、母さんの杉の箱自体が目的になっていた。あの箱を見つけて手にとらないことにはブールは台なし、二度と眠れなくなりそうだ——箱は、長さ三十センチほど、幅は約二十二、三センチで、深さは十五センチ。箱が見つからなかったら、自分はいろいろな考えに苦しめられたまま寝なくてはならない……なにを考えるかといえば、死んだ猫たちや死んだ夫たち、空虚なベッドや〈インカン族〉の戦士たち、みずからの体を切りつける姉妹、それに切りつける相手はちがうが、父親たち——

（やめろ　リーシー　やめろ）

だったら……ただ寝ることになると、そういっておこう。

一時間も探しまわれば、目あての箱は結局は屋根裏にないと確信するには充分だった。しかしこのときになると、箱はもしかしたら予備の寝室にあるのではないかという考えが芽ばえていた。あの部屋のあれやこれやに箱がまぎれこんでいるかもしれないというのは、完璧に筋の通った考えだった……ところが、さらに四十分を探索についやした結果（その四十分には、不安定な脚立（きゃたつ）の上に立って、クロゼットのいちばん上の棚を探した時間も含まれる）、予備の寝室も涸れた泉だという結論にいたった。だとすれば、箱があるのは地下室だ。地下室にあるにちがいない。それも十中八九は階段の裏、さまざまな品物を詰めこんだ段ボール箱を押しこめてあるあたりだろう。箱の中身はカーテン、古いラグマット、昔のステレオコンポ、それから雑多なスポーツ用品。たとえばスケート靴やクロッケーセット、穴のあいたバドミントンのネットなど。急ぎ足で地下室に通じる階段を降りていくあいだにも（フリーザーの冷凍鹿肉の山の隣に横たわっている猫の死体のことを考えないようにしながら）、箱を地下室で目にしたと確信するようになってきた。このときにはかなり疲れてはいたが、リーシー本人はそのことをまだ遠くに意識しているにとどまっていた。

すべての箱を、それまでおさまっていた長期間保管スペースから出すには二十分かかった。湿気で一部が破けてしまった箱もあった。箱の中身をすっかり調べおわったときには、手足は疲れのために小刻みにわななき、服はべったりと肌に貼りついていたばかりか、性質のわるい偏頭痛が後頭部の壁を内側から叩きはじめていた。リーシーは、まだ形をたもっている箱を元の場所に押しこめ、破けてしまった箱はそのままの場所に放置した。やはり母さんの箱は屋根裏部屋だ。最初から、屋根裏部屋にあったにちがいない。自分がこの地下室で、錆びついたスケート靴だの存在も忘れていたジグソーパズルだのと格闘していたあいだも、箱は辛抱づよく上でじっと待っていたのだ。いまになれば、探しわすれた場所を半ダースばかりも思いつける。そのひとつが庇の下、這いつくばらないとはいれないあたりだ。あそこがいちばん有望だ。自分で箱をあの奥に押しこめて、すっかり忘れているというのもありそうな話で――

という思考が、いきなり断ち切られた――背後に何者かが立っていることに気がついたからだ。目の隅に男の姿が見えた。ジム・ドゥーリーでもザック・マックールでも名前はどっちでもいいが、つぎの瞬間には男はリーシーの汗ばんだ肩に手をかけて、ミサスと声をかけてくるだろう。そうなったがさいご、自分はほんとうの心配ごとを背負いこまされることになる。

あまりにも真に迫ったこの感覚に、ドゥーリーがすり足で歩く音が背後からきこえたほどだった。顔を守るために両手をふりあげながら、一気に身を翻すと、ほんのわずかな一瞬、自分自身が先ほど階段の下から引っぱりだしたフーバー製の掃除機が見えた。つぎの瞬間リーシーの足が、古いバドミントンのネットをおさめたまま、黴で段ボールが駄目になっていた箱にひっかかった。両手をふりまわして体のバランスをたもとうとし……あわや倒れずにすむと思ったのもつかのま……バランスをうしない、かろうじて《くそ・まずい》と思うだけの時間こそあったが、リーシーはその場に転倒した。頭頂部は間一髪で階段の裏側にぶつからずにすんだが、これは幸運だった。もしぶつかっていたら、かなり強烈な打撃になって、意識をうしなってしまったかもしれない。そのままコンクリートの床にまともに倒れて頭を打っていたら、即死してもおかしくない。しかし両手を広げることで、まともに倒れずにすんだ。さらに、腐ったバドミントンのネットという柔らかいクッションに片膝をつくこともできた。反対の膝は地下室の床にもっと激しく叩きつけられたが、それでも不幸中のさいわい、ジーンズを穿いたままだった。

この転倒は、またべつの意味でも幸運だった——十五分後、あいかわらず服は着たままだったが、いちばん激しい号泣の発作をおえた状態でベッドに横たわりつつ、リーシーはそう思うことになる。そのときには、もう断続的な嗚咽と、強烈な感情のふつか酔いともいうべき、悲しげで水っぽい息づかいだけになっているのだ。派手に転んだことが——さらには、その引金となった恐怖も含めて——頭をすっきりと澄みわたらせてくれたのである。あのままだったら、二時間後もまだ箱を探しつづけていたかもしれない——いや、体力さえつづけば、もっと長い時間になっていてもおかしくなかった。屋根裏部屋に逆もどり、予備の寝室に逆もどり、地下室に逆もどり。スコットがいたら、《そして未来へ逆もどり》といい添えたはずだ。スコットには、最悪のタイミングで軽口を叩ける才能があった。あるいは……あとあとふりかえって考えれば最高だったと判明するタイミングで。

どちらにしても、あのままだったらリーシーは最初の曙光(しょこう)が射しそめるまで探索をつづけたかもしれず、そうなったところで得られたのは片手に熱い空気がどっさり、片手にどうしようもないがらくたの山だけ、という次第におわったはずだ。いまではリーシーも、目あての箱はこれまで五、六回は前を通った場所、目につきやすい場所にあるか、そうでなければこの家からなくなったにちがいないと確信していた。盗んだとすれば、これまでの長年にわたってランドン家を掃除してきたメイドたちのだれか。あるいはさまざまな職人のだれか——こっそりと箱に目をつけ、あんなすてきな箱なら女房が気にいるかもしれないし、どのみちなくなってもミスター・ランドンの奥方(ミサス)(この語が頭に忍びこんでくるとは、奇妙なこともあったものだ)は気づくまい、とでも考えたのだろう。

《どーでもどーでも・いいことさ、ちっちゃなリーシー》頭のなかに居すわったままのスコットがいった。《考えごとはあしたにまわそう、あしたはあしたの風が吹く》

「そうね」リーシーはそういって上体を起こし、その拍子に、自分が汗に濡れて汚れた服をまとった、汗まみれの悪臭ただよう女になっていたことに気がついた。できるだけ手早く服を脱ぎ、脱いだ服はベッドの足もとに積みあげたまま、リーシーはシャワーにむかった。刺すような痛みも無視して、地下室で転んだときにすりむいた両手をごしごしと強く洗い、髪の毛を二回洗い、石鹼水が顔の両側を流れるにまかせた。そのあと五分ほども湯を浴びているうちに危うく居眠りをしかけたので、きっぱりと温度調節レバーを《C》の側ぎりぎりにまでまわして水を出し、凍りつくような冷水のシャワーで全身を洗ってから、息をあえがせつつシャワー室の外に出た。ついで大きなタオルの一枚をつかって体を拭き、タオルをバスケットに落としこむと、ようやく自分らしさをとりもどしたことに気がついた——正気に立ちかえって、きょうという一日を水に流す気がまえもできていた。
リーシーはベッドにはいった。眠りがリーシーを闇に飲みこむ寸前のさいごの思考は、見張りに立っているボークマン保安官助手にまつわるものだった。心なごむ思考だった——地下室で血も凍る思いをしたあとということもあり、なおさら心を慰められたといえる。そしてリーシーは夢も見ずに熟睡した……が、それも電話の鋭い呼出音に叩き起こされるまでのことだった。

4

電話をかけてきたのは、ボストンにいるカンタータだった。当たり前の話だ。ダーラが電話をかけていたのだ。なにか問題が起こると、ダーラは決まってカンタータに電話で知らせる——遅かれ早かれというよりも、決まって早めに。カンタータは、自分も実家に帰るべきかどうかを知りたがっていた。そこでリーシーは、ダーラの話がどれほど深刻にきこえようとも、カンタータがボストンから急いでこちらに帰ってくる必要はまったくないし、カンタータにできることはひとつもない、ときっぱり断言した。「お見舞いはできるけど、大きな変化がないかぎり——といっても、ドクター・アルバネスからは大きな変化は期待できないときかされてるし——アマンダには、カンタータ姉さんが来てくれたのかどうかもわからないんだから」

「なんてこと」カンタータはいった。「恐ろしい話ね」

「ほんと。でも、いまアマンダ姉さんのまわりには、姉さんの精神状態を理解している人たちがいるの——あるいは、姉さんのような症状の人をどう世話すればいいかを理解している人たちが。なにか決めることがあったら、ダーラ姉さんとわたしだけではなく、かならずカンタータ姉さんにも話の輪（ループ）にはいってもらうし——」

それまでリーシーは、コードレス電話の子機を手にして寝室を歩きまわっていたが、ここでふっと足をとめた。じっと見つめていたのは、脱ぎ捨てたブルージーンズの右の尻ポケットからずり落ちかけていた一冊のメモ帳。アマンダの〈強迫観念メモ帳〉だ——といっても、いま強迫観念にさいなまれているのはリーシーのほうだった。

「リーサ？」リーシーをいつもこの名前で呼ぶのはカンタータだけだ。これをきくたびにリーシーは、テレビのクイズ番組かなにかで賞品を紹介する係の女になった気分にさせられた——《リーサ、ハンクとマーサにふたりが獲得した賞品を見せてあげてちょうだい！》という具合。

「リーサ、まだそこにいる？」

「ええ、いるわ」目はメモ帳に釘づけ。日ざしを浴びて、小さな輪（リング）が光っている。小さな金属の輪（ループ）。「いま話していたのは、なにか決めることがあったら、ダーラ姉さんとわたしだけではなく、かならずカンタータ姉さんにも話の輪（ループ）にはいってもらうっていうこと。そう、ループ」

手帳は長い時間ずっと尻に押しつけられていたため、尻のカーブのまま反っていた。手帳を見つめているあいだにも、カンタータの声が遠ざかって消えていくかにも思えた。カンタータがあの場にいたら、自分とおなじことをしたにちがいないと思っている、と自分が話す声が自分の耳にはいってくる。リーシーは上体をかがめて、メモ帳をジーンズのポケットからすっかり抜きだした。それからカンタータに、きょうの夜にでもまた電話するといい、カンタータに愛しているといい、カンタータに別れの言葉をつげると、コードレス電話の子機をベッドに投げだしたっきり一瞥もしなかった。視線はひたすら、くたびれた小さなメモ帳にむけられていたからだ。〈ウォルグリーンズ〉や〈レクソール〉といったドラッグストア・チェーンに行けば、どこでも七十九セントで買える品。なぜこのメモ帳にこれほど心を惹かれるのだろうか？　いまが朝で、疲れがすっかり癒された状態だから？　体も清潔で、休息を充分にとっているから？　さわやかな日ざしが燦々と部屋に射しこんでいるいま、ゆうべ強迫観念にとり憑かれたように杉の箱を探しまわったことが馬鹿らしく思えてきたから……終日感じていた不安が行動のかたちで噴出しただけと思えてきたからか？　しかし、このメモ帳は馬鹿らしくはない。そんなことはぜったいにない。

　そしてこのお楽しみに色を添えるつもりなのか、スコットの声がこれまで以上に明瞭に話しかけてきた。そんな馬鹿な……しかし、声ははっきりときこえた。しかも力強く。

《きみにメモを残しておいたよ、ベイビィラーヴ。きみにブールを残したんだ》

　リーシーは、うまうまツリーの下にいたスコットを、奇妙な十月の雪のなかのスコットを、たまに兄のポールからむずかしいブールで――といっても、極端にむずかしいことはなかった――からかわれたことを話すスコットを思った。そんなことを考えるのは数年ぶりだ。もちろん頭から押しやっていたからだ。できれば考えたくない、ほかのあれこれといっしょに——自分なりの紫のカーテンの奥に押しこめて。しかし、この話のどこがそれほど忌まわしいのか？

「兄さんは決して残酷じゃなかった」スコットはそう話していた。目には涙が宿っていたが、声は涙声などではなかった。あくまでも明瞭で、しっかりした声だった。語りたい物語があって、それを相手にしっかりときいてほしい場合の例に洩れず。「ぼくがまだ小さいときには、ポール兄さんがぼくに残酷になることは決してなかったし、ぼくも意地わるく接したりはしなかったよ。いつも兄弟いっしょだった。その必要があったんだよ。ぼくは兄さんを愛していたんだ、リーシー。ほんとに愛していたんだよ」

そんなことを思うころには、リーシーはメモ帳の数字が書かれているページをめくりおえていた——気の毒なアマンダの数字がぎっしりと無秩序に書きつけてあった。そのあとは、なにも書かれていない無地のページがつづくばかり。どんどんページをあげながらページをめくっていくあいだ、このメモ帳になにかが見つかるという確信がしだいに薄れてきたが……さいごに近いところで、植物の立葵（たちあおい）を意味する単語だけがぽつんと書かれたページが見つかった。

HOLLYHOCKS

どことなく見覚えがある気がするのはなぜだろう？　最初は見当もつかなかったが、やがて合点がいった。《ご褒美はなに？》リーシーはアマンダのナイトガウンをまとった存在、背中をむけている存在にそうたずねた。《飲み物だ》というのが答えだった。《コーク？　それとも

RC？》とリーシーがたずねると、その存在から返ってきた答えは――

「あれはこういった……彼だか彼女だかはこういったんだ……『静かに。いっしょにホリホックスを見ていたいから』と」リーシーはつぶやいた。

そう、正解。いや、正解にごく近いというべきか。お役所仕事だったら正解といえる程度には近い。リーシーにはなんの意味もなかったが、それでもあと一歩で意味をなしそうではあった。そのあとも一、二秒のあいだこの単語を見つめ、ついでメモ帳のさいごまでページを繰る。どのページにも書きこみはなかった。メモ帳を投げ捨てようとしたそのとき、さいごのページの裏側から浮かびあがっている幽霊のような文字が目に飛びこんできた。ページをめくると、文字はメモ帳のすっかり反っている裏表紙の内側に書きとめられていることがわかった。

4th Station: Look Under the Bed

（第四の留（りゅう）：ベッドの下を見ること）

しかし体をかがめてベッドの下をのぞく前に、リーシーはまずメモ帳の最初のほう、数字が書きつけられたページにふたたび目を通し、さらにメモ帳のさいごから五、六ページめに書きつけられている《HOLLYHOCKS》の文字を見つめた。それで、すでに知っていたことが確認できた。アマンダは数字の4を書くときに、小学校で教わったとおり、まず直角に曲がっている線を書いてから、下むきに斜線を引いていた――4と。数字の4を&（アンド）記号のように4と書いていたのはスコットだ。o（オー）がつづくときにつなげて書いていたのもスコット、走り書きしたメモや伝言のたぐいにアンダーラインを引く癖があったのもスコット。そして一部の文字で小文字替わりに大文字を小さく書く癖があったのはアマンダだ——それも、いくぶんだらしない丸っこい筆跡で。CやG、YやS。

リーシーは《HOLLYHOCKS》と《4th Station : Look Under the Bed》のあいだを行きつもどりつして、ページを繰った。このふたつの筆跡サンプルをダーラとカンタータに見せたら、ふたりとも一瞬のためらいさえ見せずに、前者をアマンダの、後者をスコットの筆跡だと見ぬくだろう、と思った。

そして、きのうの朝、ベッドにいたあの存在は……。

「まるで、ふたりがいっしょになったような口調だった」リーシーはささやいた。全身の肉がぞわぞわと震えた。肉にそんな動きができるとはこれまで知らなかった。「ええ、他人からは頭がおかしいといわれるでしょうけど……でも、あれはふたりがひとつに合わさったような口調だった」

《ベッドの下を見ること》

そしてようやく、リーシーはこのメモの指示にしたがった。そこで見つかったブールはといえば、古ぼけた毛織地のスリッパが一足だけだった。

5

リーシー・ランドンは柱のように射しこむ朝日のなか、脛のところで足を交差させ、膝小僧に手を置いた姿勢ですわっていた。一糸まとわぬまま寝て、いまも裸のままだった。東向きの窓にかかったレースのカーテンが、リーシーの引きしまった体にストッキングのような影を落としていた。ふたたび、自分を今回の道行きの留に導いたメモに目を落とす――短いブール、いいブール、あといくつかのブールを見つければ、ご褒美がもらえる。

《たまにポール兄さんから、むずかしいブールでからかわれたよ……でも、極端にむずかしいことはなかったね》

《極端にむずかしいことはなかった》という言葉を胸にしまうと、リーシーはぴしゃりと音をたててメモ帳を閉じ、裏表紙に目をむけた。エイブリィデニソン社のロゴマークの下に、小さな黒い文字でこう書きつけてあった。

わが神（マイン・ゴット）

リーシーは立ちあがると、手早く服を身につけはじめた。

6

木は、ふたりをふたりだけの世界に閉じこめている。その世界から一歩外に出れば雪。うまうまツリーの下にあるのはスコットの声、催眠効果をそなえたスコットの声。これまでリーシーは『空っぽの悪魔』をスコットのホラー小説だと思っていたのか？ いや、これこそがスコットのホラー小説だ。スコットは涙を流してはいるが、兄ポールのことや、切り傷と恐怖と床の血だまりのあいだも兄弟が肩を寄せあっていたようすを話すあいだ、語り口が揺らぐことはない。

「父さんが家にいるときには、ぜったいにブール狩りをしなかったんだ」スコットは話す。「やるのは、父さんが仕事に出ているときだけでね」これまでスコットは出身地であるペンシルヴェニア州西部の訛をほぼ完全に払拭していたが、いまはその訛がこっそりと、リーシー自身の北部人訛よりもはるかに深いところから忍びこんできており、その口調はどことなく子どもっぽく感じられる。〝家（ホーム）〟ではなく〝ハム〟、〝仕事（ワーク）〟は奇妙にも歪んだ発音になって〝ラーク〟というようにきこえる。「ポールはいつも、最初のブールをすぐ近い場所においたんだ。そこには『ブールの五つの道行きの留（りゅう）』とあって――手がかりの数を示していたんだ――『クロゼットを探すこと』というような文句が書いてある。最初の手がかりが謎かけになっている

ことも ないではなかったよ。でも、二番め以降の手がかりはほとんどすべてが謎かけだったな。いまでも覚えてるのはね、『父さんが猫を蹴ったところに行け』っていうやつ。もちろん、古い井戸のことだよ。それから、『ぼくたちが〝畑仕事ばかり〟の一日を過ごす場所に行け』なんていうのもあった。ちょっと考えた末に、岩井戸の横にひろがる東の畑に出されたファーモール社製の古いトラクターのことだってわかったよ。で、そこに行くと、たしかに座席にブールの道行きの留があった。石の重石が載せてあったな。というのも、ブールの道行きの留というのは紙切れだから。そこに文章が書きつけてあって、折りたたんであるんだ。謎かけの答えはたいていわかったけど、どうしても解けないと、ポールはぼくに答えがわかるまで、手がかりを追加で出してくれた。そしてさいごには、ご褒美がもらえる——コークかRCコーラかキャンディバーをね」

スコットはリーシーを見つめる。スコットのうしろにあるのは、ただ白だけ——白の壁だ。うまうまツリー——じっさいには柳だ——の枝がふたりのまわりに垂れ下がって魔法円をつくり、外界を完全に締めだしている。

スコットはいう。「そして父さんに悪のぬるぬるが溜まって、自分で自分を切るだけじゃ出せないこともあったんだよ、リーシー。そんなある日、父さんはぼくを

7

《廊下のベンチの上に立たせた》――スコットがそう言葉をつづけたことも、いまになれば思い出すことができたが（リーシー本人が望もうと望むまいとにかかわらず）、さらに記憶をたどって、この一件のすべてを隠している紫の深みにリーシーが踏みこまないうちに、裏口のポーチに立っている男の姿が目に飛びこんできた。まちがいなく男だった――芝刈機でも掃除機でもなく、血肉をそなえた男。リーシーにとって幸運だったのは、男がボークマン保安官助手でこそなかったものの、おなじようにキャッスル郡保安官事務所のカーキ色の制服を着ているという事実を認めるだけの時間があったことだ。おかげで映画〈ハロウィン〉のジェイミー・リー・カーティスなみの悲鳴を張りあげて恥をかくような目にあわずにすんだ。

訪問者は、オルストン保安官助手と名乗った。リーシーのフリーザーに保管されている猫の死体を受けとりにきたほか、きょうは一日リーシーの身辺に目を光らせることを知らせにきたという。ついでオルストンはリーシーに携帯電話をもっているかとたずね、リーシーはもっていると答えた。携帯はBMWに置きっぱなしだが、いまでもちゃんと動くかもしれない。オルストン保安官助手は、これからは携帯を肌身離さずもっていたほうがいいだろうし、できれば保安官事務所の電話番号を短縮ダイヤルに登録しておいたほうがいいかもしれない、といった。

それからリーシーの表情を目にとめたオルストンは、〝その手の機能にあまりくわしくないのなら〟、自分が代わって登録をすませてもいいともちかけてきた。

たしかに小さな携帯電話をめったにつかわないリーシーは、オルストン保安官助手を愛車のBMWまで案内していった。バッテリーは半分にまで減っていたが、充電用のコードは座席のあいだのコンソールボックス内にあった。オルストン保安官助手は手を伸ばしてシガーソケットのライターを引き抜きかけ……そこで、まわりにうっすらと散らばるタバコの灰を目にして、手をとめた。

「気にしないで」リーシーはいった。「最初はまたタバコを吸いだしてしまうのかと思ったけど、いまでは気が変わったから」

「それが賢明かもしれませんね、マーム」オルストンはにこりともせずにいうと、BMWのライターを引き抜いて、充電用のプラグを差しこんだ。こんなふうに充電できることは初めて知った。充電しようと思いたつと、この小さなモトローラ製の電話をキッチンで充電していた。買ってから二年がたつが、いまだに取扱説明書を読んで、図1や図2の意味を解説してくれる男が身近にいない境遇に慣れていなかった。

リーシーはオルストン保安官助手に、充電にはどのくらいの時間がかかるものかと質問した。

「フル充電ですか？　一時間はかからないでしょう──もっと短時間ですむかもしれません。ええと、それまでは電話の近くにいてもらえますか？」

「ええ、これから納屋でいくつか片づけたい用事があるの。向こうにも電話があるし」

「けっこう。こちらの携帯の充電がおわったら、クリップでベルトに留めるか、ウエストに突っこんでおいてください。身の危険を感じたら1のボタンを押すだけで、すぐ警官に電話が通じるようにしました」

「ありがとう」

「どういたしまして。くりかえしになりますが、わたしが身辺に警戒の目を光らせます。今夜は、ダン・ボークマンがこちらを自分の所在地（トウエンティ）にしますが、緊急通報がない場合にかぎられます。ただ、緊急通報があるでしょうね――このあたりの小さな町では、金曜の夜は忙しいと決まってるんです。しかし、あなたには携帯電話と短縮ダイヤルがありますし、ボークマンも用事がすめばすぐもどってきます」

「それはよかった。ところで、わたしを脅している男について、以前になにか話をきいたことはある？」

「いいえ、まったく」オルストン保安官助手は答えた。のんきな口調だった……しかし、いうまでもなくオルストンならのんきにかまえる余裕もあろうというものだ。この男を傷つけると脅迫している者はいないのだから。そんな挙に出る者がいるとも思えない。身長は百九十センチを上まわり、体重は軽く百十キロ以上ありそうな偉丈夫だ。父親なら、〝死体になるころにゃ八十キロってところか〟といい添えたかもしれない。ダンディ・デバッシャーはこの手の気のきいた文句で、リスボンフォールズでは有名人だった。

「もしアンディがなにかききこんだら――というのはクラッターバック保安官助手のことで、リッジウィック保安官がハネムーンからもどってくるまで保安官代理をつとめてるんですが――すぐ、こちらにもお知らせするはずですよ。そのあいだあなたは、二、三の当然の注意を欠かさないだけでけっこうです。屋内にいるときには、すべてのドアにしっかりと鍵をかけること。いいですね？　とくに暗くなってからは」

「ええ、わかった」

「それと電話はいつも手近なところに」

「そうするわ」

　オルストンはぐいっと親指を突き立ててみせ、リーシーがおなじ仕草を返すと、にやりと笑った。「じゃ、わたしはこれから猫ちゃんを引きとっていきます。もう二度と見ることがなくなって、あなたもせいせいすることでしょうね」

「ええ」リーシーはそう答えたが、さしあたってこの瞬間にかぎっていちばん厄介払いしたいのはオルストン保安官助手にほかならなかった。この男が消えてくれたら、納屋に行ってベッドの下を調べられる。過去二十年ばかり、ずっと水漆喰を塗ってリフォームした鶏舎にしまいこまれたままのベッド。ふたりがあの
（わが神（マイン・ゴット））

ベッドを買ったのはドイツ。そのドイツでは

8

わるく転ぶ可能性があることは、すべてわるく転ぶ》。

　このフレーズをどこで耳にしたのか、リーシーには思い出せないし、むろんそんなことは重要ではない。しかしブレーメンでの九カ月の滞在のあいだ、この文句がしだいに頻繁に頭に浮かぶようになっている。《わるく転ぶ可能性があることは、すべてわるく転ぶ》と。

　可能性があることは、すべてわるく転ぶ。

　環状道路ベルゲンシュトラーセに面した家は、秋には隙間風が吹きこみ、冬は凍える寒さ、雨が降れば水が漏れ、ようやく春が来たところでふつか酔いの口実になるしかない。ふたつあるシャワーはどちらも水が唐突にとまりがち。階下のトイレは背すじの寒くなる笑い声めいた音をたてる。家主は最初こそ約束の言葉を口にするものの、そのあとはスコットの電話に出ようとしなくなる。最終的にスコットは、眩暈（めまい）がするほどの額の金を払って複数の弁護士がいるドイツの法律事務所に代理を依頼する――そんな挙に出たのも、もっぱらろくでなしの家主の思うままにさせたくないし、あの男が勝利をおさめると思うと耐えられないからだ、とスコットはリーシーに語る。スコットが見ていない隙を狙って、いかにも訳知りにリーシーに目くばせをしてくるろくでなし家主（ただしリーシーには、この話をスコットに打ち明ける勇気がない――ろくでなし家主がらみのことになると、スコットがいっさいのユーモアをうしなってしまうからだ）が勝利をおさめることはない。法的手段に訴えるとの脅しを受けて、家主は多少の修繕工事をおこなう――屋根からの雨漏りがなくなり、一階のトイレが真夜中に血も凍る哄笑をあげることもなくなる。意外なことに、家主はボイラーを新品に交換しさえする。おったまげ級の奇跡だ。ついで家主は夜の夜中に泥酔して姿をあらわし、ドイツ語と英語をミックスしてスコットを〝アメリカ人共産主義者の三文売文野郎〟と罵る。ちなみにこの罵倒文句は、死ぬまでスコットのお気にいりになる。スコット当人もしらふにはほど遠い状態であり（ドイツでは、スコットとしらふの両者はめったに葉書もやりとりしないほど疎遠になっている）、機を見て家主にタバコを差しだしながら、おどけて《遠慮ぜずに（ゴインジー・オン）！　遠慮ぜずに（ゴインジー・オン）、わが総統（マイン・フューラー）！　どうぞ（ビテ）、どうぞ（ビテ）！》という。この年、スコットはよく酒を飲み、スコットはジョークを口にし、家主に弁護士をけしかけはするが、執筆はしていない。小説を書かないのはいつも酔っぱらっているからか、それとも小説を書かないから酔っぱらっているのか？　リーシーにはわからない。1を六回足そうと12を半分にしようと、6はあくまで6。やがて五月、ありがたいことにようやく講義期間が終了すると、リーシーはもうそんなことを気にかけなくなる。五月になるとリーシーの願いはたったひとつ、スーパーマーケットや大通りぞいの商店での人々の会話が、映画〈モロー博士の島〉の動物人の声そっくりではない土地に行きたいという願いだけだ。そんなふうに考えるのは公平を欠くと頭ではわかっていても、ブレーメンではこれまで友人をひとりもつくれなかったし——教授団の妻たちのうち英語が話せるメンバーのあいだでさえ——スコットが大学に行っていて留守になる時間があまりにも長すぎた。リーシーは隙間風の吹きこむ家で、いやというほど長いあいだ過ごしている。ショールを巻いていてもいつも肌寒く、ほとんどつねに孤独でみじめな気持ちにさいなまれ、テレビを見たところで番組の内容は理解できず、耳をつくのは丘の上にあるロータリーをまわるトラックの音ばかり。プジョー製の大型トラックが走ると、家ががたがたと揺れる。スコットもおなじようにみじめな気分であり、授業はひどいありさま、講義は大失敗寸前の出来だという事実も、リーシーの慰めにはならない。いったいどうして助けになるはずがあるだろうか？《同病相憐(あいあわ)れむ》と最初にいった人間はなにもわかっていない。しかし、《わるく転ぶ可能性があることは、すべてわるく転ぶ》のほうは……この言葉をつくった当人は、ものがわかっていたようだ。

スコットが家にいるときには、その姿を目にしている時間がこれまでの習慣をはるかに越えるほど長くなっている。というにも、当初は執筆のための書斎になるはずだった陰気で狭苦しい部屋に、スコットが這いこんでいくことがないからだ。最初のうちこそスコットは小説を書こうと努力していたが、十二月にはその努力も散発的になり、二月にはもう完全にあきらめていた。すぐ外から六車線の道路の騒音が響く〈モーテル6〉の客室で、上のフロアでは大学生たちがパーティーをひらいていたとしても平然と小説を書ける男が、まったくもって完全にたるみきってしまったのだ。しかし、スコットはそのことを思いわずらったりは――少なくともリーシーに見えるようには――していない。小説を書く代わりに、スコットは長く陽気な週末を――窮極的には疲労困憊するばかりの週末を――妻と過ごしている。スコットといっしょに酒を飲むのは珍しくないし、スコットといっしょに酔っぱらうのも珍しくない。というのも、スコットとファックする以外、ほかにやることがないからだ。そしてふつか酔いの憂鬱な月曜日(ブルー・マンディ)になれば、スコットがドアから出ていくのを喜ばしい気持ちで見おくりもする……といっても、午後の十時になってもスコットが帰宅していないとなれば、決まって居間の窓の前に腰をすえ、いまごろどこにいるのだろうか、だれと酒を飲んでいるのだろうかと考えつつ、リース契約で借りているアウディでスコットが帰ってくるのを待つことになる。どのくらいの酒を飲んでいるのかと。また土曜日にはスコットが、隙間風の吹きこむ大きな家で、体力の必要なかくれんぼ遊びをしようとリーシーを説得してくることもある。そうすれば、なにはなくとも体が温まる、というのがスコットの主張で、これはこれで正しい。あるいは、追いかけっこをすることもある——ふたりとも珍妙な革製半ズボン（リーダーホーズ）を穿いた姿で、ドラッグをやっているふたりの（いうまでもなく発情した）若者そのままに、階段を駆けあがったり駆けおりたり、廊下を走りまわったりし、そうしながらドイツ語の文句を大声でわめきちらす。〝気をつけ！〟（アハトウンク）とか〝そうですとも！〟（ヤヴォール）とか〝わたしは頭が痛い！〟（イッヒ・ハーベ・コップフシュメルツエン）などの言葉。しかしいちばんひんぱんに口にするのは、〝なんてこった〟という意味の〝わが神〟（マイン・ゴット）だ。こういった馬鹿げた遊びのしめくくりがセックスになることも珍しくない。この年の冬から春にかけて、スコットは酒がはいっていようといまいと（酒がはいっていることのほうが普通だったが）決まってセックスを求める。そのためリーシーはいつしか、このベルゲンシュトラーセに面した隙間風の吹きこむ家を明けわたす日が来る前に、自分たち夫婦はあらゆる部屋で性交するのはもちろん、バスルームの大半や（不気味な笑い声をあげる便器のあるバスルームを含めて）、さらにはいくつかのクロゼットでも性交することになると信じるようになる。スコットが長時間にわたって家をあけ、大酒を飲み、そのために生まれついたといえる天職を——すなわち小説を書くという仕事を——していないにもかかわらず、浮気をしているのではないかという疑惑をリーシーがまったく（というのは誇張で、ほとんどというべきか）いだかない理由のひとつが、これだけの性交回数だ。

　しかし、もちろんリーシーのほうも、そのために生まれついたといえる仕事をまったくしておらず、そのことがおりおりに頭に浮かんでくることがある。スコットが嘘をついたとはいえないし、意図的にリーシーを誤解させたとさえいえない――そう、そんなことは口が裂けてもいえない。スコットがその話をしたのは一回だけ。しかしそのわずか一回の場で、スコットはこれ以上ないほど率直な話しぶりだった――子どもはぜったいにつくらない。リーシーが子どもをつくる必要を感じているのなら――スコットはリーシーが大家族の出身だと知っていた――自分たちは結婚することができない、と。スコットがそう話したのは、うまうまツリーの下、奇妙な十月の雪にふたりが閉じこめられていたあのときだ。リーシーがそのときの会話を思い出すことをおのれに許すのは、ブレーメンでの孤独なウィークデイの午後に限定されている――空がいつも白く思え、時間が意味をうしない、トラックの騒音が一時も熄まずにリーシーが寝ているベッドを震動させているようなときだ。そのベッドはスコットが買ったものであり、こののち帰国のおりにはアメリカまでもち帰ることを主張することになる。そのベッドに横たわって片腕で目を覆いながら、いくら笑いの絶えない週末を送り、情熱的な（ときには狂熱的な）愛の行為をもっているとはいえ、これはほんとうに恐るべき考えではないかとリーシーが思うこともしばしばだ。その愛の行為では、ふたりはリーシーがつい半年前まで知りもしなかったことも実践していた。その種の行為が愛とはほとんど無関係であることを、リーシーは知っていた――むしろ退屈やホームシックやアルコール、そして憂鬱に関係している行為だ、と。前々から酒量が多かったとはいえ、スコットの度を越した深酒にいまではリーシーは恐怖を感じるようになっている。ここで引き返さないことには、スコットが破滅を避けられないこともリーシーには見えている。そして子宮が空虚なままであることが、リーシーを憂鬱にさせはじめている。なるほど、たしかにふたりは約束をかわした。しかし、うまうまツリーの下にいたときのリーシーには、歳月が流れていくもので、時間には重みがあることが充分に理解できていなかった。いずれふたりがアメリカにもどれば、スコットはまた小説を書きはじめるのかもしれないが、自分はなにをするというのか? 《あの人はわたしに嘘をついたわけじゃない》ブレーメン・ベッドに横たわり、目もとを腕で覆いながらリーシーはそう思うが、その一方、この事実だけでは自分が満足できなくなる日がいずれ——ほど遠からぬ未来に——やってくることも見えているし、その予想自体がリーシーに恐怖をいだかせる。あのカスったれな柳の木の下にスコット・ランドンとふたりですわるのではなかったと、そんなふうに悔やむことさえある。

そしてときには、いっそスコットに会わなければよかったと思うこともある。

9

「それは嘘よ」リーシーは薄暗い納屋にむかって小声でささやいたが、頭上にあるスコットの仕事場がそなえる死の重みが——そこにある本のすべて、物語のすべて、消え去ったひとりの人生のすべての重みが——いまの否定の言葉を否定しているように感じられてならなかった。結婚を悔やんだためしはなかったが……そう、面倒を起こしてばかりの夫、面倒をかけられてばかりの夫には最初から会わなければよかったと、そう思ったことはたしかにあった。スコットではなく、ほかの人と出会っていれば……。たとえば、人あたりのいい無難なコンピュータ・プログラマー。一年に七万ドル稼ぎ、リーシーに三人の子どもをもたらしてくれる男。男の子がふたり、女の子がひとり、ひとりはいまごろ社会に出て、ふたりはまだ学校に通っている。しかし、リーシーが見いだした人生はそれとはちがった。あるいは……人生が見いだしたリーシーは。

ただちにブレーメン・ベッドにむかう代わりに（それはあまりにも大仕事、あまりにも短兵急に思えた）、リーシーは藁にもすがるように、ちっぽけな口実でオフィスへむかい、ドアをあけて室内にざっと目を走らせた。そもそもスコットが上で小説を書いているあいだ、自分はここでなにをするつもりだったのか？　そのあたりは思い出せないが、いまなにが自分をこの部屋に引き寄せたかはわかっていた——留守番電話だ。《**未再生メッセージ**》の文字の上のウインドウに赤い**1**が点滅しているのを目にしたリーシーは、オルストン保安官助手を呼んできて、いっしょにきいてもらったほうがいいだろうかと考えた。しかし、その必要はないだろう。ドゥーリーのメッセージだったら、あとで再生してきかせればいい。

《ドゥーリーに決まってる——ほかにだれがいるの？》

リーシーは、あの落ち着いた声、いかにも作り物めいた冷静な声が今回も脅迫の言葉をもたらしてくることにそなえて気を引きしめながら、《**再生**》のボタンを押した。一拍の間があったのち、エマと名乗る若い女性が真に驚嘆すべき節約法を説明しはじめた。長距離電話会社をMCIコミュニケーションズ社に変えるだけでいいのだという。リーシーはこの熱心なメッセージを途中で切り、《**消去**》を押しながら思った——《女の勘といっても、しょせんはこの程度》と。

それからリーシーは、声をあげて笑いながらオフィスをあとにした。

10

布を巻きつけられているブレーメン・ベッドを目にしても、悲しみや懐旧の念が湧きあがってくることはなかった。かつて自分とスコットが愛をかわしたベッドだというのに——いや、やはりファックしたベッドというべきか。《**スコットとリーシー、ドイツの日々**》にふたりがどれだけの愛をかわしたのかは記憶にない——数百回？　数百？　わずか九カ月しかいなかったのに？　ときには何日も、あるいはウィークデイは一日残らず、朝の七時にブリーフケースを自分の膝にぶつけながら出かけていく姿を見おくってから、夜の十時とか十一時を十五分もまわってから、おおむね酔っぱらった千鳥足で帰宅してくるまで、スコットの姿をほとんど目にしない日々もあったのに？　それでも、ありえない回数ではない。スコットが〝ファックス三昧〟と呼んだ流儀で丸々過ごした週末が何回もあったとなれば、なおさらだ。この上で何回跳ねたかは関係ない、シーツに覆われた物いわぬ怪物めいたこの存在にリーシーが愛情を感じたりする道理があるだろうか？　むしろ憎しみをいだく理由のほうがあるくらいだ。というのも、これがたんなる直観ではなく無意識の論理が出した結論であることを、リーシー本人はある意味で理解していたからだ《リーシーは悪魔のように頭が切れるんだよ——ただし本人がそのことを考えないかぎりはね》と、あるパーティーでスコットがだれかに話している声を偶然耳にしたことがある。そのときには、喜ぶべきなのか憤慨するべきなのかも判断できなかった）——そう、このベッドの上で、ふたりの結婚生活がいったんは壊れかけたということを。セックスがどれほど下品でどれほどよかったかも関係ないし、スコットがファックでリーシーをやすやすと複数オーガズムに押しあげ、リーシーを搔きまわし、際限なく炸裂する快感に頭がおかしくなる思いをさせたことも関係ない。リーシーが見つけたあるスポット……そこにふれるとスコットが達することもあり、そのときに全身を震わせるだけのこともあれば、絶叫することもあったあのスポットも関係ない。そんなスコットの絶叫を耳にすると、リーシーの全身に鳥肌が立った——たとえ奥深くまではいりこんでいるスコットが熱く感じられているときでさえ。どれほど熱かったかといえば……そう、吸いこみオーブンなみの熱さだった。そのベッドが、いま巨大な死体そのままにシーツという屍衣にくるまれているのも当然に思えた。なぜなら——少なくともリーシーの記憶のなかでは——あのときふたりのあいだに起こったことのすべてに、道をはずれた暴力の要素があったからだ。いわばあれは、ふたりの結婚生活ののどを背後から腕で絞めあげる、チョークホールドの連続だったといえる。愛？　愛のいとなみ？　それもあったかもしれない。三、四回は。それでも記憶に残っているのは、ひたすら醜悪ファックがつぎからつぎにつづいたことだ。のどを絞めあげては……解放する。のどを絞めあげては……解放。回を重ねるたびに、スコット&リーシーなる存在がふたたび息を吹きかえすまでに時間がかかるようになった。そして、ようやくふたりはドイツから帰国した。イギリスのサウサンプトンからは、クイーン・エリザベス二世号に乗ってニューヨークまでもどった。出航二日め、甲板の散歩からもどったリーシーは、キーを手にしたまま、ふたりの特別客室の扉の前で思わず足をとめ、小首をかしげて耳をすませた。室内から、ゆっくりではあったが着実なタイプライターの音がきこえていた。リーシーは思わず顔をほころばせた。

まだ大丈夫だと自分を安心させることは控えたが、それでもドアの外に立って、スコットが執筆を再開した物音を耳にしていると、これで大丈夫にちがいないという気分にもなった。スコットが本人いうところの〈わが神ベッド(マイン・ゴット)〉をアメリカまで送る手配をすませたと話したとき、リーシーはなにもいわなかった——ふたりがそのベッドで寝たり愛をかわしたりすることは二度とないとわかっていたからだ。たとえスコットからそうしようと提案されても——それもドイツ語訛で《一度(いちど)だけでいいんだよ、ぢっぢゃなリージー、昔を思いだずために!》などといわれた日には——きっぱり拒絶したはずだ。いや、もっとはっきりいえば、ひとりでファッカスしていろといっただろう。幽霊屋敷ならぬ幽霊家具が実在するなら、このベッドがまさにそれだった。

いまリーシーはベッドに近づいて床に膝をつくと、ベッドにかぶせてある大きな布の裾をめくりあげて、下側をのぞきこんだ。そこ……埃っぽく狭苦しい空間に……昔の鶏糞のにおいがこっそり舞いもどってきている場所に(《犬が反吐に引き寄せられるがごとく》リーシーは思った)、これまでずっと探していた品があった。

ベッドの下の暗がりにあったのは、母さんデバッシャーの杉の箱だった。

Ⅷ　リーシーとスコット（うまうまツリーの下で）

1

杉の箱を両腕でしっかりと抱えこんで、明るい日ざしのあふれるキッチンに足を踏みいれたその瞬間、電話の呼出音が鳴りはじめた。リーシーはテーブルに箱を置くと、うわの空のまま電話に出て〝もしもし〟と答えていた。ジム・ドゥーリーを恐れる気持ちはもうなかった。かりにドゥーリーからの電話だったとしても、これから警察に通報するとだけいって、すぐに電話を切ればいい。さしあたっていまは忙しく、恐怖に震えている時間の余裕はなかった。

電話をかけてきたのはドゥーリーではなく、〈グリーンローン〉の訪問者ラウンジにいるダーラだった。ボストンのカンタータに電話をかけた件でダーラがうしろめたさを感じていることがわかっても、リーシーにはそれほど意外ではなかった。これがもしも反対、つまりカンタータがメイン州にいて、ダーラがボストンにいたとしたら？　やはりおなじことになっただろう。いまのカンタータとダーラがどれほど愛しあっているのかは知らないが、ふたりはいままでも――飲み助が酒を利用するように――おたがいを利用しあっている。姉妹がまだ子どもだったころ、母さんはよくカンタータが流感にかかったらダーラが熱を出す、といっていた。

リーシーはその場にふさわしい相鎚を打とうと心がけていた。さっきのカンタータとの電話の場合とまったくおなじだったし、理由もおなじだった。そうすればこの面倒な電話をおわらせて、本来の仕事にとりかかれるからだ。あとになれば、姉たちのことを思いやる余裕もできるだろう――そうなることをリーシーは願っていた――が、さしあたっていまばかりはダーラの良心のとがめも、アマンダのとことんいかれきった精神状態なみに関心をもてないものになっていた。おなじくジム・ドゥーリーのいまの所在にも関心はない――自分とおなじ部屋にドゥーリーがいて、ナイフをふりまわしていないかぎり。

いいえ――リーシーははっきりとダーラにいった――姉さんがカンタータに電話をかけたのはまちがいじゃない。ボストンにとどまっているようカンタータにいったのは正しかった。それに、きょうは時間を見てアマンダのお見舞いにいくつもりでもある。

「身の毛もよだつわ」ダーラがそういうと、リーシーはほかに気をとられていたにもかかわらず、姉の声から苦悩をききとっていた。「アマンダには身の毛がよだつの」ついで、堰(せき)を切ったように早口で話しはじめる。「ううん、そんなつもりじゃないの……だって、アマンダは全然そんなじゃないし。いまのアマンダを見ると身の毛がよだつっていう意味。だって、なにもしないですわってるだけなんだもの。わたしが部屋にはいったときには、ちょうどアマンダの顔に横から日の光が当たってて、肌が灰色そのものにくすんでて……すごく年寄りに見えて……」

「あまり深く考えちゃだめ」リーシーはそういいながら、母さんの箱のラッカー塗装されたなめらかな表面に指先を走らせた。蓋が閉まっているいまも、甘い香りが鼻をついた。蓋をあけて体をかがめ、立ち昇る芳香に顔を突き入れると、過去を吸いこんでいる気分にさせられた。

「栄養はチューブで摂らされてるの」ダーラがそう話していた。「チューブを挿しこんでは、また抜きだす。もしアマンダが自分でものを食べるようにならなかったら、きっといまの状態のままにされるのね」そういって水っぽい音をたてて鼻をすする。「チューブで栄養を摂らされてて、それでももうがりがりに痩せちゃってて、歩くことさえできない。だから、ナースに話をきいたの。そしたら、何年もこのままの状態の患者もいるっていうし、なかには二度と元にもどらない患者もいるっていうじゃない。ねえ、リーシー、そんなことになったら、わたし、耐えられそうもない！」

　リーシーはそれをききながら小さな笑みを浮かべ、同時に指先を箱の奥の蝶番部分にまで滑らせた。安堵の笑みだった。いま話しているのは〈ドラマの女王ダーラ〉であり、〈歌姫ダーラ〉だ。つまり、いまふたりは安全な地点に到着したということ、姉妹のどちらもが、つかい古して馴染んだ脚本を手にしているということだ。電話線の片側にいるのは、〈傷つきやすいダーラ〉。さあ、みなさん、ダーラに助けの手を差しのべてくださいませ。そして反対側にはちっちゃなリーシー、〈小さくたってタフ女〉。みんなで声援を送りましょう。

「じゃ、きょうの午後にでも行って、アルバネス先生とまた話をしてみるわ」リーシーはいった。「そのころにはアマンダのことで、もう少し見とおしの明るい話も出るようになっているかもしれないし――」

ダーラは疑いもあらわにいった。「まさか、本気でそう思ってる?」

リーシーは、カスったれなほど心にもない言葉を口にした。「決まってるでしょう? いま姉さんに必要なのは、とりあえず家に帰って、寝ころがって足を休めることよ。昼寝をしてもいいかも」

ダーラは、ドラマティックな宣言をする口調で答えた。「なにをいうの、リーシー。眠れっこないに決まってるでしょう?」

本音をいえばいまのリーシーは、ダーラが食事を摂ろうと摂るまいと気にかけていなかったし、それをいうなら、関節を脱臼しようと花壇のベゴニアに糞をひりだそうと気にもかけなかった。いまは、この電話をおわらせたい一心だった。「とりあえず家に帰って、少しでもいいから、のんびり休むといいわ。ごめんなさい、そろそろ電話を切らないと——オーブンに料理を入れてあるし」

ダーラは一瞬にして明るい声になった。「あら、リーシー! ほんとに?」この言葉がリーシーには、ことのほか不快に感じられた。まるで、手のこんだ料理をつくったためしがないような言われ方ではないか……そう、〈ハンバーガーヘルパー〉以上に手のこんだ料理は。「バナナブレッドでもつくってるの?」

「近いわ。クランベリーブレッド。そろそろ、ようすを確かめなくちゃ」

「でも、あとでアマンダ姉さんのようすも確かめにきてくれるんでしょう?」

リーシーは金切り声を張りあげたくなったが、口ではこう答えた。「ええ、午後に」

「そう、だったら……」声にふたたび疑いの念が舞いもどってる。《わたしを納得させて》ダーラの声はそういっていた。《お願い、あと十五分ばかり電話につきあって、それでわたしを納得させて》と。「だったら、わたしはいったん帰ることにしようかな……」

「それがいいわ。じゃあね、ダーラ」

「でも、わたしがカンタータに電話で知らせたのって、ほんとにまちがってなかったと思う？」

《ええ、思うわ！　あとはブルース・スプリングスティーンに電話しなさい！　ハル・ホルブルックにも電話するといい！　ついでにコンディ・カスったれ・ライスにも！　とにかく、**わたしをひとりにさせて！**》

「ええ、まちがってなんかなかったと思うわ。電話をしてくれてよかったと思ってる。なにか決めるときには、カンタータ姉さんも……」いいながらリーシーは、アマンダの〈強迫観念メモ帳〉のことを思った。「……話しあいの輪（ループ）に入れてあげなくちゃ」

「そうね……わかった。じゃ、またね、リーシー。あとで会えると思うけど」

「じゃ、ダーラ」

かちり。

ようやくだ。

リーシーは目を閉じて箱の蓋をひらき、強い杉の香りを胸いっぱいに吸いこんだ。つかのま、リーシーは五歳のころに逆もどりすることをおのれに許した。五歳の自分が穿いているショートパンツはダーラのお下がりだが、傷だらけでもお気にいりの〈リル・ライダー〉のカウボーイブーツは自分の品だ。ブーツの両サイドには淡いピンクのラインがはいっていた。

ついでリーシーは、箱のなかをのぞきこんだ――箱になにがはいっているのかを確かめ、その中身が自分をどこに誘うのかを確かめるために。

2

いちばん上にあったのは、アルミフォイルの包みだった。長さは十五センチから二十センチほど、幅は十センチで高さは五センチといったところか。包みには突きだした部分がふたつあって、アルミフォイルが丸く飛びでていた。手にとった時点では中身の見当はつかなかったが、ペパーミントのかすかな香りを鼻がとらえると――いや、それ以前から箱の杉の香りともども感じていたのだろうか?――片側のアルミフォイルをめくるより前に思い出しはじめ、思い出すと同時に、岩のように固くなったウェディングケーキの一片が目に飛びこんできた。ケーキには、ふたつのプラスティックの人形が差しこんであった――片方はモーニング姿でトップハットをかぶった男の子、もうひとつはウェディングドレス姿の女の子。リーシーはこのケーキを一年とっておいて、最初の結婚記念日にスコットとわけあうつもりだった。そういう迷信があったのでは? そのとおりだったら、フリーザーにしまっておくべきだった。それなのにケーキはこの箱にしまわれることになった。

リーシーは爪の先で糖衣をつつき、小さな一片を口に入れてみた。味はないも同然だった

——甘さの亡霊と、いまにも消えていく寸前のペパーミントのささやきのみ。ふたりはメイン州立大学内にあるニューマン・チャペルで結婚式をあげた。人前結婚式だった。リーシーの姉妹は、ジョドーサもふくめて全員が列席した。さらには父さんデバッシャーの兄弟のうち存命だったリンカーンがサバタスから駆けつけて、花嫁の付添役をつとめてくれた。ピッツバーグ大学やメイン州立大学の大学院に所属するスコットの友人たちも出席したし、著作権エージェントが花婿付添役をつとめた。ただし、ランドン家の人間は出席しなかった。スコットの家族はすでに全員が死んでいた。

石化したケーキの下には、結婚式の招待状が二通はいっていた。リーシーとスコットは、それぞれ半分ずつ担当して手書きの招待状をつくり、リーシーはスコットが作成したものと自分が作成したものを一通ずつ、ここに保管したのだ。その下には記念品のブックマッチ。ふたりは、招待状とブックマッチを印刷するかどうかを話しあった。『空っぽの悪魔』のペーパーバック版の印税が流れこんでくる前とはいえ、印刷費用はまかなえたはずだが、最終的にはぬくもりが感じられるという理由で（もちろん、そのほうがよりファンキーだという理由からも）手づくりに決めたのだった。クリーヴズミルズのスーパーマーケット〈IGA〉で、無地のブックマッチが五十個はいった箱を買ったことも、そのあと赤の極細のボールペンで文字を書きこんだことも覚えていた。いま手にしているブックマッチは、おそらくその一族のさいごの生存者だろう。いまリーシーは考古学者の好奇心と恋する者の胸の痛みをともに感じつつ、ブックマッチをしげしげと検分した。

スコット&リーサ・ランドン
一九七九年十一月十九日
「これでぼくたちふたりだね」

リーシーは目に涙がこみあげてくるのを感じた。《これでぼくたちふたりだね》という文句はスコットの発案だった。スコットは、これが〝くまのプーさん〟のお話にくりかえし出てくるフレーズだと話していた。リーシーはスコットが話題にしている話をすぐに思い出したし──姉のジョドーサとアマンダに、百エーカーの森に連れていってほしい一心で本を読んでくれとせがんだことが、いったい何回あっただろう──《これでぼくたちふたりだね》というフレーズがこのうえなくすばらしく完璧だ、と思った。これを思いついたお礼として、スコットにキスをしたくらいだった。いまでは、この愚かしいほど誇らしいモットーを書きこんだブックマッチを見るのも耐えられない。これは虹の反対の端。いま自分はひとりだ──1という数字のなんと愚かしいことか。リーシーはブラウスの胸ポケットにブックマッチをしまいこむと、頬の涙を手で拭った──結局、何粒かの涙が目からあふれていたのだ。過去を調べるのは涙を誘われる仕事らしい。

《わたし、いったいどうしたんだろう?》

この疑問への答えを教えてもらえるのであれば、あの高級なBMWを買えるだけの金を差しだしても悔いはないくらいの心境だった。これまではまったく大丈夫だとばかり思っていたのに! 自分はスコットの死を悼み、そのあとも前に進んできた。喪服をしまいこみ、前に進んできたのだ。あれから二年以上が過ぎたいま、昔の歌がひどく切実に感じられてきた——わたしはあなたがいなくても、うまくやっていける（アイ・ゲット・アロング・ウィズアウト・ユー・ヴェリィ・ウェル）。だからこそ、いま自分はスコットの仕事場の片づけという仕事にとりかかったが、その仕事でスコットの亡霊を目覚めさせてしまった。それも、現世とは異なるところ、精気（エーテル）に満ちた霊界で目を覚まさせたのではない。亡霊が目覚めたのはわたし自身の内面だ。そればかりか、それがいつ、どこではじまったのかも正確に知っている。掃除の初日のおわり、スコットが好んで思い出コーナーと呼んでいた、あの正確には三角形といえない一角にいたときのことだ。文学関係の賞状が壁にかかり、感謝状がガラスのはまった額縁におさめられてるところ。全米図書賞、ピュリッツァー賞のフィクション部門、『空っぽの悪魔』に授与された世界幻想文学大賞。あのとき、自分になにが起こったのか？

「わたしは壊れたんだ」リーシーは恐怖もあらわな蚊の鳴くような声でいい、石化したウェディングケーキの薄切りをふたたびアルミフォイルにくるみなおした。

ほかに表現する言葉はなかった。リーシーは壊れた。そのときの記憶はそれほど鮮明だとはいえず、はじまったきっかけが自分ののどの渇きだったことしか思い出せなかった。リーシーは、水を飲もうと思って馬鹿馬鹿しくもカスったれなホームバーに行った。なぜ馬鹿馬鹿しかったかといえば——なるほど、スコットとアルコールの冒険は、紫煙相手の情事よりも二、三年は長くつづいていたとはいえ——そののちスコットは酒を断っていたからだ。だから、水はなかなか出なかった。蛇口からはパイプを空気が吹きぬけるときの、人の心を苛立たせずにはおかない、なにかが詰まったような物音しか出てこない。そのまま待っていてもよかった。いずれ水は出てきたはずだ。しかしリーシーは待たずに蛇口を締め、ホームバーといわゆる思い出コーナーのあいだの戸口へむかって引き返した。天井の明かりがついていたが、明暗を微調節できるタイプの品で、明るさは抑え気味になっていた。そういう光の加減のせいで、すべてがふだんどおりに見えた——すべて変わりなく、ハ・ハ。いまにもスコット本人が外階段に通じるドアをあけて室内に足を踏みいれ、音楽をかけて執筆をはじめてもおかしくない雰囲気だった。永遠にゆるんでしまったことも、ばらばらになってしまったことも最初からなかったかのよう。このときの自分は、どんな気分に駆られると予想していたのか？　悲しみ？　それとも懐旧の念？　ほんとうに？　懐旧の念みたいなお行儀のいい気分、懐旧の念みたいなお上品な気分を感じるとでも思っていたのか？　もしそうなら、腹をかかえて笑うしかない。なぜなら、あのときリーシーに襲いかかってきたのは、一方では高熱のごとく熱く、もう一方では凍えるように冷たく

3

リーシーに襲いかかってくるのは——現実家肌のリーシー、いつも冷静沈着なリーシー（といっても銀のシャベルをふりまわすしかなかった日だけは例外かもしれず、あの日のことでは自分はよくやったと心ひそかに思っているのだが）、まわりのみんながいまにも考える力をなくしそうなときでも、ひとり考える力をなくさないちっちゃなリーシーに襲いかかってくるの

は――つなぎ目ひとつないまま、ぐんぐんと膨れあがる一方の怒りの念、理性を外に押しやって肉体を支配してしまうかにも思える聖なる激怒だ。それでも（これが逆説なのか、そうでないのかは、リーシー本人にもわからない）この怒りは一方でリーシーの思考力を澄みわたらせたようだ。いや、そうにちがいない。というのも、ここにきてようやく理解できたからだ。二年というのは長い時間だ。しかしようやく〝ペニーが落ちるところに落ちる〟。リーシーの目に〝全体像が見えてくる〟。リーシーに〝光が見える〟。

　死ぬことを意味する言いまわしをつかうなら、スコットは〝バケツを蹴り飛ばした〟。（どう、気にいったか？）

　スコットは〝ぽっくり行った〟。（気にいったか？）

　そしていまではスコットは〝泥のサンドイッチを食べている〟。（これは、ぼくたちみんなが水を飲み、魚を釣りにいく池でつかまえてきた大物だよ）

　そしてすべてを煎じつめれば……なにが残る？　知れたこと、スコットはリーシーを捨てたのだ。ずらかった。靴に卵を入れて踏みつぶし、旅立っていき、深夜特別急行列車（ミッドナイト・スペシャル）に乗って街をあとにした。〈テリトリー〉目ざして逃げだした。スコットは、全身の細胞すべてでスコットを愛していた女を、それほど賢いとはいえない脳味噌のすべてで愛していた女を捨てた……そんなリーシーに残されたのはクソのような……カスったれな……脱け殻だけだ。

　だから壊れる。リーシーは壊れる。スコットの馬鹿馬鹿しくもカスったれな思い出コーナーへ突進していくあいだ、《ＳＯＷＩＳＡだよ、ベイビィラーヴ――適切だと思えたときには（ストラップ・オン・ホエネヴァー・イ）いつでも手綱をかけろ（ツト・シームス・アプロプリエイト）、だ》というスコットの声がきこえた気がするが、声は消えてしまい、リーシーは壁からスコットの銘板や写真や額装された感謝状のたぐいをひっぺがしはじめる。ついで『空っぽの悪魔』、あの忌むべき作品が世界幻想文学大賞を受賞したおりに選考委員会から贈られたラヴクラフトの胸像をつかみあげると、「ファック・ユー、スコット、ファック・ユー」とわめきちらしながら、仕事部屋の反対の壁めがけて投げつける。この卑語を、リーシーがオブラートにくるんだ形ではなく露骨に口に出したのは、スコットが温室のガラスを素手で突き破ったあの夜、血のブールの夜からこっち数えるほどしかないが、これはその一回だ。あのときもスコットに怒りを感じていたが、いまこのときほどの激しい怒りをスコットに感じたためしはない。もしこの場にスコットがいたら、あらためて息の根をとめてやったかもしれないほどだ。リーシーが全力で暴れまわって、つぎつぎと役にも立たない虚栄のがらくたを剝がしていくうちに、壁はすっかり剝きだしになる（ただし床に敷いてある毛足の長いカーペットのせいで、投げ捨てても壊れたり割れたりしたものはひとつもない——いずれ正気をとりもどしたおりに考えなおしたリーシーは、これが幸運だったと思うことになる）。竜巻といっても過言ではないほどの勢いでくるくると身を翻すあいだ、リーシーはくりかえし死んだ夫の名前を絶叫する。スコット、スコット、スコットとわめきちらす。それは悲嘆の叫び、それは喪失の叫び、それは怒りの叫び。スコットにむけて、どうしたらこんなふうに自分を捨てられるのか、その説明を求める金切り声でもあり、もどってきてくれ、帰ってきてくれと懇願する絶叫でもある。《すべて変わりなく》なんて文句はどうだっていい。スコットがいなければ、変わりないことなどひとつもないのだから。スコットが憎くてたまらず、スコットが恋しくてたまらない。いま自分にはぽっかりと大きな穴があいている。イエローナイフからはるばる吹きおろしてきた風よりもなお冷え冷えとした風が、いまリーシーを突き抜けて吹きすさぶ。大声で名前を呼んでくれる人がいなければ、大声で家に帰っておいでといってくれる人がいなければ、この世界はこのうえなく空虚で愛のない場所になる。さいごにリーシーは、思い出コーナーに置いてあるコンピュータのモニターをもちあげる。腰のどこかが警告するようなきしみをあげるが、腰などカス食らえだ。剝きだしの壁がリーシーを嘲笑し、リーシーは怒り狂っている。モニターを両腕でかかえたままリーシーはぎくしゃくと体を回転させ、モニターを壁に叩きつける。なにかが砕けるうつろな音が響いて――〝**ぷうんぷっ！**〟という感じの音だ――あたりはふたたび静まりかえる。

いや、外から蟋蟀（こおろぎ）の声がきこえている。

リーシーはちらかったカーペットに倒れこみ、身も世もなく弱々しい嗚咽をあげはじめる。自分はほんとうにスコットを呼びもどしたのか？　怒りのあとからこみあげてきた悲しさの力だけで、スコットをふたたび自分の人生に呼びもどしたのか？　長いあいだ空っぽだったパイプを伝って流れる水のように、スコットももどってきたのか？　リーシーは思う――この疑問への答えはやはり

4

「ノーだわ」リーシーはつぶやいた。なぜなら――どれほど突拍子もない話にきこえようとも――スコットが今回のブール狩りのための道行きの留をお膳立てしたのは、死ぬずっと前のことだったとしか思えないからだ。たとえば、ドクター・アルバネスに連絡をとったこと。しかもこの医者は、偶然にもかーんぺきにどでかでっかいファンだった。驚くべきことに、なんらかの手段でアマンダの医療記録を手に入れ、それを昼食の席にもちだしたこともある。さらに決めのひとこと。《ミスター・ランドンは、あなたにお会いする機会があったら、ぜひともおたずねするといいとおっしゃってました――ミスター・ランドンが、どんなふうにナースたちをからかったかという話で、それもあのナッシュヴィルでの事件のときだと》

それだけではない……スコットはいつ、母さんの杉の箱をブレーメン・ベッドの下にしまいこんだのか？　そんなことをしたのはスコットに決まっている。自分でしまったことは、ぜったいにないのだから。

一九九六年？

（黙れ）

一九九六年の冬、スコットの精神が壊れて、リーシーは

（いますぐ　黙るんだ　リーシー！）

それならそれで……わかった、九六年の冬については——さしあたり——黙っていよう。しかし、これが正解に思えた。それから……。

ブール狩り。しかし、なぜ？　なんの目的があって？　リーシーがいちどきには直面できないことに、段階を追って直面させるためか？　そうかもしれない。充分考えられる。スコットならその手のことをよく知っていたはずだし、もっとも恐るべき記憶をカーテンの奥に押しこめたり、甘い香りのする箱にしまいこんだりしたがる精神に共感をいだいたに決まっているからだ。

《いいブール》

《ああ、スコット。これのどこにいい点があるの？　これだけの痛みと悲しみの、いったいどこがいい点だと？》

《短いブール》

もしそのとおりなら、杉の箱は終点か、もしくは終点に近いことになるし、これ以上先まで探索をつづければ、引き返せなくなるのではないかとも思った。

《ベイビー》スコットのささやき声……しかし、それはリーシーの頭のなかだけのことだった。亡霊はいない。記憶だけ。世を去った夫の声だけ。リーシーはそう信じていた——いや、知っていた。ここで箱を閉じることもできる。カーテンを引くこともできる。過去を過去のままにしておくこともできるのだ。

《ベイビィラーヴ》

スコットはいつでも、なにかいわずにはいられない男だった。死んでいるいまですら、ひとこといわずにはいられないのだ。

リーシーはため息を洩らし――自分自身の耳に、そのため息はいかにも苦しげで寂しい音に響いた――さらに探索をつづける決心を固めた。そう、やはりパンドラを演じる決心を。

5

経費を切りつめた、宗教色のまったくない（しかし宗教そのものはふんだんに盛りこまれていた、そう、たっぷりと盛りこまれていた）ふたりの結婚式当日の記念の品のうち、リーシーがここにしまいこんでいた品はあとひとつだけ……クリーヴズミルズでもいちばん猥雑、いちばん騒々しく、いちばん下品で不潔なロックンロールバー、〈ザ・ロック〉でひらかれた結婚披露パーティーで撮影された一枚の写真だった。リーシーは白いレースのドレス姿、スコットはシンプルな黒のスーツ――《わが葬儀屋スーツ》とスコットは呼んでいた――だった。この機会のために買ったスーツだった（し、その年の冬におこなわれた『空っぽの悪魔』のプロモーションツアー中にはなんどもなんども身につけることになった）。写真の背景にはジョドーサとアマンダの姿もある――髪をアップにして、拍手の途中で凍りついているふたりは、ともに信じられないほど若々しく愛らしかった。写真のリーシーはスコットを見あげ、スコットは笑顔でリーシーを見おろして腰に手をまわしている。それにしても、スコットの髪の長いことといったら。肩にかかりそうな長さだ。すっかり忘れていた。

リーシーは写真の表面を指先で払っていった。指先が、**《スコットとリーシー、開幕！》**の場に立ちあってくれた人々の上を滑っていく。気がつけば、この日のためにボストンから来たバンドの名前も（ザ・スウィンギング・ジョンソンズという、なかなか愉快な名前だった）、彼らが演奏し、自分がスコットと友人たちの前で踊った曲も覚えていた。コーネリアス・ブラザーズ&シスター・ローズの〈引き返すには遅すぎる（トゥー・レイト・トゥ・ターン・バック・ナウ）〉だ。

「ああ、スコット」リーシーはいった。またも涙が頬を伝い落ち、リーシーはうわの空で涙を拭ってから、写真を日ざしのあたっているキッチンテーブルに置き、さらに箱の深くを探索していった。中西部各地のモーテルのメニューやバーナプキンやブックマッチの薄い束があった。ブルーミントンのインディアナ大学で、スコット・リンデンの『空っぽの悪魔』朗読会が開催されるという告知が掲載されているプログラム。これをとっておいたのは著者名に誤植があるからで、そのときにはスコットに、いずれこれがひと財産の価値をもつコレクターズアイテムになるかもしれない、と話した。スコットは、《あんまり期待しないほうがいいよ、ベイビィラーヴ》と答えた。プログラムの日付を見ると、一九八〇年三月十九日だった……とすると、〈アントラーズ〉の記念品はどこにあるのか？　あそこからは、なにももってこなかったのか？　あのころ自分は、ほぼ毎回かならずなにかをもってきた。趣味のようなものだった、だから誓ってもいいが――

〝スコット・リンデン〟のプログラムをもちあげると、その下から**アントラーズとニュ**

―ハンプシャー州ローム―という金の箔押し文字のある暗紫色のメニューが出てきた。

つぎの瞬間、まるで耳もとで話をされているかのように、スコットの声がはっきりきこえてきた。《ローマならぬローマに行ったらローマ人に従え、だよ》と。スコットがその言葉を口にしたのは、ここのダイニングルームで（店内には、彼らふたりとひとりきりのウェイトレスがいただけだった）、ともにシェフの特別料理を注文したときのことだった。そのあともう一回、ふたりでベッドにはいって、みずからの裸身でやはり裸身のリーシーに覆いかぶさってきたときにも、おなじ文句を口にしていた。

「メニューの代金は払うといったんだわ」リーシーはふんだんに日ざしの射しこむ空虚なキッチンでメニューをかかげながら、そうつぶやいた。「でも係の人は、そのままもち帰ってもかまわないといってくれた。宿泊客がわたしたちだけだったから。それに、あの雪嵐のせいもあって」

あの奇怪な十月の雪嵐だ。当初は一泊だけの予定が、ふたりはこのホテルに二泊した。二日めの夜、リーシーはスコットが寝入ったあとも遅くまで目を覚ましていた。すでに季節はずれの大雪をもたらした寒冷前線は移動しており、早くも雪が溶けはじめていて、軒先から水が滴り落ちる音がきこえていた。リーシーは奇妙なベッド（そのあと数えきれないほどスコットとともにすることになる奇妙なベッドのはしりだ）に横たわったまま、アンドルー・〝スパーキー〟・ランドンとポール・ランドン、そしてスコット・ランドン――生存者スコット――のことを考えていた。ブールのことを考えていた。いいブールと血のブールのことを。

紫のことを考えていた。そう、そのことも考えていたのだ。

やがて雲が切れて、客室には風の強い夜の月の光があふれかえった。その光のなかで、リーシーはようやく眠りについた。翌日の日曜日、ふたりは冬から秋へと逆もどりしつつある田園地帯を車で走った。それからひと月もしないうちに、ふたりはザ・スウィンギング・ジョンソンズの演奏にあわせてダンスをした——曲は〈トゥー・レイト・トゥ・ターン・バック・ナウ〉。

大昔のあの夜のシェフの特別料理がなんだったのかを確かめようと、金の箔押し文字のあるメニューをひらくと、一枚の写真がはらりと落ちてきた。リーシーはすぐに写真を思い出した。ホテルのオーナーが、スコットの小型のニコンで撮影してくれた写真だった。オーナーの男はなんとか二足のスノーシューズを用意してくれて（クロスカントリー用のスキーは、四台のスノーモービルといっしょにノースコンウェイの倉庫にしまいこんだままだ——オーナーはそう話した）、スコットとリーシーにぜひともホテル裏手の遊歩道のハイキングに出かけるべきだ、と強く薦めてきた。《雪の日の森は魔法に満ちていますからね》ふたりに話した男の言葉を、リーシーはいまも覚えていた。《しかも、すべてをおふたりで独占できますよ——スキーヤーはひとりもいませんし、スノーモービルのたぐいも出ていません。一生にいちどのチャンスですよ》

そればかりかオーナーはふたりのために、ホテルのおごりで赤ワインを一本添えたピクニックランチまで用意してくれた。かくしてふたりは、スノーパンツとパーカ、それにオーナーの陽気な妻がふたりのために探しだしてくれたイヤーマフという服装をととのえた（リーシーが借りたパーカは滑稽なほどサイズが大きすぎ、裾で膝がすっかり隠れてしまうほどだった）。

そのあと、ハリウッドの特殊撮影チームがつくったようなブリザードのなか、スノーシューズを履いたふたりは田園地帯のB&Bの前に立ち、馬鹿同士のカップルよろしくにたにた笑いながら写真のためにポーズをとった。ふたりの昼食とワイン（ヴィーノ）一本がはいっているバッグも借り物。スコットとリーシー、うまうまツリーにむけて出発の図——ただし写真の時点では、ふたりとも目的地を知らなかった。これから自分たちが〝記憶の小径（メモリー・レーン）〟をたどることになるとは。ただしスコット・ランドンひとりにかぎっては、〝記憶の小径（メモリー・レーン）〟は〝フリーク横町〟の謂（いい）だった。
《それでも……》リーシーは結婚披露パーティーの写真とおなじように、この写真の表面にも指を滑らせながら思った。《あなただって自分が好むと好まざるとに関係なく、わたしとの結婚前にいちどはそこへ行かなくてはいけないと、そうわかっていたはず。わたしに話しておくべきことがあったんじゃない？　あなたが出してきた交渉の余地のない条件、あれを裏づける話が。だからきっとあなたは、何週間も前から話すのにふさわしい場所を探しつづけていた。で、あの木……雪が積もっているせいで枝がいっそう垂れ下がって、まるで洞窟みたいに見えていたあの柳の木が目にはいってくると、ついにうってつけの場所を見つけた、話すのをこれ以上先延ばしにはできないと、そう思ったんでしょう？　どれほど神経質になっていたのかしら。あなたが話をすっかりおえたあとで、わたしがやっぱりあなたとは結婚したくないといいだすんじゃないかと、そんなふうに思って怖かったんでしょう？》
　いまにして思えば、たしかにスコットは神経質になっていたようだ。車のなかでも黙りこくっていたことを思い出す。あのときでさえ、スコットがなにか考えごとをしているのではないかと思ったのでは？　そのとおり。なぜなら、いつものスコットはおしゃべり好きだったからだ。

「でも、あのころにはもう、あなたはわたしのことを充分知っていたはず……」いいかけた言葉が尻すぼみに途切れた。ひとりごとの利点は、いいかけた言葉をさいごまでいわなくていいことだ。一九七九年の十月には、スコットはもうリーシーのことを充分に知っていて、あれを話してもリーシーが離れていくことはないと見ぬいていたにちがいない。それどころか、パークス温室のガラスでスコットが自分で自分の手をずたずたに切り裂いたあとでも、リーシーから別れを切りだされなかった時点で、長い目で見ればリーシーを手中におさめたと、そんなふうに思っていたにちがいなかった。しかし昔の記憶を明かすこと、たとえ古くとも電気がいまも流れている電線に手を触れることにスコットは神経質になっていたのだろうか？　それについては、神経質というだけでは足りない状態だったはずだ、とリーシーは思った。それこそ死んでもおかしくないほどの、カスったれな怯えぶりだったにちがいない、と。

それにもかかわらず、スコットは手袋をはめたリーシーの手をとると、指さして、こういった。「あそこで食事にしよう、リーシー。あの下に行って

6

「あの柳の下で食事にしよう」スコットがいい、リーシーはこの計画に一も二もなく大賛成で

る。ひとつには、猛烈に空腹だからだ。もうひとつ、スノーシューズで歩くという慣れない運動のせいで足が――なかでもふくらはぎが――痛みを訴えているからでもある。足をもちあげて、ひねり、振る……もちあげて、ひねり、振る。とはいえいちばん大きな理由は、絶え間なく降る雪を見るのをひと休みしたい気持ちだ。たしかに散歩はホテルのオーナーが断言したとおりのすばらしさだったし、静けさといったら、一生忘れられそうもないと思えるほどだ。きこえてくるのは自分たちのスノーシューズが雪を踏みしだく音とそれぞれの息づかい、そして遠くで勤勉そのものの啄木鳥(きつつき)が嘴で木を叩いている音だけ。それでも一時も熄(や)むことのない大粒の雪のどしゃ降り(という以外に形容できない降り方だ)を見ていると、頭がおかしくなりかけてきた。あまりにも激しく、あまりにも速いスピードで降ってくるせいで目の焦点調節能力が乱され、それで方向感覚がうしなわれたばかりか、いくぶん目がまわってきてもいる。柳は空地のへり部分に生えており、いまもまだ緑をたもっている葉が、白い糖衣をぶあつくかぶって、その重さで垂れ下がっている。

《あれも葉というのだろうか?》リーシーはそう疑問を感じ、ランチをとりながらスコットにたずねてみようと思う。スコットなら知っているはずだ。しかし、その質問が口をついて出ることはついぞない。ほかのさまざまな問題が介入してくるからだ。

スコットが柳に近づき、リーシーはあとについて歩く。足をもちあげて、ひねり、スノーシューズから雪を払い落として、婚約者スコットの足跡をたどりながら。柳のところにたどりつくと、スコットは雪に覆われた――葉? 枝? 呼び名はなんでもいいが、とにかくそれを――カーテンのようにひらいて、内側をのぞきこむ。必然的に、ブルージーンズに包まれたスコットの尻が、リーシーのほうへ突きだされる恰好になる。

「リーシー！」スコットがいう。「なかはすごくきれいだぞ。ちょっと待ってくれたら——」

リーシーはスノーシューズAをもちあげて、ブルージーンズに包まれた尻Bに押しつける。

婚約者Cがたちまち、雪に覆われた柳Dのなかへ姿を消す（口汚い驚きの文句をあげながら）。

愉快、じつに愉快そのもの。リーシーは降りしきる雪のなかで体をまっすぐにしながら、くすくすと笑い声をあげはじめる。いまリーシーは全身を雪に包まれている。睫毛（まつげ）でさえ重くなっているほど。

「リーシー？」垂れ下がった純白の傘の下から。

「なに、スコット？」

「ぼくが見えるかい？」

「ぜんぜん」リーシーは答える。

「だったら、もうちょっとそばにおいで」

リーシーはスコットの足跡をそのままたどって、柳に近づいていく。もちろんなにが待っているかは充分にわかっているが、それでも雪に覆われたカーテンの合間からいきなりスコットの腕が突きでてきて、手で手首をぎゅっとつかまれると驚きには変わりなく、かん高い笑い声をあげてしまうが、それはただ不意を討たれた驚きをわずかに上まわるものを感じているからだ。スコットがリーシーを手前に引っぱる。冷たい白さが猛烈な勢いで顔に迫ってきて衝突、つかのまリーシーにはなにも見えなくなる。パーカのフードがうしろにずり落ちて、雪が首すじからはいりこみ、温かな肌に凍える冷たさを伝えてくる。イヤーマフが斜めにかしいでしまう。背後で重たい雪の塊が木から落ち、くぐもった〝どすっ〟という音がきこえる。

「スコット！」リーシーは息をあえがせる。「スコット、びっくりするじゃ――」しかし、そこでリーシーは口をつぐむ。

スコットは、リーシーの前で膝をついている。パーカのフードが後方にはねあげられ、リーシーに負けない長さで垂れている黒髪があらわになっている。イヤーマフはヘッドフォンのように首にかかっている。ランチのバッグはその横、木の幹に立てかけてある。スコットはじっとリーシーを見つめて、ほほ笑み、リーシーがまわりを見まわすのを待っている。スコットはまわりを見まわす。それも真剣に見まわす。《だれだって見ないではいられないはず》リーシーは思う。

少女時代に姉のアマンダが友人たちと海賊ごっこをしていたときのクラブハウス、あれに入れてもらえたときにどこか通じている感覚で――

いや、ちがう。それ以上にすばらしい。なぜならこちらは、大昔の材木や湿った雑誌のにおい、黴の生えた古い鼠の糞のにおいがいっさいしないからだ。まるでスコットに引かれて、まるっきり別世界に連れてこられたよう、秘密の円陣に、あるいはふたりだけが所有している白屋根のドームの内側に引きこまれたかのよう。直径は六メートルほど。中心にあるのは柳の幹。幹から生えている葉は、いまもまだ夏の完璧な緑をとどめている。

「ああ、スコット」リーシーはそういい、口から白い呼気が出ていないことに気づく。それでわかったが、ここは暖かい。垂れ下がっている柳の枝に降り積もった雪が、この閉ざされた空間の断熱材になっているのだ。リーシーはパーカのファスナーを降ろして、前をあける。

「きれいじゃないか？　ほら、この静けさに耳をすませてごらん」

そういってスコットは黙りこむ。リーシーもそれにならう。最初はまったくの無音かと思うが、それは勘ちがいだ。きこえている音がある。天鵞絨（びろうど）にくるまれたドラムをゆっくりとしたペースで叩いている音。リーシー自身の心臓の鼓動。スコットが手を伸ばしてリーシーの手袋をはずし、素手を握りしめる。ついでスコットは両方の手のひらに、それもまんなかのいちばん深くなった部分にキスを落とす。ひととき、ふたりのどちらも無言のまま。沈黙を破るのはリーシーだ——腹が空腹を訴えて鳴る。スコットがいきなり大声で笑い声をあげて、後方にのけぞり、柳の幹にもたれてリーシーを指さす。

「ぼくも腹ぺこだ」スコットはいう。「そのスノーパンツを脱がせて、いまこの場でファックしたいくらいだよ、リーシー——ここなら暖かいからね。でも、あれだけ運動をしたせいで、ぼくも腹がぺこぺこなんだ」

「じゃ、あとまわしにしましょうね」リーシーはいう。もちろん、あとになれば満腹でファックする気にもなれないことはわかっているのだが、それはそれでかまわない。雪がこのまま降りつづければ、〈アントラーズ〉にもう一泊せざるをえないのは確実だし、そのことにも異存はまったくない。

リーシーはバッグをあけて、ランチを広げる。ぶあついチキン・サンドイッチ（たっぷりマヨネーズ添え）、サラダ。気前よく大きめに切ったパイがふた切れ。これはレーズンパイだとわかる。

「うまそうだな」リーシーから紙の皿を受けとりながら、スコットがいう。

「うまいに決まってるわ」リーシーは答える。「だってわたしたち、うまうまツリーの下にいるんですもの」

スコットは笑う。「うまうまツリーの下で、か。いいな、気にいった」ついでその顔から笑みが消えていき、スコットは真剣な顔でリーシーを見つめる。「ここは気持ちがいいね」

「ええ、スコット。ほんとに」

スコットが料理のほうに乗りだす。リーシーはそんなスコットにむかって乗りだす。ふたりはサラダの上空でキスをする。「愛してるよ、ちっちゃなリーシー」

「わたしも愛してる」この瞬間、静寂の支配する秘密の緑色の円陣のなかで、リーシーはこれまで以上に深くスコットを愛している。いまこそ、その瞬間。

7

空腹だと高らかに宣言したにもかかわらず、スコットはサンドイッチを半分と、形ばかりサラダを食べるだけだ。レーズンパイにはまったく手をつけないが、それでいてワインは自分の分以上を口にしている。リーシーは健康な食欲を発揮するが、それでも最初に予想していたほどは食べられない。不安という虫がいまリーシーに嚙みついている。スコットがいまなにを考えているにせよ、簡単に話せるものではないらしいし、話をきくリーシーもそれ以上に苦労させられそうだ。ペンシルヴェニア州の田園地帯で過ごした子ども時代に、警察沙汰を起こした経験があるという話か？　それとも、もしかしたらどこかに子どもがいるという話？　十代のころにいちど結婚したことがあるとか？　お手軽に結婚し、その二週間後にはもう離婚したとか、婚姻無効になったとかいう話ではないのか？　それとも、すでに死んでいる兄ポールにまつわる話？　どんな内容にしても、いよいよその話が明かされる。母さんがいたら、〝雷のあとで雨が降るように確実に〟とでもいうところだ。スコットはパイを見つめて、ひと口食べようかと考えている顔を見せるが、結局はタバコをとりだす。

　リーシーは、《家族というのは不愉快なものだよ》というスコットの言葉を思い出して、《ブールだ。この人はブールの話をするために、わたしをここに連れてきたんだ》と考える。その自分の思いに心底恐ろしい思いをさせられるが、それはもうリーシーにとって意外ではない。

「リーシー」スコットがいう。「きみに説明しておきたいことがあるんだ。この話をきいて、ぼくと結婚しようという考えが変わったとしても――」

「スコット、わたし、あなたの話をききたいのかどうか、自分でもよくわからない――」

　スコットは疲れをうかがわせると同時に、見る者にそら恐ろしい思いをさせる笑みをのぞかせる。「わからないのも当然だね。でも、これは病院に行って医者に注射をされるようなもの……いや、そんなものじゃないな、病院で嚢胞を切開するとか、化膿して崩れた炎症部分をメスで切りひらくとか、そういった感じだよ。それでもやらなくちゃいけないことが、世の中にはあるんだ」きらきらと輝く鳶色の瞳が、じっとリーシーの目を見つめている。「リーシー、結婚しても、ぼくたちには子どもはつくれない。ぜったいにね。いまのきみがどのくらい子どもを欲しがっているかは知らないけれど、きみは大家族の出身だから、いずれは大きな家を自分の家族でいっぱいにしたいと思っていても、それは当然だと思うよ。だから、ぼくといっしょになったら、そんなことが決して実現しないと知っておいてほしい。いまから五年、あるいは十年後に部屋の反対側に立っているきみから、『そんな話はひとこともきいてない』と金切り声で怒鳴りつけられたくはないんだ」

スコットはタバコから煙を吸いこみ、その煙を鼻孔から出す。そのブルーグレイの煙が立ち昇っていく。ついでスコットはふたたびリーシーに顔をむける。その顔はかなり青白く、目がぎょろりと大きくなっている。《まるで宝石のよう……》リーシーはうっとりとしながら、そう思う。さらにこのとき初めて、このときにかぎっては、スコットがただハンサムなだけではなく（じっさいにはハンサムな男とはいえない——ただし、顔に当たる光の加減によっては驚くほどの男前にもなるのだが）、ある種の女が美しいという意味で美しいと感じられる。そのことにリーシーは陶然とさせられる一方で、背すじの寒くなる思いにもさせられる。

「きみを心から愛してるから、嘘はつけないんだ。きみのことは、全身全霊で愛してる。この手の総力の愛が、いずれは女にとって重荷になることもあるんじゃないかとは思うよ。でも、いまのぼくにはそういう愛し方しかできない。ぼくたちは経済面では豊かな夫婦になれるとは思う。でも、ぼくは死ぬまで感情面では貧乏人のままだろうな。金はもうじきはいってくる。でも、金以外の感情面では、ぼくにはきみを思う心しかない。だから、それを嘘で汚したり薄めたりはしたくない。口に出した嘘だろうと、口にしないことでつく嘘だろうとね」スコットはため息をつき——苦しげな長い音——タバコをもつ手の掌底を、頭が痛む人のようにひたいの中央に押しあてる。ついでその手をひたいから離して、ふたたびリーシーを見つめる。「子どもはつくらないよ、リーシー。ぼくたちには子どもはつくれない。ぼくにはつくれないんだ」

「スコット……つまりあなたは……お医者さんはなんと……」

スコットはかぶりをふる。「体の問題じゃないんだ。話をきいてくれ、ベイビィラーヴ。この問題だよ」スコットは自分のひたいを、目のあいだを指でとんとんと叩く。「桃とクリームが切っても切り離せないように、狂気とランドン家は切っても切り離せないんだ。いいかい、これはエドガー・アラン・ポーの小説の話ではないし、ヴィクトリア朝のお上品ぶった小説、〝伯母を屋根裏部屋に閉じこめてる〟とかいうたぐいの女性向けのゴシック小説の話でもない。いまぼくが話しているのは、この現実の世界で、この血筋に流れている危険な要素のことなんだ」

「スコット、あなたは狂ってなんかいないし――」しかし、そこでリーシーは暗闇から姿をあらわしたときのスコット、鮮血のしたたる手の残骸を自分にむけて差しだしてきたスコットを、歓喜と安堵に満ちたあのときのスコットの声を思い出す。狂気の安堵。あのめちゃくちゃになった手をブラウスで包みながら、自分がなにを思ったかも思い出す――この人はわたしを愛しているのかもしれない、でも死をも半分愛しているといってもいいくらいだ、と。

「いや、狂ってるよ」スコットは静かにいう。「ぼくは狂ってる。妄想と幻覚という症状もある。ぼくはそれを紙に書きとめているだけ、それだけだ。ぼくが紙に書きとめると、それを読むために、読者が金を払ってくれるわけでね」

この言葉にリーシーは、つかのま衝撃に茫然として（いや、話に衝撃を受けたのではなく、これまで意図的に頭から押しのけていた記憶、切り刻まれたようになったスコットの手の記憶に衝撃を受けたのかもしれない）、言葉を返せない。スコットはいま自分の得意とする技術（クラフト）のことを――講演ではかならずそんなふうに表現する、芸術（アート）ではなく技術（クラフト）と――妄想だと話している。これこそ狂気だ。

「スコット」リーシーはようやく言葉を口にする。「小説を書くのはあなたの仕事よ」

「きみは、そんな言葉で理解したと思いこんでるんだ」スコットはいう。「でも、きみには〝行った〟という部分が理解できていない。きみがその幸運な状態のままでいられることを祈るよ、ちっちゃなリーシー。それにぼくも、この木の下にすわったまま、ランドン家の歴史をすっかり教えようというつもりはない。なぜって、ぼくもほんの一部しか知らないから。三代前まではさかのぼったけど、壁を汚している血のりのあまりの多さに怖気づいて調べるのをやめた。血ならもう、子ども時代に充分見てきた――ぼく自身の血を含めてだ。子どものころ、父さんからランドン家の人間は――さらにそれ以前のランドロー家の人間は――二種類にわけられる、という話をきいたよ。うつけ者と、悪のぬるぬるの二種類だ。で、悪のぬるぬるのほうがましなんだよ。切りひらけば、外に出せるからね。いや、切りひらく必要があるんだ――死ぬまでずっと頭の病院や刑務所に閉じこめられていたくなかったらね。父さんは、方法はそれしかないと話してた」

「それは……自傷行為の話？」

スコットは、確証がもてないといいたげに肩をすくめる。リーシーにもおなじく確証はない。

それに、スコットの裸身なら見たことがある。たしかに何カ所かに傷痕はある。しかし、数えるほどだ。

「血のブール?」リーシーはたずねる。

今回、スコットの返事は肯定的になる。「血のブール……ああ」

「あの夜……温室のガラスに素手を突っこんだあの夜、あなたは悪のぬるぬるを外に出したの?」

「そうだと思うよ。ああ、そうだ。ある意味ではね」スコットはタバコを草に突き立てて消しはじめる。その仕事に長い時間をかけ、手を動かしているあいだはリーシーに目をむけない。

「こみいった話なんだよ。あの夜、ぼくがどんなに暗い気分だったかを思い出してもらわないと……ほんとうに、いろいろなことが積み重なっていて――」

「でも、わたしはあんなことをいうべきじゃ――」

「黙って」スコットはいう。「ぼくの話をさいごまできいてくれ。この一回しか話さないから」

リーシーは黙りこむ。

「あの晩は酒に酔ってた……気分は最低でね……それに……もうずいぶん長いこと……あれを――あれを――出してなかった。そんな必要がなかったからだ。きみのおかげといっても過言じゃないよ」

リーシーの姉のひとりは、二十代の初めのころに危険な自傷行為の発作を経験していた。いまではその姉アマンダの一件は――ありがたいことに――すべて過去のことになっているが、姉の体にはいまも傷が残っている。大多数の傷は腕の内側と太腿にある。「スコット、もしあなたが自分で自分の体に切りつけたのなら、体に傷痕が残っているはずじゃ――」

まるで、そんなリーシーの声も耳にはいっていないかのよう。「そしてこの前の春……もう口をひらくことは永遠にないと思っていたあいつ、二度と話しかけてこなければ、それに越したことはないと思っていたあいつが、また話しかけてくるようになった。『おまえにも流れているんだよ、スクート』あいつの声はそうぼくにいうんだよ。『あれはスイートマザーみたいに、おまえのなかにも流れてる。なあ、そうだろう？』ってね」

「だれなの？　だれがまたあなたに話しかけてきたの？」ポールか父親のどちらかにちがいないし……おそらくポールではあるまいと知りながらの質問。

「父さんだよ。父さんはこう話す……『スクーター、清く正しい人間になりたかったら、悪のぬるぬるを出すしかない。さあ、すませろ、いますぐ、ぐずぐずするな』だから、ぼくはそうしたんだ。ほんとに小さく……小さく……」スコットは小さく切る仕草を実演する――ひとつは頬に、ひとつは腕に。「それからあの夜、きみがかんかんに怒ったあの晩……」ここで肩をすくめる。「……ぼくはついに手を打った。きっぱりと、片をつけるために。けりをつけるために。それで、ぼくたちは大丈夫。ぼくたちは大丈夫だよ。ここではっきりいっておこう。きみを傷つけるくらいなら、ぼくは自分で自分の血をすっかり抜いて悔いはないよ。どんなかたちでもきみを傷つけるくらいならね」スコットの顔に、これまでリーシーが見たためしのない恥辱の表情がのぞきはじめる。「あの男みたいな人間には断じてなるものか。父さんみたいには」それから、まるで唾を吐き捨てるかのような口調で。「クソったれなミスター・スパーキー」

　リーシーはなにも話さない。話したくない。どのみち、言葉を口にできそうにない。そして数カ月ぶりの疑問が頭に浮かぶ。あれほどまでに自分の手を傷つけて、どうしてほとんど傷痕が残らなかったのか？　あんなことが現実にありうるわけはない。リーシーは思う。《この人の手はただ切られていただけじゃない。この人の手は切り刻まれていたのに》

　その一方でスコットは、ほんのわずかに震えている手で、新しいハーバート・タレイトンの一本に火をつけている。「ひとつだけ、話をきかせてあげる。たったひとつだけだ。でもその話を、ある男の少年時代の数多くの物語の代表だということにしておこう。なぜって、物語はぼくの専門だからね」そういって、立ち昇るタバコの煙を見つめる。「ぼくは、あの池から物語を網で引きあげてくるんだ。池のことは前にも話したよね？」

「ええ、スコット。わたしたちみんなが水を飲みにいく池ね」

「そうだ。そして、ぼくたちが網を投げる場所でもある。ときには、ひときわ勇敢な漁師の一族が——オースティン一族、ドストエフスキー一族、そしてフォークナー一族が——ボートを漕ぎだして、大魚が泳いでいるあたりで網を投げるんだ。でも、池は油断のならないところでもある。まず見た目よりもずっと広いし、どんな人間にもはかり知れないほど深い。おまけに、その様相をたがえる——とりわけ、日が落ちて暗くなったあとにはね」

　リーシーはこれにはなにもいわない。スコットの手が滑るようにリーシーの肩にまわされる。そしていつしか、ファスナーをはずしたパーカの内側に滑りこんできて、乳房を包みこむ。これが欲望の行為でないことにリーシーは確信をもつ——これは安息を求めるがゆえの行為だ、と。

「よし」スコットはいう。「お話の時間だ。さあ、目を閉じて、ちっちゃなリーシー」

リーシーは目を閉じる。ひととき、うまうまツリーの下は、ただ静かなだけではなく闇に包まれた場所に変わる。しかし、怯えの気持ちはない。スコットのにおいがするし、すぐそばにその体が感じられるからだ。またスコットの手の感触もある——いまその手はリーシーの鎖骨の上に宿っている。スコットがその手でやすやすとリーシーののどを絞めあげることもできるが、いちいち言葉に出してもらわずとも、スコットが自分を傷つけるはずがないことはわかる——これは、リーシーがただ知っていることのひとつ。なるほど、リーシーに痛みを味わわせることはあるが、それももっぱら言葉によるものだ。決してしゃべりやめない口から出る言葉。「さて、いいね」リーシーがあとひと月たらずで結婚する相手の男がいう。「この話は四つのパートにわかれてるといえるかもしれない。第一部のタイトルは、『スクーター、ベンチに乗る』だ。

昔々、あるところに、ひとりの痩せっぽちで臆病な男の子がいました。名前はスコット。でも、悪のぬるぬる期にはいって、自分を切るだけでは足りなくなったときのお父さんは、スコットのことをスクーターと呼びました。そしてある日のこと、ある災難ばっかりの日、あるいはかれた日のこと、この小さな少年は高い場所に立って、下を見おろしていました。ずっとずっと下に見えていたのはぴかぴかに磨きあげられた木の床、そこではお兄さんの血

8

が、二枚の床板のあいだの隙間をゆっくりと流れていくのが見えている。

——飛びおりろ。父親が大声で怒鳴る。といっても、これが初めてのことではない。——飛びおりるんだよ、このクソがき、このスイートマザーな腰ぬけが。さあ、いますぐ飛びおりろ！

——父さん、怖いよ。高すぎるもん！

——そんなことはないさ。それに、おまえが怖がってるかどうか、そんなことはどうだっていい。さあ、四の五のカスったれのいわず飛びおりろ。でないと後悔させてやる。おまえの兄貴にはもっともっと後悔させてやる。よし、落下傘兵、出撃！

父親はいっとき黙って周囲を見まわす。その眼球は、悪のぬるぬる期の父親らしい動き方だ。まるで〝かちかち〟音をたてているみたいに、ぎくしゃく左右に動く。ついで父親は、この崩れかかった大きな農場屋敷、百万もの隙間風の吹きこむ屋敷の玄関ホールに置いてある、横に長いベンチの上に立ってがたがたと震えている三歳の男の子に目をもどす。少年が背中を押しつけているのは、人々がそれぞれ自分のことだけに専念している片田舎の農場屋敷、その屋敷のピンクの壁にステンシル印刷された木の葉の模様だ。

——叫びたけりゃ、ジェロニモと叫ぶのもいいさ、スクート。それで勇気が出ることもあるからな。飛行機から飛びおりるときには、そう声をかぎりに絶叫すると気合いがはいるんだ。

そこでスコットはそのとおりにする。助けになるなら、どんなことにでもすがりたい。だから**ジェロミノ！**　と絶叫する——正しいかけ声ではないし、どのみち助けになってはくれない。というのも、それでもまだスコットはベンチから、はるか下方の木の床に飛びおりることができないからだ。

——あああああ、ほんとにカスったれ腰ぬけチキンの臆病者だな、おまえってやつは。

父親がポールを前に引きずりだす。いまポールは六歳、もうじき七歳になる六歳だ。背は高く、髪は黒。その黒髪が前も両サイドも伸びすぎで、散髪に行く必要がある。となると、行くのはマーテンズバーグにあるバウマーさんの理髪店。バウマーさんは壁に箆鹿の頭を飾っているし、店の窓にはアメリカ国旗と《**わたしは兵役を果たした**》という文字のある色褪（いろあ）せたステッカーが貼ってある。しかしマーテンズバーグの近くには、これからしばらくは行かないし、そのことはスコットも知っている。父親が悪のぬるぬる期にあるときは家族で町へ出かけたりしないし、父親はしばらく仕事にも出なくなる。というのも、USジッパム社へ行かない休暇期間にあたっているからだ。

ポールは青い目をもっている。スコットは、ほかのだれよりも、それこそ自分自身よりもポールのことを愛している。けさ、ポールの両腕は血まみれになっている。たくさんの小さな切り傷が十字模様をつくっているうえに、いままた父親がポケットナイフをとりだしたではないか。ふたりの血をこれまでもいやというほど吸ってきた憎むべきポケットナイフ。父親が振りあげると、ナイフが朝日を受けてぎらりと光る。父親はふたりに大声で叫びながら一階に降りてきた。**——ブール！　ブール！　さあ、ふたりともこっちに来い！**　ブールがポールのせいならば、父親はスコットを切る。スコットのせいなら、切るのはポール。たとえ悪のぬるぬる期にあっても、父親は愛の本質を理解している。

——腰ぬけめ、おまえがそこから飛びおりないんじゃ、おれはまたこいつを切るしかないな。え？

——やめて、父さん！　スコットは金切り声をあげる。**——もう兄さんを切らないで。ぼく、飛びおりるから！**

——だったら早くしろ！　父親の上唇がめくれあがって歯があらわになる。目玉が眼窩のなかで、ぎょろりと動く。ぎょろり、ぎょろり、ぎょろり。まるで部屋の隅にいる人間をにらんでいるかのよう。そうなのかもしれない。たぶんそうだ。というのも、たまに父親がその場にいない人にむかって話しかけている声が兄弟の耳にもきこえてくるから。スコットと兄が彼らを〝悪のぬるぬる人〟と呼ぶこともあれば、〝血のブール人〟と呼ぶこともある。

——早くやれ、スクーター！　すぐやるんだよ、**スクート野郎！**　大きな声でジェロニモと**叫びながら、落下傘兵は飛びだしていくんだ！**　いいか、**うちの一家には腰ぬけカマ野郎はいらないんだぞ！**　いますぐ**飛べ！**

——ジェロミノ！　スコットは叫ぶ。しかし、足首から先はぶるぶる震え、足首から上はぎくしゃく動くだけで、やはり飛びおりることができない。臆病な足、カマ野郎な足。父親はもうスコットにチャンスを与えない。ポールの腕を深々と切るだけだ。傷口から血が幕状になってあふれだす。血の一部がポールのショートパンツを濡らし、一部がスニーカーを濡らすが、ほとんどは床に流れ落ちていく。ポールは痛みに顔をしかめるが、泣きだすことはない。スコットにむけられた目が〝これをおわらせてくれ〟と懇願しているが、口は閉じたままだ。ポールの口から懇願の言葉が出ることはない。

US石膏社（ジップサム）（この会社のことを兄弟はUSジッパム社と呼んでいる。父親がそう呼んでいるからだ）では、父親はアンドルー・ランドン・スパーキー、あるいはミスター・スパークスと呼ばれている。いま父親の顔は、ポールの肩のすぐ上にまで迫っている。白くなりかけている髪の毛の房があちこちで突き立っているのは、父親が仕事であつかっている電気が体内にはいりこんでいるかのよう。ハロウィーンの南瓜（かぼちゃ）を思わせるにたにた笑いで乱杭歯が剝きだしになり、両目はうつろだ。というのも、いま父さんはそこにいないから。父親は過去の人。いま父親の靴を履いているのは、悪のぬるぬるにほかならない。それはもう人間でも父親でもなく、ただ目を光らせた血のブールというだけだ。

――このうえまだ飛びおりないのなら、こいつの耳を削ぎ落としてやる。父親の電気髪を生やしている怪物、父親の靴を履いて立っている怪物はいう。――それでもまだおまえが飛ばなかったら、つぎはこいつのカスったれなのどをかっさばく。いいか、本気だぞ。すべてはおまえ次第だ、スクーター・スクーターのスクート野郎。口じゃポールを愛してるなんていってるが、おれがこいつを切るのを止めるにも足りない愛だってことだ。ちがうか？　まったく、一メートルもない高さのベンチから飛びおりればいいだけなのに！　ポール、おまえはどう思う？　おまえだって、あの腰ぬけカマ男の弟にいってやりたいことがあるんじゃないのか？

しかしポールはひたすら無言で弟を見つめているばかり。ダークブルーの瞳は弟の鳶色の瞳をしっかと見すえる。この地獄はこのあと二千五百日も——約七年のおわりなき歳月のあいだつづくことになる。《できることをすればいいよ、あとのことは忘れていいんだ》ポールの目が語りかけてくるその言葉が、スコットに胸の張り裂ける思いをさせる。そしてついにベンチから飛びおりるが（スコットの一部は、これこそ自分の死の瞬間になると確信している）、父親から脅迫されたからではない。兄の目が〝怖くて怖くて飛びおりられないのなら、そこにずっととどまっていていい〟という許可をスコットに与えていたからにほかならない。

それでポール・ランドンが死ぬことになろうとも、おまえはその場にとどまっていていいんだよ、と。

着地したスコットは倒れこんで、床の血だまりに膝をつき、泣きはじめる。自分がまだ生きているとわかってショックをうけたからだ。つぎの瞬間、父親の腕が体にまわされ、力強いその腕がスコットの体を高々ともちあげる。いまその行為は怒りゆえのものではなく愛のものだ。父親の唇が最初はスコットの頰に、つづいて口の端にしっかりと強く押しつけられる。

——ほらな、スクーター・スクーターのスクート野郎？　おまえならできると、父さんはわかってたんだぞ。

ついで父親は、これでおわり、血のブールはおわりだ、スコットは兄の手当てをしろ、という。父親はスコットに、おまえは勇敢だ、勇ましいちびのクソったれだといい、おまえを愛しているという。この勝利の瞬間ばかりは、床の血だまりもスコットには気にならない。そればかりか父親を、頭のいかれた血のブールの父親を愛してさえいる。今回はおわりにしてくれたから——このつぎがあると知ってはいても。そう、わずか三歳だが、スコットはつぎがあると知っている。

9

スコットは口をつぐみ、あたりを見まわして、ワインを盗み見る。そしていちいちグラスに注がずに、直接ボトルから飲む。

「じっさいには、たいしたジャンプじゃなかったんだよ」スコットはそういって肩をすくめる。

「三歳児にはすごく高く見えたけどね」

「スコット……そんなことって……」リーシーはいう。「お父さんはどのくらいの頻度でそういう状態になっていたの？」

「しょっちゅうだよ。ぼくが気をうしなってしまったことも数えきれないしね。ただベンチから飛びおりたときには、意識がずっとはっきりしていた。さっきもいったとおり、これでほかの話の代表にもなるんだ」

「そいつ……お父さんはお酒に酔ってた？」

「いいや。父はほとんど酒を飲まなかったからね。さて、この話の第二部をきく準備はできてるかな、リーシー？」

「第一部と似た話だったら、その心がまえができたかどうかは微妙ね」

「その心配はいらないよ。第二部は『ポールといいブール』なんだから。いや、いまの言葉は撤回する。『ポールと最高のブール』だ。親父がぼくを無理やりベンチからジャンプさせた日のほんの数日後のことだよ。父が呼ばれて仕事に出ていった。父のトラックが見えなくなるとすぐ、ポールがぼくにいった。これから〈ミュリーズ〉に行ってくるから、いい子で留守番してろ、ってね」そこでスコットは口をつぐみ、声をあげて笑いながら頭を左右にふった——自分が馬鹿なことをしていると気づいた人そのままに。「〈ミューラーズ〉。それが正しい店名だったな。銀行がうちの実家を競売にかけたので、マーテンズバーグにもどったときの話を前にきかせたね？　きみと初めて会うちょっと前のことだよ」

「きいてないけど」

　スコットは困惑顔を見せる——そればかりか、ひとときは恐ろしいほど話がわかっていない顔を見せる。「話してなかった？」

「ええ」といっても、いまここでスコットにむかって、子ども時代の話はなにもきかせてくれていないも同然だと指摘してもしかたがない——

　なにも話していないも同然？　ちがう、なにひとつ話していない、だ。きょう以前には、このうまうまツリーの下に来るまでは。

「そうか」とスコット（やや疑わしげに）。「父さんの銀行から手紙をもらったんだ——ファースト・ルーラル・オブ・ペンシルヴェニア銀行……まったく、どこかにセカンド・ルーラル銀行があるみたいな名前じゃないか……ともかくその手紙には、何年もかかったがようやく裁判所の裁定がおりたので、ちょっとした手続のために来てくれとあった。ぼくは、いったいなんだっていうんだ、とぶつくさいいながら、郷里にもどったよ。七年ぶりだった。マーテンズバーグ町立ハイスクールを卒業したのは十六歳のとき。試験をいっぱい受けて、なんとか学費を免除してもらってね。この話はぜったいにきかせたはずだぞ」

「いいえ、きかせてもらってないわ」

スコットは落ち着かなげに笑う。「いや、確かに話したけどな。おまえら鴉よ、好きにつつけ、好きに身を飾るがよい」スコットは鴉の鳴き真似をすると、さらに落ち着かなげな笑い声をあげ、たっぷりとワインを口に流しこむ。ボトルはほとんど空（から）になっている。「結局、実家とその土地は七万ドルとか、まあそのあたりの金になった。ぼくの取り分は、そのうち三千二百ドル。ずいぶんしけた取引条件だろ？　でも、とにかくぼくは競売の前、まだ家があるうちに、マーテンズバーグの昔住んでいたあたりに車を走らせたんだ。そうしたら、いま話に出た店がまだあったよ。実家から道なりに一キロ半ほど行ったところにね。もし子どものころ、たった一キロ半じゃないかとかいわれたら、ぼくはそいつに〝おまえは心臓までクソが詰まってるな〟といいかえしただろうね。店のあった建物は無人で、窓もドアもすっかり板ばりがされていた。正面には《**売家**》の文字があったけど、もう薄れてまともに読めなくなっていた。屋根の上の看板のほうは、もうすこしまともな状態で残っていたな——《**ミューラーズ雑貨店**》とあった。ただぼくたち兄弟が、その店を〈ラバの店（ミューリーズ）〉と呼んでいただけだ。父さんがそう呼んでいたからね。父さんはほかにも、USスチール社をUS借金泥棒（ベグ・ボロウ・アンド・スチール）社と呼んでたし……ピッツバーグ・シティはピッツバーグ肥だめ（シッティ）と呼んでたっけ……それに……ちくしょう、リーシー、ぼくはまさか泣いてるのかな？」

「ええ、スコット」リーシーの声は、自分の耳にさえ遠くからの声に響く。

スコットはピクニックランチに添えてあった紙ナプキンを一枚とって、目もとを拭う。ナプキンをおろしたとき、その顔にはもう笑みが浮かんでいる。「ポールは〈ミュリーズ〉へ買物に行く前には、かならずぼくにいい子で留守番をしていろ、といってたし、ぼくはいわれたとおりにしていたよ。わかるだろ？」

リーシーはうなずく。あなたは愛する相手にはいつでも〝いい子〟だから。

「とにかく、もどってきたポールがRCコーラを二本もってるのが見えたから、兄さんがいいブールをつくるつもりだなってわかって、それでぼくはうれしくなった。ポールはこれからブールをつくるから、そのあいだぼくは部屋に行って本でも読んでいろ、といった。ずいぶん長い時間がかかったから、それでぼくにもいいだけじゃなく、長いブールになるとわかって、うれしくなったよ。そしてようやくポールが大声でぼくの名前を呼び、キッチンに出てきてテーブルの上を見ろ、といったんだ」

「お兄さんはあなたをスクーターって呼んだ？」リーシーはたずねる。

「いや、ポールはそんなふうには呼ばなかった。一回も。で、キッチンに出ていくと、もう兄さんの姿はなかった。隠れてたんだ。でも、ぼくのようすを見てるってことはわかってた。テーブルの上には《**ブール！**》と書いてある紙があって、そこには――」

「ちょっと待って」リーシーはいう。

スコットはリーシーに、眉毛を吊りあげた物問いたげた顔をむける。

「そのときあなたは三歳で……お兄さんは六歳……というより、七歳になろうとしてる六──」

「そのとおり──」

「でも、お兄さんはもうちょっとした謎かけを書くことができて、あなたはそれを読むことができた。ただ読むだけじゃなくって、謎を解くことができたのね」

「そうだけど……？」吊りあがったままの眉が、それがどうかしたのかと問いかけている。

「スコット──あなたの頭がおかしかったお父さんは、自分が虐待しているふたりの息子がカスったれな神童だって知ってたの？」

スコットがいきなり顔をのけぞらせて高笑いをはじめ、リーシーはそれにあっけにとられる。

「そんなこと、父さんはこれっぽっちも考えてなかったさ！　でも、話をさいごまできいてくれよ、リーシー。というのも、記憶にあるかぎり、あれがぼくの子ども時代の最良の一日だったからだ。もしかしたら、とっても長い一日だったからかもしれない。もしかしたら、USジップサム社の工場でだれかがどじを踏んで、父さんがめちゃくちゃ長い残業を強いられたとか、そういった事情だったのかもしれない。とにかく、それで家には朝の八時から日没まで、ぼくたち兄弟しかいなくって──」

「ベビーシッターはいなかったの？」

スコットはなにも答えず、ただリーシーの頭のネジが一本ゆるんだのだろうかと思っている目つきで見つめるだけ。

「ご近所の女の人がようすを見に立ち寄ったりしなかった？」

「いちばん近いご近所の家は、六キロ半離れたところにあったよ。〈ミュリーズ〉のほうが近かった。父さんはそういう暮らし方が気にいっていたし、嘘でもなんでもないけど、町の人もぼくたちのそんな暮らし方が気にいっていたんだ」

「わかった。じゃ、第二部をきかせて。『スコットといいブール』を」

「『ポールといいブール。すばらしきブール。極上のブール』だよ」その記憶が甦っているのか、スコットの表情がやわらぐ。ベンチの恐怖を埋めあわせる記憶。「ポールは青い罫線のノートをもってた。デニスン社の製品だったな。ブールの道行きの留(りゅう)をつくるときには、ノートの紙を一枚破りとって、それを折りたたんでから、細長く切るんだよ。ほら、そのほうがノートを長もちさせられるだろう?」

「そうね」

「でも、この日ばかりは、ポールは二枚、ひょっとしたら三枚の紙を破りとったにちがいないんだ――だってね、リーシー、この日のブールはとんでもなく長かったんだよ」回想の喜びに耽っているスコットを見ていると、リーシーの目に子ども時代のスコットが見えてくる。「テーブルにあった細長い紙片には《**ブール!**》とあった。最初の紙とさいごの紙にはいつも決まってそう書いてあった――で、そのすぐ下には

《ブール！》という文字のすぐ下に、ポールは几帳面な大文字だけでこう書きつけている。

10

1　甘いものといっしょに閉じこめられてるぼくを見つけて！　16

謎かけの答えを考える前に、まずスコットは数字に目をむけ、この《16》のもつ意味をたっぷりと味わう。道行きの留が十六個！　ちりちりするような喜びが胸をいっぱいに満たす。なかでもいちばんうれしいのは、ポールが決して自分をからかわないとわかっていることだ。道行きの留が十六あると約束すれば、謎かけが十五個あるということ。それにどこかでスコットがつまずいても、ポールが助け船を出してくれる。隠れ場所から不気味な怖い声で（それは父さん声――ただしスコット本人はずっと後年になるまで、『空っぽの悪魔』という不気味な怖い小説を書くまでは、そのことに気づかなかった）、スコットが謎をちゃんと解くまでヒントを与えてくれるのだ。しかし、スコットがヒントを必要とする場面はどんどん減ってきている。ポールが謎かけを作成する腕をめきめきあげているのと同様に、謎かけを解くスコットの能力もめきめきと向上しているからだ。

《甘いものといっしょに閉じこめられてるぼくを見つけて》
スコットはキッチンを見まわし、ほぼ即座にテーブルの上にある大きな白いボウル、埃の柱になって射しこむ朝日を浴びているボウルに目をとめる。ボウルに手をかけるには椅子に乗らなくてはならず、ポールが不気味な父さん声で話しかけてきたときには、思わずくすくすと笑いだしてしまう。――**こぼすんじゃないぞ、このどじ野郎！**
ボウルの蓋をとりあげると、砂糖の上につぎのメッセージが、やはり兄の几帳面な大文字で書かれた紙片が置いてある。

2 ぼくがいるのは、前にクラいドがよく糸まきで遊んでいたところ

春には行方不明になってしまったが、それまでクライドは一家の飼い猫だった。兄弟はこの猫を愛していたが、父親はきらっていた。というのもクライドが家に入れてもらいたいときや外に出ていきたいとき、いつも〝にゃあにゃあ〟と鳴いていたからだ。またふたりは決して口に出さなかったが（もちろんどちらにも、父親を問いただそうという勇気などまったくなかった）、それでもクライドを殺したのは狐や貂(てん)といった捕食性の動物ではなく、もっと体が大きくて、もっともっと残酷な動物なのではないか、という疑惑をいだいていた。どちらにしてもスコットには、クライドが日向ぼっこをしながら遊んでいた場所がすぐわかり、急いでそこへむかう。メインの廊下を小走りに進んで裏口ポーチまで出ていくあいだも、足もとの床に残る血の汚れや恐るべきベンチには一瞥もくれない（いや……一回ぐらいは見るかもしれない）。

裏口ポーチには、うっかり腰をおろしたりすると異様な悪臭を立ち昇らせる、大きなごつごつしたソファが置いてある。――**おならを油で炒めたみたいなくささだな。**ある日ポールがそんな言葉を口にしたことがあり、そのときスコットはあまりに笑いすぎてお洩らしをしたほどだ（もし父親が在宅していれば、お洩らしでズボンを濡らしたりすれば**大問題**になったはずだが、たまたま父親は仕事に出ていた）。いまスコットはそのソファへむかう。クライドはよくこのソファで仰向けになって、ポールとスコットが糸で吊るした糸巻きを相手に遊んでいた――クライドが前足で糸巻きをつかまえようとすると、シャドーボクシングをしている巨大な猫のシルエットが壁に映しだされたものだ。いま床に膝をついたスコットがごつごつしたクッションをひとつずつめくっていくと、三枚めの紙片が、第三のブールの道行きの留が見つかる。そしてこの謎かけにうながされてスコットがむかうのは――

その謎かけで、スコットがどこへ導かれたかは関係ない。大事なのは、時間が引き延ばされたようなこの長い一日のことだけ。いまいるのはふたりの少年、奥ゆきも影もなくなる正午にむかって太陽がゆっくりと空の高いところを目ざすあいだ、崩れかけて倒れかけた農場屋敷のなかを走りまわり、出たりはいったりしているふたりの少年。これは叫び声と笑い声、ドア口の埃、ずり落ちて、しまいには少年たちの汚れた足首にたるんだ靴下からなる単純な物語、これは小便をするのに家に引き返す時間も惜しくなり、家の南側に生えている茨(いばら)に小便を浴びせかける少年の物語だ。おむつがとれてまだ間もない少年、納屋の屋根裏に通じる梯子の下や、玄関ポーチの階段の裏側、故障したまま裏庭に置いてあるメイタグ社の洗濯機の裏、さらには水の涸れた昔の井戸のそばにある石の下などから紙片を拾いあつめていく少年の物語だ（――

落ちるんじゃないぞ、ちびのどじ助！　このとき不気味な父さん声は、今年は作付けされないまま放置されている豆畑のへりに生えた丈の高い雑草のくさむらからきこえる）。そしてさいごにスコットは、こんなふうに誘われる。

15　ぼくはおまえのすべてのゆメの下にいるよ

《ぼくのすべての夢の下》スコットは考える。《ぼくのすべての夢の下……って、どこなんだろう？》

——ヒントが必要かな、ちびのどじ助よ？　不気味な声がそうたずねてくる。——**なぜきくかといえば、腹が減って、早く昼食にしたいからだぞ。**

腹が減っているのはスコットもおなじ。もう午後になっている。かれこれ何時間もずっとこれで遊んでいるのだ。それでもスコットは、あと一分だけ時間をくれという。不気味な父さん声は、三十秒の余裕をくれてやると告げてくる。

スコットは猛然と考えをめぐらせる。《ぼくのすべての夢の下……すべての夢の……》

ありがたいことに、この時期のスコットにはまだ無意識の精神や原我（イド）といった概念にまつわる知識はないが、すでに隠喩でものを考える力はついている。つぎの瞬間、神からのお告げのように喜ばしい答えが頭に閃く。スコットは小さな足を可能なかぎり速く動かして階段を駆けあがっていく。髪の毛がうしろに吹き流されて、日にやけて土埃に汚れたひたいが剝きだしになる。ついでスコットは、ポールといっしょの部屋の自分のベッドへむかっていき、枕の下を探すと、はたしてそこには自分が飲めるＲＣコーラが一本――しかも長いほうのボトル――置いてあり、その横にさいごの紙片が添えてある。ここに書いてあるメッセージは毎回おなじだ。

16　ブール！　おしまい！

スコットは、ずっと後年、ある特定の銀のシャベルをもちあげるときとおなじ手つきで、コーラの瓶をとりあげ（自分が英雄になった気分を感じながら）、体の向きを変える。ドアからポールがさりげない足どりではいってくる。片手には自分のＲＣの瓶、片手にはキッチンの〈よろず抽斗〉からとりだしてきた、〝教会の鍵（チャーチキー）〟こと栓抜き。

――わるくなかったよ、スコット。ちょっと時間はかかったけど、ちゃんとここにたどりつけたんだもん。

ポールはまず自分の瓶をあけ、ついでスコットの瓶もあける。ふたりはロングネック瓶を触れあわせて、〝かちん〟という音をたてる。ポールがこれは〝ホストを迎える〟ことだといい、このときには願いごとをする必要がある、と話す。

――おまえはどんな願いごとをしたんだよ、スコット？

――今年の夏には、移動図書館が来ればいいなって。兄ちゃんはなにをお願いしたの？

兄は落ち着いたまなざしでスコットを見つめるだけ。もう少ししたら、ポールは一階へ降りていき、ふたり分のピーナツバターとジャムのサンドイッチをつくることになるし、そのときには新しい〈シェッド〉のピーナツバターの瓶を食品庫のいちばん上の棚からとるために、鳴き癖が結局は命とりになったペットが寝たり遊んだりしていたソファを、裏口ポーチから屋内に運びこむことになる。そしてポールの口から出た言葉は

11

しかし、そこでスコットは黙りこむ。ワインの瓶に目をむけるが、もう瓶はすっかり空だ。スコットもリーシーもすでにパーカを脱いで、わきに置いてある。うまうまツリーの下はもう暖かいどころではない。うまうまツリーの下は暑く感じられる。それどころか、息苦しいといってもいいほどだ。リーシーは思う。《そろそろここを出なくちゃならなくなる。出ていかないと、葉に積もってる雪が溶けてわたしたちを押しつぶすことになるもの》

12

〈アントラーズ〉のメニューを手にしたまま、キッチンにすわっているリーシーは思った。《いますぐにも、ここにある思い出の数々を置き去りにして立ち去らなくちゃ。でないと、わ

たしは雪よりももっと重いものに押しつぶされてしまうに決まってる》
しかし、それこそスコットが望んでいたことではなかったのか？　そういう腹案だったのではないか？　そしてこのブール狩りこそ、リーシーにとっては手綱をかけるチャンスではなかったのだろうか？
《でも、わたしは怖いの。だって、もういまはぎりぎり近づいているから》
《ぎりぎり近づいている？　どこに近づいている？》
「黙って」リーシーはささやき、冷たい風に吹かれたかのように体を震わせた。もしかしたら、はるかイエローナイフからはるばる吹きおろしてきた風かもしれない。いや、震えているのは、いまリーシーの精神がふたつに裂かれ、心がふたつに裂かれているからだ。「あともう少しよ」
《危険だ。危険だよ、ちっちゃなリーシー》
危険は承知していたし、すでに自分の紫のカーテンにあいている穴から、真実の輝きが洩れているのも目にしていた。目のような輝き。ささやき声もきこえていた。ほんとうに必要に迫られたとき以外には（とりわけ日が暮れたあと、そして黄昏時にはぜったいに）鏡を見てはいないことには理由があるし、日没後は生の果物を避けることにも、真夜中の十二時から朝の六時までは食べ物をいっさい口にしないことにも理由があるのだ、とささやく声が。
死者を掘りかえさないことにも理由がある。
しかし、うまうまツリーの下を立ち去りたくはなかった。いまはまだ。
それにスコットを残していきたくもなかった。
スコットは移動図書館を願いごとにした。わずか三歳にして、スコットはすでに骨の髄から

スコットだった。では、ポールは？　ポールはなにを

13

「なにをお願いしていたの、スコット？」リーシーはたずねる。「ポールの願いごとはなんだったの？」

「ポールはこういった。『父さんが仕事中に死ねばいい、ってお願いしたんだ。父さんが感電して死んじゃえばいい、って』」

リーシーは恐怖と憐れみの気持ちとで口もきけぬまま、スコットをただ見つめる。

スコットが唐突に、いろいろな品物をバッグに詰めこみはじめる。「黒焦げになっちゃう前に、ここを出よう。もっとほかの話もできるかと思ったけどね、リーシー、無理なんだ。それから、ぼくが親父みたいな人間じゃないなんて、そんなことはいわないでくれよ。大事なのは、そんなことじゃない。大事なのは、うちの家族の全員にその気があることなんだ」

「ポールにも？」

「いまはこれ以上ポールのことを話せるかどうか、自分でもわからないんだよ」

「オーケイ」リーシーは答える。「じゃ、もどりましょう。昼寝をしてから、雪だるまかなにかをつくってもいいし」

スコットがむけてきた深い感謝の表情に、リーシーは自分を恥じる気持ちに駆られる。というのも内心では、スコットがもう話をやめてもいっこうにかまわなかったからだ――とりあえずいまは、もう処理能力いっぱいの話をきかされている。いいかえるなら、頭がおかしくなりそうだ。だからといって、このまま完全に放置しておくこともできなかった。というのも、話がこの先どんなふうに展開していくのかが充分予想できているからだ。そればかりか、スコットに代わって話をしめくくることもできそうに思える。しかし、リーシーにはその前に問いただしたいことがあった。

「スコット……その日の朝、お兄さんがお店にＲＣコーラを買いにいったときのことだけど……ほら、ブールのご褒美として……」

スコットは笑顔でうなずく。「そう、すばらしきブールのね」

「ええ、そうね。でも、お兄さんがその小さなお店……〈ミュリーズ〉……に行ったときには、六歳の男の子が体じゅう傷だらけの姿で店に来ているのに、だれも変に思わなかったの？　たとえ、切り傷がバンドエイドで隠れていたとしても……」

スコットはバッグのベルトをバックルに通していた手をとめ、ひどく真剣な顔つきでリーシーを見つめる。いまも笑みをたたえてはいるが、頬の紅潮はいまではほぼ消え去っている。肌はかなり青白く、蠟のようにさえ見える。「ランドン家の人間は治りが速いんだよ。前にも話しただろう？」

「ええ」リーシーはうなずく。「話してくれたわ」ついで、頭がおかしくなっているのであれ、そうでないのであれ、リーシーはもう少しだけ追及することにする。「それからも七年つづいたのね」

「そう、七年だ」スコットはリーシーを見つめる。バッグはブルージーンズの両膝のあいだ。スコットの両目は、どこまで知りたいと思っているのかとリーシーにたずねかけている。どこまで知る勇気があるのか、と。

「それで、ポールは十三歳のときに死んだのね？」

「十三歳。ああ、そうだ」スコットの声は冷静だが、頬からは血の気がすっかりなくなっている。しかしリーシーには、汗が頬を滴り落ちるのが見えているし、髪の毛が汗で濡れているのもわかる。「もうじき十四歳になるところだったね」

「それでお父さんは……ポールをナイフで殺したの？」

「ちがうよ」スコットは前と変わらず落ち着いた声で答える。「ライフルだ。三〇－〇六弾用のライフル。場所は地下室だ。でもね、リーシー、きみが考えているようなことじゃなかったよ」

つまり激怒のうえの行為ではなかったということ。てっきり、これからスコットがそういう話をすると思っていたのだが。激怒のうえの凶行ではなく冷酷な凶行。それが、うまうまツリーの下にいるリーシー、婚約者の話の第三部は『聖人のような兄の殺害』になるはずだと思っているリーシーの考えていることだ。

14

《黙るんだ、リーシー、黙るんだ、ちっちゃなリーシー》リーシーはキッチンで、そう自分に語りかけた——いまでは心の底から怖くなっていた。といっても、ポール・ランドンの死について自分が信じていたことが、まるっきりの見当ちがいだったから怯えていたわけではない。リーシーが怯えていたのは——いまさらながら、あまりにもいまさらながら——こんなことに気がついたからだ。ひとたびやってしまったことは、もうとりかえしがつかないし、ひとたびなにかを思い出してしまったなら、あとは死ぬまでその記憶とともに生きていくしかないことに。

たとえ、それがどれほどいかれた記憶であっても。

「だから思い出す必要なんか、わたしにはないの」リーシーは両手でメニューをせわしなく曲げたり反らせたりしながら、そういった。「必要なんかない、必要なんかない、死者を掘り起こす必要なんかない、そんないかれたクソみたいなことが現実に起こっているはずはないし、それに

15

「きみが考えているようなことじゃなかったよ」

そういわれたところで、いま考えていることをこの先も考えてしまうだろう。スコット・ランドンを愛しているかもしれないが、スコットの恐るべき過去という車輪に縛りつけられているわけではないし、これからも自分なりに考えていくつもりだ。自分が知るべきことを知っていくつもりだ。

「じゃ、それがあったときには、あなたは十歳だったのね？　お父さんが——」

「そうだ」

わずか十歳のときに、最愛の兄を実の父親に殺された。最愛の兄を実の父親に殺害、された。だとすると第四部には第四部なりの、避けようとしても避けられない闇の部分があるのではないか？　リーシーは、そのことに一点の疑いもいだいていない。自分が知っていることは知っている。スコットがわずか十歳だったという事実も、それを変えることはない。つきつめていうなら、そのころのスコットはほかの方面でも神童だったのだ。

「で、あなたはお父さんを殺したの？　自分の父親を殺したの？　殺したんでしょう？」

スコットはうなだれている。髪の毛が垂れて顔が隠れている。ついで、その黒いカーテンの裏から、動物が吠えるような大きく乾いた嗚咽の声が一回だけ洩れだす。そのあとはただ静寂。しかしリーシーには、スコットの胸が波打つように大きく動いているのが見える。なにかを解き放とうとしているところが。それから――

「ぐーっすり眠ってる父さんの頭に鶴嘴(つるはし)をふりおろし、そのあと水の涸れた昔の井戸に父さんを投げこんだよ。三月、激しい霙(みぞれ)の日だったな。足をつかんで、外へ引きずっていったんだ。ポールを埋めたところまで運んでいこうとしたけど、ぼくじゃ無理だった。ぼく、がんばった、がんばった、がんばった。でもね、リーシー、父さんが動いてくれなかったんだ。まるで最初のシャベルだったよ。だから、井戸に投げこんだ。ぼくの知っているかぎり、いまでもあそこにいるはずだよ。でも、あの農場が競売にかけられたときには、ぼくは……ぼく……リーシー……ぼく……ぼく……怖かった……」

スコットはやみくもに手を伸ばして、リーシーを探し求める。その場にリーシーがいなかったら、そのままうつぶせに倒れこんでいたところだ。しかしリーシーはその場にいる。そしてふたりは

　ふたりは

　なぜか、ふたりは

16

「いや、いや！」リーシーは怒鳴り声をあげた。ついで、ほとんど筒状になるまで曲がってしまったメニューを杉の箱に投げもどし、乱暴に蓋を閉めた。しかし、遅きに失していた。すでにリーシーは、あまりにも先まで足を踏みいれてしまっていた。もはや手おくれだった。というのも

17

なぜか、ふたりは雪が降りしきる外に立っている。
リーシーがうまうまツリーの下でスコットを抱きとめた一瞬後には
（ブーム、ブール！）
ふたりは外の雪のなかだ。

18

キッチンで杉の箱を置いたテーブルを前にすわっているリーシーは、目を閉じた。東に面した窓からあふれんばかりに射しこむ日ざしが瞼を透かし、心臓の鼓動のリズムにあわせて動く暗赤色のビーツのスープをつくりだしていた――そしてそのリズムはいま、かなり速くなっていた。

リーシーは思った。《わかった。これでひとつは切り抜けた。でも、たったひとつなら、そのあとも生きていける。たったひとつなら、わたしの息の根をとめはしない》

《ぼく、がんばった、がんばった》

瞼をひらいて、前に置いた杉の箱を見つめた。あれだけ熱心に探した杉の箱。ついで、スコットが父親からいわれた言葉に思いがおよんだ。《ランドン家の人間は――さらにそれ以前のランドロー家の人間は――二種類にわけられる。うつけ者と、悪のぬるぬるの二種類に》

悪のぬるぬるというのは――これに限定されるものではないが――殺人衝動を司る遺伝子のことだ。

うつけ者というのは？　あの晩スコットは、この手の事柄の基本的なことだけを教えてくれた。うつけ者というのは、ごくありふれた緊張病の患者のことだ。たとえば、いま〈グリーンローン〉に収容されている、ほかならぬリーシー自身の姉のような。

「スコット、これがどれもアマンダを救うためなら――」リーシーはささやいた。「もう忘れて。たしかに姉だし、愛してもいる。でも、そこまでする気はないの。あなたのためだったらね、スコット……あの……あの地獄にだって……引き返してもいい。でも、アマンダやほかの人のためには、そこまではできないから」

居間で電話の呼出音が鳴った。リーシーはいきなり刃物で刺されたかのように跳びあがって、悲鳴をあげた。

IX　リーシーと〈インカン族〉の黒太子
（愛の義務）

1

リーシーの口ぶりはいつもとちがっていたかもしれないが、ダーラはまったく気づいていなかった。罪悪感が強すぎたからだ。同時に喜びと安堵とで有頂天になってもいたからだ。というのも、カンタータがボストンから〝マンディを救うために〟もどってくることになった、というのである。カンタータなら助けられるみたいに。ダーラがとりとめもなくしゃべるのをききながら、リーシーは《そもそも助けられる人がいるみたいな言いぐさ――ヒュー・アルバネスや〈グリーンローン〉のスタッフ全員を含めての話だけど》と思っていた。

《きみなら助けられるさ》スコットがつぶやいた――いつでも、ひとことといわずにいられないスコット。死をもってしても、その口をとめることは不可能のようだ。《きみならできるさ、ベイビィラーヴ》

「――でも、あくまでもカンタータが自分の考えでしたことだから」ダーラがそう念を押していた。

「ええ、そうね」リーシーは相鎚を打った。そもそも最初にダーラがカンタータに電話で知らせようという気を起こさなければ（昔からある言いまわしを借りれば〝わざわざ櫂を突っこんだりしなければ〟）、カンタータはアマンダに問題が起こったことも知らないまま、いまも夫とふたりで休暇を楽しめていたはずだと、そう指摘することもできた。しかし、リーシーがいまいちばん歓迎したくないのは口喧嘩だった。いまはとにかく、あの忌まいましい杉の箱を〈わが神ベッド〉の下にもどし、自分が最初にそこで箱を見つけたことさえ忘れられるかどうかを試してみたくてたまらなかった。ダーラと電話で話しながら、またしてもスコットの昔の格言が頭をよぎっていった。包みをあけようとして苦労すればするほど、その中身がどうでもよく思えてくる。この格言なら失せ物にも適用できるだろう――たとえば杉の箱のような。

「カンタータの飛行機は、正午ちょっと過ぎにポートランド・ジェットポートに到着の予定よ」ダーラは早口にそうまくしたてた。「レンタカーを借りるっていうから、そんな馬鹿なことはしなくていい、わたしが迎えにいくっていってあげたの」ここでいったん口をつぐみ、ラストの直線コースにそなえて気合いを入れる。「よかったら、あんたも空港に来ない？ その気があればでいいんだけど。みんなで〈リトルスコール〉でお昼を食べられるわ――ほら、楽しかった昔みたいに姉妹水いらずで。そのあとみんなで、アマンダのお見舞いにいけばいいし」

《楽しかった昔って、いったいいつのこと？》リーシーは思った。《姉さんがいつもわたしの髪の毛を引っぱっていたころ？ それともカンタータがわたしを〝ぺちゃぱいリーサ〟と囃しながら家じゅう追いかけまわしていたころ?》そして、口に出してこう答えていた。「迎えにいってあげて。わたしは行けたら行く。こっちでやらなくちゃいけないことがあって――」

「また料理でもつくってるの?」カンタータが北部に帰ってくることになった件で罪悪感を抱いていると告白をすませたいま、ダーラの口調は悪戯っぽいものに変わっていた。

「そうじゃなくって、スコットの昔の原稿を寄付する件で仕事があって」ある意味では、これは嘘ではなかった。そもそもドゥーリー/マックール相手の仕事がどんな結末を迎えようとも、とにかくスコットの仕事場をすっかり空にしたかったからだ。これ以上ぐずぐず引き延ばすまい。原稿類があるべき場所はまちがいなくピッツバーグ大学なのだから、すべて大学に引きとらせよう。友人であるあの教授が、原稿類にはいっさい関係しないという条件つきで。カスッドボディは首を吊るでもなんでも好きにすればいい。

「そうなの」ダーラはそれなりに感じいった口調で答えた。「でも、そういう事情なら……」

「行けたら行くから」リーシーはくりかえした。「空港には無理だとしても、午後にはふたりと会えるわ。〈グリーンローン〉で」

これでダーラも満足し、カンタータが乗ってくる飛行機のスケジュールを伝えてきた。リーシーはいわれるままに書きとめた。そう、ポートランドまで行ってもどうということはない。なにはなくとも、それでこの家の外に出ていられる――電話からも杉の箱からも、恐ろしいほど重たげなクリスマスのピニャータ壺よろしく、リーシーの頭上に垂れ下がっているかにも思える記憶の大半からも離れていられるではないか。

そこを狙ったかのように、リーシーがとめるひまもあらばこそ、記憶のひとつがこぼれ落ちてきた。リーシーは思った。《ただ柳の下から、雪が降っている外に出てきたわけじゃないわよ、リーシー。それ以上のことがあのときに起こったの。スコットがあなたを——》
「**やめて！**」リーシーは大声で叫んで、テーブルを平手で叩いた。自分の叫び声の響きには空恐ろしい気持ちにさせられたが、効果もあった——危険な方向へむかいかけていた思考の列車が、きれいに、そして完全に断ち切られたのである。ただし、ふたたび成長してくるかもしれない——問題はそこにあった。
　リーシーは、テーブルに載っている杉の箱に目をむけた。これといった理由もなく愛犬に手を嚙まれたあと、当の愛犬を見つめる女そのままだった。《あんたといっしょに、またベッドの下にもどったら》リーシーは思った。《あの〈わが神(マイン・ゴット)ベッド〉の下にもどったら、それでどうなるの？》
「ブール・おしまい、そうなるの」リーシーはそういうと母屋を出て庭を横切り、納屋へむかった。杉の箱をもった両手をまっすぐに前に伸ばしたまま——壊れやすい品か、そうでなければ強力な爆発物でもおさめられているかのように。

2

オフィスのドアはあいたままになっていた。ひらいたドアの底辺の部分から室内の照明が射して、床に光の四角形をつくっていた。最前この部屋にはいったときには、声をあげて笑いながら出てきた。ただし、自分がドアをあけたままにしてきたのか、それともちゃんと閉めたのかは記憶になかった。ただし明かりは消えていたと思うし、そもそも最初からスイッチを入れなかったと思う。しかしその一方では、あのときの自分は母さんの杉の箱が屋根裏部屋にあるにちがいないと強く思いこんでいたのではなかったか？　あるいは保安官助手のひとりがようすを見にオフィスにはいって、照明をつけっぱなしにしていったとは考えられないだろうか？　考えられそうだ。どんなことでも考えられそうだ、とリーシーは思った。

まるで保護するかのように杉の箱を腹に押しつけながら、リーシーはオフィスのひらいたドアの前まで行って室内をのぞきこんだ。無人だった……いや、無人のように見えた……ただし……。

リーシーは自分に気はずかしさをすこしも感じることなく、ドア枠とドアのあいだの細い隙間に片目をあててみた。ひらいたドアの陰に〝ザック・マックール〟が立っていることはなかった。だれもいない。しかし、ふたたびオフィスをのぞきこむと、留守番電話装置のメッセージの有無を表示する部分に、またしてもまばゆく赤い《1》の文字が光っているのが見えた。リーシーは部屋にはいっていき、箱を小わきにかかえなおしてから《**再生**》のボタンを押した。一拍の無音部分ののち、ジム・ドゥーリーの落ち着いた声が流れはじめた。

「ミサス、たしか約束はゆうべの夜八時のはずでしたね」ドゥーリーはいった。「それがいま見ると、おたくのまわりには警官がいる。郵便受けに猫の死体を入れておけば誤解の余地はなくなると思っていたのですが、どうやらあなたはこの一件がどれほど由々しきことなのかを理解していないようだ」間。リーシーは魅いられたように留守番電話を見おろし、《この男の息づかいさえきこえているみたいだ》と思った。「では、のちほどお会いしましょう、ミサス」ドゥーリーはいった。

「くたばれ、カスったれ」リーシーは小声でささやいた。

「おやおや、ミサス。そいつぁ——それは——いただけませんな」ジム・ドゥーリーがいい、ほんの一瞬だけリーシーは留守番電話装置が……そう……応答したのかと思った。しかしつぎの瞬間、この第二のジム・ドゥーリーの声がいわば生彩をそなえていること、しかも背後からきこえてきたことに気がついた。またしても自分自身の夢の住人になった気分にとらわれつつ、その場で身を翻したリーシー・ランドンの正面に、当のドゥーリーが立っていた。

3

リーシーは、ドゥーリーが普通の外見をしていることに失望を味わっていた。結局オフィスになることがなかった納屋のこの部屋の戸口で、片手に銃をもって立っているその姿を見はしたが（もう一方の手にはランチをおさめる紙袋のようなものがあった）、警察の面通しに呼びだされても、ほかの男が全員痩身、夏用の薄手のワークシャツを着ていて、ポートランド・シードッグズの野球帽をかぶっていたら、この男を選びだせる自信はなかった。顔は細面で皺は見あたらず、目は鮮やかなブルー——いいかえるなら、百万人の北部人(ヤンキー)の顔。もちろん、中南部や深南部の田舎に住む六百万から七百万の男の顔でもある。身長は百八十センチほどか——いいや、もうちょっと背が低くてもおかしくなかった。野球帽のへりからはみだしている房を見るかぎり、髪の毛はよく目だつ薄茶色だった。

ドゥーリーがかまえている拳銃の黒々とした目をのぞきこむと、足からすぐに力が抜けていくのが感じられた。質屋で簡単に手にはいる安物の拳銃ではなかった。本物の銃。大きな穴を穿つことのできる大型オートマティック(リーシーにはオートマティックに思えた)。自分のデスクのへりに尻を載せるように腰かける。デスクがなかったら、そのまま床に大の字になって倒れていたことだろう。一瞬、この場で失禁するのではないかと思ったが、なんとかこらえることができた。とりあえず、いまだけは。

「なんでも、好きにもっていって」局所麻酔薬を射たれたように痺れている唇のあいだから、リーシーは小声でささやいた。「なにもかも運びだしてっていいから」

「二階にあがってもらおうか、ミサス」ドゥーリーはいった。「その件については、二階で話しあおう」

この男とスコットの仕事場でふたりきりになることを思っただけで、胸が恐怖と嫌悪に満たされた。「それはだめ。とにかく、スコットの原稿をもって出ていって。わたしをひとりにしてちょうだい」

ドゥーリーは忍耐づよくリーシーを見つめていた。最初にひと目見たときには三十五歳ほどに思えた。ついで目と口の隅に小さな皺があるのが見えて、当初の推測よりも五歳は——最低でも五歳は——年上だとわかった。「二階にあがりたまえ、ミサス、足に弾丸を撃ちこまれることから話しあいをはじめたいのでなければね。そんなことになれば、とんでもない激痛のなかで仕事の話をする羽目になる。人間の足には、たくさんの骨や腱があるんだよ」
「そんなこと無理……できっこない……音がするから……」ひとこと口にするたびに、声がどんどん遠くなってきた。まるで声が列車に乗っており、その列車がいましも駅から出発しているところのような感じ。リーシーの声が窓から身を乗りだして、リーシーに笑顔で別れの手をふっている。《バイバイ、ちっちゃなリーシー。お名残り惜しいけど、声はあなたから別れなくちゃいけないの。だから、もうすぐあなたは口がきけなくなるわ》
「いやいや、音のことはすこしも心配していないよ」ドゥーリーは愉快そうな顔でいった。「隣家の住民は不在だし——仕事に出ているんだろうね——あんたの飼い犬のような警官は用事でほかのところに出かけてる」顔からすっと笑みが消えてもなお、ドゥーリーは愉快に思っているような顔を見せていた。「おやおや、顔がすっかり灰色じゃないか。見たところ、全身が強いショックに見舞われたようだ。このぶんだと、そのまま気をうしなってしまうかもしれないね、ミサス。そうなれば、こちらの手間もすこしは省けるのかもしれないが」
「やめて……そんなふうにわたしを呼ぶのは……」本心では《ミサスとは呼ぶな》とつづけるつもりだったが、何対もの翅がつぎつぎに体を包みこんでいくような感覚にとらわれてしまった。しかも翅はどんどんと灰色から黒に近づいている。その翅があまりにも黒く、あまりにもぶ厚く重なって外が見えなくなる寸前、リーシーはかすかに意識した——ドゥーリーが拳銃をズボンのベルトに突っこみ（《どうせなら自分で自分のタマを吹き飛ばせばいい》夢を見ている気分でリーシーは思った。《そうすればこの世界に少しは貢献できるのに》）、倒れかかったリーシーを支えるべく前に突進してきたことに。間にあったのかどうか、リーシー本人にはわからなかった。結論が出る前に意識をうしなっていたからである。

4

顔になにか湿ったものが押しあてられるのを感じて、最初リーシーは犬に顔を舐められているのかと思った。たぶんルイーズだろう——そう考えたものの、ルイーズはリスボンフォールズ時代に飼っていたコリーで、もうずいぶん昔に死んでいた。スコットと暮らしていたあいだは、犬を飼ったことはなかった。ふたりは子どもをつくらなかったし、子どもと犬はわかちがたく結びついているからかもしれない。たとえば、ピーナツバターとジャムのように、たとえば桃とクリ——

《二階にあがりたまえ、ミサス……足に弾丸を撃ちこまれることから話しあいをはじめたいのでなければね》

その思いがリーシーを一気に現実へと引きもどした。目をあけると、ドゥーリーが片手に濡れタオルをもってしゃがみこみ、じっとリーシーのようすを観察していた——あのきらきらと輝く青い目で。リーシーはドゥーリーから離れようとした。そのとたん金属音が響いた。同時になにかがきつく絞めあげられて、肩に殴られたような鈍い痛みが炸裂し、リーシーの動きを妨げた。「あうっ！」

「無理に動こうとしなければ痛い思いをすることはないさ」ドゥーリーは、これこそ世界でもっとも論理的なことだといいたげな口調だった。頭のいかれたこの男にとっては、そのとおりなのかもしれない、とリーシーは思った。

　スコットのステレオシステムから音楽が流れていた。このステレオが音楽を鳴らすのは、いったい何年ぶりのことだろうか。さいごに音楽が流れたのは、おそらく二〇〇四年の四月か五月、さいごにスコットがこの部屋で小説を書いていたときだ。いま流れているのは〈ウェイモアズ・ブルース〉。ハンク・ウィリアムズではなく、だれかのカバーバージョンだ。たぶんザ・クリケッツだろう。それほどの大音量ではない――スコットが音楽を鳴らしていたときほどの大音量ではなかったが、それでもかなり大きなボリュームだった。リーシーには、〝ザック・マックール〟ことミスター・ジム・ドゥーリーがステレオをつけて

（痛めつけさせてもらいますよ）

音楽を流している理由が充分に察しとれた。そんなことは考えたく

（あなたが男の子たちに触らせなかったような部分を）

なかった――いまはただ、ほんとうにもう一回気をうしなってしまいたい一心だった――が、それでも考えをとめることは不可能だった。「人間の精神は猿なんだよ」とスコットは口癖のようにいっていたし、いまその言葉の出典が――ホームバーの床にすわる姿勢をとらされて、おそらく水道管に片手を手錠で縛りつけられているいま――思い出された。ロバート・ストー

ンの『ドッグ・ソルジャー』だ。

《教室の前に出るんだよ、ちっちゃなリーシー。といっても、きみがどこかへ行ければの話、またどこかへ行けるようになれればの話だけど》

「これは最高の歌だと思わないか？」ドゥーリーはそういいながら、ホームバーの入口に腰をおろして、胡坐をかいた。組んだ足のあいだにできた菱形の空間に、ランチをいれるような例の紙袋をおさめる。拳銃は右手の横の床。ついでドゥーリーは、まじまじとリーシーを見つめた。「この歌には、たくさんの真実が歌いこまれてもいるしな。ああ、あんなふうに気絶したのは、結果的に自分に得になったんだぞ——それだけはいえるね」

いまになれば、ドゥーリーの声に南部の響きをききとることができた。ナッシュヴィルのフライドチキン野郎の口調ほどあからさまではないが、その響きがあることは事実だ——《自分にとぉくになったぁんだぁぞ……それだけぇはぁいえるなぁ》

ドゥーリーは紙袋から、〈ヘルマンズ〉のラベルがついたままのマヨネーズのクォート瓶をとりだした。瓶には透明な液体がはいっており、そこに丸めた白い布が浮いていた。

「クロロフォルムだよ」と説明するドゥーリーの口調は、篦鹿について語るスマイリー・フランダーズなみに誇らしげだった。「使い方を知ってると称する男から教わってきたんだがな、そいつは利用法をまちがえやすいことも教えてくれたよ。うまくいっても、せいぜい目が覚めてからひどい頭痛に見舞われるだけなんだがね、ミサス。しかし、あんたが素直に二階にあがってくれないことはあらかじめわかってた。それについては勘が働いたんだよ」

ドゥーリーは拳銃の形にした指をリーシーにむけ、そうしながらにっと笑った。ステレオシステムからは、ドワイト・ヨーカムの歌う〈一〇〇〇マイル離れて〉が流れはじめた。どうやらドゥーリーは、スコットがお気にいりをあつめたホンキートンクの自作CDの一枚を見つけだしたらしい。

「ミスター・ドゥーリー、わるいけど、水を一杯もらえないかしら？」

「はあ？　ああ、いいとも！　口のなかが少し乾いてきたんだな。ショック症状に見舞われた人間にはありがちなことさ」ドゥーリーは立ちあがった。銃はその場に置いたまま――ただし手錠の鎖をぎりぎりまで引っぱっても、リーシーの手は届きそうもなかったし……そもそも銃をとろうと試みて失敗すれば、どう考えても最悪の結果を招くだけだ。

ドゥーリーが水道のコックをひねった。水道管が、ごぼごぼという音をたてた。一拍か二拍おいて、蛇口から水が出てくる音がきこえた。たしかに拳銃には手が届きそうもなかったが、ドゥーリーの股間はリーシーの頭のほぼ真上、それも三十センチと離れていないところにある。しかも、片手は自由だった。

その心を読みとったかのように、ドゥーリーが口をひらいた。「あんたがその気にさえなれば、まあ、おれの股間の鐘をがんがん鳴らすことだって無理じゃないだろうな。だけど、おれが足に履いてるのは〈ドクター・マーチン〉の頑丈なブーツだ。一方、あんたの手を守るものはなにひとつない」ドゥーリーの口から出る言葉だと、〝なにひとつ〟が〝なにーとつ〟というふうにきこえた。「だから馬鹿は控えることだね、ミサス。冷たくておいしい水で我慢することだ。この蛇口は長いことつかっていなかったらしいが、すぐに澄んだ水が出てきたことだし」

「水を入れる前に、グラスをちゃんと洗って」リーシーはいった。その声がいまにもひび割れそうなほどかすれていた。「グラスもずいぶん長いこと、ほとんどつかってないから」

「了解、以上」これ以上は無理なほど愛想のいい口調。その口調にリーシーは都会出身の人間を連想した。それをいうなら、自分自身の父親のことも連想した。もちろん、元祖クレイジー・キッドことガード・アレン・コールのことも連想した。一瞬リーシーは、なにをいわれようとも手を上に突きあげてドゥーリーのタマをねじりあげそうになった。せめて、自分をこんな目にあわせたことに仕返ししたかった。その一瞬、リーシーは自分の衝動をかろうじて抑えこんでいただけだった。

ついでドゥーリーが身をかがめ、ずっしりと重いウォーターフォード製のグラスを差しだしてきた。グラスに四分の三ほどはいった水は完全に透きとおっているとはいえなかったが、飲むのに支障のない程度には澄んでいた。それどころか、すばらしくおいしそうに見えた。

「ゆっくりと落ち着いて飲むんだ」ドゥーリーが気づかう口調でいった。「あんたにグラスをもたせてやるが、おれに投げつけたりしてみろ、足首をへし折るぞ。グラスでおれを殴ったら、たとえそれで出血しなくても、足首の骨を両方ともへし折ってやる。本気だぞ。わかったな？」

リーシーはうなずき、グラスから水をすこしずつ飲んだ。ステレオではドワイト・ヨーカムがおわってハンク・ウィリアムズその人の歌声が永遠の疑問を投げかけていた。なんでもう昔みたいに、おれを愛してくれないんだ？　なんでおれを履きふるしの靴みたいにあつかうんだ？

ドゥーリーは上体をわずかに前に出して、しゃがみこんでいた――床から浮かせているブーツの踵に尻がくっつきそうになっており、片腕を両の膝にまわしている。北部の辺鄙なところの小川で、水を飲んでいる牛をながめている農夫といわれてもおかしくない姿だった。警戒してはいるが、特別警戒ほどのレベルではない――そうリーシーは判断した。おそらくリーシーがこの武骨なグラスを投げつけてくることはない、と予想しているのだろう。その予想は正しかった。というのも、足首をへし折られたくなかったからだ。

《だって、とっても大事なインラインスケートの初級講座にだって、いちども出てないんだもの》リーシーは思った。《それに火曜の夜は、オックスフォード・スケート・センターの〈独身者限定ナイト〉なのに》

渇きが癒されると、リーシーはグラスを差しだした。ドゥーリーはグラスを受けとって検分の目を走らせた。「まだ水が――すこしだけ――ほんのふた口ばかり残っているけど、ほんとうに飲まなくてもいいのかな、ミサス？」そのドゥーリーの〝ふた口〟は南部風の〝ふたぁくちぃ〟とは似ても似つかない発音だった。リーシー自身にも勘が働いた――ドゥーリーは田舎の気のいい男のしゃべり方をわざと強調しているのだ。意図的かもしれないし、あるいは意識していないのかもしれない。言葉については、ドゥーリーは強調する方向で補正しているのだ――癖や訛を減らす方向ではなく。これは重要なことだろうか？　そうでもないかもしれない。

「もう充分飲んだわ」リーシーはいった。

ドゥーリーは残ったふた口の水を自分で飲んだ。筋ばった首でのどぼとけが滑るように動いていた。ついでドゥーリーは、気分がましになったかとリーシーにたずねた。

「あなたがいなくなってくれれば、もっといい気分になれるはずだけど」

「もっともだ。なに、そんなに時間をとらせるつもりはないさ」ドゥーリーはベルトに拳銃を突っこむと立ちあがった。膝の骨が鳴る音がきこえて、リーシーはふたたび思った（というよりも驚嘆した、というべきか）——《これは夢じゃない。現実にわたしの身に起こっていることなんだ》と。ドゥーリーはグラスを軽く蹴った。グラスはちょっと転がっていき、メインの仕事部屋の壁一面に敷きつめられた、灰色がかった白いカーペットの上にまで行ってとまった。ドゥーリーはズボンを引きあげた。「どのみち、ぐずぐずはできない。あんたのペットの警官がもどってくる。あいつ本人か、でなければほかの警官が。それに、あんたには、姉さんだか妹さんだかがらみの用事もあるようだ。ちがうか？」

　リーシーは答えなかった。

　ドゥーリーは《それなら好きにしろ》といいたげに肩をすくめると、ホームバーから外の仕事部屋にむけて身を乗りだした。一瞬、リーシーは超現実的な感覚に囚われた。なぜならおなじことをスコットがしている場面を、数えきれないくらい目にしていたからだ——ドアのない出入口の左右のドア框（がまち）を手でつかみ、足はホームバーのフローリングの床に置いたまま、頭と上体を仕事部屋に突きだした姿勢。しかしスコットなら、いついかなるときでもチノパンを穿いた姿を人に見られることはなかった。さいごのさいごまで、ブルージーンズ一本槍の男だった。さらに後頭部の髪が禿げているようなこともなかった。《わたしの夫は、頭に髪の毛をふさふさ生やして死んだんだもの》リーシーは思った。

「恐ろしくいいところだな」ドゥーリーがいった。「前はなんだった？　干し草置場をリフォームした？　ああ、そうにちがいないな」

リーシーは無言だった。

ドゥーリーは身を乗りだしたまま、体を左右に小さく揺らしつつまず左を、ついで右を見やった。《目にはいるものすべての王だ》と、リーシーは思った。

「ほんとうにいいところだよ」ドゥーリーはいった。「予想しろといわれたら、まさにこのとおりの家を予想するだろうな。部屋は三つ――ああ、おれなら部屋と呼ぶね――それに天窓が三カ所にあるから、たっぷりと自然光をとりこめる。おれの生まれたあたりじゃ、こんなふうに部屋がまっすぐにならんでいる家をショットガン・ハウスとか、場合によっちゃショットガン長屋なんて呼んでいたがね、ここには長屋なんて言葉につきまとう貧乏くさい感じが微塵もないじゃないか」

リーシーはなにもいわなかった。

ドゥーリーは真剣な面もちでふりかえって、リーシーを見つめた。「だからって、あんたのご亭主を羨んでるわけじゃないよ、ミサス――いや、ご亭主は死んでるから、あんたを羨んじゃいないというべきかな。おれはブラッシーマウンテンの州立刑務所に入れられていたことがあるんだ。その話は教授からきいてるだろう？　そんな最悪な日々を生きぬけたのは、ご亭主のおかげなんだよ。ご亭主の作品はひとつ残らず読んだんだ。で、なにがいちばんのお気にいりだと思う？」

《決まってる》リーシーは思った。《どうせ『空っぽの悪魔』ね。あんたなら、あれを九回は読んだにちがいないわ》

しかし、ドゥーリーの答えはリーシーを驚かせた。「『コースターの娘』だよ。ただ気にいっただけじゃない、惚れこんだんだ。刑務所の図書室で初めて出会って以来、二年か三年おきに読みかえす習慣になってるくらいでね。だから、長いパラグラフだって、あんたの前で暗誦できる。おれがどの部分をいちばん気にいったと思う？　ジーンがついに父親に反論する場面――父親が好もうと好まざると、とにかく自分は家を出ていくと告げるあのシーンだ。ジーンが、あの哀れな宗教かぶれのクソったれな父親に――いや、汚い言葉で失礼――なんていったかは知ってるか？」

《父親は、愛の義務のなんたるかを理解していたためしがない、だ》リーシーはそう思ったが、口には出さなかった。しかし、ドゥーリーはそんなことを気にもとめていなかった。いまこの男は波に乗って、陶然となっている。

「ジーンは、父親には愛の義務が理解できていたためしがないと、そういったんだよ。愛の義務だぞ！　なんと美しい言葉じゃないか。そういったものの存在を感じていながら、それをあらわす言葉をもっていない人間がいったいどれだけいると思う？　でも、あんたのご亭主は言葉で表現した。だれも言葉にしなければ、口もきけないまま立ちつくすだけのおれたちみんなのために――というのは、あの教授の受け売りだがな。ご亭主は、さぞや神から愛されていたにちがいないね。あんな言葉を思いつけたんだから」

ドゥーリーは天井を見あげた。首の筋肉が浮かびあがっていた。

「**愛の！　義務！**　そして神はいちばん愛している者を、いちばん先にみもとへ召したわけだ。アーメン」ドゥーリーはわずかに頭をさげた。尻ポケットから財布が突きでていた。財布はチェーンで繋がれていた。当然ではないか。ジム・ドゥーリーのような男は決まって財布にチェーンをつけ、そのチェーンをズボンのベルト通しに繋いでいると相場が決まっている。いまドゥーリーはふたたび天井を見あげて、言葉をつづけた。「そんな男なら、こんなすてきな家を手に入れて当然だよ。ご亭主が創作の産みの苦しみにもだえていないときには、この快適な環境を楽しんでいたことを祈りたいね」

リーシーは、スコットが〈ダンボのビッグジャンボ〉と綽名をつけていた机につき、大型ディスプレイをそなえたマックの前にすわって、いましがた自分が書いた文章に笑いを誘われていた光景を思い出していた。そういうときは、プラスティックのストローか自分の爪を嚙んでいたものだ。音楽にあわせて歌っていることもあった。暑い夏場で上半身裸のときなどは、肘を曲げ伸ばししては屁のような音を出していることもあった。それがスコット流の、カスったれな創作につきまとう産みの苦しみだった。しかし、それでもリーシーはなにもいわなかった。ステレオシステムでは、ハンク・ウィリアムズが息子に席を譲って、ジュニアが〈ウィスキー・ベント&ヘル・バウンド〉を歌っていた。

ドゥーリーがいった。「昔ながらのだんまり戦法で対抗するわけか？　まあ、それで有利になることはあるにせよ、得をすることはひとつもないぞ、ミサス。いずれはその罰を受けることになるんだから。だからといって、罰を受ける側のあんたよりも、罰をくだすおれのほうが痛い思いをするとかなんとか、そんな古くさい文句を押しつけるものか。だけど、これだけはいうつもりだ——あんたを知ってからまだ間もないが、その短いあいだにも、おれはあんたの勇ましさに好感をいだくようになってる。だから、いざそのときになれば、あんたとおれの両方が痛い思いをするだろうな、とね。それから、できるかぎり楽な方法をとるつもりだともいっておきたい。あんたのその心意気を叩き壊すのは本意じゃないんだ。それはそれとして――おれたちは契約をかわしたにもかかわらず、あんたはその契約を守らなかった」

《契約ですって?》リーシーは全身を悪寒が駆けぬけていくのを感じた。このとき初めて、ドゥーリーの狂気の規模の大きさとその複雑さがリーシーにもはっきりと見えてきた。灰色の翅がなおも視界を横切って降りてきた。今回リーシーは、がむしゃらにそれに抗った。

ドゥーリーが手錠の鳴る音をききつけて(この手錠も、マヨネーズの瓶といっしょに紙袋にしまってあったにちがいない)、リーシーに顔をむけた。

《落ち着け、ベイビィラーヴ、落ち着いて》スコットが小声でつぶやいた。《あの男に話しかけるんだ――言葉が尽きることのないきみの口でもって》

これこそ、いわずもがなのアドバイスだった。というのも会話がつづいているかぎり、それだけ罰を先延ばしにできるからだ。

「話をきいてちょうだい、ミスター・ドゥーリー。わたしたちは契約をかわしたわけじゃない。あなたがなにを誤解しているかというと――」リーシーはドゥーリーのひたいに皺が刻まれて表情が暗く翳りかけたのを見てとり、急いで言葉をつづけた。「ほら、電話ではうまく話がまとまらないことがあるでしょう? でも、いまならあなたと話しあう用意もあるの」唾を飲みこむと、のどがごくりと鳴る音がはっきりと耳をついた。また水を飲みたい、冷たい水をたっぷりと時間をかけて飲みたい。しかし、いまは水を頼むのにふさわしい場合とは思えなかった。

リーシーは上体を前に乗りだし、ドゥーリーの視線を目でとらえたまま――青い目で青い目をつかまえたまま——熱のこもった誠実な口調を精いっぱい心がけて話をつづけた。「なにがいいたいかというと、わたしにいわせてもらうなら、あなたの主張には一も二もあるということ。わかる、どういうことか？　さっき、あなたは原稿を見つめていたのよ……あなたの……ええと……お仲間がとりわけ欲しがっている当の原稿の山をね。メインの仕事部屋にある黒いファイリングキャビネットには気がつかなかった？」

　いまドゥーリーは眉を吊りあげ、猜疑心をうかがわせる薄ら笑いを口もとに浮かべてリーシーを見つめていた……しかし、これも駆引きの一環の表情なのかもしれない。リーシーはおのれに希望的観測を許した。「おれには、一階にもずいぶんたくさん箱があったように見えたがね。見た感じだと、あれもご亭主の本のようだな」

「あそこの箱にはいっているのは——」自分はいまなにをいいかけていたのか？《あそこの箱にはいっているのは本（ブック）ではなくブールだ》とでも？　どうせ大半はブールだろうとは思ったが、ドゥーリーには理解してもらえそうにない。《どの箱も悪趣味なジョーク、スコット版の痒みパウダーとかプラスティックのゲロ模型みたいなジョークグッズだ》とでもいうか？　それなら理解してもらえるだろう。だが、信じてもらえそうもない。

　ドゥーリーはあいかわらず懐疑の笑みをたたえたまま、リーシーを見つめていた。駆引きの笑みではない。この笑みは、《その話のついでだ、もっと先まで話して、もうひとつの話も引っぱりだしたらいい》と語っていた。

「一階の段ボール箱には、原稿のカーボンコピーと普通のコピー、それに未使用のタイプ用紙しかはいってないの」リーシーはいった。いかにも嘘くさくきこえた。嘘だからだ。しかし、いまなにがいえただろう？　《ミスター・ドゥーリー、あなたみたいに頭がおかしい人には、真実なんて理解できっこない》とでも？　そんなことをいう代わりに、リーシーは早口でつづけた。「カスッドボディが欲しがっていたものは――まともなものは――ぜんぶここ、二階にある。未発表作品の原稿……ほかの作家に送った手紙のコピー……ほかの作家からの手紙……」

ドゥーリーは顔をのけぞらせて笑い声をあげた。「カスッドボディ！　ミサス、あんたにはご亭主譲りの言葉の才能があるな！」ついで唇には笑みが残っていたものの、笑い声がすっと消えていくと、目にはもう愉快に思っている光はなかった。いまその目は氷そっくりだった。「で、おれはどうすればいい？　急いでオックスフォードなりメカニックフォールズなりに行って〈Uホール〉のトラックを借り、それからあのファイリングキャビネットをごっそり運びだす？　いっそ、あの保安官助手連中のだれかに手伝わせてもいいかもな！」

「わたしは――」

「黙れ」リーシーに指をつきつける。笑みはもう片鱗すら残っていなかった。「おれがもしここを離れでもすれば、帰ってきたときには、兵隊みたいな州警察連中がずらりと勢ぞろいでお待ちかねってところか。で、おれはつかまるって寸法だな、ミサス――あげくの果ては、そんな見えすいた嘘を信じたおかげで、またもや刑務所暮らしが十年だ」

「でも――」

「だいたい、おれたちの取引はそんなんじゃ――そんなものでは――なかったぞ。取引では、あんたが教授、あのカスッドボディに――いやはや、この綽名が気にいったぞ――電話をかけ、教授がおれたちのあいだの特別な方法でメールをおれによこし、そのうえで教授本人が原稿類の運搬だのの手配をすることになっていた。そうだろ？」

ドゥーリーのなかには、本気でいまの話を信じている部分がある。信じてるにちがいない。そうでなくてどうして、この場にふたりしかいないいまもまだ、この話にこだわるだろうか？

「奥さん？」ドゥーリーが声をかけてきた。気づかわしげな声。「ミサス？」

ふたりしかいない場でも嘘にすがらなくてはいけないと感じている部分があるのは、ドゥーリーのなかに嘘を必要としている部分があるからではないか。もしそうなら、いま自分が声をかけなくてはいけないのは、ジム・ドゥーリーという人物のその部分だ。その部分なら、まだ正気をたもっているかもしれない。

「ミスター・ドゥーリー、わたしの話をきいて」リーシーは声を低くし、さらにゆっくりとした話しぶりを心がけた。スコットは、作品が書評で酷評されたときから水道管の不調にいたるまで、あれこれの件で怒りを爆発させそうになったが、そんなときリーシーはすかさずこの口調で話しかけたものだ。「ウッドボディ教授には、いまあなたと連絡をとるすべがないし、あなたも心のどこかでは、そのことを知ってるはずよ。でも、わたしなら教授に連絡をとれる。すでに連絡をとってもいるわ。ゆうべ、こちらから電話をかけたのよ」

「嘘だ」ドゥーリーはいった。しかし今回リーシーは嘘をついていなかったし、ドゥーリーもリーシーの言葉が嘘でないことを知っており、なぜかその事実がドゥーリーを怒らせていた。これは、リーシーが引きだしたかった反応とは正反対の方向だった――リーシーはこの男の気分をなだめたかったのだ――が、とりあえずこの線で進めるしかない。ジム・ドゥーリーの内面のどこかに正気の部分が潜んでいて、話に耳を傾けていることを祈りながら。

「嘘じゃない」リーシーはいった。「あなたが番号を教えてくれたから電話をかけたの」ドゥーリーの目を自分の目でしっかりとつかまえたまま。呼び起こせるかぎりの誠実な口調をたもちつつ、リーシーはふたたび〈虚構の国〉へ引き返しはじめた。「教授には原稿を寄贈する約束をして、あなたに手を引くようにいってくれと頼んだのよ。でも教授は、手を引くようあなたにいうことは不可能だ、いまの自分には連絡手段がなにもないからだ、といったわ。最初の二通の電子メールはあなたに届いたけれど、それ以降のメールは宛先不明で返ってきた――」

「ひとりが嘘をつき、ひとりはそれこそ真実だと誓っているわけか」ジム・ドゥーリーがいった。この発言からあとは、リーシーにもほとんど把握できないほどのスピードで事態が展開していった。とはいえ、これにつづいた殴打と傷害の一部始終のすべての瞬間は、そのあと一生記憶に鮮やかに残っていた。ドゥーリーの乾いた、せわしない息づかいひとつひとつにいたるまで……ドゥーリーが顔に平手打ちを――最初は手のひらで、つぎは手の甲で、そしてふたたび手のひらで――食らわせてくるたび、この男の着ているカーキ色のシャツのボタンまわりの生地が引っぱられ、下に着ている白いTシャツがウインクのようにのぞいていたことにいたるまで。合計八回の平手打ち。子どものころ前庭の土のところに出て姉妹で縄跳びをしながら、《八回・八回・つづけて・八回》と声をあわせたものだ。ドゥーリーの皮膚とリーシーの皮膚がぶつかりあうときには、焚きつけを膝に叩きつけたような音が響いた。平手打ちにつかっていた手には指輪がなかったが――すくなくともその点だけは不幸中のさいわいだった――四回めと五回めの殴打で唇から出血がはじまり、六回めと七回めで血が吹き飛び、さいごの平手打ちがそれまでよりも上を見舞って鼻をもろにとらえたため、鼻血まで出てきた。そのころにはリーシーは、恐怖と苦痛とで泣き叫んでいた。頭がくりかえしホームバーのシンクの下側に音をたててぶつかり、それが耳鳴りを引き起こした。やめてくれ、やめてくれさえすれば望みのものはすべてもっていってかまわないと、そう叫んでいる自分の声がきこえた。ついでドゥーリーがほんとうに平手打ちをやめたあとは、こんなことを話している声がきこえた。「新作の原稿、あの人の遺作の原稿もわたす。書きあげた作品よ。死ぬ一カ月前に結末まで書きあげて、でも推敲の時間がとれなかった長篇、ほんとの宝物。カスッドボディなら涎を垂らして飛びつくはず……」と同時に、《なかなか上手な嘘だけど、もしドゥーリーがこれを本気に受けとったらどうするつもり？》と考えるだけの時間はあった。しかしジム・ドゥーリーは、どんな話であれリーシーの話を額面どおりに受けとったりはしなかった。いまドゥーリーはリーシーの前に膝立ちになって、ぜいぜいと荒い息をつぎながら——納屋の二階は早くも暑くなっていた（きょうスコットの仕事部屋でこんなふうに殴打されるとわかっていれば、あらかじめまっ先にエアコンのスイッチを入れていたところだ）——ふたたびランチ用紙袋に手を突っこんでいた。ドゥーリーの左右のわきの下に、大きな汗染みが広がりつつあった。

「ミサス、こんなことをして申しわけないが、とりあえずあんたのプッシーは勘弁しておいてやるさ」ドゥーリーがいった。ついでドゥーリーが左手をリーシーのまっすぐ下にむけて一気に動かすと、ブラウスがちぎれて前がひらき、ブラの左右のカップをつなぐ金具が弾け飛んで小ぶりの乳房が転がりでてきたが、その直前、リーシーはふたつのことに気がついた。ひとつは、ドゥーリーがこれっぽっちも申しわけなく思っていないこと。そしてもうひとつは、ドゥーリーの右手に握られている品がリーシー自身の〈よろず抽斗〉からもちだしてきた品と見てまちがいない、ということだった。スコットが、〈リーシーのヤッピー風教会の鍵（チャーチキー）〉と呼んでいた品。それはゴムの被膜があるグリップを握るだけで缶をあけられる、オクソ製の頑丈な缶オープナーだった。

（下巻につづく）

単行本　二〇〇八年八月　文藝春秋刊

文春文庫

リーシーの物語(ものがたり) 上

定価はカバーに表示してあります

2015年2月10日　第1刷

著　者　スティーヴン・キング
訳　者　白石(しらいし)　朗(ろう)
発行者　羽鳥好之
発行所　株式会社　文藝春秋

東京都千代田区紀尾井町 3-23　〒102-8008
TEL 03・3265・1211
文藝春秋ホームページ　http://www.bunshun.co.jp

落丁、乱丁本は、お手数ですが小社製作部宛お送り下さい。送料小社負担でお取替致します。

印刷製本・凸版印刷

Printed in Japan
ISBN978-4-16-790308-4

（　）内は解説者。品切の節はご容赦下さい。

ジャック・カーリイ（三角和代 訳）
ブラッド・ブラザー
刑事カーソンの兄は知的で魅力的な殺人鬼。彼が脱走、次々に殺人が。兄の目的は何か。衝撃の真相と緻密な伏線。ディーヴァーに比肩するスリルと驚愕の好評シリーズ第四作！（川出正樹）
カ-10-4

ジャック・カーリイ（三角和代 訳）
イン・ザ・ブラッド
変死した牧師、嬰児誘拐を目論む人種差別グループ。続発する怪事件をつなぐ糸は？　二重底三重底の真相に驚愕必至、ディーヴァーを継ぐ名手が新境地を開いた第五作。（酒井貞道）
カ-10-5

サイモン・カーニック（佐藤耕士 訳）
ノンストップ！
その朝、友人からの電話をとった瞬間、僕は殺人も辞さぬ謎の勢力に追われることに……。開巻15行目から始まる24時間の決死の逃走。これぞノンストップ・サスペンス！（川出正樹）
カ-13-1

スティーヴン・キング（小尾芙佐 訳）
ＩＴ（全四冊）
少年の日に体験したあの恐怖の正体は何だったのか？　二十七年後、薄れた記憶の彼方に引き寄せられるように故郷の町に戻り、ＩＴ（それ）と対決せんとする七人を待ち受けるものは？
キ-2-8

スティーヴン・キング（小尾芙佐 他訳）
ドランのキャデラック
妻を殺した犯罪王への復讐を誓った男。厳重な警備下にいる敵を倒せる唯一のチャンスに賭け、彼は行動を開始した……奇想天外な復讐計画を描く表題作ほか、卓抜な着想冴える傑作集。
キ-2-27

スティーヴン・キング（白石　朗 他訳）
いかしたバンドのいる街で
道に迷った男女が迷いこんだ田舎町。そこは非業の死を遂げたロックスターが集う〝地獄〟だった……。傑作として名高い表題作ほか、奇妙な味の怪談から勇気を謳う感動作まで全六篇収録。
キ-2-28

スティーヴン・キング（永井　淳 他訳）
メイプル・ストリートの家
死が間近の祖父が孫息子に語る人生訓（「かわいい子馬」）、意地悪な継父を亡き者にしようとするきょうだいたちがとった奇策（表題作）他、子供を描かせても天下一品の著者の短篇全五篇。
キ-2-29

ブルックリンの八月
スティーヴン・キング（吉野美恵子 他訳）
ワトスン博士が名推理をみせるホームズ譚、息子オーエンの所属する少年野球チームの活躍を描くエッセイなど、〝ホラーの帝王〟だけではないキングの多彩な側面を堪能できる全六篇。
キ-2-30

シャイニング
スティーヴン・キング（深町眞理子 訳）　（上下）
コロラド山中の美しいリゾート・ホテルに、作家とその家族がひと冬の管理人として住み込んだ――。S・キューブリックによる映画化作品も有名な「幽霊屋敷」ものの金字塔。（桜庭一樹）
キ-2-31

ミザリー
スティーヴン・キング（矢野浩三郎 訳）
事故に遭った流行作家のポールは、愛読者アニーに助けられるが、自分のために作品を書けと脅迫され……。著者の体験に根ざす〝ファン心理の恐ろしさ〟を追求した傑作。（綿矢りさ）
キ-2-33

夕暮れをすぎて
スティーヴン・キング（白石 朗 他訳）
静かな鎮魂の祈りが胸を打つ「彼らが残したもの」ほか、切ない悲しみから不思議の物語まで7編を収録。天才作家キングの多彩な手腕を大いに見せつける、6年ぶりの最新短篇集その1。
キ-2-34

夜がはじまるとき
スティーヴン・キング（白石 朗 他訳）
医者のもとを訪れた患者が語る鬼気迫る怪異譚「N」、猫を殺せと依頼された殺し屋を襲う恐怖の物語「魔性の猫」など全六篇収録。巨匠の贈る感涙、恐怖、昂奮をご堪能あれ。（coco）
キ-2-35

不眠症
スティーヴン・キング（芝山幹郎 訳）　（上下）
傑作『IT』で破滅から救われた町デリーにまたも危機が。不眠症に苦しむ老人ラルフが見た不気味な医者を前兆に、邪悪な何かが迫りくる。壮大で緻密なキングの力作！（養老孟司）
キ-2-36

1922
スティーヴン・キング（横山啓明・中川 聖 訳）
かつて妻を殺害した男を徐々に追いつめる狂気。友人の不幸を悪魔に願った男が得たものとは。〝ダークな物語〟をコンセプトに巨匠が描く、真っ黒な恐怖の中編を二編。
キ-2-38

（　）内は解説者。品切の節はご容赦下さい。

スティーヴン・キング（高橋恭美子・風間賢二 訳）
ビッグ・ドライバー
突然の凶行に襲われた女性作家の凄絶な復讐――表題作と、長年連れ添った夫が殺人鬼だと知った女性の恐怖を描く「素晴らしき結婚生活」の２編収録。巨匠の力作中編集。
キ-2-39

スティーヴン・キング（白石　朗 訳）
アンダー・ザ・ドーム（全四冊）
小さな町を巨大で透明なドームが突如封鎖した。破壊不能、原因不明、脱出不能のドームの中で、住民の恐怖と狂乱が充満する……。帝王キングが全力で放った圧倒的な超大作！（吉野　仁）
キ-2-40

トマス・H・クック（鴻巣友季子 訳）
緋色の記憶
ニューイングランドの静かな田舎の学校に、ある日美しき女教師が赴任してきた。そしてそこからあの悲劇は始まってしまった。アメリカにおけるミステリーの最高峰、エドガー賞受賞作。
ク-6-7

トマス・H・クック（村松　潔 訳）
石のささやき
あの事故が姉の心を蝕んでいった……取調室で「わたし」が回想する破滅への道すじ。息子を亡くした姉の心に何が？　衝撃の真実を通じ、名手が魂の悲劇を巧みに描き出す。（池上冬樹）
ク-6-16

トマス・H・クック（村松　潔 訳）
沼地の記憶
悪名高き殺人鬼を父に持つ教え子のために過去の事件を調査しはじめた教師がたどりついた悲劇とは…。「記憶シリーズ」の哀切、ふたたび。巻末に著者へのロングインタビューを収録。
ク-6-17

アガサ・クリスティー 他（中村妙子 他訳）
厭な物語
アガサ・クリスティーやパトリシア・ハイスミスの衝撃作からロシア現代文学の鬼才による狂気の短編まで、後味の悪さにこだわって選び抜いた〝厭な小説〟名作短編集。（千街晶之）
ク-17-1

夏目漱石 他
もっと厭な物語
読めば忽ち気持ちは真っ暗。だが、それがいい！　文豪・夏目漱石の掌編からホラーの巨匠クライヴ・バーカーの鬼畜小説まで、後味の悪さにこだわったよりぬきアンソロジー、第二弾。
ク-17-2

夜の真義を（上下）
マイケル・コックス（越前敏弥 訳）

十九世紀ロンドンの闇に潜む殺人者。彼が抱くのは壮大な復讐の計画だった――イギリス出版史上最高額で競り落とされた、華麗なるヴィクトリアン・ノワール！　（瀧井朝世）

コ-20-1

外科医
テス・ジェリッツェン（安原和見 訳）

生きている女性の子宮を抉り出す……二年前の連続猟奇殺人事件と同じ手口の犯罪が発生。当時助かった美人外科医がなぜか今回の最終標的にされる。血も凍るノンストップ・サスペンス。

シ-17-1

白い首の誘惑
テス・ジェリッツェン（安原和見 訳）

猟奇的連続殺人犯「外科医」を逮捕し、一目置かれる女刑事リゾーリの前に新たな殺人事件が発生！　なぜかFBI捜査官が捜査に口を出してきて……戦慄のロマンティック・サスペンス。

シ-17-2

聖なる罪びと
テス・ジェリッツェン（安原和見 訳）

ボストンの古い修道院で若い修道女が殺され、同じころ手足を切られ顔の皮を剝がされた女性の射殺体が見つかる。リゾーリと女性検死官アイルズは二つの事件の共通点を探し出す。

シ-17-3

メフィストの牢獄
マイケル・スレイド（夏来健次 訳）

巨石遺跡を崇める殺人狂メフィスト。捜査官を拉致し、騎馬警察を脅迫する謎の男の邪悪な計画の全容とは？　シリーズ最大の敵が登場するノンストップ・サスペンス。　（古山裕樹）

ス-8-4

極限捜査
オレン・スタインハウアー（村上博基 訳）

元美術館長の怪死、惨殺された画家、捜査官殺し……捜査官が探り当てたのは国家の暗い秘密だった。真実の追求が破滅をもたらす、東欧を舞台に描く警察小説の雄篇。　（吉野　仁）

ス-12-2

悪魔の涙
ジェフリー・ディーヴァー（土屋　晃 訳）

世紀末の大晦日、ワシントンの地下鉄駅で無差別の乱射事件が発生。手掛かりは市長宛に出された二千万ドルの脅迫状だけ。捜査本部は筆跡鑑定の第一人者キンケイドの出動を要請する。

テ-11-1

（　）内は解説者。品切の節はご容赦下さい。

青い虚空
ジェフリー・ディーヴァー（土屋　晃 訳）
護身術のホームページで有名な女性が惨殺された。やがて捜査線上に〝フェイト〟というハッカーの名が浮上。電脳犯罪担当刑事と元ハッカーのコンビがサイバースペースに容疑者を追う。
テ-11-2

ボーン・コレクター（上下）
ジェフリー・ディーヴァー（池田真紀子 訳）
首から下が麻痺した元NY市警科学捜査部長リンカーン・ライム。彼の目、鼻、耳、手足となる女性警察官サックス。二人が追うのは稀代の連続殺人鬼ボーン・コレクター。シリーズ第一弾。
テ-11-3

コフィン・ダンサー（上下）
ジェフリー・ディーヴァー（池田真紀子 訳）
武器密売裁判の重要証人が航空機事故で死亡、NY市警は殺し屋〝ダンサー〟の仕業と断定。追跡に協力を依頼されたライムは、かつて部下を殺された怨みを胸に、智力を振り絞って対決する。
テ-11-5

獣たちの庭園
ジェフリー・ディーヴァー（土屋　晃 訳）
一九三六年、オリンピック開催に沸くベルリン。アメリカ選手団に混じってニューヨークから殺し屋が潜入する。使命はナチス高官暗殺。だがすぐさまドイツ刑事警察に追いつめられる。
テ-11-7

クリスマス・プレゼント
ジェフリー・ディーヴァー（池田真紀子 他訳）
ストーカーに悩むモデル、危ない大金を手にした警察、未亡人と詐欺師の騙しあいなど、ディーヴァー度が凝縮された十六篇。あの〈ライム・シリーズ〉も短篇で読める！　（三橋　曉）
テ-11-8

エンプティー・チェア（上下）
ジェフリー・ディーヴァー（池田真紀子 訳）
連続女性誘拐犯は精神を病んだ〝昆虫少年〟なのか。自ら逮捕した少年の無実を証明するため少年と逃走するサックスをライムが追跡する。師弟の頭脳対決に息をのむ、シリーズ第三弾。
テ-11-9

石の猿（上下）
ジェフリー・ディーヴァー（池田真紀子 訳）
沈没した密航船からNYに逃げ込んだ十人の難民。彼らを狙う殺人者を追え！　正体も所在もまったく不明の殺人者を捕らえるべくライムが動き出す。好評シリーズ第四弾。　（香山二三郎）
テ-11-11

ジェフリー・ディーヴァー（池田真紀子 訳）
魔術師（イリュージョニスト）（上下）
封鎖された殺人事件の現場から、犯人が消えた!? ライムとサックスは、イリュージョニスト見習いの女性に協力を依頼する。シリーズ最高のどんでん返し度を誇る傑作。（法月綸太郎）
テ-11-13

ジェフリー・ディーヴァー（池田真紀子 訳）
12番目のカード（上下）
単純な強姦未遂事件は、米国憲法成立の根底を揺るがす百四十年前の陰謀に結びついていた――現場に残された一枚のタロットカードの意味とは？ 好評シリーズ第六弾。（村上貴史）
テ-11-15

ジェフリー・ディーヴァー（池田真紀子 訳）
ウォッチメイカー（上下）
残忍な殺人現場に残されたアンティーク時計。被害者候補はあと八人…尋問の天才ダンスとともに、ライムは犯人阻止に奔走する。二〇〇七年のミステリ各賞に輝いた傑作！（児玉　清）
テ-11-17

ジェフリー・ディーヴァー（池田真紀子 訳）
スリーピング・ドール（上下）
怜悧なカルト指導者が脱獄に成功。美貌の捜査官、キャサリン・ダンスの必死の追跡は続く。鍵を握るのは一家惨殺事件でただ一人、難を逃れた少女。彼女はその夜、何を見たのか。（池上冬樹）
テ-11-19

ジェフリー・ディーヴァー（土屋　晃 訳）
追撃の森
襲撃された山荘から逃れた女性を守り、森からの脱出を図る女性保安官補。二人の女性VS二人の殺し屋、決死の逃走の末の連続ドンデン返し！ ITW最優秀長編賞受賞。
テ-11-21

ジェフリー・ディーヴァー（池田真紀子 訳）
ソウル・コレクター（上下）
そいつは電子データを操り、証拠を捏造し、無実の人物を殺人犯に陥れる。史上最も卑劣な犯人にライムとサックスが挑む！ データ社会がもたらす闇と戦慄を描く傑作。（対談・児玉　清）
テ-11-22

ジェフリー・ディーヴァー（池田真紀子 訳）
ポーカー・レッスン
ドンデン返し16連発！ 現代最高のミステリ作家が、ありとあらゆる手口で読者を騙す極上の短編が詰まった最新作品集。リンカーン・ライムが登場する「ロカールの原理」も収録。
テ-11-24

文春文庫　最新刊